# 日本文化文学人物事典

［編集］
志村有弘
針原孝之

鼎書房

# はじめに

最近、文学、歴史学、民俗学などに関する総合的な事典が多く出版されている。逆に、日本文学の作品や作者、あるいは登場人物を簡潔に知ることができる小事典は少ないように思う。

私たちは簡潔で要を得た、しかも読み物風な事典を作りたいと考えていた。そうした観点から、本書は、日本文学を愛好する人にとって読みやすく、手軽に利用できる、ハンディな事典であることを念頭に置いて編集したものである。

項目はでき得る限り精選し、重要で、しかも利用度の高い項目を簡潔に記述することを試みた。上代（奈良時代）から近世（江戸時代）末までの日本文学の作者・歌人・俳人・国文学者・国学者・歴史家・思想家等を精選し、その人たちの伝記だけでなく、逸話・奇談などをも紹介するように務めた。

本書が日本文学に関心を持つ人に限らず、歴史や思想、さまざまな分野に興味を持つ多くの人たちに利用されるならば幸いである。

編者しるす

# 凡例

一、本書は、古代から近世末までの主として文学世界に身を置いた人たちに関する歴史・伝説事典である。

二、本書は、最初にその人物がどのような活動をした人物であるかを記し、次に〔生没〕、〔歴史・伝説〕、そして〔参考文献〕がある場合は、それを示した。末尾の（　）内の氏名は、その項目の執筆者名である。

三、〔歴史・伝説〕の項の随所の（　）内に示されている書名は、文を展開するうえで参考にした文献名である。

四、年号は原則として元号を示し、次に（　）内に西暦を記した。

五、単行本には『　』、雑誌には「　」を付した。

六、本書の最後に、人名・書名・地名・建造物など、主として固有名詞の索引を付した。

# 日本文化文学人物事典 目 次



## あ

## か

## さ

## た

## な



## は

ま

# ●編集・執筆者一覧●

## 編集

志村有弘
針原孝之

## 執筆者

**あ**
浅岡純朗
浅見知美
石黒吉次郎
伊東玉美
稲垣安伸
大澤夏実
緒方洋子
岡田博子
荻島寿美子
奥谷彩乃
奥山芳広

**か**
加藤　清
上宇都ゆりほ
神山忠憲
岸　睦子
桐生貴明
小池博明
小磯純子

**さ**
酒井一字
三野知之
三野　恵
清水道子
志村有弘
下西善三郎
白井雅彦
鈴木　邑
住谷はる

**た**
武田早苗
武田昌憲
田中徳定
冨澤慎人
友田　奏
土門啓昭

**な**
中山幸子
中山緑朗

**は**
原　由来恵
針原孝之
保科　恵

**ま**
松尾政司
宮本瑞夫
森　洋子

**や**
柳澤五郎
山口孝利

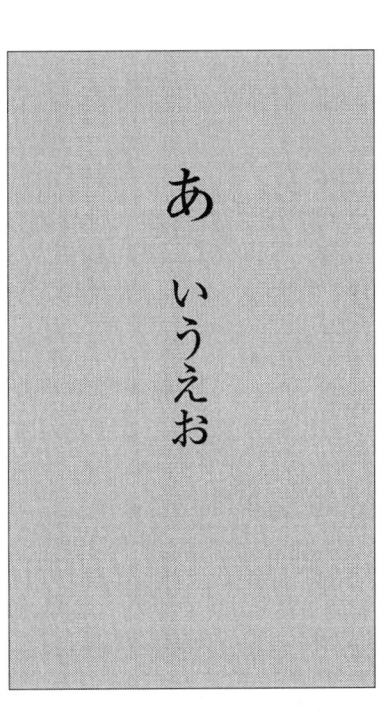

# あ いうえお

## 赤染衛門（あかぞめえもん）

歌人・物語作者**【生没】**未詳**【歴史・伝説】**赤染時用の女。実父については平兼盛とも。平兼盛の室であった母が時用と再婚して生まれたため、その父親をめぐり争いになったという（『袋草紙』）。中古三十六歌仙の一人。早くから藤原道長室の倫子に仕え、上東門院彰子のもとに出入りをしていたらしい。はじめ大江為基と恋愛をし、後に従兄の文人であった大江匡衡と結婚して、挙周・江侍従をもうけた。夫婦仲は良かったらしく、匡衡が尾張守となって赴任したときは一緒に赴いている。寛弘九年に丹波守となっていた匡衡が卒した際は、嘆き悲しむ歌が家集などに多く残る。挙周は和泉式部の妹に通ったことがあり、江侍従は道長に仕え高階業遠の妻となっている。曾孫に匡房がいる。『拾遺和歌集』以下に多く採歌され、家集『赤染衛門集』がある。家集には流布本・異本の二系統が在るが、流布本は藤原頼通の求めに応じ献上されたものである。作品には代作・屏風歌などが多く、専門歌人として評価されていた。その一方、古くより歴史物語『栄花物語』の作者ともされている。物語における道長礼賛の姿勢には、彼女の位置に共通するものがあろう。人柄は温厚で、立ち居振る舞いも典雅であったらしく仲間内からも賞賛（『紫式部日記』）されていた。しかしそれだけの人物ではないようで、中関白家にも好意的なまなざしをもって接していたらしく、荒廃した清原元輔の家に住んでいた清少納言に歌を贈ったりもしている。寛弘元年、藤原公任が官位に不満を持ち、上表文を当代の学者紀斉名と大江以言に書かせたが気に入らず、さらに大江匡衡に依頼した。匡衡は困惑したが、赤染衛門は公任が衿飾の人であることを考えて書くように勧め、匡衡は公任の家系の良さにもかかわらず、沈倫していることを文とした。公任は喜び、この文を上表したところ、特に階位を進められることになった（『袋草紙』『十訓抄』）。また子の挙周の任官を上東門院に頼み、挙周が和泉守になった際には、一緒に下向し、任を終えた挙周が重病になると住吉明神に奉幣し歌を献上したりもしている（『今昔物語集』など）。長元六年（一〇三三）には倫子七十賀に屏風歌を詠進。長元八年（一〇三五）『賀陽院水閣歌合』に出詠し、長久二年（一〇四一）の『弘徽殿女御歌合』にも歌が残る。この年、孫の成衡に曾孫匡房が生まれたときには賀の歌を詠み産着を縫って贈った（『後拾遺和歌集』）。この後の消息は伝わらないため、まもなく、八十歳を過ぎてなくなったのであろう。

**【参考文献】** 大日本史料、松村博司『栄花物語の研究』（昭和三十一年、東京堂）、上村悦子『赤染衛門』（昭和五十九年、東京堂）

（原　由来恵）

## 安貴王（あきのおおきみ）

阿貴王・阿紀王とも。志貴（施基）皇子の孫、春日王の子、市原王の父（本朝皇胤紹運録）。妻は紀女郎 **【生没】** 未詳。養老から天平期に活躍したと思われる。天平元年（七二九）三月に無位から従五位下、同十七年（七四五）一月に従五位上（『続日本紀』） **【歴史・伝説】**『万葉集』に長歌一首（巻四・五三四）、短歌三首（巻三・三〇六、巻四・五三五、巻八・一五五五）がある。中でも、因幡の八上采女（尊卑分脈の藤原麻呂の室で浜成の母とある人物と同一か）に送った歌が知られる。安貴王は因幡の八上采女を娶り、愛する気持ちが盛んだったが、不敬罪により采女は本国に帰されたという。巻四の配列から考えると養老末期から霊亀年間頃と思われ、王が断罪されたとしても、後に許されたと思われる。

（桐生貴明）

## 朱楽菅江（あけらかんこう）

狂歌師・戯作者 **【生没】** 元文三年～寛政十年（一七三八～九八）、元文三年～寛政十二年説（『偉人暦』）もある。 **【歴史・伝説】** 幕臣で御先手与力。明和江戸六歌仙の一人内山椿軒に和歌を学ぶとともに、前句付を好み貫江と号す。菅江は椿軒門下の太田南畝・唐衣橘洲とともに狂歌三大人と称せられた。菅江は安永六年（一七七七）九月朱楽館主人の名で洒落本『売花新駅《ばいかしんえき》』、天明三年（一七八三）正月四方赤良と共撰の『万載狂歌集《まんざいきょうかしゅう》』を出版し、好評を得て、狂歌界の指導的地位を固めた。狂歌の大流行により、菅江の下に朱楽連が集まり、天明五年『故混馬鹿集《ここんばかしゅう》』を出した。しかし、寛政の改革により狂歌は衝撃を受け、自重しはじめ菅江は「俳諧体の和歌」扱いをし、奔放な「あづま」ぶりは衰えた。

**【参考文献】** 浜田義一郎『江戸文芸攷』（岩波書店、一九八八・五）

（松尾政司）

## 浅井了意（あさいりょうい）

仮名草子作者・唱導家 **【生没】** ？～元禄四年（？～一六九一・推定年齢八十歳前後） **【歴史・伝説】** 父は摂津三嶋江の

真宗大谷派（東本願寺派）本照寺住職であったが、実弟西川宗治が、本願寺の東・西分派後、東本願寺教如上人に取り立てられながら、教如上人の政治的中立に反対して、藤堂家に出奔。了意の父は、その責めを負い宗門追放、寺地は召し上げとなり、本照寺の寺号も廃止された。父の法名・俗名・没年月・行年等一切不明。本照寺を追われた了意の父は、還俗し、妻子を伴って浪々の生活を余儀なくしたであろう。このとき了意は生まれていたかどうか不明。扶持を離れた一家の苦労は並大抵ではなかった。了意の母等院は九条関白幸家の娘だという。母親の実家にすがる生活が続いたものと推定される。浅井とは母方の姓を名乗ったものか。了意が、父の住職地本照寺を離れてから、元禄四年の元旦急逝するまでの永い生涯と、その具体的な足取りはほとんど判っていないとも言われる。了意は正願寺の二世住職を襲ぎ、紙寺号（寺号下付を願い出た者に、法王が寺号を紙に書いて渡したもので、寺の実体がなくてもよい）本性寺を署名に用いた。子息了山に正願寺を継がせたが、了意没後、了山は正願寺を売り払い、還俗し手習師匠となったこと（『鸚鵡籠中筆記』）が判っている程度だとも言われる。了意が博識であったことは、『狗張子』の林義端の序に、「本性寺の了意大徳はきはめて博識強記にして特に文思の才に富り。生来の著述はなはだ多し。晩年に及て筆力ますます老健なり」とあるによって察せられる。了意が作家として認められるようになったのは、『堪忍記』（万治二年）、『可笑記評判』（同三年）に至ってである。他に『東海道名所記』（刊年未詳）、『江戸名所記』（寛文二年）、『京雀』（同五年）、『御伽婢子』（同六年）などがある。都の錦『元禄太平記』（元禄十五年）は、「昔より今に至りて見醒せずして面白き物は、御伽婢子（了意）、可笑記（如儡子）、意愚智物語（休自）なるべし。……此等は万代不易の書なり」と、高く称揚されている。だが、了意の素意は、父所縁の本照寺の復活にあった。そして仏学者、唱導家として立つことであった。中道にして寺を追われた父の無念さを忘れることはなかったであろう。『観無量寿経鼓吹』（寛文十三年成る）巻末に「吾昔志《シ》㆓于学《ニ》㆒、懐《アリ》㆓於唱導《ニ》㆒而無《ク》㆓人之解《キ》与《フル》㆒亦不㆑遇《ハ》㆑時《ニ》、軽毛瓢々《トシテ》徒《ニ》老《イヌ》矣」と、ある。了意は、若年にして唱導家を志していたのである。しかしその素意は、周囲からは理解されることはなかった。了意が生涯世に問うた著作は各分野にわたる。名所記・見聞録・孝子物・女鑑物・通俗教訓物・高僧伝・怪異物・笑話物など、俗に「七十部六百巻」に及ぶといわれるが、いずれも先行作家の後を受けて、これを集大成したとも言われる。仮名草子後半の中心的作家で、やがて井原西鶴を中心とする浮世草子を発生せしめる。志を得ずして、野に埋れた偉才であった。

**【参考文献】** 頴原退蔵「仮名草子」（岩波書店、昭和八年一月）、北条秀雄『新修浅井了意』（笠間書院、昭和四十九年九月）、坂

巻甲太『浅井了意怪異小説の研究』（新典社研究叢書15、平成二年六月）

（稲垣安伸）

## 麻田陽春（あさだのようしゅん・あさだのやす）

麻田連陽春。百済系渡来人【生没】未詳。享年五十六歳（『懐風藻』）。神亀元年（七二四）五月に麻田賜姓。大伴旅人が大納言として京に戻る際の餞歌（『万葉集』巻四・五六九、五七〇）が見え、天平二年（七三〇）十二月までには大宰大典として大宰府に赴任したと思われる。天平十一年（七三九）正月には外従五位下に叙せられ（『続日本紀』）、また『懐風藻』に「外従五位下石見守」とあるが任官時期は未詳。【伝説】『万葉集』に短歌四首（巻四・五六九、五七〇、巻五・八八四、八八五）、『懐風藻』に詩一首。相当の知識人だったようで、陽春よりも位の高かった山上憶良が敬意をはらっていた（『万葉集』巻五・八八六題詞）様子がうかがえる。

（桐生貴明）

## 足利尊氏（あしかがたかうじ）

南北朝時代の武将・足利幕府初代将軍【生没】嘉元三年～正平十三・延文三年（一三〇五～一三五八）【歴史・伝説】父貞氏、母は上杉清子。初名は又太郎高氏。建武新政府後、後醍醐天皇が諱の尊治の一字を下さり尊氏と名乗る。尊氏が産湯を使ったときに、山鳩が二羽飛来し、一羽は左の肩に、もう一羽は杓の柄に止まったという奇瑞があったという（『難太平記』）。建武新政の時には要職からはずれ「尊氏なし」（『梅松論』）と言われる。幕府内の抗争では、弟の直義を毒殺したり、長子の直冬と終生争うなどの苦労もあった。『梅松論』では夢想疎石が尊氏の三徳を指摘する。合戦には死に直面しても恐れることなく笑みを絶やさなかった。慈悲心が強く多くの敵を許した。心が広大で物惜しみしなかった。観音信仰も厚く、また自ら地蔵像を描いたり、座禅をしたりしている。背中の腫れ物が原因で亡くなる。【参考文献】高柳光壽『足利尊氏』（春秋社、昭和四十一年）、川北騰『足利尊氏―人と作品―』（風間書房、平成十六年）、『梅松論』（群書類従）

（武田昌憲）

## 足利義政（あしかがよしまさ）

室町幕府第八代将軍【生没】永享八年～延徳二年（一四三六～一四九〇）【歴史・伝説】京都中に戦火が及び多くの貴重な文化財の焼失が今も惜しまれる応仁の乱の発端を作った将軍として、いまさら説明するまでもないだろう。彼の功績は、書院造をはじめとする建築や水墨画、能楽等のパトロンとなったことだというが、それら今のいわゆる「和風」様式の原点となった東山文化は、あの爛熟した中世末期に生まれるべくして生まれたものだと思う。また、和歌を好み、家集に「慈照院准后御集」があるという

が、今読む価値があるとはとうてい思えない。（三野知之）

## 飛鳥井雅章（あすかいまさあき）

江戸前期の公卿・歌人【生没】慶長十六年～延宝七年（一六一一～一六七九）【歴史・伝説】蹴鞠と歌両道の飛鳥井家当主。後水尾院時代の代表的な堂上歌人。後水尾院歌壇で重きをなし、歌会の題者、歌合の判者をつとめる。後水尾院の古典和歌の講釈を「雅章卿聞書」ほかに残す。法名文雅。寛文七年（一六六七）の蹴鞠会には、「飛鳥井大納言雅章卿は紅紗の狩衣、萌黄の葛袴」という鞠装束で参加、二競技を終えて、雅章は、「萌黄金紋紗の狩衣、朽葉の葛袴、鞠沓」を献上した（『徳川実紀』）。能書の雅章は、室町期飛鳥井の栄雅流（雅親）二楽流（雅康）のうち栄雅流に属し、さらに光悦流の影響を受けているという。『栄華物語』『狭衣物語』を書写校合、『西本願寺本三十六人集』を書写。『吉野紀行』（吉野一覧記）は、承応三年（一六五四）三月十七日の吉野花見旅行の記。家集に『雅章卿詠草』『雅章卿千首』がある。

【参考文献】島原泰雄「吉野一覧記」（『国文学研究資料館報』一九八五・九）、秋場薫「蹴鞠と飛鳥井家」（『水茎』一九九二）（下西善三郎）

## 飛鳥井雅有（あすかいまさあり）

鎌倉期の歌人・古典学者【生没】仁治二年～正安三年（一二四一～一三〇一）【歴史・伝説】父は、右兵衛督教定。母は、源定忠女（尊卑分脈）。祖父雅経以来、関東方との関係深く、北条実時の女は、雅有の室という。鎌倉中期における関東伺候の廷臣で、京・鎌倉の間を往復した中流貴族。飛鳥井家は、大臣家に次ぐ羽林家の家格、雅有は近衛少将、中将を経て正二位参議にまで昇った。「飛鳥井」は、雅経以来、代々伝領されたらしい二条万里小路邸あたりの井戸の名という。飛鳥井家は、鞠道三家（難波・飛鳥井・御子左）の一で、その家芸は鞠（雅有の『内外三時抄』は最も整備された蹴鞠論書）であったが、雅有もまた歌の道に深く参入、雅有は、「新古今撰者（雅経）のむまご、続古今の作者」（『嵯峨のかよひ路』）として、歌人の自負があった。ほかに、連歌・碁・和琴にも手を染め、多趣味・多能・多芸の人であったとみられている。『古今集』研究に精を出し（『春の深山路』）、『源氏物語』研究にも熱心で、雅有は、為家から七十日におよぶ『源氏物語』の講義を受けた（『嵯峨のかよひ路』）。弘安源氏論議の一人。自身は、持明院統の後深草上皇・伏見天皇の信任を受けつつ、娘・宰相典侍は大覚寺統の後宇多天皇に仕えさせ、お互いの情報を交換し合うなど、政界への介入も深かったことが推測されている。

雅有の日記として『無名の記』『嵯峨のかよひ路』『もがみの河池（路）』『みやこ路のわかれ』『春の深山路』が残され、鞠、和歌、連歌、古典講読のあり方等の記述について、その資料的価値が注目されている。雅有の家集『隣女和歌集』は、晩年の病中に他人の手を借りて編纂したものか（隣女集・序）。その集名も、「かの西施が隣の女の、かれをうらやめるよそほひ…」に由来し、日記共々、名付けに雅有のセンスが光る。

**【参考文献】**塚本康彦「『飛鳥井雅有の日記』再論」（『中央大学文学部紀要』昭和四十年二月）、井上宗雄「飛鳥井雅有の日記と趣味生活」（『国文学』昭和四十年十二月）　（下西善三郎）

## 飛鳥井雅親（あすかいまさちか）

室町期歌人**【生没】**応永二十三年～延徳二年（一四一六～一四九〇）**【歴史・伝説】**法名栄雅。父雅世の撰になる『新続古今和歌集』は、飛鳥井家が単独で勅撰集撰者となる最初のもの。父雅世没して（享徳元年・一四五二）、雅親は、時の将軍足利義成（義政）から幕府鞠師範の書状をうけ歌道師範も継承した。寛正六年（一四六五）、雅親は後花園院から勅撰和歌集の撰者を賜ったうえ、翌文正元年（一四六六）には父の極官を超える権大納言に補せられ、二条家に並ぶ家格に至ったが、応仁の乱（一四六七）の戦火により自邸に置いた和歌所を焼亡、第二十二番目の勅撰和歌集は頓挫しついに実現しなかった。「和歌の浦にかつ拾ひおく玉の緒も絶えね乱るゝ世にはかひなし」は、撰集頓挫の際の述懐の一つである。文明五年（一四七三）出家して栄雅を名乗り、文明期歌壇の中心的存在として歌合の判者をつとめるなどし、歌論書『筆のまよひ』を献じた。嫡男雅俊が父の詠草を部類して『亜槐集』をなす。注釈書に『古今栄雅抄』。

**【参考文献】**井上宗雄『中世歌壇史の研究　室町前期』（改訂新版風間書房、一九八四）、村尾誠一「勅撰和歌集という歴史から」（『和歌を歴史から読む』笠間書院、二〇〇二）　（下西善三郎）

## 飛鳥井雅経（あすかいまさつね）

公家・歌人**【生没】**嘉応二年～承久三年（一一七〇～一二二一）**【歴史・伝説】**刑部卿藤原頼経の子。母は源顕雅の娘。父が源義経に連座して伊豆に配流された後、鎌倉に下向し、祖父以来の技芸である蹴鞠で源頼朝・頼家に厚遇され、頼朝の猶子となり、大江広元の娘婿になった。後鳥羽天皇から内裏蹴鞠会への参加を求められ上洛、院近習となった。篳篥に巧みで、後鳥羽院に倣って和歌を学ぶ。頭角をあらわして和歌所寄人に選ばれ、『新古今和歌集』の撰者となった。生涯を通じて京都と鎌倉との橋渡しをし、源実朝に鴨長明や藤原定家を紹介した（『吾妻鏡』『明月記』）。従三位・参議に至る。かつて芽が出ずに、自分の家もないほどだった雅経が二位宰相にまでなったのは、若い頃「降るにも照るにも」日参したのを憐れんだ賀茂大明神の利生だという（『古今著聞集』一）。家集に『明日香井和歌集』。『新古今和歌集』以下一三五首入集。『百人一首』作者。「雅経は秀句をこのみ」（『正徹物語』）、「殊に案じかへりて歌詠みし者なり。いたくたけある歌などはむねと多くは見えざりしかども、手だりと見えき」（『後鳥羽院御口伝』）と評される名手だったが、良い表現を編み出すことにのめりこむあまりか、「凡そ雅経はよき歌人にてありしを」「人の歌をとる」、と後京極良経が言ったのを不審に思っていたところ、格下の歌人の表現を何の抵抗もなく自作にとりこんでいるのを目撃して驚いた、と順徳院は言っている（『八雲御抄』）。蹴鞠家飛鳥井家の祖で、『蹴鞠略記』『蹴鞠条々』などを執筆。現在京都市上京区にある白峯神社には、かつて飛鳥井家邸内に祀られていた精大明神が祀られ、サッカーの神様として尊崇されている。

**【参考文献】**田村柳壱『後鳥羽院とその周辺』（笠間書院、平成十年）

（伊東玉美）

## 飛鳥井雅世（あすかいまさよ）

歌人**【生没】**明徳元年～享徳元年（一三九〇～一四五二）

**【歴史・伝説】**父は飛鳥井雅縁。応永十四年（一四三〇）『内裏九十番歌合』に十九歳で出詠した。足利義満・義持・義教という室町幕府歴代将軍に和歌・蹴鞠の師として近侍し、公武の歌会において活躍した。義教の推挙によって第二十一代勅撰和歌集『新続古今和歌集』を単独で撰した。蹴鞠にも優れ、『蹴鞠条々大概』を著した他、永享四年九月（一四三二）、足利義教の富士見物に供奉した折に著した紀行集『富士紀行』、『後小松天皇凶事記』などがある。

**【参考文献】**井上宗雄『中世後期歌壇史の研究―室町前期』（風間書房、昭和五十九年）

（上宇都ゆりほ）

## 阿仏尼（あぶつに）

歌人**【生没】**承元三年～弘安六年（一二〇九～一二八三）

**【歴史・伝説】**平度繁の子。若い頃より安嘉門院に仕え、初めは越前と呼ばれた。後に右衛門佐、さらに四条と呼ばれた。藤原定家の長男為家の女で、後嵯峨院に仕えていた大納言典侍との縁から為家と知り合った。その頃彼女は、源顕定に嫁していたが、顕定が何かの理由で出家遁世してしまい、そのことを嘆き籠もっていた頃に為家から同情の歌が贈られた。そのようなことがきっかけで親しくなり後妻となった。二人の間には、為相、為守ら四人の子供があった。為家の死後に出家して阿仏尼といった。夫為家には、前妻の子為氏・為定・為教がいたが、為家が没する前々年、阿仏尼の幼い子供のために為氏に与えると約束をした三箇所の荘（近江吉富・伊勢小阿射賀・播磨細川）のうち播磨国細川荘を取り消して改めて為相に譲ると遺言をした。ところが為家の死後、細川荘の相続の確認を願い出ても、朝廷より許可が出ず、為氏もまた為相の手に渡そうとしなかったことで相続争いが起こった。生活の道を立たれてしまう危機となった阿仏尼は、鎌倉幕府の裁判所に訴訟しようと決心し、五十六歳という当時の女性としては老齢の身で鎌倉に下った。阿仏尼が鎌倉へ滞在していたのは、弘安二年（一二七九）から弘安五年までであるが、幕府としては、弘安四年（一二八一）の弘安の役が起こる前のあわただしい時でもあり阿仏尼一家の訴えなどに対処する余裕などなかったようで、決断は延び延びになり、阿仏尼の望みが報われたのは阿仏尼の死の三十年後であった。この相続争いの採決を仰ぐために鎌倉に下ったときの日記が『十六夜日記』である。父親の遺言に背く為氏への恨みや鎌倉へ下るにあたっての親子の別れの悲しみ、わが子を思う母親の愛にあふれている。その他の著書としては『うたたね』『夜の鶴』などがある。彼女の歌は『続古今集』『玉葉集』『風雅集』などに収められている。（緒方洋子）

## 安倍女郎（あべのいらつめ）

阿倍女郎とも【伝説】伝未詳。『万葉集』に五首（巻二・二六九、巻四・五〇五、五〇六、五一四、五一六）。なお、巻八・一六三一に見える安倍女郎は時代的に別人か。【歌風】いずれも相聞歌であり、男性を思う献身的女性を思わせる。巻四・五一五、五一六の中臣東人との贈答歌は、情熱的な掛け合いと見える一方、東人の「絶えにし紐をゆゆしみと」に対し、女郎は「三つあひに縒れる糸もちて付けてましもの」などと、掛け合いの小気味よさを見ることも出来る。また、巻四・五〇六の「事しあらば火にも水にも我が無けなくに」にも相当の情熱を感じるが、次歌の駿河采女歌との配列を見た場合、誇張表現を巧みに用いた歌とも理解される。いずれにしても歌詠みに長じた、教養豊かな、機知に富んだ女性と言えよう。（桐生貴明）

## 阿倍継麻呂（あべのつぎまろ）

阿倍朝臣継麻呂【伝説】天平七年（七三五）四月に従五位下、同八年（七三六）二月遣新羅大使（『続日本紀』）。『万葉集』巻十五・三六五六題詞に「七夕仰観天漢各陳所思作歌三首」とあり、これらが筑紫国で詠まれたと考えられ、同年六月ごろには難波を出発したと思われる。『続日本紀』天平九年（七三七）正月二十六日によれば、新羅からの帰途、対馬にて卒したという。『万葉集』巻十五の遣新羅使歌群の左注に「大使」とある五首（三六五六、三六六八、三七〇〇、三七〇六、三七〇八）が継麻呂作とされる。【歌風】いずれも遣新羅使の旅路での作と思われる。「物思ふと人には見えじ下紐の下ゆ恋ふるに月ぞ経にける」（巻十五・三七〇八）

の歌など、常に家郷に向いた継麻呂の胸中を直截に表現したものと理解されよう。
（桐生貴明）

## 阿倍仲麻呂（あべのなかまろ）

遣唐留学生・唐官吏。唐では、仲満・朝衡とも【生没】文武天皇二年～宝亀元年（六九八～七七〇）【歴史・伝説】霊亀二年（七一六）吉備真備らとともに、遣唐留学生となり、翌年（養老元年）出発。唐で博識の名を広める。天平勝宝五年（七五三）に遣唐大使藤原清河、来日する僧鑑真をともに帰国を願ったが安南に漂着し失敗。その後玄宗に仕え、上元年間（七六〇～七六二）には、左散騎常侍・鎮安都護・安南節度使に抜擢される。大暦五年（七七〇）望郷の念を果たせぬまま唐土に没す。七十三歳。後に、唐朝から潞州大都督が贈られ、本朝では承和三年（八三六）、正二品が贈られた。李白・王維らと親交があり、哀悼の詩、惜別の詩がある。『江談抄』には、唐土で没した仲麻呂が鬼の姿をなり真備と再会し、唐の事を伝える話がある。『小倉百人一首』には「天の原ふりさけ見れば春日なる三笠の山にいでし月かも」が選ばれている。

（浅見知美）

## 荒木田守武（あらきだもりたけ）

神職・連歌作者で伊勢俳諧の祖【生没】文明五年～天文十八年（一四七三～一五四九）【歴史・伝説】荒木田守武は、伊勢守武とも称し度会郡宇治に居住。内宮の三禰宜荒木田（薗田）守秀の男、母は一禰宜藤波氏経の娘。神職としての経歴は、長享元年（一四八七）禰宜に補任、天文十年（一五四一）一禰宜長官に累進。年少より連歌を好み、自然に和歌を詠み日々を暮らすが、文明十七年（一五四八）に『老葉』（宗祇の連歌集）を筆写して世間を驚かせた神童（十三歳）、『新撰菟玖波集』（明応四年・一四九五）に一句入集。神職として神明奉仕のかたわら飯尾宗祇・宗長を敬慕して俳諧・連歌に心をよせて、天文五年（一五三六）に「元日や神代のことも思るる」と吟じ、俳諧の代表作品である『俳諧連歌独吟千句』（飛梅千句、天文九年・一五四〇）や『法楽千句』（秋津洲千句、天文十五年・一五四六）などの作品には風雅の様子が示されている。山崎宗鑑とともに俳諧の始祖と称されるが、俳諧の作品として、『俳諧詠草』・『俳諧独吟百韻』（享禄三年・一五三〇）、晨彦・常信・宗仙との四吟『何袋百韻』等がある。特に、『俳諧連歌独吟千句』は、『守武千句』と呼ばれ、慶安五年（一六五二）の板本のほか、自筆の草稿本や定稿本が現存し、天文九年（一五四〇）に成稿した事が知られる。俳諧千句の最初で、俳諧興隆の基礎を築いた作品として俳諧の形式（千句）を確立させた功績は多大である。また、世の中に対する警鐘と風教をめざして『世中百話』（大永五年・一五二五）を公刊、世間では伊勢論語と称讃された。神宮司庁編『荒木田守武集』（全一巻）は有名、衣冠を著《つ》けた荒木田守武の座像が神宮徴古館に所蔵され、宇治神社には守武霊社が合祀されている。辞世の句は、「こし方も　また行末も　神路山　嶺の松風　みねのまつかぜ」である。

【参考文献】伊藤正雄「荒木田守武」『俳句講座』二（明治書院）　（奥山芳広）

## 荒木田麗女（あらきだれいじょ）

女流文学者【生没】享保十七年～文化三年（一七三二～一八〇六）【歴史・伝説】十三歳の時、叔父伊勢外宮の御師荒木田武遇《たけとも》の養女となる。文学を愛好する武遇の感化を受けた。十七歳の時、大坂の連歌師西山昌林に入門。宝暦三年（一七五三）二十二歳の時、神職慶滋家雅《いえただ》に嫁ぐ。家雅も好学で、麗女の才能を理解し著作を勧めた。儒者江村北海《えむらほっかい》に作詩を学び、好学の士と交流を深めた。夫の病気や負債により明和六年（一七六九）大坂に移り、播州三草《みくさ》城主丹羽氏栄《うじひで》の援助により、文筆に専念。速筆で『月のゆくへ』は三十八日間、『池の藻屑』は十六日間で書き上げた。麗女は自信家で、当代の紫式部を任じ、本居宣長と論争しても譲らず、「此おぎないと思ひあがれる本性にて、人のいさめにしたがふことなさず」（『遊京漫録』）と評価されたりもした。

【参考文献】『女流文学全集』第二巻（文藝書院、大正七年四月）　（松尾政司）

## 有間皇子（ありまのみこ）

【略歴】父は孝徳天皇、母は阿倍倉梯麻呂娘の小足媛。斉明天皇三年（六五七）九月、「性黠くして陽狂すと云云。牟婁温湯に往きて、病を療むる偽して来、国の体勢を讃めて曰はく、「纔彼の地を観るに、病自づからに蠲消りぬ」と云云。天皇、聞しめし悦びたまひて、往しまして観さむと思欲す。」とある。さらに、斉明天皇四年（六五八）十一月壬午（三日）、斉明天皇の紀温湯行幸中、留守官蘇我赤兄は「天皇の治らす政事、三つの失有り。……」と有間皇子に天皇の失政を語りかける。この赤兄の発言に皇子は「吾が年始めて兵を用ゐるべき時なり」と謀反を起こす意を示したとされる。その後赤兄の家の楼にて謀っている際、夾膝（脇息か）が自ずから断れ、皇子はこれを不祥とし、話を中断して帰った。ところが、この夜半、赤兄は、物部朴井連鮪を遣わし、造宮丁を率いて有間皇子の市経家を囲み、さらに駅馬を紀温湯に遣わし天皇に奏上した。戊子（九日）有間皇子は守君大石、坂合部連薬、塩屋連鯯魚らと共に捕えられ、紀温湯に送られた。皇太子中大兄の尋問に「天と赤兄と知らむ。吾全ら解らず」と答えたという。庚寅（十一日）、藤白坂にて絞首される。時に十九歳だった（日本書紀）。【伝説】有間皇子の謀反事件に関して、さまざまな議論がなされている。皇太子中大兄や蘇我赤兄らの陰謀という説も存在しているが、『日本書紀』中の或本の中には、有間皇子の言として「先づ宮室を燔きて、五百人を以て、一日両夜、牟婁津を邀へて、疾く船師を以て、淡路国を断らむ」と載せられている。これは、皇子が牟婁温湯に療養と称して行った時に、既に計画されていたものと思われ、皇子自身に、謀反計画がなかったわけではなかろう。平林章仁の「恐らく、有間皇子の謀略計画を察知した中大兄皇子・蘇我赤兄らは逆にそれを利用して巧みに有間皇子を謀略に陥れた」という見解が穏当と思われる。【歌風】『万葉集』に二首（巻二・一四一、一四二）見える。この二首については、実作説、後代仮託の虚構説、旅の歌からの転用とする説などが議論される。挽歌部に属するが、歌そのものは旅の歌と捉えることができ、旅出の心境と旅程での静かなる悲哀と理解されるが、題詞に「有間皇子自傷松枝結歌」とあることや、長忌寸意吉麻呂の歌（巻二・一四三、一四四）や山上憶良の歌（巻二・一四五）、柿本人麻呂歌集歌（巻二・一四六）などの、磐代の結松の歌が後ろに配されていることによって、皇子の悲劇性が色濃く浮かび上がってくると言える。

【参考文献】稲岡耕二「有間皇子」（『万葉集講座』五、有精堂、昭和四十八年）、福沢健「有間皇子自傷歌の形成」（「上代文学」五十四、昭和六十年四月）、平林章仁「有間皇子の変について」（『日本書紀研究』十七、平成二年、塙書房）

（桐生貴明）

## 在原業平（ありわらのなりひら）

歌人【生没】天長二年～元慶四年（八二五～八八〇）【歴史・伝説】父は平城天皇皇子阿保親王、母は桓武天皇皇女伊都内親王。五男で中将となったので、在五中将・在中将・在五と称される。六歌仙・三十六歌仙の一人。兄に中納言行平、子に棟梁・滋春、孫に元方がいて、いずれも『古今集』の歌人である。

天長三年に在原の姓を賜り、臣籍に下る。承和十四年（八四七）蔵人、嘉祥二年（八四九）従五位下となる。その後、貞観四年（八六二）に従五位上に叙せられるまで昇進がなく、官職も翌五年に左兵衛権佐となるまで記録に見えない。その後、左近権少将、右馬頭などを経て元慶元年（八七七）従四位上権中将、同三年蔵人頭に任ぜられ、翌年に没す。紀名虎の子有常の女を妻とし、文徳天皇皇子で名虎女が生んだ惟喬親王と親しくした。

『三代実録』の卒伝には、「体貌閑麗なるも、放縦不拘、略才学無く、善く倭歌を作る」とある。美男子だが、気ままで規則や常識にとらわれず、和歌の名人だったとするのである。和歌については、『古今集』仮名序の「その心あまりて、ことばたらず。しぼめる花の色なくてにほひ残れるがごとし」との評が適切である。深く強い感動に表現が追いつかず、舌足らずだというのである。『伊勢物語』をとおして見た業平は、色好みで、藤原氏の政治的圧力を受けた不遇の人との印象である。しかし、業平の官歴を見れば、賜姓の二世王としては水準をやや上回るほどで、不遇とはいえない。

業平の伝説は、『伊勢物語』と切り離して考えることはできない。二十代半ばから三十代後半までの空白を、清和天皇女御の二条后高子（藤原長良女、基経妹）との密通による罰のためなどとする類の伝承である。たとえば、『古事談』などは、高子の兄弟に髻を切られた業平が、髪の生える間歌枕を見に東国に下ったとする。斎宮と密通する『伊勢物語』六九段からは、業平と斎宮恬子との間に生まれた子が高階師尚であるとする伝承が生じ（『江家次第』）、高階氏の子孫は伊勢参詣を遠慮する習慣を生んだ。これが、一条天皇皇后定子所生の敦康親王を、皇太子に立てられない理由の一つとなった（『権記』）。また、業平は六歌仙の美女小町と一対にされることが多い。その元となったのが、『古今集』に偶然並んだ業平と小町の歌（恋三・六二二、六二三）を、贈答歌に仕立てて一段とした『伊勢物語』二五段である。ここから、奥州に下った業平が、小町の髑髏が詠んだ上句に下句を付ける（『無名抄』）などの説話が生まれることとなった。

**【参考文献】** 目崎徳衛『平安文化史論』（桜楓社、昭和四十三年）、今井源衛『在原業平』（集英社、昭和六十年）、片桐洋一『在原業平 小野小町』（新典社、平成三年）

（岡田博子）

## 在原行平（ありわらのゆきひら）

官人・歌人 **【生没】** 弘仁九年〜寛平五年（八一八〜八九三）

**【歴史・伝説】** 平城天皇の孫、阿保親王男。母は未詳。業平は異母弟。子に友宇、貞数親王を生んだ清和天皇更衣、文子。天長三年（八二六）在原姓を賜り、臣籍降下。貞観十二年（八七〇）参議、元慶六年（八八二）中納言、同八年正三位。文徳天皇の折須磨で「わくらばにとふ人あらば須磨の浦にもしほたれつつわぶとこたへよ」（古今集九六二）を詠じたというが、その蟄居の理由は不明。天安二年（八五八）に中納言藤原師茂の冠を打ち落としたため（毘沙門堂旧蔵本古今集注）とも伝えるが、付会に過ぎない。元慶五年（八八一）奨学院を創設。現存最古の歌合「民部卿行平歌合（在民部卿家歌合）」を主催。世阿弥会心の作「松風」には、須磨の浦で愛人だった松風、村雨という海女姉妹の亡霊が登場する。

**【参考文献】** 西村聡「在原行平の像形成―古注を経て〈松風〉に至る」（室町文学纂集、昭和六十二年九月）

（武田早苗）

## 安楽庵策伝（あんらくあんさくでん）

安土桃山時代から江戸初期の僧・茶人・文人 **【生没】** 天

文二十三年～寛永十九年（一五五四～一六四二）【歴史・伝説】幼少時に出家、故郷美濃国山県浄音寺二十四世策堂文叔上人に付いて得度、「策伝」は師・策堂の命名による僧名（諱、日快）。武将茶人の金森家に生誕、金森法印（飛騨城主近頼（長近））の弟。上洛して禅林寺甫叔上人に師事。西国各地の寺の創建、復興にかかわる。六十歳、京都誓願寺第五十五世に就任、紫位勅許を得た。宗門に伝承された曼荼羅講説を継承し、説教師として咄の術に長じた。笑話本『醒睡笑』（元和九年成る。寛永五年、京都所司代板倉重宗に呈上）は、説教の種本。「落し咄」を創始して、策伝は落語の祖としても仰がれる。茶を古田織部に入門、同門の小堀遠州らと親交、「茶」と「咄」は密接な関係にあり、策伝また「咄」の上手であった。「落とし話の上手」と評された策伝には、滑稽談の背後にも、浄土僧・説教僧としての立場からする教化性（唱道性）が潜む。『醒睡笑』は、説教僧としての策伝の総決算の書。塔頭竹林院を創立、茶室安楽庵に入り、数寄三昧の清閑を得て、八十九歳示寂。

【参考文献】関山和夫『安楽庵策伝和尚の生涯』（法蔵館、二〇〇五）

（下西善三郎）

## 郁芳門院（いくほうもんいん）

歌人【生没】承保三年～嘉保三年（一〇七六～一〇九六）【歴史・伝説】白河天皇の第一皇女。母は源顕房の女、関白藤原師実の養女賢子。承暦二年（一〇七八）伊勢斎宮となる。応徳元年（一〇八四）母藤原賢子の崩御により斎宮を退下し帰京、後に住居を六条院とし父白河上皇と同居、行動を共にした。寛治五年（一〇九一）堀河天皇の准母として入内し中宮となる。寛治七年（一〇九三）女院（郁芳門院）となり「郁芳門院根合」、嘉保二年（一〇九五）「郁芳門院前栽合」を催した。たちふるまいうるわしく、みなりそぶりはなはだ盛ん、生まれながらに心がひろくなさけ深く、「天下の威権ただ此人にあり」と称され、白河天皇の鍾愛を受けた（『中右記』）。夭折後、白河上皇は悲しみのあまり出家を遂げ、居宅である六条院を御堂とした。後に平清盛が領地を寄進し、勢力拡大の足掛かりとしたことが知られる。

（山口孝利）

## 石川丈山（いしかわじょうざん）

江戸時代初期の雅人【生没】天正十一年十月～寛文十二年五月（一五八三～一六七二）【歴史・伝説】三河国碧海郡泉村（現愛知県安城市）にて出生。通称嘉右衛門、諱は重之、丈山は字である。祖父の代から徳川家康の家臣として仕えたが、祖父は討死、父も負傷し、武士をやめた。丈山も家康の近習として戦場に赴いた。大阪夏の陣に際し、功名をあせり、抜駆けをしたことにより処分を受けた。丈山はこの科により蟄居を命じられ、剃髪して妙心寺に入った。一時期安芸浅野家に仕えるもほどなく帰洛し、寛永十七年（一六四〇）に「詩仙堂」なる庵を造り隠棲した。著書に『覆醤集《ふしょうしゅう》』『新編覆醤集』がある。墓は京都市左京区一乗寺松原町・一乗寺門口町の舞楽寺山々頂にある。

【参考文献】『國史大辞典』（吉川弘文館）、『日本史跡大事典②』（日本図書センター、一九九八・一二・一五）（柳澤五郎）

## 石川郎女（いしかわのいらつめ）

万葉集の歌人。閲歴未詳。石川女郎とも。万葉集中には該当する人物が複数存在する。1・久米禅師との贈答歌（巻二・九七、九八）の作者である石川郎女。2・大津皇子の贈歌に和した歌（巻二・一〇八）の作者である石川郎女。3・巻二・一〇九番（大津皇子歌）の題詞に見える石川女郎。4・日並皇子から歌（巻二・一一〇）を贈られた、字を大名児と呼ばれる石川女郎。5・大伴田主との贈答歌（巻二・一二六～一二八）、大伴宿奈麻呂への贈歌（巻二・一二九、名を山田郎女とする）の石川女郎。6・佐保大伴の大家（巻四・五一八）で、石川命婦、諱は邑婆。大伴安麻呂の妻で、坂上郎女の母である石川郎女。7・藤原宿奈麻呂の妻（巻二十・四四九一）の石川女郎。

　女郎と郎女の表記を別の意味とすると、それぞれ別の人物となる。一方、女郎、郎女は同じ意味を持つと考えると、同一人物の可能性も出てくる。万葉集の配列から時代をとらえていくと、1は天智朝の人物、2、3、4は持統、文武朝、5は淳仁朝となる。一般には、2・3・4・5を同一人物とし、四人の女性を想定するが、藤原芳男は「女郎」「郎女」の呼称の違いを踏まえ、2と3・4・5は別人である可能性を示した。また、川上富吉は、関連歌から「氏女・命婦の不幸な生きざまを歌いあげ語りつづける」姿を見出し、すべて同一人物との見解を示した。いずれの歌も相聞的情趣の色濃く醸し出している点で共通していると言える。

【参考文献】藤原芳男「万葉の郎女」（「万葉」第四十六号、昭和三十八年一月）、川上富吉「石川郎女伝承像—氏女・命婦の歌物語—」（「大妻国文」第六号、昭和五十年三月）（桐生貴明）

## 和泉式部（いずみしきぶ）

歌人【生没】天元元年（九七八）頃出生、長元年間（一〇二八～一〇三六）頃没したか【歴史・伝説】父は大江雅致。母は平保衡女で、介内侍と称された。長徳元年（九九五）頃、橘道貞と結婚。ほどなくして、小式部内侍を出産。長保元年（九九九）に道貞が和泉守となり、任国に赴いていた間に為尊親王と交際を開始したとおぼしい。長保四年（一〇〇二）為尊親王薨去。翌年四月、敦道親王との交際が開始、十二月には、召し人として東三条院南院へ入った。寛弘三年（一〇〇六）、敦道親王男で、石蔵宮永覚となる皇子を出産。同四年（一〇〇七）敦道親王が薨去した。喪に服する間に、「帥宮挽歌」と呼ばれる哀切な追悼歌を多数詠じ、同じ頃、敦道親王との恋愛模様を描いた『和泉式部日記』を執筆した。寛弘六年（一〇〇九）、藤原彰子の許に出仕。長和年間（一〇一二～一〇一六）に藤原保昌と再婚する。夫に従い、丹後国・摂津国へも下向した。万寿二年（一〇二五）小式部内侍没。万寿四年（一〇二七）、皇太后藤原妍子の七七日供養に、夫に代わって玉を献上したのが、生存の裏付けられる最終記事（栄花物語）。全国各地に多数の、また多様な話が残るが、そのほとんどが、和歌を介在にしたものである。生存時に最も近い逸話は、『後拾遺和歌集』に入集した「物思へば沢の蛍も我が身よりあくがれいづるたまかとぞ見る」詠に関連したものである。当歌には、「男に忘れられて」という詞書が付けられていて、貴船明神の返歌があったという。これが『俊頼髄脳』では夫と解され、以降、ほとんどが保昌説を踏襲する。また、『古今著聞集』『宇治拾遺物語』などが、道命阿闍梨との関係を伝えているが、証拠はない。娘が登場する母子伝説も多く、そのほとんどは小式部が巧みな和歌を詠むという共通点を持つ。また、和泉式部が鹿から生まれた（和泉式部の足袋）とする伝もある。和泉の生家・産湯の井戸・居宅跡・墓や伝承などが各地に無数に点在しており、町史・郡史などにもその痕跡が残っており、人気の高さが窺える。御伽草子「和泉式部」もある。佐賀県藤津郡塩田町には和泉式部公園があり、和泉の銅像も建てられている。

**【参考文献】**柳田国男『定本柳田国男集　八』（筑摩書房、昭和三十七年）、西條静夫『和泉式部伝説とその古跡』（近代文芸社、平成四年）、久保木寿子『実存を見つめる 和泉式部』（新典社、平成十二年）、中島美代子「九州における和泉式部伝説の調査」（九州大谷情報文化、平成十五年三月）、吉海直人「和泉式部説話と稲荷詣―「あをかりしより」歌をめぐって」（朱、平成十五年三月）、武田早苗『日本の作家100人　人と文学　和泉式部』（勉誠出版、平成十八年）

（武田早苗）

## 伊勢大輔（いせのたいふ）

歌人**【生没】**未詳**【歴史・伝説】**大中臣輔親女、高階成順妻。三十六歌仙の一人。娘に康資王母・源兼俊母・筑前乳母らがいて、いずれも勅撰集歌人。一条天皇中宮彰子の女房として、寛弘四、五年（一〇〇七、八）頃、二十歳前後で出仕したらしい。後冷泉朝まで活躍、多くの歌合に出詠し、歌合日記も執筆した。紫式部・和泉式部・赤染衛門・源経信などと交流があった。晩年は、出家して山里に隠棲する。軽妙流麗な歌風で、『後拾遺集』以下に五十首ほど入集。

彰子に出仕早々に、奈良から献上の八重桜を、「いにしへの奈良の都の八重桜今日九重ににほひぬるかな」と即妙に詠んで名を挙げた（『袋草紙』）。上東門院に出仕している間に、成順の妻となった。成順が石山に籠もったまま音沙汰がなかったので、「みるめこそあふみの海にかたからめ吹きだに通へ志賀の浦風」と音信を促す歌を詠み、ますます名を高めた（『古本説話集』）。子孫も大いに栄え、白河院は曾孫に当たる。院が一の宮と申した時に鏡を賜り、一首を詠む（『古本説話集』）。実際は白河院は伊勢大輔の曾孫ではない。『伊勢大輔集』には、「ゆかりありて東宮（後三条天皇）の若宮（白河院）をみまいらせしに」とある。伊勢大輔は、「頼基、能宣、輔親、伊勢大輔、康資王母、安芸君六代相伝の歌人也」（『袋草紙』）と言われる、重代歌人の家系であった。康平三年（一〇六〇）に、年代の明らかな最後の詠作となった明尊大僧正九十賀歌の歌人に選ばれたのも、頼基が中宮隠子の賀歌を、能宣が藤原兼家の賀歌を詠んだことによるとする（『袋草紙』）。

**【参考文献】**後藤祥子「伊勢大輔伝記考」（山中裕編『平安時代の歴史と文学　文学編』吉川弘文館、昭和五十六年）、久保木哲夫『伊勢大輔集注釈』（貴重本刊行会、平成四年）　（岡田博子）

## 石上乙麻呂（いそのかみのおとまろ）

弟麻呂、石上振乃尊とも。父は左大臣石上麻呂。宅嗣の父**【略歴】**天平十一年（七三九）三月、久米若売を奸す罪により土佐配流。若売は下総に配流。天平十六年（七四四）九月西海道巡察使。以後常陸守・右大弁・中務卿に任ぜられた後、天平二十年（七四八）従三位、天平勝宝元年（七四八）七月中納言。天平勝宝二年（七四九）九月薨（『続日本紀』）。『万葉集』に最大七首、『懐風藻』四首。**【伝説】**人才に秀で、温和な容貌、優雅な身のこなしだったとあり、銜悲藻二巻を記したとされる（『懐風藻』）。『万葉集』で、確実に乙麻呂作と判るのは巻三・三七四のみで、他は伝承による歌とされる。特に、土佐配流時の歌（巻六・一〇一九～一〇二三）は、多くの議論があり、乙麻呂の人物像の形成、伝承をつかむ上で興味深い。　（桐生貴明）

## 石上宅嗣（いそのかみのやかつぐ）

奈良時代後期の文人**【生没】**天平元年～天応元年（七二九～七八一）**【歴史・伝説】**詩人として名を成した中納言乙麻呂の子。孝謙・称徳・光仁の三朝に仕えた。宝亀六年（七七五）物部朝臣姓を賜り、同十年（七七九）石上大朝臣姓を賜った。天応元年（七八一）五十三歳で薨じた時は、大納言正三位兼式部卿で、正二位を追贈された。また、邸宅を阿閦寺とし、寺内の一院を芸亭と名付け士人に公開した。これは日本最初の図書館であるとされる。又、これに因み芸亭居士とも称した。作品は『万葉集』の「治部少輔石上朝臣宅嗣の家にして宴する歌三首」中に、「右の歌は、主人石上朝臣宅嗣のなり」とある歌が見える（四二八二歌）。

他には『経国集』中に、小山賦や七言が残されている。

【参考文献】宗性『日本高僧伝要文抄　第三』、良岑安世・滋野貞主『経国集』、青木和夫等『続日本紀』（岩波書店）

（土門啓昭）

## 伊丹椿園（いたみちんえん）

読本作者【生没】?～天明元年（?～一七八一）【歴史・伝説】坂上蜂房の男、津国屋勘三郎の養子で「銘酒剣菱」の醸造元は津国屋。実父大鹿屋伊兵衛（通称）も醸造家で、椿園は伊丹風俳人という家系に誕生。摂津国伊丹大鹿村の人で、大坂に居住して酒類回漕を生業とし、実父の俳人としての影響を受けて読書を好んで奇書を蒐集するのが趣味。月岡丹下の門人、前期読本作者として詩画を嗜み、『翁草』（安永七年・一七七八）、『女永滸伝』（天明三年・一七八三）、『怪異談叢』（安永八年・一七七九）、『深山草』（天明二年・一七八二）、『両剣奇遇』（安永八年・一七七九）等の作品がある。代表作品『唐錦』（安永九年・一七八〇）は、読本として初めてわが国の史実伝説のなかに中国白話小説を巧みに翻案した読本の代表作品として有名。

（奥山芳広）

## 一山一寧（いちざんいちねい・いっさんいちねい）

鎌倉時代後期の臨済宗の僧・元から勧降使として日本に派遣された来朝僧【生没】宝治元年～文保元年（一二四七～一三一七）【歴史・伝説】宋国台州生れで、一山は道号、法諱は一寧・寧一山ともいう。元の世祖は日本に来貢を強いる目的で遣使せんとし、高僧をもって日本に向けること数回に及んだ。しかし幾多の障害が伴い、いずれも失敗に及び、遂に一山にその命が下り、妙慈弘済大師号を授かって日本に向った。正安元年（一二九九）大宰府に到着、当初は北条貞時から疑いをうけるものち、鎌倉建長寺に住しその後圓覚寺に移る。正和二年（一三一三）後宇多天皇の招請により南禅寺住職となる、一山が日本に中国貴族社会の教養を広めた功績は大である。墓は建長寺玉雲庵にある。

【参考文献】『日本人名大辞典』（平凡社）、『國史大辞典』（吉川弘文館）

（柳澤五郎）

## 一条兼良（いちじょうかねよし・かねら）

歌人・有職故実家・古典学者【生没】応永九年～文明十三年（一四〇二～一四八一）【歴史・伝説】関白経嗣の子として生まれ、摂政・氏長者、また三度の関白就任を経るなど位人臣を極めた。東山文化の好学の世相を背景に将軍家以下から公卿学者としてその才を認められ、重きを成した。応仁の乱の勃発により実子である興福寺大乗院門跡尋尊を頼り奈良に疎開した。奈良滞在は十年余に亘り、その間学問に精進し『源氏物語』の注釈書『花鳥余情』をはじめ多くの著書を物した。その学才は際立ち、「五百年来の学者」「無双の才人」と言われ、自身菅原道真以上の学者と豪語していたと伝わる。著書は古典研究の書である『花鳥余情』や『日本書紀纂疏』、有職故実書として『公事根元』『江家次第抄』、政治書として『小夜の目覚め』『文明一統記』『樵談治要』、紀行文『ふじ河記』がある。

【参考文献】永島福太郎『人物叢書　一条兼良』（吉川弘文館、昭和三十四年）（神山忠憲）

## 市原王（いちはらのおおきみ）

奈良時代の皇族・歌人【生没】未詳【歴史・伝説】父は安貴王、祖父は春日王、妃は光仁天皇の女能登内親王、五百井女王と五百枝女王の二人の娘がいる。

天平十五年（七四三）五月従五位下、天平末年備中守。天平感宝元年（七四九）従五位上、玄蕃頭。天平勝宝八歳（七五六）正五位下、治部大輔。同七年四月に造東大寺長官。天平宝字三年（七五九）礼部大輔。

『万葉集』巻六・九八八番歌は、春草がどんなに茂っていても後に枯れるが父が巌のようにいつまでも変らずにいてほしいという市原王の父、安貴王が健在であることを祝う歌である。安貴王は家持が親しく交際していた紀女郎の夫である。また八上采女への愛情を詠んだ歌（巻四・五三四）がある。これは悲しい志の状況であり、不遇の面を市原王が詠んで父の長寿を祈願して祝う歌としたのであろう。

また秀歌としてとりあげることのできる歌（巻六・一〇四二）がある。この歌の題詞に「同じ月の十一日に活道の岡に登り、一株の松の下に集ひて飲む歌二首」とある。この歌は集宴歌の場となっている活道の岡の地は大伴家持の安積皇子の挽歌（巻三・四七八）に歌われた所である。この松のあった活道の岡は安積皇子の邸宅のあった所（山本健吉）と推定され、皇子と活道の岡との関係があって、安積皇子を中心とした正月の賀宴と考えられている。大樹の下で酒演を開くのは例のあることで家持も後に庄門の槻の木の下で宴飲している。市原王の歌は一本の老松の下で松籟に耳をかたむけ賀宴を展開する様子がみられ、さわやかに歌っている。『万葉』絶品の一つとして評価が高い作品である。歌語の「孤松」は漢詩の題材で初唐劉希夷の詩に孤松篇があり、結句の「年深み」は赤人に「年深み」（巻三・三七八）、坂上郎女の「年深く」（巻四・六一九）、家持の「年深くあらし」（巻十九・四一五九）などがあり、漢籍「年深」の翻訳語という。この歌は皇子の寿の長久を祈る歌であり漢詩の影響を受けた作品である。松吹く風が音楽を奏するように聴覚的意味あいを重視したものといえる。

市原王の歌が『万葉集』に掲載されているのは、巻三に一首、巻四に一首、巻六に三首、巻八に二首、巻二十に一首、計短歌八首である。すべて家持の編纂した巻であることを注意してみると家持と市原王と親交があったと思われる。

【参考文献】針原孝之「天平歌人・市原王」（『二松學舍大学論集』四十九号、平成十八年三月）、田辺爵「市原王の系譜と作品」（『美夫君志』十五）
（針原孝之）

## 一休宗純（いっきゅうそうじゅん）

室町時代の禅僧【生没】応永元年～文明十三年（一三九四～一四八一）【歴史・伝説】一休はよく知られているわりに謎の多い人物である。ここでは三点、その謎について取りあげる。

まず、彼が後小松天皇の落胤であるかどうかという問題である。近年の研究では、確かに疑わしいけれども、落胤でなかったということを証明することも出来ない、という極めて消極的な見方で、とりあえず落胤ということにしておこうという意見に落ち着いてきたようである。一休が落胤であるという説（噂！）は、すでに一休生前からあったようで、弟子の残した「東海一休和尚年譜」にはその記述があるが、弟子は師一休を意図的に祭り上げようとしたと、とれなくもない。

次に、頓智小僧一休という話が、いつごろ出来上がったか、という問題である。おそらく一休は、われわれが馴染んでいるあの頓智話とは、一切関係がない。落胤説と合わせて考えれば一種の貴種流離譚で、ああいう話がいつごろ、どんな人たちの間でストーリーの骨格が作り上げられていったのか、大変興味深い問題ではある。しかし世を忍ぶ仮の姿とか、後々偉くなった人が子供時代苦汁を嘗めた話とかって、日本人好きなんだよね。

最後に、一休が晩年ともに暮らしたという、森女という盲目の女性についての問題である。水上勉の小説『一休』のクライマックスはこの女性との交情の場面であるが、本当にそんな女性がいたのかどうか。一休の残した『狂雲集』の中のいくつかの偈頌を私小説風に解釈するとそう読めるというだけのことである。偈頌は私小説ではない。それはあまりにも近代以後の目で中世の文献を読みすぎた結果だと思う。私は、森女とは一休庵の庭に咲いていた梅の花だと思っているが、それも、確証はない。

【参考文献】三野知之「一休―巧みな韜晦師―」（『スサノオ』第4号、平成十七年）、同「水上勉の小説『一休』」（『国文学解釈と鑑賞』平成八年八月号）
（三野知之）

## 一茶（いっさ）

俳諧師【生没】宝暦十三年～文政十年（一七六三～一八二七）【歴史・伝説】本名、小林弥太郎・別に信之とも。俳号は、一茶。他に圯橋《いきょう》・菊明。別号、阿道・亜道等。信濃国水内郡柏原村（現長野県上水内郡信濃町柏原）に生まれる。父弥五兵衛、母くにの長男。三歳で生母と死別。八歳のとき継母さつが来て、十歳のとき弟仙六（専六、後弥兵衛）が生まれる。一茶を庇う祖母をも交えた一家は常に不和であった。継子の僻みも加わり、継母との反目が始まる。祖母の死を機に、十五歳の春江戸に出され、約十年間「としはもゆかぬ痩骨に荒奉公」（『父の終焉日記』）を体験しながら、「椋鳥と人ニ呼る丶寒かな」（『おらが春』）の辛酸をなめつくした。二十五歳の頃葛飾派の竹阿の門に在った。竹阿は生涯の大半を行脚に送り、流派にこだわらない自由な俳諧観で、感受性の強い時期の一茶を裨益《ひえき》した。寛政四年（一七九二）一茶は西国行脚に旅立った。同十年春江戸に戻る。その後十三年にわたる遺産分配で、骨肉の争いがはじまる。争いの落着とともに文化九年（一八一二）故郷に帰着。以後晩年約十年は、彼の俳風の固定期であった。五十二歳で妻を迎える。妻・愛児の死・家庭の苦悩は、老齢の身を苦しめた。が、死に至るまで衰えをみせぬ旺盛な句作欲であった。一般に一茶調の確立・大成は、『七番日記』時代（文化後期）と目されている。擬声・擬態語を巧みに使用、歌語・脚韻等による軽快なリズム。口語・俗語・方言の自由な駆使等が、その主要な特色と言える。『父の終焉日記』は、不和・対立・葛藤の素因を、異母・義弟の「貪欲・邪知・諂曲」と決めつけ、さらに「表にハ父をいたハると見へて、心にハ死をよろこぶ人達」と、凄絶な人間不信の言葉を叩き付ける。だが、初七日の日記は、「父ありて明ぼの見たし青田原」と、父への鎮魂と父の愛した土への愛着に生きることを宣言している。日記は、漢詩や仏典の字句、格言や「山鳥三四五」（『枕草子』）とか「父の命のきのふけふとハしらざりける」（『伊勢物語』）と古典の章句を配しながら、緊密に構成されている。父に捧げるために心血を注いだ作品である。人口に膾炙している「是がまあつひの栖か雪五尺」（七番日記）は、苛酷な自然条件を詠んではいるが、一方では「思ふまじ見まじとすれど我家哉」（おらが春）とも詠んだ。「是がまあ」には、閉塞をこえた懐かしさのひびきがかよってくる。

我と来て遊べや親のない雀（おらが春）
痩蛙まけるな一茶是にあり（七番日記）
雪とけて村一ぱいの子どもかな（同上）
おらが世やそこらの草も餅になる（同上）

などの句には、対象との明るい一体感が横溢している。弱小の生きものへの励ましと、郷愁と田舎の豊かさを温かく掬い上げている。二十四歳年下の妻を迎え、二男一女をえたが、母子とも早世。後妻とも三ヵ月で離縁。三度目の妻を迎える一茶。「ぽつくりと死ぬが上手な仏哉」の口吟どおり、中風発作で急逝。不運な生涯であった。時に一茶六十五歳。

**【参考文献】**『一茶集』（『古典俳文学大系』15、集英社、昭和四十五年三月）、栗生純夫「小林一茶」（『俳句講座』3、明治書院、昭和三十四年四月）

（稲垣安伸）

## 井原西鶴（いはらさいかく）

俳人・浮世草子作者【生没】寛永十九年～元禄六年（一六四二～一六九三）【歴史・伝説】本姓平山氏、通称藤五。富裕な町人の家に生まれた（『見聞談叢』）。長じて家業を手代に譲り、俳諧師として母方の井原姓を名乗る。号は当初鶴永、後に談林派の宗匠西山宗因に師事して西鶴を名乗る。軒号は初め松風軒、後に松寿軒。家庭的には恵まれず、延宝三年（一六七五）、幼児三人を残して妻を二十五歳の若さで失う（『独吟一日千句』）。子のうち一人は盲目の娘で、これも元禄五年に亡くなったが、この間に再婚の形跡はない。俳諧に志したのは、十五歳のころで、二十一歳には点者となる（『大矢数』跋）と伝えるが、寛文年間の終わる三十一歳ころ（一六七二）、鶴永号時代の間に伝わる作品は、発句九、郭公独吟百韻一巻に過ぎない。このころ宗因に師事し、三十代に談林俳諧で頭角を現す。延宝元年（一六七三）大坂生玉社南坊に俳人一五六人の出座を得て、十二日間に及ぶ万句俳諧『生玉万句』を興行した。西鶴の軽口・狂句は一部に異端視され、「阿蘭陀流」などと揶揄されるが、西鶴はこれを逆手にとって早口に磨きをかけ、「阿蘭陀流西鶴」を標榜した。延宝五年には生玉本覚寺で、当時天下一となる一夜一日独吟千六百句（大句数）を興行する。京都三十三間堂の弓術天下一争いである「大矢数」に倣い、「矢数俳諧」と呼んだ。これに対抗して、月松軒紀子が千八百句独吟を、仙台の大淀三千風が三千句を興行するが、西鶴は延宝八年、生玉社で、四千句独吟（『西鶴大矢数』）を興行する。また、浮世草子作家に転じて後、貞享元年（一六八四）には、摂津住吉社に大矢数二万三千五百句を奉納して「二万翁」を称して、矢数競争に終止符を打つと同時に、自身も俳諧から決別する（真野長澄宛て書簡）。俳諧の師宗因の没した天和二年（一六八二）、自身独りの慰みとして著した「転合書」が俳友によって出版される。『好色一代男』であるが、本作は後に「浮世草子」という新ジャンルを形成する、近世小説史上に記念すべき作品となった。その後草子作品を量産し、元禄元年（一六八八）までの六年間に、『諸艶大鑑』などの好色物八作、『西鶴諸国ばなし』などの雑話物三作、『武道伝来記』などの武家物三作、町人物の第一作目となった『日本永代蔵』の計十五作を上梓している。いずれも鋭く人間観察をし、矢数俳諧で磨いた軽妙な語り口で奇想を生き生きと描出して、読者の喝采を受ける流行作家となった。また、俳諧と決別した西鶴は演劇界に近付き、貞享二年（一六八五）下坂した宇治加賀掾に浄瑠璃『暦』『凱陣八島』を与えて、近松門左衛門・竹本義太夫（『出世景清』）と興行合戦になるも結果は芳しくなかった。これ以降は浮世草子作家として専心するようになる。元禄二年ごろに生死に係わるような大病を患ったようで、回復後も文筆にあってはかつてのように量を誇ることかなわず、質の充実を求めたようである。現在一般に西鶴作と認められている浮世草子は二十五篇あるが、そのうち五作品は没後に刊行された遺稿作である。これらの作品は主に罹病後の執筆であろう。元禄五年に盲目の娘を失ったことも、西鶴の失意に拍車をかけた。元禄六年の春の書簡に「今程目をいたみ筆も覚不申候」（うちや孫四宛て）と衰えを嘆き記している。同年秋八月十日没する。辞世句は「浮世の月見過ごしにけり末二年」その前書きに「人間五十年の究りそれさへ我にはあまりたるに、ましてや」とある。同年没後刊行された第一遺稿集『西鶴置土産』の巻頭に、肖像画とともに掲げられたものである。儒学者伊藤東涯は西鶴作品を読み、世間をよく味わい、「人情にさとく」その人生哲学は老荘とも違う生き方であると評した（『見聞談叢』）。元禄の世と、そこに生きる人の心を見事に描き出して、不朽の名を得た生涯であった。

**【参考文献】**野間光辰『補刪西鶴年譜考証』（中央公論社、昭和五十六年）、『新編西鶴全集』（勉誠社、平成十六年）（白井雅彦）

## 今川了俊（いまがわりょうしゅん）

南北朝時代の幕府方武将・歌人**【生没】**嘉暦元年～？（一三二六～？）**【歴史・伝説】**文武両道の人物。範国の次子。始め貞世。貞治六年（一三六七）足利義詮の死に伴い出家し了俊と号した。足利幕府の侍所・山城守護・引付頭人・遠江守護を歴任または兼務。応安四年（一三七一）九州探題として任地に下り、多大な犠牲を払い二十五年かけて九州の南朝方を壊滅させた。応永二年（一三九五）探題を解任され、恩賞の不満等から応永の乱では反幕府の態度をとったが、後、許され隠居する。冷泉派の歌人として活躍。また、有職故実にも造詣が深く、隠居後は『難太平記』『二言抄』『落書露見』『了俊歌学書』『了俊日記』等著書多数を著した。また了俊に仮託した『了俊大草紙』も作られる。遠江国堀越（静岡県袋井市）海蔵寺に墓がある。

**【参考文献】**川添昭二『今川了俊』（吉川弘文館、昭和三十九年）、今川了俊『難太平記』（群書類従）、川添昭二『今川了俊関係編年史料』上・下（昭和三十五年、三十六年）（武田昌憲）

## 磐姫皇后（いわのひめのおおきさき）

第十六代仁徳天皇の皇后**【生没】**未詳**【歴史・伝説】**古事記によれば、葛城之曽都毘古の女、石之日売命。『日本書紀』には磐之媛命。武内宿祢の孫。第十七代履中天皇・第十八代反正天皇・第十九代允恭天皇の母。『古事記』によれば「石之日売命、甚多く嫉妬みたまひき。故天皇の使はせる妾は、宮の中に得臨かず、言立てば足もあがかに嫉妬みたまひき。」とあって嫉妬深い女性として有名。『古事記』では、天皇は好色心から容姿端正と聞いて吉備国からせっかく召し寄せた黒日売も、磐姫皇后のねたみのはげしさに恐れ畏んで故郷へ逃げ帰ってしまう。天皇がその帰り舟を見て黒日売を恋い慕って「沖には、小舟がたくさん連なっている。愛するもろざやのまさず児が、いまや帰ることだ。名残りおしい。」という歌を歌ったので磐姫は大いに怒り、人をやって黒日売を舟から追いおろして歩かせて追い払った。そこで天皇は淡路島を視察するという口実で吉備まで出かけて行って黒日売と会ったという話である。

『日本書紀』では、丹波の豪族桑田の玖賀媛を愛したいが、磐姫のねたみでそう出来ないままに年を経て、玖賀媛の娘盛りの年がすぎるのを惜しんで、だれかに世話をさせようという話である。

また、『日本書紀』によれば、仁徳三十年九月、磐姫が紀国に旅した留守中に、天皇は年来の宿望を達して八田皇女を宮中に召して結婚してしまった。磐姫皇后は難波の港に入るころにこのことを耳にして非常に憤って、天皇の宮処を目前にしながら、宮に帰らずに川をさかのぼって倭・山城をめぐって結局山城の筒城宮に別居してしまう。天皇は舎人に追いかけさせたり、迎えの使者を出したりしたが、皇后は会おうともしない。十一月になって、天皇は訪問したけれども、皇后は八田皇女とならんで后になりたくないといって会おうとしない。天皇は皇后の怒るのを恨みに思いながらも、なお皇后のことを恋いしたうこころがあったが、そのまま別居する。五年後の三十五年六月に磐姫皇后は筒城宮で亡くなり、八田皇女は三十八年正月に皇后となったという話である。『万葉集』巻二に短歌四首をのせている。異伝歌もある。

**【参考文献】** 川上富吉『万葉歌人の研究』（桜楓社、昭和五十八年）、三谷栄一「磐姫皇后と雄略天皇」（『万葉集講座』五巻有精堂、昭和五十二年）

（針原孝之）

## 殷富門院大輔（いんぷもんいんのたいふ）

歌人 **【生没】** 未詳。大治五年頃？～正治二年頃？（一一三〇～一二〇〇） **【歴史・伝説】** 藤原北家出身。三条右大臣定方の末裔。散位従五位下藤原信成の娘。母は菅原在良の娘。小侍従は母方の従姉にあたる。『尊卑分脈』には「道尊僧正母」とある。安徳天皇・後鳥羽天皇の准母であった後白河法皇の皇女亮子内親王（殷富門院）に出仕したのでこの名がある。殷富門院大輔は歌林苑で活躍。『千載集』以下の勅撰歌人であり、藤原定家や西行等多くの歌人と交際があった。特に定家からの評価は高く、『小倉百人一首』にも選ばれ、また定家の単独撰である『新勅撰和歌集』には十五首採られている。鎌倉時代中期には「女房三十六歌仙」にも名を連ね、鴨長明『無名抄』では小侍従と共に「近く女歌よみの上手」とされている。『歌仙落書』は彼女の歌を「古風をねがひて又さびたるさま」と評している。

家集に『殷富門院大輔集』がある。

（冨澤慎人）

## 斎部広成（いんべのひろなり）

奈良・平安時代前期の官人【生没】未詳【歴史・伝説】斎部広成は、『日本後紀』大同三年（八〇八）十一月甲午（十七日）条に正六位上から従五位下に叙せられたとあるのが唯一の記事である。『古語拾遺』を記した人物として名を知られている。この『古語拾遺』嘉禄本の巻頭には「従五位下斎部宿禰広成撰」とあるが、巻末の日付（成立）には「大同二年二月十三日」とあり、正六位上であったはずである。これに関して、「二年」は一本に「元年」「三年」とあり、また「二月」を「十二月」に作る一本もあるが、後人が広成の極位に書き改めたか書き加えたかとされ、多くの写本通り二年二月ととるのが妥当と考えられている。姓の「斎部」は「忌部」を改めたものであり、『日本逸史』延暦二十二年（八〇三）三月に忌部を斎部に改めることを願い出て許された記事があるのが参考になる。この斎部（忌部）氏は神祇官の祭祀を担当する氏族であり、中臣氏とならんで朝廷の祭儀に奉仕していた。しかし、藤原氏の権勢を背景に持つ中臣氏が勢力を強め、忌部氏を排斥する動きが天平七年（七三五）から顕著となる。『続日本紀』天平七年七月庚辰（二十七日）には忌部虫名と鳥麿が訴えを起こし、忌部らを幣帛使とする許可が下りている。この後、天平十二年（七四〇）十一月、天平勝宝元年（七四九）四月、同八歳（七五六）五月には中臣・忌部の伊勢大神宮の奉幣使記事があるが、天平宝字元年（七五七）六月に中臣氏が伊勢太神宮幣帛使を選任する制が出されている。しかし、この制は『古語拾遺』に述べられているように行われておらず、制が出された後の『続日本紀』にも、中臣・忌部両氏から平等に伊勢太神宮の奉幣使になっている。この後、『日本後紀』大同元年（八〇六）八月庚午（十日）には、両氏の職掌争いが頂点に達し、中臣・忌部相訴勅裁の記事となる。この勅裁によって祈祷や臨時祭の奉幣使に両氏が並んで任につくべきであるとの裁定が下されている。広成著の『古語拾遺』は巻末日付からすると、この裁定後に記したことになる。この執筆目的を、裁定を契機と考えるのは短絡的であろうし、また、この裁定を有利に導くために事前に提出した愁訴状とするには時日が合わない。『古語拾遺』跋に同年は造式の年にあたるとあり、造式の資料の為に記したとする説もある。八十余歳になった広成は、平城天皇の御下問に応じて『古語拾遺』を献上しているが、内容は斎（忌）部氏に伝えられていた古伝承を記し、祭祀職の忌部氏の役割を主張するものである。

【参考文献】西宮一民校注『古語拾遺』（岩波文庫）、『群書解題』一九、津田左右吉「古語拾遺の研究」（『津田左右吉全集』二、岩波書店）

（清水道子）

## 上島鬼貫（うえじまおにつら・かみしまおにつら）

俳人【生没】万治四年（寛文元年）～元文三年（一六六一～一七三八）。墓所は、大阪市天王寺区六万体町の鳳林寺。また、故郷伊丹の墨染寺にも【歴史・伝説】家系は、上島氏、晩年に平泉氏。名は、宗邇、晩年に秀栄。号は、鬼貫（ほか多いが、鬼貫号は生涯用いた。和歌の貫之に対し、俳諧の鬼貫を自任。）、享保十八年落飾して即翁。

父は、摂津国伊丹の上島宗春。当時の伊丹には百軒近い酒の醸造元があって風流者が多く、鬼貫も八歳で句をよんだ。初め貞門の松江重頼についたが、十六歳で談林の西山宗因に移った。伊丹風はじめ世上の俳諧に疑問をもち、貞享二年春、「まことの外に俳諧なしとおもひもうけ」、句を作るにあたって「すがた詞のみ工みにすればまことすくなし」（『ひとりごと』享保三年）とする悟りを開いた。一方、奥州藤原氏を遠祖にもつ鬼貫は、せめて自分だけでも武士になりたいと志願し、筑後三池・大和郡山・越前大野の諸侯に出仕した。俳諧によってなりわいを営むことを潔しとせず、自らは浪人をもって任じていた。門人もとらず、加点も避け続け、開悟して得た新伊丹風も継承するものがなく生涯を閉じた。

［人間鬼貫の「まこと」］鬼貫は、芸術だけでなく、人間も「まこと」そのものであった。義理堅く、仕官問題は何度も切腹を望んだほか、親には孝を尽くし、よう折した子には慈悲を、友人には強い隣人愛を表した。その各々に、悲痛なエピソードが伝えられているという。

【参考文献】文学的自伝『仏足七久畄万』（享保十三年）、自撰句集『大悟物狂』（元禄三年）などの著書、桜井武次郎・安田厚子「上島鬼貫年譜考」（『地域研究いたみ』九号、昭和五十三年）

（浅岡純朗）

## 上田秋成（うえだあきなり）

読本作者・国学者【生没】享保十九年～文化六年（一七三四～一八〇九）【歴史・伝説】その誕生は大坂の娼妓の私生児だったとされている。富商の養子になるが、四歳の時重い疱瘡に罹り両手指が変形してしまう（後に『雨月物語』の署名に「剪指畸人」の戯号を使用）。この時、病気に罹った我が子を救わんと秋成の養父は加島稲荷に願をかけ「齢六十八歳を与える」との霊夢を見たという（「歌島稲荷社献詠和歌序」）。そのため秋成の加島稲荷に対する信仰は生涯のものとなった。若年時に俳諧の道に入り、富士谷成章・勝部青魚と交わる。この二人はともに中国白話小説に通じており、読本作者秋成の誕生に影響を与えた。明和三年（一七六六）浮世草紙『諸道聴耳世間猿《しょどうききみみせけんざる》』を、翌年『世間妾形気《せけんてかけかたぎ》』を世に出し作家デビューを果たす。白話小説を元に創作した怪異話九編を集めた代表作『雨月物語』は明和五年

（一七六八）に脱稿し書肆に原稿を渡しはしたものの、刊行されたのは八年後の安永五年（一七七六）であった。その間、火災により家財を失い、商いの道を絶たれ、生活のために医を学び開業する。良心的な医者として繁盛したが、天明八年（一七八八）には医師を廃業する。誤診で少女を死なせてしまったことが廃業の理由であった（「自伝」）。国学者としては賀茂真淵の門人加藤宇万伎《うまき》に師事する。天明六年（一七六八）、本居宣長と論争を行なうこととなる。その内容は、①古代国語に「ん」の音が存在しないとする宣長に対し、秋成は存在したと主張、また②万国を照らす日の神が生まれたわが国は万国に対し優れていると主張する宣長に対し、秋成はオランダから伝わった世界地図を示した上で相対的立場に立って反論した。この論争は二人の国学者としての考えが対照的で近世最大の論争と言われている（本居宣長『呵刈葭《かかいか》』）。寛政九年（一七九七）に妻を失い、その前後、左右の眼を相次いで失明するという不幸に見舞われる（後に右目はわずかに回復）。晩年は貧しい生活を送り、文化四年（一八〇七）、老病による気塞ぎか、書きためた草稿の類約八十部を自宅の井戸に投げ込んだという（『文反古』）。しかし、著述に対する意欲は衰えず最晩年にいたるまで自著の推敲、改稿を続けた。文化五年（一八〇八）、『雨月』に並ぶ代表作『春雨物語』を成稿。物語に事寄せて、反仏教・反儒教・歌道などの自己の主張を取り入れつつ、物語としても高い完成度を示している。世を厭い人と交わらない孤高の生涯であったが、与謝蕪村・太田南畝・木村蒹葭堂ら当代の一流の知識人らとの交流はあり、高く評価されていた。文化六年、秋成は京都で死去した（享年七十六）。過去帖には「三余斎無腸居士　大坂出生之人歌道之達人」とある。

**【参考文献】**森田喜郎『上田秋成』（紀伊國屋書店（復刻版）平成六年）、高田衛『上田秋成年譜考説』（明善堂書店、昭和三十九年）　　（神山忠憲）

## 右大将道綱母（うだいしょうみちつなのはは）

歌人『蜻蛉日記』の作者 **【生没】** ？～長徳元年（？～九九五）**【歴史・伝説】** 伊勢守正四位下藤原倫寧女。三十六歌仙の一人。本朝三美人の一人（『尊卑分脈』）。歌人藤原長能は異母弟。『更級日記』の作者、菅原孝標女は姪。

天暦八年（九五四）秋、右大臣藤原師輔男の兼家と結婚、翌年に道綱を出産。その年の九月ごろ、兼家が町小路の女に宛てた手紙を見つける。この女の家を確認した二、三日後、兼家が道綱母の家の門をたたくが、腹立たしさから開けずにいると、兼家は町小路の女のもとに行った。その翌朝、兼家に詠んでやった歌が、『百人一首』にも採られて有名な「嘆きつつ一人寝る夜の明くる間はいかにひさしきものとかは知る」である。町小路の女は、天徳元年（九五七）に出産する。が、その翌年には兼家の町小路の女への愛情が冷め、子まで亡くなる。道綱母は、これに「今ぞ胸はあきたる（こうなった今こそすっきりした）」と日記に書きつけた。天禄二年には、兼家が新しい女の近江に夢中となり、西山の鳴滝にあった般若寺に、尼になろうと籠もる。しかし、結局迎えに来た兼家といっしょに京に戻る。その後、兼家には「雨蛙（尼帰る）」などとからかわれる（『蜻蛉日記』）。

天延元年（九七三）秋、四十歳前後で郊外の中川に転居し、夫婦関係は絶えたと見られる。『蜻蛉日記』もこの翌年に終わる。その後も、寛和二年（九八六）の内裏歌合に道綱の代詠をし、正暦四年（九九三）の春宮帯刀陣歌合に出詠する。長徳元年、六十歳ほどで卒す。『大鏡』には歌の名手とあり、『袋草紙』には時鳥を詠んだ秀歌の一首に、道綱母の歌が挙げられる。『拾遺集』以下の勅撰集に三十六首入る。

**【参考文献】**『一冊の講座　蜻蛉日記』（有精堂、昭和五十六年）、増田繁夫『右大将道綱母』（新典社、昭和五十八年）（岡田博子）

## 宇多天皇（うだてんのう）

第五十九代の天皇**【生没】**貞観九年～承平元年（八六七～九三一）在位仁和三年～寛平九年（八八七～八九七）**【歴史・伝説】**時康親王（光孝天皇）の第七子。母は桓武天皇の皇子仲野親王の女、班子女王。諱は定省・王侍従・朱雀院・亭子院・六條院・宇多院・寛平法皇・仁和寺法皇など。陽成天皇の廃立によって父の時康親王が即位し（光孝天皇）、親王の男女は源氏姓を賜り臣籍に下った。しかし、光孝天皇が崩御する直前に、天皇の意を汲んだ藤原基経の推挙により慌ただしく立太子、即位を行う事になる。この功に報いようとして出した詔が原因で所謂、「阿衡の紛議」が起こる。これをきっかけに藤原氏に対して不快の念を持ち、菅原道真を重用する。基経の死後は、その子の時平と融和的に施策を進め、寛平の治と評される時代を生み出した。若い時から詩文・和歌・芸能などに関心を持ち、『周易』を愛読され（『江談抄』）、歌合の開催や『新撰万葉集』『句題和歌』の撰進を命じた。中でも『亭子院歌合』では、勅判を下し、後の『古今和歌集』の機運を醸成した。また仏教にも深い関心を寄せ、熊野・吉野・高野山にも退位に後御幸し（『扶桑略記』）、文芸的な世界を活性化させた功績は大きい。『大和物語』には、退位の時に、伊勢の御が亭子院の壁に歌を書き付けたことや、橘良利が後を追って出家した話、大江玉淵の女との交渉など、多くの歌物語を載せる。また、源融の子孫から河原院を譲られ、そこに住んだときに、亡霊となって現れた融に対し、「この殿道理を知らず」と叱り（『古今著聞集』）、死後は莚で棺を包み葛でからげるように命じた（『続古事談』）逸話が伝わる。退位の折、醍醐天皇に与えた訓戒『寛平御遺戒』や、今は逸文しか伝わらない『宇多天皇宸紀』がある。

【参考文献】古代学協会篇『延喜天暦時代の研究』（昭和四十四年）　（原　由来恵）

## 有智子内親王（うちこないしんのう）

漢詩人【生没】大同二年～承和十四年（八〇七～八四七）

【歴史・伝説】嵯峨天皇の第八皇女。母は山口王の女、従五位上交野女王。弘仁元年（八一〇）、薬子の変を契機に、初代の賀茂斎院に定められ、天長八年（八三一）病により退下するまで二十一年間勤仕し、この時漢文学を学び、詩才を身につけた。後、嵯峨西荘に居を定め余生を過ごした。弘仁十四年（八二三）嵯峨天皇の花見行幸の際、「春日山荘」の題に対して、「寂々幽荘水樹裏」（続日本後紀）の七言律詩を披露し、感嘆した天皇は内親王に三品を授けた。天長十年（八三三）には二品に昇叙され、文人を召す料として封百戸を賜った。優れた詩才は『経国集』などに合計十首が遺されており、日本史においても数少ない女性漢詩人として名を残した。陵墓は、京都府京都市右京区嵯峨小倉山緋明神町に所在する方墳に治められている。　（山口孝利）

## 烏亭焉馬（うていえんば）

戯作者・劇作者・狂歌師【生没】寛保三年～文政五年（一七四三～一八二二）

【歴史・伝説】江戸本所相生町で生涯を送る。家業は大工だが、三十歳を過ぎて戯作に手を染め、平賀源内や大田南畝と親交を結ぶ。後に浄瑠璃作者となってから演劇界に食い込み、五代目市川団十郎から始まる成田屋の贔屓団体「三升（市川家の紋）連」を組織して代々の団十郎のパトロン的存在となる。天明六年から「落咄の会」を始め、落語中興の祖と呼ばれるが、今日に続く三遊亭金馬や立川談志の名跡はこの人に由来する。本業の才と団十郎贔屓を反映して、「三升」尽くしで飾り立てた居宅を建築し、「団洲楼」とした。戯作界では、式亭三馬・柳亭種彦などがその門人と呼べる。また、晩年の述作『花江戸歌舞伎年代記』（一八一一～一五）は資料的価値が高い。同時代の江戸文壇・演劇界の世話役的存在であった。

【参考文献】延広真治「烏亭焉馬年譜」一～六（『東京大学人文科学紀要』昭和四十七年三月以下）　（白井雅彦）

## 馬内侍（うまのないし）

女房・歌人【生没】未詳。天暦（九五四～九五七）始め頃の生まれか【歴史・伝説】中古三十六歌仙の一人。右馬権頭時明の娘。実父は時明の兄致明。村上・花山・円融・一条天皇時代にかけ、斎宮女御・円融天皇中宮媓子・選子内親王・中宮定子らのもとに出仕した。『拾遺集』以下に四十一首入集、『大斎院前御集』に四十余首の和歌が収められている。藤原朝光・道隆・道兼・道長・公任・実方らと交流し、華やかな宮廷生活を送った。『江談抄』『古事談』に、花山天皇が即位の日、褰帳命婦役の馬内侍を高御座で犯したとする架空の逸話が収められ、『十訓抄』には一条天皇時代の錚々たる女房たちの中に列記されるなど、それぞれの時代を代表する名女房の一人と認識されていた。晩年は出家し宇治院（雲林院？）に隠棲した。家集に『馬内侍集』。（伊東玉美）

## 梅暮里谷峨（うめぼりこくが）（初世）

江戸時代中期の洒落本作者・戯作者【生没】寛延三年～文政四年（一七五〇～一八二一）【歴史・伝説】反町三郎助・三郎兵衛が通称。号は梅暮里谷峨（初世）・遊里山人、法号は垂蓮信士。上総久留里藩士反田与左衛門伴秀の男。江戸の生れで久留里藩士、天明五年（一七八五）に出仕、寛政六年（一七九四）家督を相続して五十石取りの馬廻席。江戸本所埋堀藩邸に居住し大目付役を勤めた事により、梅暮里と号した。天明八年（一七八八）より洒落本を刊行して文壇に登場、『絵本金花夕映』（文化六年・一八〇九）、『復讐大山二筋道』（文化七年・一八一〇）、『絵本今調録』（文化十年・一八一三）等の作品がある。代表作品『傾城買二筋道』（寛政十年・一七九八）は、洒落本として江戸時代の人情本の基礎を確立した作品として有名。（奥山芳広）

## 卜部兼好（うらべかねよし）

鎌倉末期・南北朝初期の僧侶歌人。『徒然草』の著者【生没】弘安六年？～観応三年以後（一二八三～一三五二）【歴史・伝説】俗名・卜部《うらべ》兼好《かねよし》、法名・兼好《けんこう》。俗名を以て法名とした（『尊卑分脈』）。父は、卜部兼顕。卜部の家は、代々神祇の家で、平安中期から吉田社と平野社の神職を預かる。兼好は、吉田社流の系統の人だが、吉田社神職の嫡流ではない。「吉田兼好」という呼称は、江戸期に始まった誤用。生没年ともに、確実なところは不明だが、観応三年（一三五二）八月、二条良基の「後普光園院殿御百首」に合点を加えたのが、兼好生存の最後の記録となる。

出家の年次は、不明。が、三十一歳のころ（正和二年・一三一三）には「兼好御坊」と呼ばれているから、これ以前の出家遁世となる。出家の原因も不明だが、兼好の出家は、ふるくから〈貴尊の死に殉ずる物語〉という話型のなかで考えられてきたふしがある。室町期には「後宇田院」の崩御に殉じて出家したともされ（正徹物語、吉野拾遺）、近世にもうけつがれた（この説は現在では否定されている）。現在では、それに代わって、「後二条院」崩御に殉じたという見方が有力である。

出家前の苦悶、出家後の修学のなかで、兼好は、自身の生きる道を模索しながら、次第に遁世歌人として生きる道を固めていった。元応二年（一三二〇）、二条為世撰『続千載集』に入集、勅撰歌人となり、正中二年（一三二五）、二条為定撰進の『続後拾遺集』にも入集、勅撰二代作者となる。このほか、『風雅集』などの勅撰集にも入集し、合計十八首を数える。建武中興を祝した「内裏千首」（建武二年・一三三五）には、兼好も和歌を召された。南北朝初期のころは、歌書を中心とした古典の書写活動を盛んにおこない、青表紙本『源氏物語』、『古今集』、『拾遺集』等の書写に勉めている。「貞和（一三四五～五〇）の比」には、毎月三度の為定家の歌会に、頓阿・慶運などとともに「定衆」として参加した（二条良基「近来風体」）。最晩年には、足利尊氏・足利直義・高師直ら足利方に接近、政治的にも如才なく生きた兼好の姿がうかがわれる。歌の活動に励んできた兼好にとって、晩年の「自撰家集」の編纂は、彼の歌活動の集大成とも言うべきもの。型どおりの部立編纂を排し、自己の人生の軌跡を和歌を通じて透視できるように巧まれた、一種の「自叙伝」と見られている。ただし、「兼好家集」には、足利幕府の要人に接近した歌々は、注意深く排除されている。青年期の恋の痕跡、東国への旅の足跡も書き留められている。歌人の経歴のほうが長いが、室町期以後、むしろ『徒然草』の著者として有名になり、江戸期には爆発的に歓迎され、現在に引き継がれている。「求道者兼好」という像は江戸期にかたどられたもの。俗と聖の領域に渉って、兼好は、一筋縄ではつかみきれない。

【参考文献】五味文彦『徒然草の歴史学』（朝日新聞社、平成九年）、稲田利徳『和歌四天王の研究』（笠間書院、平成十一年）、下西善三郎『人と文学　兼好』（勉誠出版、平成十五年）

（下西善三郎）

## 永福門院（えいふくもんいん・ようふくもんいん）

伏見天皇中宮・歌人【生没】文永八年～康永元年（一二七一～一三四二）【歴史・伝説】永福門院鏱子。西園寺実兼の第一女。母は内大臣源通成の女顕子。正応元年（一二八八）伏見天皇の女御、次いで中宮となる。子に恵まれなかったため、典侍藤原経子所生の胤仁親王を引き取って育てた。永仁六年（一二九八）伏見天皇の譲位に伴い院号を受け、正和五年（一三一三）出家して真如源と号した。文保元年（一三一七）に伏見院は崩御するが、永福門院はそれ以後持明院統の融和に努め、後伏見院らを後見した。この後伏見院こそ、典侍藤原経子から引き取った胤仁親王である。康永元年五月七日、北山第にて崩御、七十二歳であった。京極為兼から和歌を学び、京極派を代表する歌人となる。『玉葉和歌集』に四十九首、『風雅和歌集』に六十九首採られている。文保二年（一三一八）頃に自撰した『永福門院百番御自歌合』がある。

（冨澤愼人）

## 恵慶法師（えぎょうほうし）

歌人【生没】未詳【歴史・伝説】平安中期の中古三十六歌仙の一人。父母未詳。『中古三十六人伝』は、播磨講師と称され、寛和頃の人とする。『法中補任』によると、永観元年（九八三）から永延三年（九八九）頃は、天王寺別当職にあったらしい。交友が広く、特に安法法師と親しくし、彼が住持であった河原院にはしきりに出入りしている。他に平兼盛・清原元輔・大中臣能宣・曾禰好忠らと交際。貴紳に召されることも多く、花山院・源高明・藤原道兼・藤原頼忠などに詠進、『恵慶集』に六種の屏風歌・障子絵歌、『拾遺集』には紙絵歌・屏風歌各一種が見える。旅行詠や自然詠に優れるといわれる。『拾遺集』以下の勅撰集に五五首入集。

【参考文献】川村晃生・松本真奈美『恵慶集注釈』（貴重本刊行会、平成十八年）

（小池博明）

## 江島其磧（えじまきせき）

浮世草子作者【生没】寛文六年～享保二十年（一六六六～一七三五）【歴史・伝説】本名村瀬権之丞。通称庄左衛門。京都誓願寺門前の大仏餅屋村瀬庄左衛門正孝の子として生まれた。元禄中期に家業をついだが、放蕩のため財産を失い、役者評判記や浮世草子の執筆をするようになった。八文字屋の主人八左衛門（自笑）の依頼で元禄十二年（一六九九）役者評判記『役者口三味線』を書き、体裁が整っていること、批評が妥当であること、趣向のすばらしさにより好評を得て、三都の歌舞伎俳優の新しい芸評を打ち出した。元禄十四年には浮世草子『けいせい色三味線』を執筆した。この作品は「世に三味線の類本みちたり」という流行を作るほどの人気を博した。正徳元年（一七一一）には、好色ものの集大成ともいえる『傾城禁短気』を発表し、他の浮世草子作家を圧倒した。この頃までは自笑の代作者として自分の名前を表に出さなかった其磧だが、報酬の配分問題や自笑が周囲の評判を一身に受けるのを見るにつけ溝が深まり、両者は六、七年間絶縁状態となる。その間、其磧は長子一郎左衛門に江島屋を開かせ、自作を刊行する一方で大仏餅屋の家督を他に譲り、資金集めに努力するも効果なく、享保三年（一七一八）八文字屋と和解する。和解後は専属の作者に近い形で八文字屋から作品を発表していき、時折谷村・菊屋・鶴屋などからも出版した。其磧と八文字屋の勢いは他を圧倒し、浮世草子界を思いのままにした。其磧は浮世草子に時代物と気質物《かたぎ》という新ジャンルを取り入れた。中でも評価の高いものが気質物である。この気質物は明和・安永期にも流行し、この頃の主流となった。気質物には井原西鶴の作品が数多く利用され、笑いの要素も多く含まれている。其磧は西鶴の影響を強く受けており、作品の至る所でそれを見ることができる。気質物の特徴には他に、主人公が偏った趣味や嗜好を持っている者であることが挙げられ、それは作品の面白さにつながっている。このように其磧は、八十数作に及ぶ浮世草子作品を生み出し、その作品の面白さで当時の社会を夢中にさせた。西鶴以後最もすぐれた浮世草子作家であるといえる。

**【参考文献】**佐伯孝弘『江島其磧と気質物』（若草書房、平成十六年七月）

（友田　奏）

## 榎本其角（えのもときかく）

江戸中期の俳人**【生没】**寛文元年～宝永四年（一六六一～一七〇七）**【歴史・伝説】**父は江戸日本橋堀江町の医者竹下東順、榎本性は母方のものである。螺舎・螺子・宝晋斉・晋子・狂雷堂・雷柱子・麒角・善哉庵・狂而堂・渉川、また宝井其角と称した。**【作品】**十四、五歳の頃に芭蕉に入門し、また、書は佐々木春龍、画は英一蝶、儒学は服部寛斎、詩は大巓和尚に学んでいる。版本では、延宝七年（一六七九）の『坂東太郎』に数句収められるのが所見であるが、翌八年の著には『田舎句合』がある。『桃青門弟独吟二十歌仙』も同年に刊行されたものであるが、収められている歌仙は十七歳の作である。『虚栗』『新二百韻』等の著は、天和三年（一六八三）に堀江町から芝の金地院前に移ってからのものである。『新山家』『続虚栗』『其角十七条』『誰が家』『枯尾花』『末若葉』『三上吟』等の著書が続いている。**【逸話】**放縦な生活ぶりに、芭蕉は「朝顔に我はめしくふをとこ哉」と詠み、酒への戒めを込めているが、其角には「忠臣蔵」に関する逸話が著名である。歌舞伎の『土屋主税』は、暇乞いに来た大高源吾が、其角の「年の瀬や水の流れと人の身は」の発句に「あした待たるるその宝船」とつけ、その真意が討入りであったと知れるものである。同じく『松浦の太鼓』では、其角と竹売りの子葉（大高源吾）の句は両国橋上でのこととされている。劇的効果はともかく、其角は討入りの夜、本所松坂町の吉良邸の隣家の俳諧の会に、嵐雪とともに参列していたものと思われる。『五元集』に見られる句文は、夜陰を破り、吉良邸から聞こえた浪人達への同情がある**【評価】**雨乞の句、「夕立や田をみめぐりの神ならは」の次の句には「翌日雨ふる」と記しているように、いかにも江戸育ちらしさがうかがえる。宝永四年二月二十九日、四十七歳で没し、芝上行寺に葬る。

**【参考文献】**『日本人名大辞典』（平凡社、昭和五十五年）、『歌舞伎狂言細見』（歌舞伎新報社、大正八年）

（酒井一字）

## 榎本星布（えのもとせいふ）

俳諧師**【生没】**京保十七年～文化十一年（一七三二～一八一四）八十三歳。初号、芝紅。別号、絲明窓・松原庵三世

**【歴史・伝説】** 星布は武蔵国八王子横山本宿（現八王子市本町）榎本忠左衛門徳尚（号先徹）の一人娘として生まれた。十六歳の時実母に死別。十八歳の頃に八王子の旧家、津戸為祥の五男信親を婿養子に迎え、一人息子喚之が生まれたが、明和七年（一七七〇）に死別した。

俳諧は継母（号仙朝）の感化を受けて始め、白井鳥酔に学び、鳥酔没後、加舎白雄に従事した。天明八年（一七八八）鳥酔の松原庵を継承した。寛政三年還暦を機に剃髪し星布尼と称した。生涯、俳諧一筋に生き、およそ千句近い発句を残し、八十三歳で没した。墓は八王子市龍華山大義寺にある。大正十五年東京府史蹟に指定された。

作品は星布の還暦祝いに出版した句集『星布尼句集』（寛政五年）のほか『みどりの松』（寛政九年）、『松の花』（寛政十一年）、『都鳥』（寛政十二年）、『蝶の日かげ』（享和一年）、『四季発句集』（享和二年）、『春山集』（文化八年）などの刊本がある。江戸時代の女流俳諧師の中でも俳書の多さや活動の大きさは群を抜いている。白雄の追善集として、七回忌に『七とせの秋』（寛政九年）を刊行している。

星布の交友は暁台・重厚をはじめ、碩布・虎杖・春鴻など白雄門人たちと交流がある。その居住地は、武蔵野・江戸・相模・甲斐・両毛・信濃・越後などに散在していた。俳諧を中心として茶・琴・書画など趣味が広く松原庵は文化サロンとなった。文化六年（一八〇九）二月十六日蜀山人（大田南畝）が晩年の星布を訪問した。星布は父（先徹）をはじめ、継母（仙朝）、息子喚之、孫の二人（李好・りう）、義弟津戸為白ら一族ぐるみで俳諧に親しんだ。

**【参考文献】** 代表句「雉子羽うって琴の緒きれし夕哉」（『星布尼句集』）、川島つゆ『女流俳人』（明治書院、昭和三十一年）、上野さち子「榎本星布」（『女性俳句の世界』岩波新書、平成一年）、矢羽勝幸他『榎本星布尼句集』（古典文庫、平成十年）

（小磯純子）

## 応　其（おうご）

真言宗の僧・連歌師 **【生没】** 天文五年～慶長十三年（一五三六～一六〇八）**【歴史・伝説】** 近江佐々木源氏の武士であったが出家。天正元年（一五七三）三十八歳の時決意して、高野山に入り、十穀を断つ木食の修行にかかり、経を読み念仏を唱え、折々に歌や連歌などを詠んだ。天正十三年（一五八五）豊臣秀吉が高野山を攻めた時、応其が和議を斡旋し、秀吉の信任を得て、高野山の仕置権を与えられた。高野山の金堂・大塔などを秀吉の後援で建立。天正十四年京都の方広寺の大仏殿造営にかかわるなど、「諸国に於て造営都て八十一箇所」（『高野山総分方風土記』）と、「行基大聖」の再世と称えられた。連歌を好み、最も整備され詳細な連歌式目『無言抄《むごんしょう》』を天正七年（一五七九）に起筆し、二年余りで草案を師紹巴の校閲を受けて成稿した。

【参考文献】『大日本史料』十二編之五、慶長十三年十月一日の条

（松尾政司）

## 淡海三船（おうみのみふね）

奈良時代後期の文人・学者。御船とも【生没】養老六年～延暦四年（七二二～七八五）【歴史・伝説】大学頭兼文章博士。大友皇子の曾孫。池辺王の子。はじめ御船王と称したが、天平年間（七二九～七四九）に出家して元開となる。天平勝宝三年（七五一）、孝謙帝の勅によって還俗し、臣籍に下って淡海真人姓を賜わる。石上宅嗣と並んで文人の筆頭と言われた。石川名取らとともに『続日本紀』（延暦十六年〈七九七〉成立）編纂の事業にも携わった。『唐大和上東征伝』、『送戒明和尚状』などを著わす。古くは『懐風藻』の編者にも擬せられたが、現在ではほとんど採られていない。列代漢風諡号を撰したとする説もある。

【参考文献】小島憲之『国風暗黒時代の文学 上』（塙書房、昭和四十三年）

（保科 恵）

## 大江朝綱（おおえのあさつな）

文人・書家【生没】仁和二年～天徳元年（八八六～九五七）【歴史・伝説】大江氏の祖とされる音人の孫、玉淵の子。祖父音人の江相公に対し後江相公と呼ばれた。延喜十一年（九一一）文章生、承平四年（九三四）文章博士、天暦元年参議、正四位下に至る。撰国史所別当となり『新国史』を撰進した。若い時分から文才を発揮し、延喜八年（九〇八）には、渤海国使餞別の詩序を作った。その時、渤海の人が「朝綱は大臣の位にいるのか」を尋ね、そうではないことを答えると「日本国は賢才を用る国にあらざることを知れり」と言ったという（『江談抄』『古今著聞集』）。また夢の中で白楽天と問答したこと（『古今著聞集』）や、『白氏文集』中第一の詩を菅原文時と共に撰んだともされる（『江談抄』『古今著聞集』）。書にも優れ、紀長谷雄の詩文集『紀家集』を書写し、その残巻が今に残る。小野道風と書法を争い村上天皇から「朝綱書法の道風に及ばざる事道風の文の朝綱に及ばざるが如し」という判定をもらった。生涯で二度、内裏屏風詩を作り、その一つは小野道風の屏風土台として残っている。文章は『本朝文粋』『和漢朗詠集』に、和歌は『後撰和歌集』等に残る。戯文「男女婚姻賦」といった柔らかい作品もある。

【参考文献】新日本文学大系『江談抄』（岩波書店、平成九年）

（原 由来恵）

## 大江維時（おおえのこれとき）

文人【生没】仁和四年～応和三年（八八八～九六三）【歴史・伝説】大江氏の祖とされる音人の孫、千古の子。母は巨勢文雄の女。江納言と称された。延喜十六年（九一六）

に文章生に補され延長七年（九二九）文章博士。地方官を歴任したほか大学頭・東宮学士などを務める。醍醐・朱雀・村上の三代にわたって侍講を勤め、藤原忠平の相談相手、顧問格であった。真面目な性格で博引強記、平安遷都以来の邸宅の所有舎の移り変わりや、人々の忌日を記憶していた。「天徳内裏闘詩」では判者を勤める。詩人というよりは学者肌で撰国史所別当を務めたほか、『日観集』（散逸）、『千載佳句』（二巻現存）、『養生方』などがある。その学識を伝える逸話に、醍醐天皇が前園の草花の名前を記録させようとしたとき、真名漢字ではなく仮名で記した。そのことを人に笑われたため、漢字では人々が理解できないためと答えた。その後、天皇から漢字で記すように言われて書いたところ、やはり人は理解できなかったという。

**【参考文献】**『大日本史料』応和三年六月七日条　（原　由来恵）

## 大江千里（おおえのちさと）

歌人・学者**【生没】**不詳**【歴史・伝説】**大江氏の祖とされる音人の子。大江千古の兄。一説に玉淵の子。中古三十六歌仙の一人。『古今和歌集』以下の勅撰集に三十一首採歌される。強い不遇意識を持っていたらしく（『句題和歌』『古今和歌集』）、「月見れば千々にものこそかなしけれわが身一つのあきにはあらねど」（『百人一首』）のように沈倫的傾向の作品が多い。史料の上では検証できないが、無罪にも拘わらず事件に連座し籠居した時期があったらしい（『句題和歌』序）。宇多天皇の命により家集『句題和歌』（『大江千里集』ともいう）を撰進するが、これは大部分が『白氏文集』の詩句を題にして作詠したものであり、新しい試みであった。こうした作歌方法は『大弐高遠集』『土御門院御集』『藤原為家集』『拾遺愚草』などに引き継がれていくことになる。博学であったらしく、編著に『弘帝範』『群書要覧』『貞観格式』がある。

**【参考文献】**『大日本史料』延喜三年二月二十六日条　（原　由来恵）

## 大江匡衡（おおえのまさひら）

漢学者・歌人**【生没】**天暦六年～寛弘九年（九五二～一〇一二）**【歴史・伝説】**大江重光の子、維時の孫。妻は赤染衛門。文章博士・式部大輔・正四位下。慶滋保胤は、匡衡の願文がすばらしすぎて往生の妨げになると嘆じ（『江談抄』六）、ライバル紀以言は匡衡の家から詩作の反古を盗ませた（『袋草紙』）。紀斉名と大論争を繰り広げるなど（『本朝文粋』）学問に厳しく、敵に左手指を切り落とされる事件（『日本紀略』）の後、それは一層強まったと思われる。容貌にめぐまれず、侮った女房に和琴を差し出され「逢坂の関のあなたもまだ見ねば東のことも知られざりけり」と見事に切り返した逸話がある（『今昔物語集』二四）が、実際は和歌にもすぐれ、中古三十六歌仙の一人である。

【参考文献】大曽根章介『日本漢文学論集二』（汲古書院、平成十年）
（伊東玉美）

## 大江匡房（おおえのまさふさ）

漢学者・漢詩人・歌人【生没】長久二年〜天永二年（一〇四一〜一一一一）【歴史・伝説】大江氏は平城天皇の子孫で、代々文章道に携わる漢学の家であった。匡房は大学頭成衡《しげひら》の嫡男で、誕生した際には曾祖父匡衡の未亡人赤染衛門が産衣に和歌を添えて送ったという。長じて、江中納言・江帥《ごうそち》・江都督《ごうととく》などと称した。匡房の『暮年詩記（暮年記）』などの著作にその閲歴が知られる。四歳から漢学の道に入り、十一歳で始めて漢詩を作って神童と称された。十六歳で文章得業生となり、十八歳で対策に合格し、二十一歳で式部少丞となり、従五位下に叙せられた。しかし官途の昇進は容易ではなく、一時出家を考えたこともあった。二十七歳で東宮学士となり、翌年東宮は即位して後三条天皇となって、それとともに匡房は蔵人に補せられて殿上を許された。次いで中務大輔に任じられている。延久元年（一〇六九）再び東宮学士となり、右少弁を兼ね、順調に昇進をした。この度の東宮は延久四年即位して白河天皇となり、匡房はまたも蔵人となり、三度目の東宮学士となった。三十四歳には美作守となったが、四十歳でこれを辞し、その後中央で、権左中弁・左中弁・左大弁・勘解由長官などを歴任し、応徳三年（一〇八六）四十六歳で従三位に叙せられた。この年白河天皇が退位して院政を開始すると、匡房は院庁の別当を兼務した。その後式部大輔に転任し、周防権守を兼務し、また参議となった。寛治八年（一〇九四）五十四歳で、権中納言、従二位となって出世を遂げた。永長二年（一〇九七）大宰権帥を兼任、筑紫に下り、安楽寺で菅原道真の霊を祭ったりしている。康和四年（一一〇二）正二位となり帰京、その後再び大宰権帥を任じられたが、老病を理由に赴任しなかった。天永二年（一一一一）七十一歳で大蔵卿に任じられたが、ほどなく死去した。知識人らしく、多くの様々な著作があるが、『傀儡子記』『遊女記』『狐媚記』『洛陽田楽記』『江帥集』（家集）『江談抄』『続本朝往生伝』『本朝神仙伝』『江都督納言願文集』『江家次第』などがよく知られている。

匡房には逸話が多い。藤原実兼が筆録した『江談抄』によると、世間の人は匡房をあれこれ噂し、中には彼を熒惑（火星）の化身と言った人もいたという（巻三）。『古今著聞集』には彼が大宰権帥の任を終えて帰京する際に、道理で得た財物と非道で得た財物を別々の船に乗せたところ、道理の船は沈んだ（巻三）。源義家は匡房について学問を学び、後三年の役で勝利した（巻九）などが見える。その他の説話は『古事談』『十訓抄』等に見える。

【参考文献】川口久雄『大江匡房』（人物叢書、吉川弘文館、昭和四十三年）、深沢徹『中世神話の煉金術―大江匡房とその時代』（人文書院、平成六年）、小峯和明『院政期文学論』（笠間書房、平成十八年）　（石黒吉次郎）

## 大江以言（おおえのもちとき）

平安時代中期の漢詩人【生没】天暦九年～寛弘七年（九五五～一〇一〇）【歴史・伝説】「ゆきとき」、「よしとき」とも。大江千里の孫にあたる。父は大江仲宣。弓削宿禰を名乗ったが、大江姓に戻す。大江嘉言とは兄弟。学者大江匡衡を従兄弟に持つ。藤原篤茂に師事して、治部少輔・文書博士・式部大輔などの官につき、寛弘七年に五十六歳で没した。大江匡衡や紀斉名と並び称され、朝廷や摂関家の詩宴に列席して詩才をふるった。藤原道長の政敵の藤原伊周と親しかったために、道長に蔵人の任官を阻止されたという。『以言集』、『以言序』があったとされるが、現在伝わっていないが、『本朝文粋』『本朝麗藻』『卅五文集』などに彼の作品が見える。その詩風は新意に満ちているが法則を無視すると評されている。弟子に源道済がいる（『江談抄』）。

【参考文献】『日本古代中世人名辞典』（吉川弘文館）　（冨澤慎人）

## 大江嘉言（おおえのよしとき）

平安時代中期の歌人【生没】？～寛弘七年（？～一〇一〇）【歴史・伝説】大江千里の孫にあたる。父は大江仲宣。一時、弓削姓を名乗ったが、大江姓に戻している。大江以言とは兄弟。正暦三年（九九二）文章生、長保三年（一〇〇一）弾正少忠。寛弘六年に対馬守に任じられ、間もなく任地にて没した。中古三十六歌仙の一人。『拾遺和歌集』以下の勅撰歌人。正暦四年（九九三）五月の東宮帯刀陣歌合、長保五年（一〇〇三）五月の左大臣道長歌合、寛弘四年の正月から同五年二月に行われた後十五番歌合に詠出している。藤原長能・源道済・能因法師などと交流があった。『能因集』に嘉言が対馬守として下向する際の贈答歌や、嘉言を追悼する歌が載せられている。家集に『大江嘉言集』がある。

【参考文献】『日本古代中世人名辞典』（吉川弘文館）　（冨澤慎人）

## 大伯皇女（おおくのひめみこ）

大来皇女とも【略歴】斉明七年（六六一）正月甲辰（八日）に大伯海（岡山県瀬戸内市のあたり）にて生まれたことにちなみ、大伯と名づけられた。父大海人皇子（天武天皇）、母は大田皇女。天武二年（六七三）四月に「大来皇女を天照太神宮に遣侍さむとして、泊瀬斎宮に居らしむ。」と見え、翌天武三年（六七四）十月「大来皇女、泊瀬の斎宮より、伊勢神宮に向でたまふ」とみえる。実質的な意味での初代斎王といわれる。大伯皇女の斎王着任は、壬申の乱での伊勢神宮の協力と関係があるとも言われる。朱鳥元年十一月「伊勢神祠に奉れる皇女大来、還りて京師に入る」とあり、約十四年間斎宮の任にあった。大宝元年（七〇一）十二月没、四十一歳。【伝説】皇女に関する事績については、不明な点が多い。それは、斎宮という特殊な立場に十四年もの間就いていたこととも関連していると思われる。『万葉集』に短歌六首、いずれも同母弟大津皇子への恋情にも似た歌や、皇子の死を哀惜する歌などが見える（巻二・一〇五、一〇六、一六三～一六六）。弟大津皇子の謀反、刑死を避けられなかった、姉大伯皇女の悲痛な心情の吐露と理解されよう。大津皇子の歌とともに、大伯皇女の歌を実作と見る説と後人仮託歌とする説が提起されている。この点は、橋本達雄の「即けばすべて自作となり、疑えば皆仮託となる危険性を脱する一貫した論理を見出し得ない」という言に象徴されるように、難解な問題である。

【参考文献】神堀忍「大伯皇女と大津皇子」（「万葉」第五十四号、昭和四十年一月）、橋本達雄「大津皇子・大伯皇女の詩や歌は後人の仮託か」（「国文学解釈と教材の研究」二十五－十四、昭和五十五年十一月）

（桐生貴明）

## 大隈言道（おおくまことみち）

歌人【生没】寛政十年～慶応四年（一七九八～一八六八）【歴史・伝説】清原清助が通称、遠祖は舎人親王四代の孫清原通雄。筑前博多の商人大隈茂助言朝の男、母は刀鍛冶信国光昌の娘。筑前博多の人、薬院抱安学橋で出生、幼少時代より藩士二川相近に入門して和歌及び書を学ぶ。天保七年（一八三六）、三十九歳の時に家督を弟に譲り隠棲して歌道に専念して独自の新歌風を確立。天保十年（一八三九）、広瀬淡窓に学ぶため、日田の咸宜園に入門。安政四年（一八五七）、大坂に居住し、中島広足・八田知紀・熊谷直好・佐々木弘綱らと交友を結び、門人達とも歌道に親しんだが、慶応三年（一八六七）に帰郷した。歌集は『今橋集』（万延元年撰・一八六〇）、『草径集』全三巻（文久三年刊・一八六三）、『続草径集』（安政四年・一八五七）等の作品がある。

（奥山芳広）

## 凡河内躬恒（おおしこうちのみつね）

歌人【生没】未詳【歴史・伝説】『古今集』撰者の一人。三十六歌仙の一人。『古今集』以下の勅撰集に約一八〇首入集。甲斐少目・和泉権掾・淡路権掾などを歴任。終生官位は低く、『勅撰作者部類』は五位とするが、晩年でも淡路権掾であるから、疑わしい。活動期は三十年に及ぶ。その初期には、寛平五年（八九三）以前に行われた是貞親王歌合・寛平御時后宮歌合に出詠。ただし、他の資料から、寛平期の歌合出詠について確実ではないとする説もある。昌泰元年（八九八）に甲斐から帰京したと思われる躬恒は、宇多上皇主催の歌合に出詠。この時期に宇多上皇や藤原時平に、歌人として評価されたと推定される。延喜五年（九〇五）の『古今集』奏上以後は、同年の平貞文歌合・延喜十三年亭子院歌合・延喜二十一年京極御息所歌合などに出詠。権門からの屏風歌依頼も多い。歌風は理知的、技巧的で、『古今集』的表現を基調とするが、細やかな抒情を示す歌もある。

多くの和歌説話があるが、美しい月の晩に、醍醐天皇が月をなぜ弓張りというのかと下問したのに、「照る月を弓はりとしもいふことは山べをさしていればなりけり」（「射れば」と「入れば」の掛詞）と詠んで大袿を賜った話は有名（『大和物語』）。後年のものでは、藤原実行と藤原俊忠（長実とも）が、貫之と躬恒の優劣を論じ、白河天皇の意向をうかがうと、天皇は源俊頼に尋ねよと言う。そこで、俊頼に問うと「躬恒をば侮らせ給ふまじきぞ」と繰り返したという（『無名抄』）。躬恒の評価の高さがわかる逸話である。

**【参考文献】** 島田良二「凡河内躬恒」（『王朝の歌人』桜楓社、昭和四十五年）、平沢竜介他『躬恒集他』（明治書院、平成九年）、藤岡忠美・徳原茂実『躬恒集注釈』（貴重本刊行会、平成十五年）

（小池博明）

## 大島蓼太（おおしまりょうた）

俳人 **【生没】** 享保三年～天明七年（一七一八～一七八七）

**【歴史・伝説】** 姓は吉川、名は平助・平八とも。号の姓は出身地の信州伊那大島にちなむ。二十三歳で桜井吏登門に入り、その後剃髪し諸国行脚、三十歳の年に師より「雪中庵三世」を継承する。江戸俳壇に固執するでもなく、三十余たび諸国行脚をするが、生涯に関わった俳書類は二百、門人は三百人を越える重鎮で、西（京都）の蕪村に並ぶ俳諧中興の祖と言える。芭蕉を顕彰し、自身の江戸菩提寺の要津禅寺に「古池」を擬して造成し、傍らに「芭蕉庵」と称する草庵を建てる（竹内玄々一『続俳家畸人談』）。他の俳諧中興諸家と異にするのは平明な炭俵調を尊重したことで、近代では、正岡子規による「俗気紛々たる句多し」（『獺祭書屋俳屋』）という評が定着した感があるが、それはその温厚円満な性格のなせる過小評価であろう。

**【参考文献】** 中村俊定「大島蓼太」（『俳句講座』第三巻「俳人評伝下」明治書院、昭和三十四年）

（白井雅彦）

## 大田垣蓮月（おおたがきれんげつ）

歌人 **【生没】** 寛政三年～明治八年（一七九一～一八七五）

**【歴史・伝説】** 江戸時代後期の歌人。寛政三年正月八日に生まれる。初名は誠《のぶ》。出家した後は蓮月という。若いときに因州で奥勤めをしていたことから、薙刀・鎖鎌・剣術・舞・歌・裁縫など人に教えるに足る芸が七つあったとされている。その武技はなかなかの腕で、結婚をする以前に友人達と酔っ払った若い青年に囲まれてからかわれた際、その中の一人の頸筋を掴むと投げ飛ばしたという逸話も残っている。勉学に関しては上田秋成に国学の教授を受けていたという。十七、八歳で大田垣家の養子・望古と結婚をし、一男二女をもうけるも早くに亡くす。放蕩者であった望古と離縁した後は才色兼備であるゆえに見合いの話が絶えなかった。文政二年の春、大田垣家に入家した古肥と再婚をし、一女をもうける。しかし文政六年に古肥が病死したことをきっかけに剃髪をした。このとき誠、三十三歳。養父である光古と共に知恩院にて剃度式を受け、光古は西心、誠は蓮月との法名を授けられる。西心と蓮月は知恩院山内真葛庵にて生活をする。古肥との間にもうけられた女児は文政八年に早世。西心もまた天保三年に往生を遂げた。孤独になった蓮月の悲哀は深く、それを機に岡崎に移り住むと、和歌を詠み、師にもなったが、世間で寡婦であることを風評されたためその道を絶つ。老婆の勧めにより陶芸を始めると、その面白さに虜となって、陶器を作っては自詠の和歌を掘り込んでいった。これが「蓮月焼」と称され評判になる。岡崎を出た蓮月は大仏の廃院に居を構えた。蓮月六十一歳のことである。蓮月は昭和八年十二月十日に没した。墓は西賀茂小谷墓地にあり、墓石は鞍馬石を使用し、鉄斎の筆で「大田垣蓮月之墓」と記されてある。

**【参考文献】**村上素道『増補蓮月尼全集全』（蓮月尼全集分布会、昭和二年）

（奥谷彩乃）

## 太田道灌（おおたどうかん）

武将・歌人**【生没】**永享四年～文明十八年（一四三二～一四八六）**【歴史・伝説】**扇谷上杉定正の重臣で武蔵鉢形城に拠る長尾景春と関東各地で戦いを繰り返すなど、多くの合戦で活躍。康正二年（一四五六）江戸城の築城にかかり、長禄元年（一四五七）完成させた。歌人としても知られ、文明六年（一四七四）江戸城内で歌合を興行、また、三十番歌合を催すなど、歌人の心敬《しんけい》らと関東歌壇を指導した。道灌は幼少の頃より鎌倉五山で学問に励み、「五山無双」と評判になった。寛正六年（一四六五）道灌は上洛で拝謁した将軍足利義政から、武蔵野の風景を尋ねられ、「我庵は、松原続き、海近く、富士の高根を、軒端にぞ見る」（『名将言行録』）と詠じて義政を感嘆させた。晩年には万里集九《ばんりしゅうく》らを招いて詩歌会を催した。

**【参考文献】**前島康彦『太田道灌』（太田道灌公事蹟顕彰会、昭和三十一年九月）

（松尾政司）

## 太田南畝（おおたなんぽ）

江戸後期の文人・狂歌師、本姓大田、名は覃、通称直次郎のちに七左衛門、別号四方赤良《よものあから》・蜀山人・杏花園**【生没】**寛延二年～文政六年（一七四九～一八二三）**【歴史・伝説】**江戸牛込御徒《おかち》町（新宿区中野）の幕府御徒組屋敷で生ま

れ、十七歳の時御徒の職を継いだ。翌年十八歳で作詩用語事典である『明《みん》詩擢材《てきざい》』を刊行し、本格的漢学を志して松崎観海に入門したが、翌明和元年に遊びで刊行した『寝惚《ねぼけ》先生文集』が大好評で、狂歌流行のきっかけとなった。安永四年（一七七五）からは『甲駅新話』『深川新話』『変通《へんつう》軽井茶話《かるいざわ》』など、社会通念を無視した新感覚で方言、ユーモアを駆使して抱腹絶倒の洒落本《しゃれぼん》を次々に刊行、さらに黄表紙にも手を染めて、「高き名のひびきは四方《よも》にわき出《いで》て赤ら赤らと子供まで知る」（大島蓼太）と詠まれたほどの評判を得、天明三年には『万載《まんざい》狂歌集』を出して「天明ぶり」狂歌の大流行を現出した。だが寛政の改革によって後援者であった旗本土山宗二郎が死罪となったのちは表向き職務と漢学塾に専念し、四十六歳で受けた幕府人材登用試験では御目見得以下の部で主席の成績を納めている。この登用試験ののちは官吏として能力を発揮する一方で文人蜀山人としての活動も再開し、「詩は詩仏（大窪）、書は鵬斎（亀田）に狂歌おれ、芸者小勝に料理八百善」と詠んで文芸界の重鎮を自認していた。後年南畝は青年期に狂歌で知られたことを恥じたというが、和歌を土台にした従来の狂歌の形に囚われない自由自在な作風で社会に新たな文芸風土を創出した意義は大きい。寛政の改革以降目立った出版活動はしていないが、文政元年（一八一八）にそれまでに作った狂歌の中から選んで、『蜀山人自筆百首狂歌』を刊行している。墓所は文京区白山四丁目日蓮宗本念寺。（鈴木　邑）

## 大津皇子（おおつのみこ）

**【略歴】** 天智天皇二年～朱鳥元年（六六三～六八六）。父は天武天皇、母は大田皇女。皇太子となる草壁皇子に継ぐ地位であった。朱鳥元年（六八六）十月に賜死した時の年齢が二十四歳だった（『懐風藻』）とあることから、天智天皇二年（六六三）に出生したことになろう。天武天皇元年（六七二）の壬申の乱の際、近江京から脱し、伊勢国鈴鹿関にて天武天皇軍に合流した。同十二年（六八三）二月己未（一日）に朝政に参画。同十四年（六八五）正月丁卯（二十一日）、浄大弐位を授かった。朱鳥元年（六八六）九月、天武天皇の崩じた時に、僧行心の教唆で皇太子に対する謀反を企てたが、十月己巳（二日）に河島皇子の密告により謀反が発覚、捕らえられ翌日に訳語田の家にて賜死。妃の山辺皇女も殉死した（『日本書紀』）。『万葉集』によれば、後に葛城の二上山に移送されたという。**【伝説】** 大津皇子の人柄などについて、『日本書紀』『懐風藻』ともに、丈高く優れた容貌で、度量も大きい。さらに節を重んじ、人に礼を尽くす人だったため、従うものが多かったこと、また、学問を好み、詩文に長けたことを伝えている。『懐風藻』詩四篇、『万葉集』に四首（巻二・一〇七、一〇九、巻三・四一六、巻八・一五一二）見える。大津皇子の謀反に関しては、持統天皇の策略によるとする説がある。その説を支えるいくつかの点を挙げておく。まず大津皇子に加担した三十余人のうち、礪杵道作（伊豆配流）と僧行心（飛騨国の寺院に移される）以外は、悉く赦免された点が挙げられる。また、天武天皇は、草壁皇子を皇太子に据え、大津皇子を朝政に参画させたが、これ以前の天武天皇八年（六六九）には、天皇は諸皇子と皇后を吉野に集わせ、同腹の兄弟のように愛しみ合うことを誓わせている。さらに、『懐風藻』には、密告した河島皇子の詩一篇を載せるが、その伝には、非常に親しかった大津皇子を裏切ったことに非難の声があったことが載せられている。大津皇子は周囲の人々にとって大きな存在であり、皇后（持統天皇）に「才のある大津皇子は皇太子を脅かす存在である」という思いに至らしめるに十分な人物であったことは想像に難くない。したがって、大津皇子抹殺を企てたという可能性は十分に理解されよう。【作風】残された詩歌は決して多くはないが、大津皇子の豪放な性格が現れている一方、『懐風藻』「五言臨終一絶」や『万葉集』巻三・四一六などは、死を目前にした悲哀を十分に感じさせ、人々の心深くに響くものがある。なお、大津皇子関係歌については、実作か後人仮託か、という議論が展開される。いずれにせよ、大津皇子と大伯皇女の悲運な姉弟に対して、後人は共感し鎮魂の念を抱いたという点は指摘できよう。（桐生貴明）

## 大伴池主（おおとものいけぬし）

奈良時代の官人【生没】未詳【歴史・伝説】姓宿弥。天平十年（七三八）東宮坊少属。従七位下。同十八年八月越中掾。同二十一年越前掾。天平勝宝五年（七五三）左京少進となり帰京。八年三月聖武太上天皇の河内行幸に供奉。このとき式部少丞。天平宝字元年（七五七）七月橘奈良麻呂の変に加担した人名中に池主の名が見えるがその経過は不明である。池主の作品で最も古いのは天平十年十月（『万葉集』巻八・一五九〇）であり、最も新しい作品は天平勝宝六年正月の歌（巻二十・四三〇〇）である。

天平十八年八月七日、大伴家持が越中国守として赴任した後、家持館での宴（巻十七・三九四三〜三九五五）において池主が主賓として出席している。さらに十一月には、家持が大帳使池主の帰りを歓んで詠んだ歌（巻十七・三九六〇、三九六一）がある。十九年には家持が重病におちいり悲しみの気持を詠んでいる。（巻十七・三九六二〜三九六四）。病が回復に向かいつつある時、病気を案じてくれた池主に病状を報告し短歌二首（巻十七・三九六五、三九六六）をそえた。家持と池主の親交を唱和の立場からみると、

家持　布勢の水海に遊覧する賦（巻十七・三九九一、三九九二）

池主　布勢の水海に遊覧する賦に敬み和ふる（巻十七・

三九九三、三九九四）

家持　立山の賦（巻十七・四〇〇〇～四〇〇二）

池主　立山の賦に敬み和ふる（巻十七・四〇〇三～四〇〇五）

家持　京に入らむとき漸く近づき悲情撥き難く懐を述ぶる（巻十七・四〇〇六～四〇〇七）

池主　忽に京に入らむとして懐を述ぶる作を見る。生別の悲しびの腸を断つこと万廻なり。怨緒禁め難し。聊かに所心を奉る。（巻十七・四〇〇八～四〇一〇）

の三つの唱和があり一連の歌における三部作として注目される。家持の「越中三賦」の最初「二上山の賦」には池主の唱和がない。「布勢の水海に遊覧する賦」「立山の賦」については、家持と池主が唱和の形で詠んでいるのであるから、家持の「二上山の賦」は池主に対して習作的作品として呈示しなかった（神堀忍）のであろうか。また池主の歌には中国文学の影響が強い。語句は文選を中心とする六朝ものに、更に王勃などの初唐物をくわえたところに中心がある（小島憲之）という。

池主の作品は『万葉集』に長歌四首、短歌二十四首が収められている。

**【参考文献】** 小野寛「家持とその周辺」（『大伴家持と越中万葉の世界』高岡市万葉ふるさとづくり委員会、雄山閣出版、昭和五十九年）

（針原孝之）

## 大友黒主（おおとものくろぬし）

歌人 **【生没】** 未詳 **【歴史・伝説】** 系譜未詳。『本朝皇胤紹運録』では大友皇子の曾孫とするが、その注に「非皇別」とあるなど、疑問。「皇別」とは皇族から臣下に降った氏族のこと。渡来系で近江国滋賀郡在住の豪族か。『古今集』仮名序で、「そのさまいやし。いはば、薪を負へる山人の、花の陰に休めるがごとし」と評される、六歌仙の一人。

『大和物語』に次のような話が載る。宇多法皇が近江の石山寺に参詣することが重なったため、国司は民が疲弊すると嘆いた。それを聞いた法皇は、他の国に準備を命じた。恐れた国司は、打出の浜に立派な宿舎をつくり、黒主にいさせた。黒主は、上皇になぜそこにいるのかと問われて「ささら浪まもなく岸を洗ふめりなぎさ清くは君とまれとか」と詠み、法皇の感興を得た。伴信友は、これを延喜十七年（九一七）、黒主九十歳の時とする。

黒主は、六歌仙の一人として有名でありながら、身分が低く、素性もはっきりしないことから、後世多くの伝承を生んだ。猿丸太夫の三男とする伝承（『古今和歌集目録』）は、『古今集』真名序に「大友黒主の歌は、古の猿丸太夫の次なり」とあることからだろう。中世になると、次のような好色話が見える。美男の黒主に懸想した隣の女が、老婆を装って夜に火種をもらいに行く。老婆と思った黒主は火種だけを与えて帰してしまう。翌朝、女の意図を見破れなかった黒主をなじる歌を、女が贈る（『十訓抄』）。典拠となった『奥義抄』などでは、「大伴田主」となっており、『万葉集』の歌の訛伝と言われる。死後、六歌仙の歌徳により神として祭られ（『無名抄』）、大津市南志賀に黒主神社として現存する。

**【参考文献】**高崎正秀『六歌仙前後』（桜楓社、昭和四十六年）、小沢正夫『古今集の世界』（塙書房、昭和三十六年）（岡田博子）

## 大伴坂上郎女（おおとものさかのうえのいらつめ）

歌人**【生没】**未詳**【歴史・伝説】**万葉集以外の文献に記述はないため、『万葉集』からのみ知る事ができる。父は佐保大納言大伴安麻呂、母は石川内命婦。同母弟に稲公がいる。大伴郎女を母とする旅人・田主・宿奈麻呂とは異腹の兄弟。家持の叔母であり、後に、姑となる。藤原麻呂との贈答歌（巻四・五二二～五二八）の左注によれば、はじめ穂積皇子に嫁ぎ寵を受けたが、皇子の没後、藤原麻呂と交渉があったことが知られる。また、異母兄宿奈麻呂との間に、大嬢・二嬢の二人の娘を成している。この宿奈麻呂との婚姻関係は麻呂との交渉よりも、先であったか後であったかは意見の分かれるところである。また、大伴家の家刀自であったという説も有力で「祭神歌」（巻三・三七九、三八〇）や「献天皇歌」（巻四・七二一、七二五、七二六）、さらに親族との宴席での歌などが、坂上郎女の家刀自的立場を示すものとして挙げられている。作品は『万葉集』中に八十四首ほどおさめられており、『万葉集』の女流歌人の中で最多、全体でも家持・人麻呂に次ぐ数である。雑歌・相聞・挽歌全ての分野にわたり、女流では珍しい羇旅作もみられる。類歌が多いことが指摘されている。また、相聞歌は社交性・虚構性の強いものであると見られている。

**【参考文献】**五味保義「大伴坂上郎女」（『万葉集大成』十、平凡社、昭和二十九年）、青木生子「大伴坂上郎女」（『日本歌人講座』一、弘文堂、昭和四十三年）、小野寺静子「大伴坂上郎女」（『万葉集講座』六、有精堂、昭和四十七年）、阿蘇瑞枝「大伴坂上郎女」（『万葉の歌人たち』武蔵野書院、昭和四十九年）（大澤夏実）

## 大伴坂上大嬢（おおとものさかのうえのおおいらつめ）

歌人**【生没】**未詳**【歴史・伝説】**『万葉集』以外の文献に記述は無い。大伴宿奈麻呂の女、母は坂上郎女。妹に二嬢、異母姉に大伴田村大嬢がいる。坂上の里に住んでいた母坂上郎女の長女であるため坂上大嬢という。また、「大伴坂上郎女、跡見の庄より、宅に留まれる女子、大嬢に賜ふ歌一首　并せて短歌」（巻四・七二三、七二四）、「久邇の京に在りて、寧楽の宅に留まれる坂上大嬢を思ひて、大伴宿禰家持が作る歌一首」（巻四・七六五）などから、普段は、奈良の宅にいたことがわかる。従兄弟の家持と結婚したあと、夫の任地である越中に下向している。作品は『万葉集』中に短歌十一首がおさめられており、そのすべてが、家持との贈答歌である。巻四の七二七番から始まる、二人の一連の相聞歌の題詞に「大伴宿禰家持、坂上家の大嬢に贈る歌二首」とあり、その小注に「離別数年、また逢ひて相聞往来す」とあることから、家持と大嬢は一時期離れていたことがわかる。時期、理由ともに多くの説がある。特に理由に関しては、家持の女性関係に関するものや、大嬢の年齢に関するもの、大嬢の母であり、家持の叔母である坂上郎女が関係しているというものなどさまざまな意見がある。

**【参考文献】**伊藤博「家持の女性遍歴」（『万葉集相聞歌の世界』塙書房、昭和四十九年）、小野寺静子「大伴家持と坂上大嬢」（『万葉集を学ぶ』三、有斐閣、昭和五十三年）、神堀忍「大伴家持と坂上大嬢」（『万葉集研究』二、塙書房、昭和五十九年）・山崎馨「大伴坂上大嬢」（『万葉歌人群像』、和泉書院、昭和六十一年）

（大澤夏実）

## 大伴宿奈麻呂（おおとものすくなまろ）

奈良時代の官人**【生没】**未詳**【歴史・伝説】**大納言大伴安麻呂の第三子。母は巨勢郎女。旅人・田主の弟で、異母妹坂上郎女を妻とした。また田村大嬢や坂上大嬢の父。和銅元年従六位上から従五位下に叙せられた。同五年従五位上となり、霊亀元年五月左衛士督となる。養老元年正五位上、養老三年七月備後守のとき按察使として安芸・周防国を管した。養老四年正五位上。神亀元年、従四位下となる。また右大弁（4・七五九左注）だったことがみえる。万葉集に短歌二首がある。

（針原孝之）

## 大伴旅人（おおとものたびと）

奈良時代の貴族・歌人、名は、淡等（『萬葉集』）・多比等（『続日本紀』）とも。『萬葉集』に帥大伴卿とあるのも旅人のことである。**【生没】**天智四年～天平三年（六六五～七三一）**【歴史・伝説】**大納言大伴宿禰安麻呂と巨勢郎女（一説に石川内命婦ともいう）の間に第一子として生まれる。子に家持・書持・女子、弟に田主・宿奈麻呂、異母弟妹に坂上郎女・稲公。大伴氏は雄略朝以来宮門を守る親衛軍「内兵」の伝統を誇る「もののふ」の家であった。天武朝には連から宿禰に改姓。旅人は和銅三年（七一〇）正月正五位上左将軍（史書初見）、養老二年（七一八）中納言となり、この年に家持誕生と推定する向きが多い。同四年三月兼征隼人持節大将軍として西下、六月に隼人叛乱の鎮定の功を慰問され、八月に帰京。神亀元年（七二四）聖武天皇即位に際し正三位に叙され、三月の吉野行幸に従駕して詠んだ歌が『萬葉集』にある（「暮春の月、芳野離宮に幸しし時、中納言大伴卿勅を奉りて作れる歌一首（巻三・三一五、三一六）」）。七月聖武天皇の夫人、石川大蕤比売が薨じ、正二位を贈る使いとなった以後、『続日本紀』では天平三年（七三一）正月まで記事を欠くが『萬葉集』によれば、同五年（七二八）兼大宰帥として家持らを伴い筑紫に着任、間もなく妻大伴郎女を失う。「大宰帥大伴卿、凶問に報ふる歌一首」があり、「世の中は空しきものと知りながら云々」の仏教的色彩の濃い歌を詠じ、左注も「四生の起滅は夢の空しき方べ」に始まり、「この穢土を厭離す、本願生をかの浄刹に託せむ」の句で結ばれている（巻五・七九三）。この「世間」の「空しさ」を歌ったのが山上憶良の文学心をかき立て、二人を中心に望京の念をこめた新しい文学の数々が生まれることになった。天平二年（七三〇）十二月、大納言に任ぜられ年内には帰京したか。翌年正月従二位に進み、人臣で最高位を占めるに至るが、七月二十五日に世を去った。旅人の詩「初春宴に侍す」を録する『懐風藻』には、「年六十七」と見え、これを享年と解せるだろう。旅人は歌人として『萬葉集』に七十余首の歌がある。然も、この七十余首はすべて短歌であり、大宰帥任官後の、晩年四年間に偏っている。これは、老齢で大宰帥として下向し、着任早々妻を失い、また、筑前国守に任ぜられていた山上憶良との文学的な交流が、多作の契機になったのであろう。旅人を中心として、憶良・造筑紫観世音寺別当の満誓、さらには少弐の小野老ら大宰府官人をも加え、旺盛な作歌活動が展開された。旅人は、晩年の自身の生活感情を表し、短歌による連作を作り出し、また、大陸的な文人趣味に共感をもち、風雅に遊ぶ術を知っていた。「梅花の歌三十二首」（巻五・八一五〜八四六）は圧巻であろう。

【参考文献】村山出『憂愁と苦悩　大伴旅人・山上憶良』（新典社）　（清水道子）

## 大伴書持（おおとものふみもち）

万葉集の歌人【生没】？〜天平十八年頃（？〜七〇一）

【歴史・伝説】大伴旅人の子、家持の弟。天平十年十月十七日の橘諸兄旧宅での集宴で歌を詠む。（『万葉集』巻八・一五八七）。同十一年六月家持の亡妾を悲傷して作る歌に和す（巻三・四六三）。同十三年四月二日「霍公鳥を詠む歌二首」を奈良の宅から家持に贈る（巻十七・三九〇九、三九一〇）。四月三日家持が久邇京から書持に報送した（巻十七・三九一一〜三九一三）。天平十八年九月二十五日家持が書持の喪を聞き、感傷して作る歌（巻十七・三九五七〜三九五九）があるので、この頃書持が死んだのであろう。また天平十二年十二月九日「大宰の時の梅花に追ひて和ふる新しき歌六首」（巻十七・三九〇一〜三九〇六）を詠んだ。家持の愛傷歌によると草花を好むやさしい人物であったらしい。『万葉集』巻三に一首、巻八に三首、巻十七に六首の短歌をのせている。ただし、巻十七の三九〇一〜三九〇六の六首は家持作ともされる。

（針原孝之）

## 大伴家持（おおとものやかもち）

奈良時代の官人・万葉集の歌人【生没】養老二年?～延暦四年（七一八～七八五）【歴史・伝説】大伴旅人の子。書持の兄。母の名は未詳。叔母に大伴坂上郎女がいる。養老二年（七一八）誕生か。そのほか生年について霊亀二年（尾山篤二郎）、養老元年（久松潜一）、養老三年（藤田寛海）、養老四年（山本健吉）などの説がある。天平三年七月父を失う。同十年十月内舎人（巻八・一五九一左注）、同十一年妾を失う（巻三・四六二題詞）、同十三年から十五年にかけて恭仁京にいる。十六年正月活道岡に登る。二月安積皇子の薨去にともない挽歌を詠む。十七年正月従五位下、十八年三月宮内少輔、六月越中守、九月弟書持の死を知る。十九年二月病臥、四月正税帳を持って上京し九月に帰任。天平勝宝元年四月従五位上、五月東大寺の占墾地の使僧平栄を饗応、陸奥国から金を出だせるの詔書を祝して作歌（巻十八・四〇九四）。越中在任中に多くの作品を詠む。五年間の任果てて、天平勝宝三年七月、少納言となって帰京。六年四月兵部少輔、十一月山陰道巡察使、七年二月兵部少輔として防人検校。このとき防人歌を集めて記録したか。天平宝字元年六月兵部大輔、十二月右中弁、同二年六月因幡守。三年正月因幡国庁で国郡の司らを饗応。集中最後の作品を詠む（巻二十・四五一六）。六年正月信部大輔、九月石川朝臣年足の死にあたり弔贈使。八年正月薩摩守。神護景雲元年八月太宰少弐。宝亀元年六月民部少輔。九月左中弁兼中務大輔。十月正五位下。二年十一月従四位下。三年二月左中弁兼式部員外輔。五年三月相模守、九月左京大夫兼上総守。六年十一月衛門督。七年三月伊勢守。八年正月従四位上、九年正月正四位下。十一年参議兼右大弁。天応元年四月右京大夫兼春宮大夫正四位上。五月左大弁、兼春宮大夫、十一月従三位、延暦元年六月陸奥按察使兼鎮守将軍。二年七月中納言兼春宮大夫。三年二月時節征東将軍、四年八月中納言従三位をもって没。六十八歳か。死後二十余日にして藤原種継暗殺事件に連座した罪により除名。領地越前国加賀郡の百余町等も没収され、その子永主も流罪、大同元年三月復位。

越後松之山（新潟県東頸城郡松之山町）に伝わる家持伝説がある。それは家持が都の政争に敗れたのか、蝦夷地侵攻に失敗したかで越後松之山に隠遁した。家持は篠原刑部左衛門と名を変えて住んでいた。夫婦の中には京子という一人娘があり、病の母に尽くす孝養は世人の手本とされていた。母が臨終の枕辺で「母に逢いたくなったらこの鏡を見よ」といって与えた。京子はこの鏡を毎日とり出して自分の顔を写していた。その顔は母によくにていたという。ある日池の面を見ると、日ごろ想いこがれていた母の顔があった。京子は「母上」と呼ぶなり池の中に身を投じたというのである。また『越中伝説集』（小柴直矩）には「高岡周辺に武具を好む商人がいた。おりおり二上の山中から、小刀・鎧・金具などを拾って僅少の価で売り払う山人も多くいたが、この商人は欲心に迷い、ある日ひとりで山に登り彼処此処と武具を尋ね回ると鹿を追う猟師が山を見ないように、終に道を踏み迷い遠く谷々を回って打ち仰向いて側を見ると、石の上に一人の異人が〈汝何物なれば領地を侵し来る。早々立ち去れ〉という。商人これを見ると青い素袍を着け、頭髪は伸びて女の如く杖に縋っている。商人は怪んで、〈ここは誰殿の御領地におはすや、あなたは何と申す御方であるか〉というと、異人は、〈この地は即ち越中国守大伴家持卿の領地である。かく申す我はその臣渋谷恵美悪という者、鷲を養い羽を集めて国用に充ててそのほか世は替れど武具を守護している。汝早く去らなければ鷲に追わせる〉という。商人は恐れおののきあたりを見るにかの異人は杖を揮って〈ホウホウ〉と呼ぶと辺りの石および草のうちから鷲鷹熊どもが顕われて引き裂かん勢いであった」とある。二上山中に、家持の領地があって家臣がこれを守っているという。

**【参考文献】** 川口常孝『大伴家持』（桜楓社、昭和五十一年）、尾崎暢殃『大伴家持論攷』（笠間書院、昭和五十年）、小野寛『大伴家持研究』（笠間書院、昭和五十五年）、針原孝之『大伴家持研究序説』（桜楓社、昭和五十九年）、『家持歌の形成と創造』（おうふう、平成十六年）

（針原孝之）

# 大伴安麻呂（おおとものやすまろ）

奈良時代の官人 **【生没】** ?～和銅七年（?～七一四）**【歴史・伝説】** 姓は宿弥、天武朝以後宿弥。右大臣長徳の第六子。大伴旅人・坂上郎女の父。壬申の乱に大海人皇子を助けた叔父の吹負に従い、吹負が飛鳥古京を襲撃して占拠すると、使者として不破宮にゆき、大海人に状況を告げた。大宝二年（七〇二）一月、式部卿。同六月兵部卿。慶雲二年（七〇五）八月、大納言。同十一月兼大宰帥。和銅元年三月、正三位大納言兼大将軍、同七年五月没。従二位追贈。

（針原孝之）

# 大中臣能宣（おおなかとみのよしのぶ）

歌人・伊勢神宮祭主 **【生没】** 延喜二十一年～正暦二年（九二一～九九一）**【歴史・伝説】** 父は父祖五代の不運を克服して神宮祭主の要職を復活した大中臣頼基。号は三条。梨壺の五人。三十六歌仙の一人。『後撰和歌集』の撰者。『よしのぶ家集』がある。天禄元年（九七〇）叙爵。『三十六歌仙伝』によれば、天暦五年（九五一）正月讃岐権掾。天徳二年（九五八）閏七月神祇少佑、同四年正月大佑、応和二年（九六二）権少副、安和元年（九六八）十二月少副。天禄

元年（九七〇）十月従五位下。同三年閏二月大副。天延二年（九七四）十一月従五位上。貞元二年（九七七）八月正五位下。永観二年（九八四）従四位下。寛和元年（九八五）従四位上、大嘗会祭主。同二年正四位下、大嘗会祭主。伊勢神宮祭主を歴任。正四位上に至る。正暦二年八月七十一歳にて卒す。

**【参考文献】**『大日本史料』（東京大学史料編纂所、昭和三年三月）、『国史大辞典』（吉川弘文館、平成四年三月）（中山幸子）

## 太安麻呂（おおのやすまろ）

奈良時代の官人。名は安万侶とも書く（『古事記』序文・墓誌）**【生没】**?～養老七年（?～七二三）**【歴史・伝説】**父は壬申の乱で天武天皇方の武将として功があった多品治とする説がある。『日本書紀』『古事記』の編者。史書初見は慶雲元年（七〇四）正月、正六位下より従五位下に叙せられた記事。和銅四年（七一一）四月正五位上。九月に元明天皇に稗田阿礼が誦んだ『帝紀』『旧辞』の撰録を命じられ、翌年正月三巻を献上。これが『古事記』である。時に正五位上勲五等（『古事記』序）。養老七年（七二三）七月六日に民部卿従四位下で没（『続日本紀』は庚午にかけ、通説は七日とする）。『日本書紀』は舎人親王と太安麻呂等が勅を奉じ撰し、元明天皇の代、阿礼の誦言によって安麻呂が撰したとある（『日本紀弘仁私記』序）。墓誌が現存する。（清水道子）

## 大原今城（おおはらのいまき）

奈良時代の官人**【生没】**未詳**【歴史・伝説】**父は大原真人桜井（桜井王）または穂積親王ともいう。母は大伴女郎（巻四・五一九）。天平十一年（七三九）四月大原真人姓を賜う（続日本紀）、同二十年一条令解に三坊戸主正七位下大原真人今城とあり、この時兵部少丞。天平勝宝七歳（七五五）二月、正六位上、上総大掾、三月朝集使として在京。天平宝字元年（七五七）五月従五位下。同七年正月左少弁、四月上野守、同八年正月従五位上、九月恵美押勝の乱に坐して官位を剥奪されたらしい。宝亀二年閏三月従五位上に復し、七月兵部少輔、同三年九月駿河守に任ぜられたが以後未詳。母の大伴女郎については大伴郎女との異同が問題になる。『万葉集』において大伴郎女と呼ばれている人は、旅人の正室（巻八・一四七二左注）および旅人の異母妹坂上郎女（巻四・五二二～五二四題詞、五二五～五二八題詞・左注）である。この旅人の正室大伴郎女と大伴女郎とを同一人物とすれば、大伴女郎は高貴の人に嫁して今城王を生み、のちに大伴旅人と再婚したことになるが確証はない。

『万葉集』に巻八に一首、巻二十に七首計短歌八首を残している。他に伝誦歌が十首あるがすべて巻二十に見えており家持との親交が考えられる。

**【参考文献】**北山茂夫『万葉集とその世紀』下（新潮社、

昭和六十年）、山崎馨『万葉歌人群像』（和泉書院、昭和六十一年）（針原孝之）

## 荻生徂徠（おぎゅうそらい）

儒学者【生没】寛文六年～享保十三年（一六六六～一七二八）【歴史・伝説】江戸二番町に生まれた。初め朱子学を学んだが、のち古文辞学を唱えて、政治と文芸を重んじる儒学を説いた。元禄五年（一六九二）芝増上寺裏に塾を開き、のちに『訓訳示蒙』等にまとめられる語学的な講義を始めた。元禄九年（一六九六）には、儒者として柳沢吉保に仕え、晩年には八代将軍徳川吉宗の諮問にも応えている。正徳元年（一七一一）には『訳文筌蹄』を出版し、同年、唐音の学習を経て、徂徠学派が形成された。正徳五年（一七一五）にはあえて朱子学者の立場で『蘐園随筆』を刊行したが、〈徂徠学〉を確立してからは若年の著述として否定した（『荻生徂徠年譜考証』）。著書に『学則』等多数ある。【参考文献】平石直昭『荻生徂徠年譜考証』（平凡社、昭和五十九年）（酒井一字）

## 小沢蘆庵（おざわろあん）

歌人【生没】享保八年～享和元年（一七二三～一八〇一）【歴史・伝説】大坂に生まれる。元文四年（一七三九）頃京都に出て鷹司家に仕えた。宝暦二年（一七五二）頃冷泉為村に入門して和歌を学ぶも、安永二年（一七七三）頃為村から破門される。蘆庵は歌論書『布留の中道』において、歌を詠むには法なく師なく、心のままを詠むことが和歌の本質と説いた。『古今和歌集』を尊び「ただこと歌」を提唱。蘆庵は伴蒿蹊・澄月・慈延とともに「京師地下の和歌四天王」と称えられ「才気秀発、古体今体自由にて詠歌の上手、此人の上に出る者なし」（『北窻瑣談』）と言われ、本居宣長も「都に歌人蘆菴あり。あづまに文人春海あり。わがくはだて及べきにあらず」（『松屋叢話』）と称えた。家集に『六帖詠草』、歌論書に『振分髪』などがある。【参考文献】兼清正徳『香川景樹』（人物叢書、吉川弘文館、昭和四十八年七月）（松尾政司）

## 乙二（おつに）

俳諧師【生没】宝永五年～文政六年（一七五五～一八二三）【歴史・伝説】本名、岩間清雄。幼名、蓮那。二男一女があった。陸前（現宮城県白石市）千手院十代の住職。俳諧は父麦蘿に学ぶ。蕪村に私淑。乙二の若い頃の消息はよく知られていない。中年以後の生涯は、旅から旅への連続。その足跡は奥羽一円から関東・江戸・越後・北海道に及ぶ。天明五年几董『新雑談集』に「なつかしや梅咲く頃の土佐日記」が入集。同七年七月十九日父没す。三十一歳の乙二は、その八月「名月や親の位牌を松の上」を捧げる。第二回越後旅行は彼最後の旅、越後大安寺で越年、「死ぬ時は枯木のやうに忘れけり」と、閑寂な境地を詠んでいる。「とんぼうや片足あげし鷺のうへ」のような口語的ユーモアの句もある。「雪ふみて往てころぶなら像の前」は、芭蕉の「いざさらば雪見にころぶ所迄」を、「はつ夢や追はれてありく須磨の波」には、病中吟「旅に病で夢は枯野をかけ廻る」の片影を見る。芭蕉は、元禄二年五月三日『ほそ道』紀行中、白石に一泊している。

**【参考文献】** 赤羽学「岩間乙二」（『俳句講座』3、明治書院、昭和三十四年四月）（稲垣安伸）

## 小野老（おののおゆ）

官人で歌人・小野石根の父 **【生没】** ?～天平九年（?～七三七）**【歴史・伝説】** 養老三年（七一九）、正六位下から従五位下となり、以後右少弁や大宰少弐を経て、神亀末年（七二四～七二九）に大宰大弐。天平九年（七三七）六月、当時流行した豌豆瘡に罹り没したのであろう。歌に、神亀五年（七二八）少弐として大宰府にいた頃の歌か、「あをによし寧楽の宮師は咲く花の薫ふがごとく今盛りなり」（巻三・三二八）があり、『万葉集』中、奈良を体現する名歌として有名である。官人としては、大弐在任中の天平七年（七三五）、高橋連午養を南島に派遣し、諸島に牌をたてさせ、牌には島名、船泊する処、水のある処、本国に至る行程を記し、漂着する遣唐使船などに帰向する場を知らせた。小野の姓ははじめ臣であったが、八色の姓制定の際に朝臣を賜った。小野妹子をはじめ対外交渉に携わる人材を出し、平安時代には地方官や軍事に関わる人物を多く輩出した。（森　洋子）

## 小野小町（おののこまち）

歌人 **【生没】** 未詳 **【歴史・伝説】** 父には小野篁の男である出羽郡司小野良真（『尊卑分脈』）、小野宰相常詞（佐竹本『三十六歌仙絵』）など諸説あるが、いずれも信じがたい。だが、『古今集』に安倍清行・小野貞樹・文室康秀との、『後撰集』に遍照との贈答があることから、仁明朝（八三三～八五〇）に活躍したと推定できる。仁明天皇更衣の小野吉子を小町とする説もある。六歌仙・三十六歌仙の一人。『古今集』仮名序は、「あはれなるやうにて、強からず。いはば、よき女のなやめる所あるに似たり」と評す。『百人一首』に入る「花の色はうつりにけりないたづらに我が身世にふるながめせしまに」は有名である。

小町の説話化は、既に平安時代から始まっていた。次がその説話の代表例である。美人の小町は、驕慢で贅を尽くした生活をし、和歌を詠み、言い寄る男は相手にせず、女御、后を望んでいた。ところが、十七歳で母が亡くなった後、次々と肉親と死別し、孤独となる。その容貌も年ともに衰え、荒家に暮らすまでに落ちぶれる。それで康秀に誘われるままに、彼の任国三河に下り、しまいには野山をさすらう身となる（『十訓抄』）。この中心は、かつて美貌を誇った小町が老醜をさらして浪々するという、小町老衰説話である。

平安後期の成立と推定される『玉造小町子壮衰書』（作者不詳）の主人公玉造小町が小野小町と同一視されて享受されたことが、小町伝説に大きい影響を与えた。『玉造小町子壮衰書』では、前述の説話に、結婚と出産、男の冷遇が加わり、最後は仏の加護にすがる。

この他に有名な説話としては、「深草の四位の少将」の百夜通いがある。小町は、自分を想う深草の少将に、百夜続けて通ったら、その想いに応えると伝える。少将は通うたびに、車の榻の端に数を書く。しかし、百夜を目の前にした九十九日目に、少将は息絶えてしまう（『卒塔婆小町』）。

また、六歌仙の一人で美男の業平との説話もある。二条后と密通した業平は、その罪により出家したため、髪が生えるまで陸奥に旅に出た。八十島という土地で、「秋風の吹くにつけてもあなめあなめ」という声が聞こえるので、声の聞こえる辺りを探してみると、目に野薇の生えた髑髏があった。そこで、業平は涙をおさえて「小野とはならで薄生ひけり」と下句を手向けた（『江家次第』）。

こうした小町伝説は、後世、浄瑠璃や歌舞伎・舞踊の題材にまで取り入れられていくことになった。

【参考文献】角田文衛『王朝の映像』（東京堂出版、昭和四十五年）、片桐洋一『小野小町追跡』（笠間書院、昭和五十年）、山口博『閨怨の詩人小野小町』（三省堂、昭和五十四年）、小林茂美『小野小町攷』（桜楓社、昭和五十六年）、片桐洋一『在原業平　小野小町』（新典社、平成三年）

（岡田博子）

## 小野篁（おののたかむら）

平安時代初期の歌人・漢詩人。通称、野宰相・野相公などとも称せられる【生没】延暦二十一年～仁寿二年（八〇二～八五二）【歴史・伝説】篁は陸奥守の父に同道し異境で少年期を過ごした。当初は武芸に心を奪われたが、その後、学業を修め文章生として優れた学才を発揮するようになる。篁の漢詩に対する才能を賞讃する説話は、平安時代に流行した白楽天と関わるものが多い（『古事談』など）。なかでも、嵯峨天皇がその才能を試そうとして、一般にはまだ目にすることの出来なかった『白氏文集』の漢詩の一字を替えて篁に示したところ、篁は即座に添削したという話は有名である（『江談抄』）。これにより嵯峨天皇の信任を得るようになったという。その外、博学・機知に富んだ文章の才能を示す話（『宇治拾遺物語』など）も多く、篁の秀でた才能は当代随一と称されていた。承和元年（八三四）には遣唐副使に任命され、同三年に出帆するが失敗する。再度挑んだ同五年の出航に際し、篁の乗船する予定の第二船が正使藤原常嗣の乗用に変更されたのを憤り、病と偽り乗船せず、さらに「西道謡」という漢詩を作って遣唐使を風刺する。このことが嵯峨上皇の逆鱗にふれ、篁は官位を剥奪され隠岐国に配流される（『今昔物語』『水鏡』など）。『古今集』にはその時に詠んだとされる歌「わたの原八十島かけて漕ぎ出でぬと人にはつげよ海人の釣り舟」〈羇旅〉が入集している。またその道中、「謫行吟」という長編詩を作った。これに託された憂憤の情は当代の知識人に受け入れられ、広く吟誦されたという（『文徳実録』）。残念ながら「西道謡」とともに今は伝わっていない。同七年赦されて京に召還される。その後本位に復し、陸奥守などを経て同十四年参議にまで昇任するが、仁寿二年に没した。作品は『経国集』『扶桑集』『本朝文粋』に詩文を僅かに残し、『古今集』に六首を残す。また『令義解』の撰上にも与った。才能に恵まれた一方で、激情家で自由奔放な性格から奇行も多く野狂と呼ばれた（『江談抄』）。後世、地獄（冥界）の役人を兼任した篁が、好意的であった藤原良相を蘇生させるという話も伝わっている（『今昔物語』など）。さらに、篁を主人公に仮構した『篁物語』（小野篁集）も伝わる。第一話は大学生の篁が異母妹と恋仲となるが母親に仲をさかれ、妹は篁への恋情を残して悶死する。その後妹は亡霊となって篁のもとに現れる話。第二話は、篁が時の右大臣の娘と結婚する話である。

**【参考文献】** 日本古典文学大系『篁物語・平中物語・濱松中納言物語』（岩波書店、昭和三十九年）、猪口篤志『日本漢文学史』（角川書店、昭和五十九年）

（加藤　清）

# か きくけこ

## 各務支考（かがみしこう）

俳人【生没】寛文五年～享保十六年（一六六五～一七三一）。墓所は、岐阜市山県北野町の大智寺（梅泉院）【歴史・伝説】家系は、初め村瀬氏、後に各務氏。号は、支考ほか。変名に、蓮二房・白狂・渡部ノ狂。父は美濃国北野の村瀬某、母は渡辺氏の出で、その二男として生まれた。六歳で父と死別。九歳の頃、臨済宗妙心寺派大智寺に入ったが、十九歳の頃、下山して還俗した。元禄三年（一六九〇）近江で芭蕉に入門、翌年冬には芭蕉の江戸下向に随行、元禄七年伊賀で『続猿蓑』の撰に参加し、そのまま芭蕉の最後の旅に随伴して、臨終にも立ち会った。芭蕉没後は、弟子としての大功を立て、先翁の趣意を伝えるため、師の追善興行と地方行脚を繰り返した。とくに、享保十年の芭蕉三十三回忌を記念して、大追善集『三千化』の上梓に成功している。一方、俳諧師としての活動は、元禄十一年頃から本格化し、筑紫へ向け地方行脚に出て以降、尾張・伊勢・加賀（三年連続）・北越・西国への行脚を繰り返し、蕉風の普及に努めるとともに、その平明平俗な俳風をもって、美濃派という大結社をつくり上げた。

［死んだ振り事件］正徳元年（一七一一）八月十六日京都で自らの「終焉記」を書いて佯死し、追悼集『阿誰話』を上梓、以後変名に隠れて活動することになった事件。俳人としてけうの活動家であったが、そのげん学的な弁舌もあって一般的には俗臭の野心家とみなされることも多かった。

【参考文献】『三千化』編（享保十年）、『俳諧古今抄』編（享保十五年）、『蓮二吟集』（宝暦五年）などの編著書、『日本古典文学大辞典』（岩波書店、一九八四）、堀切実『支考年譜考証』（昭和四十四年）

（浅岡純朗）

## 香川景樹（かがわかげき）

歌人【生没】明和五年～天保十四年（一七六八～一八四三）。墓所は、京都市左京区東大路仁王門上ル北門前町の聞名寺【歴史・伝説】家系は、初め荒井氏、後に香川氏。名は、初め銀之助、後に景樹。号は、桂園ほか。鳥取藩士荒井小三次の二男として生まれた。清水貞固に和歌を学び、寛政八年に、二条派地下人の宗匠家香川景柄に夫婦で養子縁組した。この養父を介して小沢蘆庵に私淑、その天稟の歌才が発揮されてくるにつれ、堂上派歌風からも離れて、自己の新風としての「桂園歌風」を創始するところとなった。

景樹の業績は、実作と研究の両分野で挙げることができる。歌集『桂園一枝』（文政十三年）は、その撰述にあたって「百首が一つ」になるまで精撰したといい、後世の評価もそれを認めている。研究・歌論の分野では、古文・古歌集を深く研鑽した結果に基づくもので、『古今和歌集正義』（天保六年）、『万葉集捃解《ふくみ》』（文政初年成稿）、『土佐日記創見』（天保三年）などの著述は、実証的科学的手法の上に、卓越した直観主義を応用することで成果を挙げている。とくに、「調べの一眼目に総括」（佐佐木信綱）した歌論をもって門人を教導し、古今集風の正雅を理想とする桂園歌風の普及に尽力、熊谷直好、木下幸文らを輩出した功績は大きい。

［賀茂真淵批判］歌は「調べる」ものであり「理る」ものではないという考え方に立って、賀茂真淵が「古への歌は調べを専らとせり」『にひまなび』（寛政十二年）と言っていることを攻撃したが、結局、理想とする歌風が異なるだけという矛盾に陥った。

**【参考文献】**歌集『桂園一枝』（文政十三年）、歌論集『新学異見』（文化十二年）などの著書、黒岩一郎「香川景樹の研究」（昭和三十二年）

（浅岡純朗）

# 柿本人麻呂（かきのもとひとまろ）

奈良時代の宮廷歌人・『万葉集』の歌人**【生没】**未詳

**【歴史・伝説】**人麻呂が作歌した年月の明らかなものは、持統三年四月に薨じた日並皇子の殯宮の時の歌である。また巻十の人麻呂歌集中の七夕歌に「此の歌一首庚辰の年に作れり」とある庚辰の年すなわち天武九年作とみられることからこの頃作歌していたことが知られる。

さらに忍壁皇子への献歌があり、長皇子・弓削皇子・舎人皇子・泊瀬部皇子への献歌があるので、天武朝に出仕していたと思われる。

しかし、人麻呂の作歌活動を見ると持統朝に入って盛んになり多様になった。

持統三年皇太子日並皇子の薨去にあたって、殯宮挽歌（『万葉集』巻二・一六七～一六九）を詠んだのをはじめとして、持統天出遊に従って追慕する歌（巻一・四五～四九）を詠んだ。そして持統十年には高市皇子の薨去の時殯宮挽歌（巻二・一九九～二〇二）を詠んだ。持統天皇は七年余の即位期間中に三十一回の吉野行幸をしているが、その他伊勢・紀伊・安城・腋上陂・泊瀬・高宮・多武峯・吉隠など多くの行幸をしているが人麻呂の行幸従駕歌は少ないので、天皇讃歌を詠むのが人麻呂の主たる任務とする宮廷歌人とは即座には決められない。

人麻呂歌集に大宝元年の紀伊国行幸時の歌（巻二・一四六）があるから文武朝においても大宝元年までは在京していたのであろう。

また「石見国より妻に別れてより来る時の歌」（巻二・一三一～一三九）、「石見国にありて臨死らむとする時、自ら傷みて作る歌」（巻二・二二三）があるので大宝元年以後しばらくして大和（都）を離れ晩年は石見で過していたのであろう。その石見関係の歌群には作為的な面がある。それは石見相聞歌には妻依羅娘子の唱和歌があることも歌物語風な面を伝承の過程で構成されたものかもしれない。石見挽歌群においては水死説（『万葉集註釈』）や入水説（『万葉集童蒙抄』）もある。

万葉集中の大伴家持の書簡中に「幼年未だ山柿の門に逕らず。裁歌の趣詞を聚林に失ふ」（巻十七・三九六九題詞）とある。「山柿の門」の「柿」は人麻呂のことと考える説もあって歌聖と仰がれていたことを思わせる。

平安時代には『古今集』仮名序には「ならの御時」の人で「正三位柿本人麿なむ歌の仙《ひじり》なりける」と言われたり、『大和物語』（一五〇・一五一段）には『万葉集』にない人麻呂歌が平城帝へ贈られている。柿本人麻呂は歌聖として仰がれ平安時代より歌人の間で「人麻呂影供」といい、人麻呂像を歌会の時に掛けその像にあやかることが行なわれた。

近世では『人丸秘密抄』に天武朝に石見国の民家に柿本があらわれ、住吉大明神の分身であり文武天皇の皇后を犯して上総国に流された。しかし聖武天皇の『万葉集』撰の時、判者がいないため、諸兄・大伴家持の上奏によって召し帰され姓名を改めて山辺赤人と号した。人麻呂・赤人は一体であるので『古今集』に赤人歌がみえないと記されている。

人麻呂は民間においても伝承されており、ヒトマルは火止まるとして火難・疫病防除の神、人産まる（安産の神）として信仰されたのである。

**【参考文献】** 阿蘇瑞枝『柿本人麻呂論考』（桜楓社、昭和四十七年）、渡瀬昌忠「柿本人麻呂研究―歌集編上」（桜楓社、昭和四十八年）、森淳司『柿本朝臣人麻呂歌集の研究』（桜楓社、昭和五十一年）、桜井満『柿本人麻呂論』（桜楓社、昭和五十五年）、吉田義孝『柿本人麻呂と時代』（桜楓社、昭和六十一年）

（針原孝之）

## 覚性法親王（かくしょうほっしんのう）

真言宗の僧・歌人 **【生没】** 大治四年～嘉応元年（一一二九～一一六九）**【歴史・伝説】** 鳥羽上皇の第五皇子で、母は待賢門院璋子、崇徳上皇や後白河院上皇の弟に当たる。保延元年（一一三五）に仁和寺北院に入り、保延六年覚法に師事して出家、覚性と称し、同年東大寺戒壇で受戒した。仁平三年（一一五三）…

三）仁和寺門跡第五世となった。仁安二年（一一六七）には初代の日本物法務に任じられ、日本仏経界の総帥となった。また天王寺など各寺院の検校を勤めた。保元三年（一一五八）には北院で日蝕を祈っている。泉殿に住み、それは紫金台寺と呼ばれるようになった。そこで泉殿御室・紫金台寺御室とも称せられた。著に勝賢からの受法口訣を記した『野月新鈔』があり、家集に『出観集』がある。

**【参考文献】** 奈良国立文化財研究所『仁和寺史料寺誌編・一』（昭和三十九年）

（石黒吉次郎）

## 覚猷（かくゆう）

平安時代後期の天台僧・天台座主 **【生没】** 天喜元年～保延六年（一〇五三～一一四〇）**【歴史・伝説】** 源隆国の子。鳥羽僧正と呼ばれ、鳥獣人物戯画の作者に擬せられ、『放屁合戦』、『陽物くらべ』という作品も鳥羽僧正作と伝えられている。いずれも軽妙洒脱な作風である。覚猷自身は若くして出家し、園城寺覚円に師事した。そして四天王寺別当・法成寺別当・園城寺長吏など大寺社の要職を歴任、長承三年（一一三四）には大僧正に任じられた。保延四年（一一三八）には四十七世天台座主となったが、たった三日で退任、その後は鳥羽上皇が住む鳥羽離宮へ移り、護持僧となった。鳥羽離宮に移って以降、鳥羽僧正と呼ばれた。彼のユーモアについては『宇治拾遺物語』などにも記されているが、覚猷が最期を迎えた時、弟子から遺産分与に関する遺言を求められて「遺産の処分は腕力で決めるべし」と遺したと伝えられている。

（冨澤慎人）

## 笠女郎（かさのいらつめ）

奈良時代の女流歌人 **【生没】** 未詳 **【歴史・伝説】**『万葉集』中の傑出した女流歌人でいずれも短歌で繊細優美、しかも激情がほとばしり、多彩な相聞の情を歌いあげている。『万葉集』中に巻三に三首、巻四に二十四首、巻八に二首計二十九首の短歌を詠んでいるが、その中二十四首は一括して大伴家持に贈った歌である。しかし、この二十四首五八七～六一〇は一連のものでなく何回かに分けて家持に贈られたものとして捉える見方がある。

久松潜一は二十四首を次のように八群に分類した。(A)五八七（一首）、(B)五八八～五九一（四首）、(C)五九二～五九六（五首）、(D)五九七～六〇一（五首）、(E)六〇二～六〇五（四首）、(F)六〇六・六〇七（二首）、(G)六〇八（一首）、(H)六〇九・六一〇（二首）。中でも(C)五九二～五九六のはじめの三首（五九二・五九三・五九四）は最も早い時期の歌であり、(E)と(F)は同時の歌であると指摘している。

また、小野寛は(一)渇望期（五八七～五九一）、(二)慨嘆期（五九二～六〇二）、(三)惑乱期（六〇三～六〇七）、(四)離別期（六〇八～六一〇）と四つに分類した。(一)渇望期は直叙体の詠み方と「待」の文字が特徴であると言い、㈡慨嘆期は詠嘆の助詞「かも」で結んだものが十一首中五首ある。さらに、疑問の助詞「か」も上代では詠嘆の意がこもるものであると説明する。㈢惑乱期は反実仮想、自問自答、仮定条件による推量と続くのは、笠女郎の恋しさ余っての思い乱れの状態であると言う。㈣離別期は作者笠女郎の絶縁状ごときものが推定できて、作者の覚悟が理解できるというのである。すなわち四つの段階を「待ち」「嘆き」「思い乱れ」「別れ」でとらえた。山本健吉は「家持へ贈った二十四首は、やや気持の冷えて来た男に対して、ああ言いこう言いして、怨み、嘆き、脅し、すかしといった女歌の技巧の限りを尽した」という。中西進は、二十四首の歌を「恋ふ」と「思ふ」の歌群で整理し全体を四群に分類できると言う。第一群九首（五八七〜五九五）は「思ふ」と「恋ふ」の歌群、第二群六首（五九六〜六〇一）は「恋ふ」を連ねている。第三群七首（六〇二〜八）は「思ふ」の歌群、さらに最後、別離後の贈歌として言及した二首（六〇九・六一〇）は「思ふ」も「恋ふ」もない。ここに思い恋う段階→恋う段階→思う段階→沈静の段階という恋心の変化が透けてみえると述べている。山崎馨は㈠下燃えの思慕（五八七〜五九一）、㈡燃えさかる炎（五九二〜六〇一）、㈢燃え残る思い（六〇二〜七）、㈣自嘲と寂しみ（六〇八〜一〇）と四つに分類した。

こうした笠女郎の特異な表現の中で家持はどのような態度で対応したかわからないが家持と笠女郎の間で実際は贈答歌をかわしていたかもしれない。そして家持の歌も記録されていたのかもしれないが誰もわからない。

笠女郎の歌に対して家持の返歌はわずか二首（六一一・六一二）である。この笠女郎の二十四首の構成をどうとらえるか、その心情の吐露はどのようであったか、『万葉』の女流歌人の姿を歌物語として考えてよいと思う。

【参考文献】久松潜一『万葉集と上代文学』（笠間書院、昭和四十八年）、中西進『万葉の歌びとたち』（角川書店、昭和五十年）、小野寛「笠女郎歌群の構造」（『学習院女子短期大学紀要』7）、桜井満「家持をめぐる女性たち」（『万葉集講座』6、有精堂）、山崎馨「笠女郎の歌」（『万葉集を学ぶ』3、有斐閣、昭和五十三年）

（針原孝之）

## 笠金村（かさのかなむら）

奈良時代の官人【生没】未詳【歴史・伝説】『古事記』孝謙天皇の条に天皇の御子・若日子建吉備津日子命を笠臣の祖と伝えている。『日本書紀』に稚武彦命・是吉備臣之始祖やとある。金村の作品で最も古いものは雲亀元年（七一五）秋九月志貴親王薨時の挽歌（『万葉集』巻二・二三〇〜二三四）であり、最も新しい作品は天平五年（七三三）春閏三月に贈入唐使歌（巻八・一四五三〜一四五五）である。また制作の場面についてみると、元正天皇養老七年夏五月吉野行幸、聖武天皇神亀元年春三月三香原行幸、神亀二年夏五月吉野行幸、神亀二年冬十月難波行幸、神亀二年冬難波行幸、神亀三年秋九月印南野行幸などに従駕。その作品は全四十首の半数を越えている。『万葉集』は十一首の長歌と二十九首の短歌を収めている。また官命による旅の歌も天平元年の布留行、天平四年と推定される越前行など九首ある。金村の歌は旅における歌が多く、従駕の作に加えて志貴皇子への挽歌を詠んだ宮廷歌人だったといえる。

**【参考文献】** 山崎馨『万葉歌人群像』（和泉書院、昭和六十一年）

（針原孝之）

## 花山天皇（かざんてんのう）

第六十五代天皇 **【生没】** 安和元年～寛弘五年（九六八～一〇〇八）在位永観二年～寛和二年（九八四～九八六）**【歴史・伝説】** 冷泉天皇第一皇子。母は太政大臣藤原伊尹の女、懐子。諱は師貞。出家して入覚。冬の臨時の祭の時に朝餉の壺で馬を乗り回したり、藤原隆家と門前を渡る渡らないで争い、市街戦の様相となるなど（『大鏡』）、狂気の天皇とも評される（『江談抄』『古事談』）。その一方、和歌・絵画・古典の保存・歌集の編纂・物語制作への関与など芸術全般に関わった帝王でもあった。最愛の女御忯子との悲恋（『栄花物語』）から生じた心の隙間を、藤原兼家の策謀によって蔵人藤原道兼（兼家の男）に導かれ東山の花山寺で出家した（『大鏡』）。法皇は播磨の書写山に赴き性空に結縁し、更に叡山に登り回心戒を受け、次いで熊野詣を行った（『栄花物語』）。仏道にいそしむ気持ちはあったらしく長保元年（九九九）にも熊野行幸を企てたが、藤原道長によって止められている（『権記』）。しかし、実生活はかなり派手で、『栄花物語』には、熊野からの帰京後は「九の御方（伊尹の女）」のもとに住み、また乳母の女、中務を愛し「色好み」の生活を送っていた。長徳元年には藤原為光の女のもとに通ったことから、藤原伊周に誤解され、伊周の弟、隆家から矢を射かけられることになる（『栄花物語』『大鏡』『小右記』）。この事件は、その後の政権争いに大きな影響を与える。「風流者」（『大鏡』）としての法皇は、在任中から家臣の和歌を献上させ（『実方集』『長能集』など）また歌合を開催し（『寛和内裏歌合』『寛和二年内裏歌合』）、さらには勅撰集を編纂しようとして藤原公任撰の『拾遺抄』に増補して『拾遺和歌集』を編纂している。自身の和歌は百十九首が伝わっており、室町時代までは『花山天皇御集』が伝わっていたらしい（『夫木和歌集』『河海抄』）。また『古今和歌集』の奥書の中には「花山法皇御筆」とするものがあり、法皇自身が『古今和歌集』を書写したことが窺える。さらに『大和物語』の成立にも関わりがあったのではないかと考えられる説（『大和物語』の伝本にそれを示唆する注記が在るものがある）もあって、その活動範囲はかなり広い。

【参考文献】今井源衛『花山院の生涯』（桜楓社、昭和四十三年、後笠間書院今井源衛著作集に収録）　（原　由来恵）

## 荷田春満（かだのあずままろ）

国学者【生没】寛文九年～元文元年（一六六九～一七三六）【歴史・伝説】伏見稲荷社の神職羽倉家に生まれた。羽倉家は和銅年間まで遡る名門で、春満は名門意識が強かった。独学で家学の社家神道と和歌、有職・儀礼そして国史・律令を学んだ。元禄十年（一六九七）二十九歳の時、妙法院宮尭延法親王の家来となり、和歌を進講。二年後には辞した。同十三年には羽倉家の家名を天下に示すべく江戸に出て、歌学や神道を教授した。以後江戸と京を行き来した。羽倉家には『古今集』に関する後陽成院の勅伝『後陽成院御伝授』を申し立て、江戸の人々の尊信を集めた。当時の様子を春満は「時節到来申候而我等運をも開候ハゞ、行々家の興立ニも可成と楽罷在」と心境を書き送った。春満の江戸での活躍を「北堂始一類中歓喜此時也」と兄の荷田信友は日記に記した。江戸滞在中に、越後長岡藩主牧野忠辰《ただとき》から五人扶持を賜い、「実に信盛秀才之功、一家之面目、大慶之至極也」と信友は喜んだ。享保八年（一七二三）五十五歳の時、将軍吉宗より有職故実について「御尋之義一々御返答」を奥祐筆下田師古《もろひさ》に提出した。吉宗に認められ、師古に和学を相伝すべしと命を受け、褒美として金十両晒三疋を賜った。諸大名から将軍への献上の旧記・和書の鑑定を依頼され、奥小納戸大島雲平からの故実・書籍についての質問にも回答した。この後も書籍・有職・古語についても幕府からの下問が続いた。春満は国典を学ぶ学校を京都に創設しようと請願書「創学校啓」を書き、養子在満《ありまろ》に持参させた。春満の主著に『万葉集僻案抄《へきあんしょう》』などがあるが、いずれも未完成である。春満は大石良雄と懇意で、講義のため吉良邸を訪ねて屋敷の様子を知っていて、屋敷の図を大高源吾に渡した（『紙魚室雑記』）。

【参考文献】阿部秋生「契沖・春満・真淵」（『日本思想大系』39、岩波書店、一九七二・七）　（松尾政司）

## 加藤暁台（かとうぎょうだい）

俳人【生没】享保十七年～寛政四年（一七三二～一七九二）。墓所は、京都市東山区祇園町南側の大雲院【歴史・伝説】家系は、尾張藩士岸上林右衛門の長男、のち同加藤伊右衛門の養子、致仕後は久村氏。寛延四年（宝暦元年）二十歳の時、伊勢派の俳人武藤巴雀に入門、宝暦十三年（一七六三）の『蛙啼集』で初めて暁台を名乗った。三十九歳の時、名古屋をたち、芭蕉の『おくのほそ道』の跡をたどって奥羽・北陸を回ったことは、自撰の『しおり萩』（明和七年）に記されている。安永三年（一七七〇）、かねて文通していた蕪村に初めて会い、以後その一派と親しく交わった。

［雪中行］天明二年江戸周辺・房総で芭蕉百回忌奉賎の俳諧を募り、秋に白河の関を越え北陸へ回ろうとして、雪の山中に一夜を明かしたという。詳細は不明。（浅岡純朗）

## 加藤千蔭（かとうちかげ）

国学者・歌人【生没】享保二十年〜文化五年（一七三五〜一八〇八）。墓所は、東京都墨田区両国の回向院【歴史・伝説】家系は、江戸町奉行所与力・加藤枝直の男。千蔭も父の職を継ぎ、五十四歳まで公職にあった。幼時は父に、少年時から賀茂真淵に和歌を学び、同門の村田春海と結んで江戸派の指導的位置を占めた。春海は文章にすぐれ、千蔭は和歌にすぐれていると評された。歌文では、本姓橘千蔭と記す。

［香川景樹批判］歌人・香川景樹の文名が高まった享和二年に、千陰・春海は『筆のさが』を著し景樹の歌風を批判、これが後年の景樹による賀茂真淵批判の端緒となった。【参考文献】『うけらが花』（享和二年・文化五年）、『万葉集略解』（寛政十二年）などの著書。（浅岡純朗）

## 楫取魚彦（かとりなびこ）

国学者・歌人【生没】享保八年〜天明二年（一七二三〜一七八二）。墓所は、千葉県佐原市の観福寺【歴史・伝説】家系は、香取郡佐原村名主・伊能景栄を父、母すめの長男として生まれた。名は、影良。後に姓を楫取、名を魚彦と改めた。六歳で父と死別、十三歳で父の跡を継ぎ村名主に任じられ、寛保二年までその役にあった。宝暦九年賀茂真淵に入門、国学・詠歌に専念し、県門四天王の一人に数えられた。歌風は、師の詠風を忠実に継ぎ、万葉風の清澄な趣を持つ作品が多い。

［鯉の魚彦］加藤千蔭らとともに、絵画を建部綾足に学ぶ。後に一家をなし、鯉の画を得意とした。「鯉の魚彦」と称された。

【参考文献】『楫取魚彦家集』（文政四年）などの著書、林義雄・柴田一生「楫取魚彦年譜考」（『専修国文』四三号）（浅岡純朗）

## 鴨長明（かものちょうめい）

歌人・随筆家【生没】久寿二年〜建保四年（一一五五〜一二一六）【歴史・伝説】長明を「ちょうめい」と称しているが、「ながあきら」というのが正しい。下鴨神社の禰宜長継の次男。兄長守については詳細ではない。応保元年（一一六一）、高松院の年給により叙爵。二十代に編んだ『鴨長明集』を見ると、若くして父と死別したことが、長明に大きな影響を与えたようだ。音楽、特に琵琶に秀でた才能を有し、『十訓抄』に「管弦の道人に知られけり」と記されている。音楽の師は、楽所預中原有安。和歌は地下歌壇の棟梁の俊恵（源俊頼の子）に学んだ。長明は平安時代末期から鎌倉時代という、いわば動乱期に生きた人物である。その間、『方丈記』に記しているように、天変地災にも遭遇した。そして、三十歳過ぎになってそれまで住んでいた父方の祖母の家を出て、賀茂の河原近くに自分の家を造った。『方丈記』の中で、「縁欠け、身衰へ」「屋とどむることを得ず」と記すだけで、どうして縁がなくなったものかは分からない。祖母の家を出たあとに造った家は小さなものであったらしく、「居屋ばかりを構えて」（方丈記）と記しているが、ともあれ、この家を拠点として長明は和歌や音楽方面の活動をしたものであろう。

文治三年（一一八七）、『千載集』に長明の歌が一首採録され、長明は『無名抄』の中で「一首にても入れるはいみじき面目なり」と記している。四十六歳ころから後鳥羽院や源通親ら主宰の歌合に出席するようになり、宮廷歌壇との接触が出てくる。そうして、建仁元年（一二〇一）、二条殿に和歌所が再興され、長明は寄人に任命される。このころの長明は土御門内大臣（源通親）家歌合や院影供歌合に出席するなど、様々な歌合や歌会に出席しており、四十七歳ころからの二、三年は、歌人としても華々しい仕事をしていた時期といえる。しかし、元久元年（一二〇四）、下鴨神社河合社の禰宜の欠員が生じたとき、それを望んだものの適わず、それを契機として、和歌所寄人も辞して出家し、大原に住む。長明を憐れんだ後鳥羽院は、氏社を官社に昇格させてそこの禰宜にしようとしたが、長明はそれも固辞した。

大原に五年の歳月を送る。長明は大原時代を「むなしく大原山の雲にふして」（『方丈記』）と回想しているが、「むなし」かった理由は判然としない。承元二年（一二〇八）ころ、日野の外山に方丈の草庵を造る。建暦元年（一二一一）、飛鳥井雅経の推挙で鎌倉に下向し、将軍実朝に謁する。翌二年、『方丈記』を執筆。このころ歌論書『無名抄』執筆。建保二年（一二一四）ころ仏教説話集『発心集』を編む。同四年閏六月八日、六十二年の生涯を閉じる。

**【参考文献】** 簗瀬一雄『鴨長明の新研究』（風間書房、昭和三十七年）、細野哲雄『鴨長明伝の周辺・方丈記』（笠間書院、昭和五十三年）

（志村有弘）

## 賀茂真淵（かものまぶち）

歌人・国学者 **【生没】** 元禄十年～明和六年（一六九七～一七六九）**【歴史・伝説】** 遠江国浜松に、岡部神社の神職岡部政信の二男として生まれる。通称庄助・三四・与一・衛士。真淵は晩年の雅号で、本名のようにも用いた。真淵の一派を県居学派と呼ぶのは、屋号を県居としたことによる。幼くして姉婿岡部政盛の養子になるが、まもなく生家に戻り、ついで従兄岡部政長の婿養子となり、娘と結婚。享保九年（一七二四）二十八歳の時妻に先立たれて離縁となり、出家を試みるが許されず、思いとどまり生家に戻った後、浜松の脇本陣梅谷家の婿養子となった。旅宿家業が合わず、享保十七年（一七三二）父の死を契機に翌年上京し、伏見の荷田春満に学んだ。真淵の学問円熟には多くの優れた師に恵まれたことがある。真淵は若いころにも、春満に接したことがあり、春満門下の杉浦国頭・森暉昌に和歌や古典を学んでいる。漢学は浜松の儒医渡辺蒙庵に学び、盛名をはせた時代もあった。蒙庵の影響を強く受けたようだが、晩年には蒙庵を罵倒したことも知られる。春満の死後、春満の弟信名や春満の甥で養嗣の在満らとともに、『万葉集』『源氏物語』など古典の講会や歌会を行なっている。延享三年（一七四六）五十歳の時、田安宗武に仕えることとなり、生活が安定し、研究も円熟を迎えた。宝暦七年（一七五七）六十一歳の時、語学書『冠辞考』、同八年『源氏物語新釈』、同十年『万葉考』を著わした。宝暦十三年（一七六三）大和旅行に赴いた際、松阪にて本居宣長と対面、明和元年（一七六四）本居宣長は正式に真淵に入門した。真淵の門下生には、本居宣長ほか、荒木田久老・加藤千蔭・村田春海・楫取魚彦・塙保己一・内山真龍・栗田土満・森繁子などがいる。

**【参考文献】** 井上豊『賀茂真淵の業績と門流』（風間書房、昭和四十一年）、三枝康高『賀茂真淵』（吉川弘文館、昭和三十七年）

（山口孝利）

## 賀茂保憲女（かものやすのりのむすめ）

歌人 **【生没】** 未詳。十世紀後半頃の人 **【歴史・伝説】** 父は、暦道・天文道に通じていた賀茂保憲。母は不詳。兄弟に光栄・光国・光輔がいる。当時その学才で名を馳せていた慶滋保胤・保章・保遠はいずれも父の弟。保憲の高弟に、陰陽師として著名な安倍晴明がいる。晴明と、並び称されていた息子の光栄（『栄花物語』）と、どちらに信をおいていたかを論じあった話（『続古事談』）が残る。が、結局は、清明に天文道を、光栄に暦道が伝授された。保憲女は、近衛府の三等官の将監と結婚して、二条関白の侍女で好色の監君（後の縁妙）という比丘尼（『続本朝往生伝』）を儲けたとも伝えられるが、確証はない。家集からすると、出仕はせず、かなりの年齢になるまで親の庇護下にあって、そのことに息苦しさを感じていたようだ。長徳四年（九九八）に流行したと目される麻疹に罹病し、この後に、『賀茂保憲女集』を編纂したと推測される。その序文に「近江の海の水茎も尽きぬべく、陸奥の檀の紙も漉きあふまじく」や、「思ひあまりて」などと見え、和歌に対する並々ならぬ情熱を感じさせる。『拾遺和歌集』に「読み人知らず」として家集中の一首が入集している他、『風雅和歌集』に二首、『新続古今和歌集』に一首入集を果たしていて、それらでは作者名が記されている。『奥義抄』『能因歌枕』『和歌色葉』『色葉和難集』『異本紫明抄』などが保憲女に言及したり、その和歌に触れたりしていて、細々とではあるが後世にも注目する人々はいたらしい。その一人が、保憲女の和歌を参照したと推測され、縁続きでもあった歌人相模である。

【参考文献】武田早苗『和歌文学大系20 賀茂保憲女集』(明治書院、平成十二年)、小塩豊美「『賀茂保憲女集』研究―縁者の伝記小考」(日本文学研究、平成十三年二月)　(武田早苗)

## 加舎白雄(かやしらお)

俳人【生没】元文三年~寛政三年(一七三八~一七九一)【歴史・伝説】信州上田藩士加舎忠兵衛吉亨の次男として、江戸深川の藩邸で生まれた。元服して吉春と称した。二十歳頃までの生活については、あまり明らかではない。宝暦の末年(一七六四)に江戸の二世青峨に入門して舎来と号し、俳諧の道に入った。明和二年(一七八五)からは鳥酔・烏明に学び、昨烏と号した。明和六年信州で処女撰集『面影集』を編んだ。その後白尾坊と号し、翌明和七年にも信州各地を訪れ、加賀に向かって半化坊(闌更)と会った。翌八年にも弟子古慊とともに北陸に赴き、加賀の松任では病中の素園(千代尼)に会い、京に出て俳論『加佐里那止』を執筆した。旅を多くし、各地で俳人と交流し、紀行文も多い。明和九年の熊野旅行後には『南紀紀行』を、同年の伊勢の松坂から江戸への旅行後は『東道紀行』を著わした。翌安永二年(一七七三)には東北を旅し、『奥羽紀行』を成した。安永三年に江戸に帰ったが、鳥酔七回忌法要に際し、不遜な行為があると烏明一派に非難され、甲州に向かい、『甲峡紀行』を草した。その後も甲州や信州にあったが、安永五年にはついに師匠の烏明と絶縁した。安永八年より白雄の号を用い始め、翌年に江戸に入り、日本橋鉄炮町に春秋庵を開き、『春秋稿』初編を出版、烏明一門に対抗する一門を成していった。『春秋稿』は五編まで続いた。天明二年(一七八二)には名古屋から江戸に来た久村暁台を迎えて、白雄の一門で歌仙三巻を興行した。春秋庵は天明三年と寛政元年(一七八九)に火災に遭った。白雄は寛政三年(一七九一)信州から戻った後、病気となって死去したが、江戸の俳諧の中興期にあって、関東の実力者であった。編著に『白雄句集』等がある。

【参考文献】矢島渚男『白雄の秀句』(講談社学術文庫、平成三年)　(石黒吉次郎)

## 柄井川柳(からいせんりゅう)

前句付点者、幼名勇之助、通称正通のちに八右衛門、別号無名庵・緑亭【生没】享保三年~寛政二年(一七一八~一七九〇)【歴史・伝説】江戸浅草新堀端の天台宗龍宝寺門前の名主の長子として生まれ、宝暦五年三十七歳の時名主職を継いで八右衛門となった。同七年に前句付点者として活動を始め、この年初めて一般から集めた句数は三百に満たなかったが、次第に投句が増加し、五年後の宝暦十二年（一七六二）には一回で一万句を超えるにいたった。さらに、宝暦七年から七年間に川柳評で入賞した付句をまとめた『柳多留《やなぎだる》』が明和二年（一七六五）に刊行されると、川柳評の万句合《まんくあわせ》への投句は激増し、続編が出るに及んで二万句以上を記録した。その結果死没前年までの三十三年間に川柳が選評した句は二百六十万句に及んでいる。その人気の第一の理由は、選評態度が真摯で誠実であったことにある。点者としてのセンスも粋で都会的、かつ人情味があり、投句者を江戸に限定し、日常的で生活感のあるおかしみを誘うもの、都会的なしゃれと皮肉を感じさせるもの、好奇心をあおる謎解きの要素を持ったものなどを入選させたことで人々の興味と共感を得た。点者として第一人者の地位を確立したのち、五十代半ばになった川柳は前句を無視して付句のみで評価を下すようになるが、これは膨大な数の投句をこなしきれなくなったからだという。この独立した付句が文芸の一ジャンルとなり、明治以降は川柳と呼ばれるようになった。『柳多留』は川柳の生存中に二十三編刊行され、没後も続けられた。また点者川柳の名はその子が二世、三世を名乗っている。墓所は龍宝寺にあり、毎年九月二十三日に川柳忌が営まれる。川柳自身が残した句はほとんどなく、「木枯《こがらし》やあとで芽を吹け川柳」が辞世とされる。

（鈴木　邑）

## 唐衣橘洲（からごろもきっしゅう）

江戸時代の狂歌師**【生没】**寛保三年〜享和二年（一七四三〜一八〇二）**【歴史・伝説】**小島謙之（恭とも）。通称は源之助。字は温之。酔竹庵とも号した。唐衣橘洲は狂名。田安家の小十人頭で、内山椿軒に和歌・漢学を、萩原宗固に和歌を学んだ。狂歌は初め橘実副の狂名で詠んだが、椿軒の激賞を受け、唐衣橘洲という狂名を与えられる。明和六年（一七六九）、大田南畝などと初めての狂歌会を開く。以後、狂歌ブームが訪れるが、狂歌に対する考え方の相違から、橘洲は南畝中心の狂歌の集まりから遠ざかっていく。橘洲を中心とした狂歌連は武士中心で、四谷連と称した。天明三年（一七八三）に『狂歌若葉集』を江戸近江屋本十郎から、寛政二年（一七九〇）には『狂謌初心抄』を江戸蔦屋重三郎から刊行している。また、寛政十二年刊の、色紙や短冊の書き方を記した作法書『狂歌うひまなび』も彼の著作である。

（冨澤慎人）

## 烏丸光広（からすまるみつひろ）

歌人**【生没】**天正七年〜寛永十五年（一五七九〜一六三八）**【歴史・伝説】**准大臣烏丸光宣の男。天正七年（一五七九）に誕生し、弁官・蔵人頭を経て慶長十一年（一六〇六）に

参議となり、同一四年左大弁に進んだが、同年七月に侍従猪熊教利による女官密通事件（猪熊事件）に連座して勅勘を蒙り、官を止められたが、同十六年四月に勅免されて還任する。元和二年（一六一六）に権大納言となる。同六年には正二位に叙せられた。寛永十五年（一六三八）七月十三日に没する。西賀茂の霊源寺に葬られたが、後に太秦の菩提寺法雲院へと移葬された。法名は法雲院泰翁宗山。多才な才能を持ち、中でも歌道は優れていたため、慶長八年細川幽斎から古今伝授を受けるほどであった。幕府三代将軍徳川家光の歌道指南役も勤めた。

（奥谷彩乃）

## 川島皇子（かわしまのみこ・かわしまのおうじ）

河島皇子とも記す。天智天皇第二皇子。母は忍海造小龍女色夫古娘【生没】斉明三年～持統五年（六五七～六九一）【歴史・伝説】『日本書紀』（『日本古典文学大系　日本書紀下』坂本太郎・家永三郎・井上光貞・大野晋、岩波書店、昭和五十五年）によると、天武八年（六七九）五月、大和国吉野での草壁皇子を中心とする六皇子の盟約に天智系ながら参加。同十年（六八一）、詔により忍壁皇子らと「帝紀」及び上古の諸事を記し定め、同十四年（六八五）に浄大参位。持統朝における彼の地位は恵まれたものではなかったようである。『懐風藻』（『日本古典文学大系　懐風藻　文華秀麗集　本朝文粋』小島憲之、岩波書店、昭和三十九年）の伝に、温和で度量が広く大津皇子と親交があったが、大津皇子が謀反を起こす際、自身保守のため密告した。忠正であるが、朋友らはその情が薄いと議論したという。

（森　洋子）

## 河竹黙阿弥（かわたけもくあみ）

幕末・維新期の歌舞伎作者【生没】文化十三年～明治二十六年（一八一六～一八九三）【歴史・伝説】江戸日本橋で、湯屋の株の売買業を営む越前屋勘兵衛（四代目）の長男として生まれ、幼名を芳三郎（由三郎とも）、本名は吉村新七。作者名は勝諺蔵・柴（斯波）晋輔を経て、二世河竹新七となる。俳名、其水。別名、古河黙阿弥。河竹黙阿弥は引退後の名。総作品数約三六〇と言われ、歌舞伎研究の坪内逍遙博士は、黙阿弥を評して「江戸歌舞伎の大問屋」と言っている。少年時代からの遊蕩児で、十四歳で勘当され、十七歳で貸本屋の手代となり、乱読多読を経験し、やがて芝居の作者部屋などに出入りするようになった。十九歳の時、父と死別し、家業を弟金之助に譲り、天保六年（一八三五）三月、二十歳で五世鶴屋南北に入門、見習い作者として、勝諺蔵を名乗った。しかし、以後、病気や弟の死など家庭の事情もあり、一時、劇界を離れることもあったが、天保十二年（一八四一）四月、二枚目作者・柴（斯波）晋輔と改名して、河原崎座に出勤した。天保十四年十一月、二十八歳の時、三世桜田治助の勧めにより、二世河竹新七と改め、立作者となる。黙阿弥の作者生活は、およそ次の四期に分けて考えられている。

［第一期］習作時代で、嘉永年間の作品。嘉永三年（一八五〇）三月、天保の改革で、江戸追放を受けていた、市川海老蔵（七世市川団十郎）が赦免となり、河原崎座の御目見得狂言として「難有御江戸景清《ありがたやおえどのかげきよ》」の「だんまり」を執筆した。この頃、江戸三座の芝居町も、浅草猿若町に移転していたので、黙阿弥も住いを芝から浅草寺子院正智院境内に移した。翌四年、同座の顔見世狂言に、海老蔵のために「升鯉滝白旗《のぼりこいたきのしらはた》」を書き下ろし、好評をはくした。他に柳下亭種員の合巻を脚色した「児雷也豪傑譚話《じらいやごうけつものがたり》」（嘉永五年七月）などがある。

［第二期］幕末の名優といわれた四世市川小団次との提携時代で、安政元年（一八五四）から慶応二年（一八六六）までの作品。安政元年三月、上方下りの小団次に、「都鳥《みやこどり》廓白浪《くるわしらなみ》」（「忍ぶの惣太」）を書き、数度の改訂の後に、金の無心と梅若殺しで、揺れ動く惣太の心を見事に描き、小団次の信任を得て、以後、二人の提携によって、「小袖曽我薊色縫」（安政六年）、「三人吉三廓初買」（安政七年）など、生世話《きぜわ》狂言、とくに白浪物（盗賊を主人公とする歌舞伎狂言）に本領を発揮し、その地位を確立した。

［第三期］慶応二年の小団次死後から明治十四年（一八八一）六十六歳で引退するまでの作品。明治維新後、九世市川団十郎のために新時代の歴史劇として「桃山譚」（「地震加藤」）（明治二年）など、いわゆる活歴物がある。また五世尾上菊五郎のためには、文明開化の新風俗を描く「島衛月白浪」（明治十四年）など散切物がある。しかし、その真価は、「梅雨小袖昔八丈」（明治六年）、「天衣紛《くもにまごう》上野初花」（明治十四年）など江戸風の世話物にあった。

［第四期］引退後十余年間の作品で、「茨木」（明治十六年）、「船弁慶」（同十八年）、「紅葉狩」（明治二十年）など能を題材とした舞踊劇が目を引く。他に「盲長屋梅加賀鳶」（明治十九年）など、やはり江戸風世話物に腕を揮った。

**【参考文献】**今尾哲也『新潮日本古典集成　三人吉三廓初買』（新潮社、昭和五十九年）

（宮本瑞夫）

## 観阿弥（かんあみ・かんなみ）

南北朝から室町時代にかけての能楽師**【生没】**正慶二年～至徳元年（一三三三～一三八四）**【歴史・伝説】**先に生年を記したが、おそらくは「観氏世代略系」に記すところの没年及び享年から逆算したものであろうし、出自については諸説あり、私は彼がどのような素性の人間か特定できない。平安時代から続く大衆（＝下層民）芸能であった猿楽に、彼がいつごろどのような場所で加わっていったのか、それも実は定かではない。とにかく、大和国で出生したことは確かなようなので、今でいう旅芸人の一座に幼少より加わり、神事に奉納する猿楽、とりわけ当時隆盛していた大和猿楽を通じて次第に人気を博したのであろう。

　室町幕府三代将軍足利義満の治世にその演能の評判は将軍の知るところとなり、以後義満の庇護の下、今に続く能楽観世流の基礎を築いた。今我々が通常思い描く、いわゆる能楽は、観阿弥の子世阿弥が、引き続き権力の庇護の下に理論化し体系化したもので、そこから観阿弥が演じていた姿を想像することは不可能であろう。観阿弥が大和猿楽座を引っ張っていた頃は、まだ下層民の芸能としての、粗野でプリミティヴな力強さを持っていたものと思われる。

　私は世阿弥が理論化・体系化した能楽についてそれを否定するつもりはないが、どんなものでも権力に取り入っていったんその地位を確保し権威づけられたものは、以後壮大なマンネリズムの中、上流層のある種の教養的ステイタスに訴えつつ永遠とも思われる年月を連綿と生きのびていくように思う。文学にしろ芸能にしろ、時代のダイナミクスと個の精神のダイナミクスとがぶつかりあって湧き上がってきたもの、そういうものこそ本来の芸術の姿であろう。観阿弥の猿楽は、私にそのような人間精神の発露としての芸術を、遺された数少ない台本に垣間見させてくれるものである。


（三野知之）

## 菊舎尼（きくしゃに）

俳諧師【生没】宝暦三年〜文政九年（一七五三〜一八二六）七十四歳【歴史・伝説】本名は田上道《みち》。初号、菊舎。別号、一字庵。長門国豊浦郡田耕村（現山口県下関市）の長府藩士田上由永の長女として生まれた。明和五年（一七六八）十六歳で同村の田村家に嫁したが、八年後夫に死別、まもなく田上家へ復籍した。

二十八歳の時長門国萩の清光寺で剃髪した。天明元年（一七八一）美濃派の大野傘狂に入門し、一字庵の号を貰い、菊車を菊舎と改めた。

　菊舎は七十年余の人生の大半を旅で過ごし、持病の喘息持ちであるにもかかわらず、北は奥州（山形）から南は九州（熊本）まで二千里（八千キロ）におよび、そのほとんどが一人旅であった。その間に詠んだ発句はおよそ三千句である。

　趣味が広く、茶・琴・書画など各方面で才能を発揮した。交流のあった人物は大名・公家・僧・儒学者・商人・医者など三千人とも言われている。中でも長府藩主十一代毛利元義（号梅門）は菊舎の庇護者であり、親交が深かった。

　著作には自身の還暦祝いに出版した句集『手折菊』（文化九年）や『追善弔古々路』（寛政六年）など二冊の刊本と、旅の副産物である俳諧記録『春の恵』『笈の塵』を含む三十五冊の稿本がある。手紙は美濃派の宗匠大野傘狂や高木百茶坊などからの来簡三十通と、俳人の成沢雲帯宛など菊舎の書簡をはじめ、およそ七十通が現存する。

**【参考文献】** 代表句「山門を出れば日本ぞ茶摘唄」（『手折菊』）、山中六彦『千代女と菊舎尼』（人文書院、昭和十七年）、川島つゆ「菊舎尼」（「連歌俳諧研究」昭和三十九年七・八合併号）、上野さち子「田上菊舎」（『女性俳句の世界』岩波新書、平成一年）、上野さち子『田上菊舎全集』（和泉書院、平成十二年）

（小磯純子）

## 喜撰法師（きせんほうし）

歌人 **【生没】** 未詳 **【歴史・伝説】** 窺仙・窺詮・基泉・撰喜、あるいは仮名で「せき」「せむき」などと書く人物と、同一人物とも別人とも言われる。六歌仙の一人で、『古今集』の仮名序では、「言葉かすかにして、始め終わり、たしかならず。いはば、秋の月を見るに、暁の雲にあへるがごとし」と評される。しかし、『古今集』には、「我が庵は都のたつみしかぞ住む世をうぢ山と人はいふなり」の一首しか採られていない。この他に『玉葉集』に一首見えるが、不審。『古今集』の歌によれば、宇治山に隠遁していたか。道士の一人とか隠者的な歌人とか説明されたりするが、実態は不明である。

『寂蓮集』には、「宇治山の喜撰あとなどと云ふ所にて、人々歌よみける、秋の事なり」と詞書にあって、この頃、喜撰の住居跡と言われる所があったと知られる。歌学書にも、宇治の御室戸のさらに奥の山中に、喜撰の住んでいた家の跡があり、土台の石はちゃんと残っていると紹介され、歌を志す人は訪ねて見るべきだ（『無名抄』）、あるいは、「喜撰がすみかは、みむろどの奥也」（『井蛙抄』）などとある。現在は、三室戸寺の東に喜撰山がある。

白河院の時、太政大臣藤原師実（頼通男）の宇治の別荘に、院の御幸があった。感興が尽きず、師実がもう一日の逗留をお勧めした。しかし、都が宇治の北にあり日塞がりで支障があるので、逗留は難しいとの意見が出た。この時、歌人の藤原行家が、「宇治は都の南にあらず」と、喜撰の歌を引用し（「たつみ」は「東南」の意）、師実の希望が叶ったとの話がある（『十訓抄』）。

**【参考文献】** 高崎正秀『六歌仙前後』（桜楓社、昭和四十六年）、小沢正夫『古今集の世界』（塙書房、昭和三十六年）（岡田博子）

## 北村季吟（きたむらきぎん）

江戸前期の歌人・俳人・古典注釈家。名は静厚。通称は久助。慮庵・七松子・拾穂軒・湖月亭などと号す。近江国、野洲郡北村の人 **【生没】** 寛永元年～宝永二年（一六二四～一七〇五） **【歴史・伝説】** 祖父の宗竜、父の宗円をついで医学を修めた。幼い頃より博識で、はじめは俳人安原貞室について学び、ついで松永貞徳の直門となる。明暦二年には、俳諧の宗匠として独立している。門下生には、三井秋風・松尾芭蕉などがいた。俳書『山之井』、式目書『埋木』を慣行。寛文三年には飛鳥井雅章について、和歌、歌学を学び、『土佐日記抄』、『伊勢物語拾穂抄』など多くの古典注釈書を書いている。注釈のほとんどを半年未満という短期間で書き上げていたようであり、季吟の注釈は先注の集成に過ぎないという意見もある。二条家で何らかの形で研究されていたものであって、それら先注や聞き書きを整理し、手際よくまとめたものもあったようである。『源氏物語湖月抄』は将軍綱吉に献上。天和二年に『万葉集拾穂抄』が完成。元禄二年には、宗匠の仕事を子どもの湖春・正立にまかせ、江戸に赴く。歌学方として幕府に仕え、綱吉の和歌指南となっている。以降、北村家が幕府歌学方を世襲する。季吟は何事もなおざりにせず、努力する人間であった。修練のために、和歌や俳諧などで日記を記していた。古典注釈書のほとんどを、自らの手で版下を書き、注解に際しては典拠・出典を明記している。歌風としては、時代的に句風が大きく変化したり、斬新であったわけではなく、貞門に属していた事からも分かるが、古典や故事を踏まえ、掛詞や縁語を駆使し、あっさりとしたものが多い。

【参考文献】『北村季吟の人と仕事』野村貴次　（浅見知美）

## 紀海音（きのかいおん）

江戸時代中期の浄瑠璃作者・俳諧師・狂歌師【生没】寛文三年〜寛保二年（一六六三〜一七四二）【歴史・伝説】大坂の生まれで、本名は榎並《えなみ》喜右衛門、のち善八。号は紀海音・大黒屋海音・鯛屋海音・貞峨・契因。大坂御堂前雛屋町西南角の老舗の菓子商鯛屋善右衛門の次男に生まれる。父は鯛屋の経営と共に貞門の俳人として活躍し、貞因と号した。兄（異母兄弟説がある）は、狂歌師の油煙斎貞柳、叔父（貞因の弟）は俳人で狂歌師の貞富など、恵まれた文学環境の中で育った。少年期から青壮年期の二十年間以上、僧籍にあり、禅僧修行をし、一時、大和の柿本寺にもいたというが、正確な記録はない。その後、還俗し、大坂で医師となり、契沖に和歌を学び、また俳諧も学んだという。兄の『貞柳伝』に「放蕩にして豊竹越前掾芝居の浄留理作などして紀海音といふ」とあり、還俗後の遊里や芝居などの悪所通いが、豊竹若太夫（豊竹越前少掾）との知遇を得て、豊竹座の座付作者になる機縁となったと考えられる。二人の協力関係が始まったのは、宝永四年（一七〇七）暮れの豊竹座再興の折りで、海音が、同座に与えた最初の作品は、「おそめ久松　袂の白しぼり」（宝永七年三月以前）と考えられている（『義太夫年表1』）。以後、両者の関係は、享保八年（一七二三）正月の「玄宗皇帝蓬莱鶴」まで続く。その間、

「椀久末松山」（宝永七年四月以前）、「鬼鹿毛無佐志鐙《おにかげむさしあぶみ》」（同年）、「信田森女占」（正徳三年）、「傾城三度笠」（同五年秋以前）、「傾城無間鐘」（享保七年以前）など多くの作品を残している。作風は、ライバルの竹本座の近松門左衛門が、人情の機微を抒情的に描き出したのに対して、理知的・義理的表現に力を入れ、愁嘆に流されない傾向が見られる。父貞因の没後は、座付作者を引退し、兄貞柳に代わって、家業の菓子商鯛屋の経営に努めた。

**【参考文献】** 横山正『近世演劇論叢』（清文堂、昭和五十一年）　（宮本瑞夫）

## 木下幸文（きのしたたかぶみ）

歌人 **【生没】** 安永八年～文政四年（一七七九～一八二一）
**【歴史・伝説】** 備中国浅口郡長尾村の百姓木下義綿の次男。十六歳の時京都に出て、同郷の先輩で「京師地下の和歌四天王」と称えられた澄月に和歌を学び、さらに四天王の慈延・伴蒿蹊・小沢蘆庵などに師事して次第に注目された。蒿蹊は幸文の力量を「御手跡と申し歌才抜群にて後世懼るべし」（『偉人暦』）と称えた。「歌はことわるものにあらず、調ぶるものなり」と和歌革新を唱え、「しらべ」の説を主張する香川景樹に共鳴し、文化三年（一八〇六）正式に入門し、京の岡崎に住み、朝三亭と称した。同門の熊谷直好とともに桂園の双璧と呼ばれた。幸文は文にも優れ、師の景樹にはいつも山鳥の尾の長々しい文を送ったことが語り草となっている。幸文は貧しく、「貧窮百首」を詠んだ。

**【参考文献】**『森銑三著作集続編別巻』（中央公論社、一九九五・一二）　（松尾政司）

## 木下長嘯子（きのしたちょうしゅうし）

江戸前期の武将・歌人。木下家定の嫡男。豊臣秀吉の正室ねねの甥。名は勝俊。通称大蔵。挙白堂・天哉・松堂・東山・長嘯・東山樵翁・独笑などと号す。若狭守 **【生没】** 永禄十二年～慶安二年（一五六九～一六四九）**【歴史・伝説】** 実父は、若狭国守護武田孫八郎元明、母は三渕伊賀守女であり、元亀元年に定家の養子となったとする説もある。勝俊の妻森可成の女うめ（宝泉院）は、信長に使えた森蘭丸の姉。小早川秀秋の兄。歌人である木下利玄は次弟利房の末裔。三人の子がいたが、末娘の「紹三」は体が弱く早世。娘を偲ぶ歌が多くある。幼少より秀吉に仕え、小田原征伐・朝鮮出兵などに従った。後に若狭小浜城主となる。関が原の戦にも参戦したが、伏見城を預かりながら任務を放棄した責任を問われて失脚。戦後、家康に封地を没収され、剃髪して洛東東山に隠棲。棲家を挙白堂と名づけ、高台院の庇護のもと風雅を尽くした暮らしを送る。政治的には脱落者であるといえるが、その立場を逆手に取り、清新で自由な和歌を詠じた。松永貞徳・林羅山ら多くの知識人と身分を問わずに交わった。和漢の学に通じており、特に和歌では近世初頭を代表する地下歌人として、貞徳とともに並び称され、二人は幽斎門下の新進歌人として二条派歌学を学んだ。長嘯子は後人たちにも大きな影響を与えた。下河辺長流など長嘯子に私淑した歌人は少なくなく、芭蕉などの俳諧人に与えた影響も大きい。長嘯子は生前歌集を編まなかった。『挙白集』は門人打它公軌たちによって編集された歌文集である。前半五巻は歌集、後半五巻は文集からなる。歌風は、『玉葉集』の影響や、『万葉集』に傾倒していた傾向が見られる。古歌等の語句を用いながら、独自に調べを生み出し和歌を詠じている。二条派の保守性を脱して、清新な調べを持つ歌が多く、集外三十六歌仙のひとりに上げられている。慶安二年（一六四九）六月十五日没。八十一歳。

**【参考文献】**『長嘯子新集』（上・中・下）木下長嘯子、『日本近世文学の成立』松田修　（浅見知美）

## 紀斉名（きのただな）

漢学者・漢詩人**【生没】**天徳元年～長保元年（九五七～九九九）。墓所は、未詳**【歴史・伝説】**平安時代の人。本姓は田口氏、後に紀姓。橘正通に学び文章をよくした。永延年間に方略試に及第、大内記となり越中権守を兼ねた。長徳年間（九九五～九）に詩集『扶桑集』十二巻（十六巻とも。巻七、巻九の二巻のみ残存）を編纂したが、未完のまま没し、翌年、斉名の妻によって藤原道長に贈られ、寛弘三年（一〇〇六）一条天皇の奏覧に供せられた。

［源家七首の隋一］勧学会で紀斉名が作文した「摂念山林序」は、源家の朗詠で根本七首の隋一に位するとされ、東北院の念仏会で、藤原斉信がこの一首を朗詠・称賛した。

**【参考文献】**『和歌朗詠集』ほかに入撰、金原理『平安朝漢詩文の研究』（昭和五十六年）　（浅岡純朗）

## 紀貫之（きのつらゆき）

歌人**【生没】**？～天慶八年（？～九四五）**【歴史・伝説】**生年は貞観十三年（八七一）、没年は天慶九年とする説もある。『古今集』撰進に中心的役割を果たした、平安時代を代表する歌人。三十六歌仙の一人。奈良末期の大納言船守五世の孫。父は望行。母は、貫之の幼名「内教坊阿古久曾」から、内教坊の伎女とする説もある。

貫之は、寛平年間から是貞親王家歌合や寛平御時后宮歌合に出詠、若くして和歌の才を評価されたが、活躍がめざましくなるのは、やはり延喜五年（九〇五）の『古今集』撰集頃からである。官歴は、『古今集』撰集当時は御書所預だったが、延喜十七年には従五位下に叙せられ、延長八年（九三〇）土佐守に任ぜられた。承平五（九三五）年帰京後、まもなく『土佐日記』が書かれたか。天慶八年（九四五）従五位上木工権頭に至る。

貫之の歌は、縁語・掛詞・見立てなどにより理知的・機知的に一首を組み立てつつ心情を表出する、典型的な古今調といえる。ただし、専門歌人としての公の詠作（屏風歌、歌合歌など）と個人的な歌の間、壮年期の詠歌と晩年の詠歌の間でやや歌風に差があることが指摘されている。

当然の事ながら、和歌に関する説話が多い。和泉の蟻通明神の前で突然馬が倒れたので、明神の求めに応じて「かきくもりあやめも知らぬ大空にありとほしをば思ふべしやは」（第四句に「蟻通」を物名として詠み込む）と詠んだところ、馬が元気になったという話は、特に有名（『袋草紙』）。この歌は、『貫之集』に長文の詞書を伴って存する。『土佐日記』では、任地で亡くした娘を悼んだ歌を、帰途船中で詠ずるが、説話では、土佐出発に際し、官舎の柱に書きつける話になっている。右大臣師輔が父忠平から魚袋を借り、そのお礼の歌を貫之に詠ませる際、わざわざ師輔自身が貫之の家を訪ねた話（『大鏡』）もある。『貫之集』によれば、師輔の訪問は事実ではない。貫之の歌が後世いかに権威を持ったかは、子の時文（「梨壺の五人」の一人）が、助動詞「らむ」の使い方について平兼盛を非難したところ、兼盛が貫之の歌を証歌として反論し、時文が口を閉じてしまった話（『十訓抄』）や、藤原高遠が重病の公任を訪れ、見舞いもせずに、自作「逢坂の関の岩角踏みならし山立ち出づる桐原の駒」と貫之歌「逢坂の関の清水に影見えて今や引くらむ望月の駒」の優劣を質問した話（『愚秘抄』）などからうかがえる。また、貫之が一首作るのに、十日、二十日とかけた話も伝わる（『俊秘抄』）。

**【参考文献】**目崎徳衛『紀貫之』（吉川弘文館、昭和三十六年）、大岡信『紀貫之』（筑摩書房、昭和四十六年）、村瀬敏夫『紀貫之伝の研究』（桜楓社、昭和五十四年）、藤岡忠美『紀貫之』（集英社、昭和六十年）

（小池博明）

## 紀時文（きのときふみ）

歌人**【生没】**？～長徳二年または三年（？～九九六・九九七）**【歴史・伝説】**紀貫之の子。母は藤原滋望の娘。蔵人・大内記・従五位上・大膳大夫。源順・清原元輔・大中臣能宣・坂上望城と共に『後撰集』の撰和歌所寄人、いわゆる梨壺の五人に選ばれ、『後撰集』撰進および『万葉集』訓読作業に従事したが、順徳院の『八雲御抄』には「ただ父が子といふばかりなり」とあり、能書家で、父の和歌資料を伝えていることを期待されての人選だったらしい。『後拾遺集』以下に五首入集し、円融院大井川御遊にも和歌と序を著している。平兼盛の歌に疑問を呈したところ、貫之の名歌を例に兼盛に反論され閉口した逸話が残り、浅はかだと称されている（『袋草紙』『十訓抄』他）ように、歌人としての評価は低かったようだ。

【参考文献】村瀬敏夫「紀時文考」（湘南文学、昭和四十七年三月）
（伊東玉美）

## 紀友則（きのとものり）

歌人【生没】未詳【歴史・伝説】『古今集』撰者の一人で、三十六歌仙の一人。有朋男で、貫之の従兄。寛平九年（八九七）土佐掾、同十年少内記、延喜四年（九〇四）大内記。『古今集』撰集の途中、延喜五年（九〇五）ころの没とされる。歌風は、技巧が目立たず、流麗な調べが特徴。

寛平年間の歌合で、友則は秋題「初雁」に「春霞」と詠み出して、周囲の失笑をかった。が、次の句で「かすみていにし」と続け、座は静まりかえったとの話（『十訓抄』）は、著名。また、藤原敏行が、その死後に友則の夢に現れて、四巻教を書くことを約束して願をかけたのに、それを果たさなかったため、あの世で苦しみを受けていると訴えたという（『宇治拾遺物語』）。実際に、友則は敏行と交流があったことが知られている。
（小池博明）

## 紀長谷雄（きのはせお）

歌人【生没】貞和十二年～延喜十二年（八四五～九一二）【歴史・伝説】平安時代前期から中期にかけての公卿・文人。父は紀貞範。子に『古今和歌集』の真名序を執筆したとされる紀淑望、伊予守の紀淑人がおり、紀貫之は孫に当たる。字は寛。通称は紀納言である。名の由来は、長谷寺の観音に祈って得た子であることから貞範により名付けられた（『長谷寺験記』上一四）。寛平二年（八九〇）に図書頭となり、文章博士・大学頭を経て後、延喜二年（九〇二）に参議、延喜一一年（九一一）に中納言に昇進し、紀納言と称された。翌年、薨去。享年六十八歳。都良香・菅原道真・大蔵善行らに師事し『菅家後集』の編纂に携わり、『延喜格式』の編纂にもあたった。遣唐副使に任ぜられるが、道真により八九四年に遣唐使が廃止され、渡唐は叶わなかった。和歌よりも漢詩の才能に秀で、道真に白楽天の再来と言わしめた。勅撰和歌集の入集は僅かに『後撰和歌集』に四首のみである。自撰漢詩集があったが散逸しており、『日本詩紀』『本朝文粋』『本朝文集』などに多くの漢詩文を残している。漢詩文集に『紀家集』がある。紀長谷雄は物語の題材としても選ばれており、『長谷雄草子』が鎌倉時代に記されている。また、『続教訓鈔』『今昔物語』にも長谷雄の説話が記述されている。「學九流にわたり藝百家に通じて世におもくせられし人なり」（『長谷雄草子』）と記されていることから、博識である人物像が見受けられるが、同時に約束を守れぬ愚か者としての面も描かれている。『今昔物語』でも同様で、巻二十四第二十五話「三善清行の宰相と紀長谷雄口論せし語」を読み解くと、才能がある博士であったけれども、三善清行には劣っていたことが記されており、同じく巻二十八第二十九話では、陰陽師から物忌みせよと注意されたことを忘れ、怪事が起こったことから、人々に博士なのに「忌」と「忘」を間違えたと噂される姿が描かれている。

（奥谷彩乃）

### 紀淑望（きのよしもち）

文人【生没】?～延喜十九年（?～九一九）【歴史・伝説】中納言長谷雄の男。寛平八年（八九六）に文章生。文章得業生を経て、延喜元年（九〇一）対策に及第。以後、民部大丞・勘解由次官・大学頭・東宮学士に任ぜられ、延喜六年従五位下、同十二年には従五位上。『古今集』真名序の作者。『古今集』に一首入集するが、文人として評価が高かった。

淑望を貫之が養子としたという話が伝わる。『古今集』の仮名序を書いた貫之は、必ず帝から真名序の要請があると予測し、淑望の名で真名序を書いておいた。貫之没後、確かに帝から下命があり、淑望は真名序を奏覧に供したといい、養子淑望を深く愛するゆえ、貫之の心が乱れた話として伝える（『愚秘抄』）。実際は、淑望は貫之より二十六年先に没している。

（小池博明）

### 曲亭馬琴（きょくていばきん）

江戸後期の戯作者、本姓滝沢、幼名倉蔵、のちに興邦《おきくに》・解《とく》。字《あざな》は佐七のちに佐五郎、通称笠翁《りゅうおう》・篁《こう》民、別号大栄《たいえい》山人《さんじん》・著作《ちょさ》堂主人・飯台陳人・蓑笠《さりゅう》漁隠・乾坤《けんこん》一草亭・信天翁《しんてんおう》など【生没】明和四年～嘉永元年（一七六七～一八四八）【歴史・伝説】旗本用人滝沢運兵衛興義の五男として江戸深川で誕生。九歳の時父と死別し、跡を継いだ兄興旨が他家へ移ったため、十歳で主君の孫に仕え始めた。しかし主人のわがままに耐えられず、十四歳の時主家を出奔、以後旗本の家を転々として奉公したが落ち着かず、俳諧や文学、儒学には親しんだものの、無頼な生活を続けた。二十三歳の時医師を志し勉学を始めたが挫折、二十四歳で戯作者として立つべく山東京伝《さんとうきょうでん》に弟子入りした。翌年の寛政三年（一七九一）、大栄山人の名で処女作ともいうべき黄表紙『尺用而《つかいはたして》二《に》分《ぶ》狂言』を刊行。以後数年は黄表紙作家として過ごし、その間に飯田町の商家に婿入りして店主の名清右衛門を名乗っている。しかし姑の他界を機に滝沢姓に戻って戯作に専念し、寛政七年師京伝にならって初めての読本《よみほん》『高尾船字文《せんじもん》』を著した。その後は精力的に読本を書き続けたが、中でも文化四年（一八〇七）から刊行された長編『椿説弓張月《ちんせつゆみはりづき》』とその翌年刊行の『三七全伝南柯夢《さんしちぜんでんなんかのゆめ》』は好評を博し、読本作家第一人者としての地位を確立した。代表作『南総里見八犬伝』の初輯が刊行されたのは文化十一年（一八一四）四十七歳の時で、この物語はたちまち大ベストセラーとなり、人気に押される形で九輯九十八巻百六冊まで続いたが、完成までには二十八年という年月を要した。その間にも多くの読本や『燕石襍誌《えんせきざっし》』等の随筆、『朝夷巡島記《あさひなしまめぐりのき》』等の長編歴史小説、『傾城水滸伝《けいせいすいこでん》』をはじめとする合巻など多様な作品を著している。だが晩年の著作環境は過酷だった。天保五年（一八三四）六十六歳の時右目を失明し、翌六年に医師であった息子の宗伯が病死した。天保十一年には左目も失明し、『八犬伝』の九輯第一七七回の途中から宗伯の未亡人路《みち》が口述筆記することになるが、難解な文字などは互いに正誤の確認ができず、両者苦闘の連続だったという。著作以外にも膨大な量の日記を残しており、想像を絶する精力家・努力家であると同時に、便所の汲み取り代まで気にする几帳面な生活人であったことが知られる。儒教による勧善懲悪《かんぜんちょうあく》を基盤とし、その博識と壮大な構想力、豊かな想像力によって創出された馬琴の作品は圧倒的人気を博したが、明治維新以降は、坪内逍遙の「『八犬伝』中の八犬士のごときは、仁義八行《じんぎはっこう》の化物《ばけもの》にて、決して人間とはいひ難かり」（『小説の主眼』）という言葉に代表されるように、新時代の文学者に痛烈に批判された。しかし、文献資料を駆使しつつ自己の思想を盛り込んだ創作態度や、著作料を得て生活した最初の職業作家として出版界における作家の地位を確立した点で、明治の作家にも大きな影響を与えた。墓所は文京区茗荷谷深光寺。（鈴木　邑）

## 清原元輔（きよはらのもとすけ）

平安時代中期の歌人・三十六歌仙の一人、百人一首に入る**【生没】**延喜八年～永祚二年（九〇八～九九〇）**【歴史・伝説】**祖父は『古今和歌集』歌人清原深養父《ふかやぶ》、父は下総守春光、母は高利生女、清少納言の父。官歴は天暦五年（九五一）河内権少掾に任官したのを皮切りにし、天元三年（九八〇）従五位上、寛和二年（九八六）肥後守。村上天皇の天暦五年（九五一）撰和歌所の寄人となる。万葉集読解と後撰和歌集の撰進作業を手がけ、「梨壺の五人」のひとりに数えられた。特に『後撰和歌集』は、『古今集』から四十六年後に編集されたが、編者五名の作は一首も入れず、殆んど『古今集』時代の歌だけを集めているがこれは「尚古主義」の考えの強さを示しているものと言える。

**【参考文献】**『國史大辞典』（吉川弘文館）、『日本史辞典』（岩波書店）、『日本文学史』（角川書店）（柳澤五郎）

## 去来（きょらい）

俳諧師**【生没】**慶安四年～宝永元年（一六五一～一七〇四）**【歴史・伝説】**本名、向井兼時。幼名、慶千代。字、元淵。通称、喜平次・平次郎。別号、落柿舎等。肥前国長崎後《うしろ》興善町に儒医向井元升の次男として生まれる。九人兄弟で兄に元端（別号、震軒）、弟元成（俳号、魯町）・利文（俳号、牡

年）、妹千代（俳号、千子《ちね》）がいる。万治元年（一六五八）、八歳のとき一家は京都に移住。十六歳の頃筑前国福岡の叔父久米諸左衛門利品の嗣子として養われ、同地にあって武芸の修業に励んだ。後、久米家に後嗣子誕生のため、二十五歳の頃京都に帰住。以後、兄元端の医業を助け家政にあたる。俳諧は、貞享元年（一六八四）上方旅行中の其角を介して、蕉風に近づき、芭蕉に文通し教えを仰ぐ。同三年秋妹千子を伴って京を発ち、伊勢参宮をした際の往路を主とした『伊勢紀行』成る。同年冬、江戸に下って初めて芭蕉に対面。同四年冬の『続虚栗』に、「元日や家にゆづりの太刀帯ン」（春之部）をはじめ十五句入集。元禄二年（一六八九）刊『阿羅野』にも、「何事ぞ花みる人の長刀《ながかたな》」を含め発句十四を入集。同四年凡兆と共編『猿蓑』は、其角序、丈草跋、芭蕉の『幻住庵記』を収め、震軒の「几右日記」を加えている。集には蕉門諸家の発句三八二句を入集。去来は二十五句。同十年、其角の動向に飽き足らず、「贈其角先生書」を送り、許六と「俳諧問答」を応酬。温厚篤実で、蕉門随一の人格者として芭蕉の厚い信頼と広い衆望をあつめた。作風はその人柄を反映して、技巧を嫌い、実感を重んじ、本情を説いた。「木がらしの地にも落さぬ時雨かな」「応〳〵といへど叩くや雪の門」（『去来抄』）

**【参考文献】** 志田義秀〈向井去来〉「蕉門十哲」所収（岩波書店、昭和七年七月）

（稲垣安伸）

# 近路行者（きんろぎょうじゃ）

本名・都賀庭鐘《つがていしょう》。読本作者、ほかに、医者・漢学者 **【生没】** 享保三年〜？（一七一八〜？）。八十歳前後で没したか。墓所は、不明 **【歴史・伝説】** 大坂の人。享保末年に京都に遊学。書・篆刻を新興蒙所に、医を古医方の香川修庵に、漢学の師は不明ながら、当時流行の白話文学を研究し、翻案を試みた。これが後の読本三部作『英草紙』（寛延二年）、『繁野話』（明和三年）、『莠句冊』（天明六年）の素案となった。また、安永九年『康熙字典』の翻刻を校刊。

[紀州の附子《ぶす》] 庭鐘の関心は、医学・漢学のほか本草物産にも及んだ。宝暦十年、大坂浄安寺における戸田旭山主催の物産会に紀州産の附子《ぶす》（→タンニン桟。女性の歯黒染めなどに用いた。）など三種類を出品した。（「文会録」）

（浅岡純朗）

# 空海（くうかい）

平安時代初期の僧・漢詩人・書家・真言宗の開祖・諡号弘法大師 **【生没】** 宝亀五年〜承和二年（七七四〜八三五） **【歴史・伝説】** 讃岐国に生まれ、幼名を真魚といった。延暦七年十五歳で上京修学し、後に大学明経科に進み官人の道へと進むが、神秘体験を通して密教を志す。四国各地で修行して出家受戒したとされるが、その経緯については明確ではない（『続日本後紀』、『三教指帰』）。延暦二十三年、遣唐使に同道し留学をはたし、青竜寺の恵果阿闍梨より秘儀を伝授される。三年後多くの経典を携えて帰国する（『請来目録』）。帰国後は、嵯峨天皇に厚遇され、高野山を賜り禅院を設けた。弘仁十四年には京都の東寺を真言密教の道場とした。のちにその東側に私塾綜藝種智院を置き庶民にまで学問の機会を与えた。以後も真言密教を揺るぎないものにするために尽力しつづけ、承和二年高野山の禅居に没した。空海の著書・作品は多数あるが、文学関係に詩文集『性霊集』、詩論『文鏡秘府論』『文筆眼心抄』などがあり、当時の文学にも大きな影響を与えた。空海についてははやくからその伝記が成され、奇談伝説の数は非常に多い（『今昔物語集』など）。神秘体験に関わる伝説としては、大安寺の勤操僧正から真言を百万回唱えるとその教えの意味が理解できること（虚空蔵求聞持法）を教示され修行すると、明星（菩薩の化身）が口に入り仏と一体化したというものがある。また、夢告により「大日経」を久米寺に見出すが理解出来なかったので入唐を志したともされる。法力を説くものには、唐からの帰国にさいし祈願し三鈷を放つと日本に飛んでいった。それがのち高野山で見つかったという。また、国中が干ばつにより困窮したため、神泉苑で請雨経の法を行うと、善女竜王が来臨して大雨を降らせたなどの話がある。そして、現在まで生き続けて、同じ姿のままで奥の院にとどまり、人々を守り続けているという入定信仰が普及すると、これにともなう伝説も数多く語られるようになる。書道に関しては、唐留学時、長安の宮城内の書聖王羲士の書が破損し、その後だれも直すものがなかった。そこで天子が空海に筆を執らせたところ、口両手足を使い五行同時に書いた。そこで「五筆和尚」と名づけられたという話がある。後世その信仰から広く「お大師さん」と慕われ、各地に弘法大師を主人公とする無数の話が生み出されていった。諸国行脚をする大師によってもたらされたとする「弘法水」や、子供にも取れるよう枝を垂れるようにした「弘法栗」などの伝説は各地に残っている。また「いろは歌」も江戸時代まで、空海作と信じられてきた。

【参考文献】日本思想大系『空海』（岩波書店、昭和五十年）、斎藤昭俊『弘法大師信仰と伝説』（新人物往来社、昭和五十九年）

（加藤　清）

## 救済（ぐさい・きゅうせい・きゅうぜい）

鎌倉時代後期から南北朝時代にかけての連歌師【生没】弘安五年～天授二年（南朝）永和二年（北朝）（一二八二～一三七六）【歴史・伝説】侍公・侍従公などと呼ばれた。鎌倉時代を代表する地下連歌師善阿に師事する。和歌は冷泉為相に学んだという。二条良基に協力して『菟玖波集』を編纂した。応安五年（一三七二）には『連歌新式』を制定、『連歌手爾葉口伝』も救済の作であるという。また、二条良基の『連理秘抄』は救済の教えに基づいて執筆されたものであるという。門弟には二条良基をはじめとして周阿・永運・素阿・成阿・利阿などがおり、南北朝時代には連歌界の主流を形成した。救済の句風は多彩で、それまでの地下連歌の集大成として、南北朝連歌の最高峰と評されている。作品は『菟玖波集』に百二十七句入集している他、『文和千句』『紫野千句』『侍公周阿百番連歌合』などに見ることができる。

（冨澤慎人）

## 宮内卿（くないきょう）

鎌倉期歌人【生没】文治元年頃～元久元年か二年頃（一一八五～一二〇四）【歴史・伝説】父は歌人の右京権大夫源師光。母は後白河院女房安芸。若くして後鳥羽院に引き立てられ、正治二年（一二〇〇）の歌合から五年間、歌壇の新星として活躍した。歌は本歌取りをよくし、色彩的で、技巧を極め尽くした華やかさを持つ。『新古今集』に十五首入集。「うすくこき野べの緑の若草の跡までみゆる雪のむら消え」の歌によって、「若草の宮内卿」の異名を取る。苦吟型で、『無名抄』に「かつがつ書きつけ書きつけ夜も昼も怠らずなむ案じける。此人はあまり深く案じて、病になりて……。」とあり、『詞林拾葉』には「歌を案じ、たびたび吐血いたされ候。されば吐血の宮内卿といひしとなり。」と書かれた程である。

【参考文献】福田百合子「宮内卿」『中世の歌人Ⅱ』（弘文堂、昭和四十三年十二月）

（荻島寿美子）

## 熊谷直好（くまがいなおよし）

歌人【生没】天明二年～文久二年（一七八二～一八六二）。墓所は、大阪市此花区伝法の西念寺【歴史・伝説】名は、初め信賢、後に直好。家系は、周防岩国藩士熊谷仁左衛門直昌の男。十九歳で香川景樹の門に入り、郷里と京都とを往復して修学を重ね、景樹から最も信頼された。文政八年、景樹と香川家との間に紛争が生じ、藩と景樹との間で進退窮まって脱藩、京都のち大阪に移って歌学に専念した。穏健な作風と師説の祖述で知られる。とくに、景樹の主著『古今和歌集正義』を解説した『古今集正義序註追考』、『古今集正義総論補註』（天保十四年）が名高い。

【参考文献】家集『浦の汐貝』（弘化二年）、『浦の汐貝拾遺』（安政三年）などの著書、兼清正徳『熊谷直好伝』（熊谷直好伝刊行会、昭和四十年）

（浅岡純朗）

## 雲井龍雄（くもいたつお）

維新の志士・詩人【生没】弘化元年～明治三年（一八四四～一八七〇）【歴史・伝説】米沢藩士。米沢藩士中島總右衛門の次男。雲井龍雄というのは変名で、初めの名前は豹吉、後に猪吉と改められ、さらに権吉・熊蔵と改め、慶応三年（一八六七）からは小島龍三郎と名乗った。小島の姓は龍雄が十八歳のときに小島才助の養子となったため。龍三郎の名は、龍雄が辰年の辰の日辰の刻に生まれたからという。少年時代、上泉清次郎から素読を習い、十二歳のとき山田蠖堂の門に入った。龍雄は米沢藩士として高畠警備、ついで江戸警備の任に就く。江戸警備時代、安井息軒の三計塾に入り、息軒の思想に大きな影響を受け、外国へ眼を開いた。龍雄は薩摩藩を批判し、政府も龍雄らの討薩計画を危険視した。龍雄は集議員となったが太政官が出す議案に激論を飛ばし、集議院を追放される。龍雄は政府に天兵採用の嘆願書を提出した。その中には浮浪者や敗残兵の救済措置についても触れてあった。龍雄に陰謀の疑いが掛けられ、明治三年十二月二十八日、処刑された。（志村有弘）

## 慶　雲（けいうん）

鎌倉末期・南北朝初期の僧侶歌人【**生没**】未詳。永仁四年前後〜応安二年以後（一二九六〜一三六九）と推定【**歴史・伝説**】出自・生没年ともに未詳。「勅撰作者部類」に「法印浄弁子」とあり、二条為世門の「和歌四天王」のひとりである「浄弁」の子である。また、慶運じしん、「和歌四天王」として名を列ねる（この「四天王」は『了俊歌学書』では、浄弁・頓阿・能与・兼好の四人。『正徹物語』では、頓阿・慶運・静（浄）弁・兼好の四人）。「能与」が早世したので、代わって「慶雲」が加わったと考えられている。父浄弁の引き立てにより、尊円親王の庇護を受け、後、貞和（一三四五）ころから歌壇に活躍、頓阿級の評価を得た。「慶雲法師は、臨終の時に、長年詠みためた和歌を住み慣れた東山藤本の草庵の裏にみな埋め捨てた。」という逸話が残る（心敬『ささめごと』）。現存和歌に、三百首足らずの『慶運法印集』と『慶運百首』がある。

【**参考文献**】井上宗雄『中世歌壇史の研究　南北朝期』（明治書院、昭和四十年）、稲田利徳『和歌四天王の研究』（笠間書院、平成十一年）（下西善三郎）

## 景　戒（けいかい）

平安時代の僧侶【**生没**】不詳【**歴史・伝説**】平城京右京薬師寺の僧侶。日本最初の仏教説話集である『日本国現報善悪霊異記』（略称『日本霊異記』）の著者。その生涯や思想については、『日本霊異記』に書かれている事が全てである。景戒は、延暦四年（七九五）に僧位五階の第四階にあたる伝燈住位に着いた。『日本霊異記』の記述は、唐代の孟献忠による『金剛般若経集験記』や漢代の唐臨による『冥報記』の影響が見られ、これらの書物を閲覧しうる立場に景戒があったのだと思われる。景戒が自身を私度僧（自度僧）であると述べている箇所は『日本霊異記』中には無いが、元興寺の僧侶であった道照やその弟子である行基に深い関心を抱いている事から、景戒が私度僧であったとする説が有力である。

**【参考文献】** 八木毅「日本霊異記の撰述と景戒」（愛知県立大学）、出雲路修『日本霊異記』（岩波書店）　（土門啓昭）

## 慶政（けいせい）

歌人・説話集編者 **【生没】** 文治五年〜文永五年（一一八九〜一二六八）**【歴史・伝説】** 文治五年に生れたことは、東寺観智院蔵『金剛頂経観自在王如来修行法』の慶政による奥書から逆算したものである。九条家の出身で、摂政・関白九条道家の兄であるという（猪熊本『比良山古人霊託』勘注）。幼時その乳母が彼を誤って取り落とし、身体に障害が出たため出家した。後に証月上人と称された。三井寺で能舜に師事した。延朗・慶範・行慈の弟子ともいわれている（『三井続灯記』巻一）。承元二年（一二〇八）二十歳で京都の西山で草庵生活に入った。建保五年（一二一七）頃宋に渡り、経典二百余巻を携えて帰国した。承久四年（一二二二）三月には、建保四年頃から執筆していた仏教説話集『閑居友』を完成している。これは鴨長明の『発心集』の影響を受けたものであった。嘉禄元年（一二二五）三十七歳の時西山に法華山寺を造営し始め、同三年頃に完成した。嘉禄三年には『法華山寺縁起』を書いている（図書寮叢刊『諸寺縁起集』所収）。その後たびたび法隆寺の諸施設の修理のために勧進し、その復興に努めた。嘉禎四年（一二三八）五十歳にして九条道家に戒を授け、翌延応元年道家の病気に際して祈祷を行った。この時、比良山の古人と称する霊と問答をし、これを記したのが、『比良山古人霊託』である。寛元二年（一二四四）五十六歳の時『漂到琉球国記』を聞書した（図書寮叢刊『諸寺縁起集』所収）。『証月上人唐渡日記』などの著は散逸している。また往生伝や寺社縁起などの書写も多い。歌人としては、『続古今集』以下の勅撰集に二十二首入集している。

**【参考文献】** 新日本古典文学大系『宝物集・閑居友・比良山古人霊託』（岩波書店、平成五年）　（石黒吉次郎）

## 契沖（けいちゅう）

国学者・歌人 **【生没】** 寛永十七年〜元禄十四年（一六四〇〜一七〇一）**【歴史・伝説】** 契沖は江戸時代前期の古典学者で、その実証的な研究が近代的学問への転機となったことで高く評価されている（時枝誠記『国語学史』）。契沖は僧名で俗世の名はわかっていない。家系は加藤清正家の重臣下川元宜を祖父とし、下川元全の第三子として摂津の国に生まれた。元全は加藤家没落の後、契沖二十五歳のときに越後の国で失意のうちに客死した。契沖には七人の兄弟があったが、二人は早世し、兄元氏のみが武士となったがこれも中途で仕官を辞し、主家没落の悲運の中で一家は離散した。徳川幕府確立の背後に時代の波に飲み込まれた多くの一族があり、下川家もその一つであった。弟子で水戸藩士の安藤為章が著した『行実《ぎょうじつ》』によれば、契沖は七歳のとき大病になり、医師の力も及ばず、そこで天満天神の号を密かに書いて、毎日百遍唱えて三十七日に及んだとき遂に天神が夢に現われて、「吾是菅神、憐汝至誠、除病延命、他日為僧」と告げられた。夢が覚めると病が癒えたので、契沖は夢の天神のお告げを両親に知らせて出家を願い出たが許されなかった。そこで契沖は肉食を避けて熱心に宗教の道に専念した。やがてその切なる願いによって出家が認められたという。また病治癒のため高祖弘法大師にひたすら帰依して百万札を作ったが十年で終ったと言い伝える。その後契沖は十一歳で大坂今里の妙法寺に入り、丯定《かいじょう》の弟子となった。十三歳で真言宗の本山高野山に上り、十年間修行する。この間に仏教以外の日本の古典文学についても同僚と共に深く学んだようである。二十三歳で大阪生玉の曼陀羅院の住職となるが、三年余で去り、長谷の室生寺に詣でたりするが、生と死の間で苦悩したという。高野山にも立ち寄るが長く滞在することもなく、和泉の国久井村の辻森家に五年余滞留し、所蔵する和漢の書を読み漁り、また下河辺長流などとの贈答歌を残している。その後、近くの伏屋家に移り、この旧家が蔵する多数の和漢の書を渉猟し、さらに学識を蓄えたと推測される。三十九歳で妙法寺に戻り、元禄三年五十一歳で弟子の如海に譲り、同じ大坂の円珠庵に隠棲した。『万葉代匠記』は妙法寺時代四十八歳で初稿本、五十一歳のときに精選本を完成した。水戸光圀の委嘱を受けた病弱の長流に代って『万葉集』研究の一大金字塔である。契沖の学問が成し遂げられた背景には、光圀との信頼関係と水戸家からの財政的援助があってはじめて成就できたのである。

【参考文献】久松潜一『契沖』（吉川弘文館、昭和三十八年）、築島裕他『契沖研究』（岩波書店、昭和五十九年）（中山緑朗）

## 建春門院中納言（けんしゅんもんいんのちゅうなごん）

平安後期から鎌倉時代にかけての女官・歌人。名は健御前【生没】保元二年～?（一一五九～?）【歴史・伝説】父は歌人藤原俊成。定家の同腹の姉で定家より五歳年長。仁安三年（一一六八）十二歳にして後白河院女御平滋子（のちの建春門院）に仕えた。安元二年（一一七六）七月に建春門院が崩御するまで仕え、寿永二年（一一八二）八条院（鳥羽天皇皇女暲子内親王）に出仕。ここで長く女房生活を送った。建久六年～正治元年（一一九五～一一九九）まで春華門院（後鳥羽院皇女昇子内親王）の養育係となった。建永元年（一二〇四）九月、五十歳で出家。以後、定家の九条の旧宅に住み、九条尼とよばれた。建保七年（一二一九）三月、「建春門院中納言日記」（「たまきはる」ともいう）を書き終えた。この日記は、女房時代を回顧した老後の日記である。作歌数は少なく、「玉葉和歌集」に一首（二四〇〇）入首している。

（緒方洋子）

## 顕　昭（けんしょう）

平安後期～鎌倉時代前期の歌人・歌学者。「けんじょう」とも。別名「亮君」【生没】大治五年頃～承元三年以降（一一三〇～一二〇九）【歴史・伝説】実父母は未詳。『詞花和歌集』撰者・藤原顕輔の猶子となる。若年の頃は叡山で修行。後に離山して仁和寺に入寺。阿闍梨・法橋に昇る。家集があったらしい（『夫木和歌抄』）が散佚。歌風は理知的で難解とされる。『六百番歌合』での自身の歌への判を不服として『六百番陳情』を著わす。歌人としてよりもむしろ歌学者としての評価が高い。『万葉集』以来の難解な歌語を考証した『袖中抄』を、守覚法親王に奉った（現在でも国語学史の重要な資料として評価される）。『古今集註』を始めとして、多くの歌集の注釈を著わした。私撰集『今撰集』の撰者とも言われる。

（保科　恵）

## 元正天皇（げんしょうてんのう）

第四十四代天皇【生没】天武九年～天平二十年（六八〇～七四八）【歴史・伝説】七一五～七二四在位。草壁皇子の皇女、名を氷高（日高）。母は阿閉皇女（後の元明）。和銅八年（七一五）正月一品、九月皇太子首皇子幼年の為元明天皇より譲位。時に左京職より瑞亀が献上され霊亀と改元。同三年九月美濃国行幸時、多度山の美泉の効験により養老と改元。同二年藤原不比等らにより律令十巻（養老律令）が成り、四年五月舎人親王らにより『日本書紀』奏上。八月不比等没。五年正月長屋王を右大臣に任命、藤原氏は十月に房前を内臣へ。六年閏四月良田百万町歩開墾計画、翌七年四月三世一身法が発せられた。養老八年（七二四）二月首皇子（聖武）に譲位。天平二十年（七四八）六十九歳で崩御。佐保山に火葬。『萬葉集』に異伝歌含八首。

（清水道子）

## 源　信（げんしん）

天台宗の僧【生没】天慶五年～寛仁元年（九四二～一〇一七）【歴史・伝説】占部正親の男で、母は清原氏。良源の弟子。横川恵心院に住んだため恵心僧都と呼ばれる。大和国当麻の生まれ。九歳で比叡山に登り、十三歳で得度、天元元年（九七八）に広学竪義（最澄の忌日である六月四日の法会における論議問答で、天台学僧にとっての登竜門）で、名声を得る。しかし、後に横川に隠棲し、寛和元年（九八五）『往生要集』を著す。その翌年、慶滋保胤らとともに、二十五三昧会という念仏結社を作り、毎月十五日に集まり、不断念仏を修する。長保三年（一〇〇二）法橋、寛弘元年（一〇〇四）権少僧都となるが、ほどなく辞退する。

源信についての説話、伝承はたいへんに多く、その出生から死までが伝承に彩られている。母が男子誕生を祈念して大和国葛城郡高尾寺に参詣した折、その寺の住僧から玉を授かる霊夢を見て、源信を懐妊した(『今昔物語集』)。学僧として名声を馳せた源信が、三条大后宮の法華八講に召され、献上品を下賜された。それを母に送ったところ、「高名の僧として権門に出入りするのは、私の望むところではない」との返事があり、隠棲して修行することを決心したという(『今昔物語集』)。また、武士として殺生をためらうことなく生きてきた源満仲に、その子源賢とともに策を巡らして出家を遂げさせた逸話は有名である(『古事談』)。源信の臨終には、妙なる音楽が聞こえ、かぐわしい香りに満ちた風が吹いて、草木は西になびき、人々の泣く声が院内に響きわたったという(『本朝法華経記』)。なお、源信は、『源氏物語』宇治十帖の横川僧都のモデルと古来指摘されている。

(以上、小池博明)

父に道心はなく、大道心があった母に大きな影響を受けた。九歳で比叡山中興の祖良源に師事し、顕密二教を究めた。三条大后の御八講に召され、八講の後、捧げものを大和国の母のもとに贈ると、母は「宮中に参上するのは出家させた本意ではない。学問をし、才知を身につけて、増賀聖人のように尊くなって、私の後生を救ってほしい」と諭した。源信は母に従い山に籠り、修行した。また母の死が迫ったとき、山を下り、大和国に行くと、使いの者から母の臨終がせまることを知らせる手紙を受ける。源信は急ぎ母の元へ、念仏を唱えると母は息を引き取った(今昔物語集)。紫式部の『源氏物語』に登場する横川の僧都は、源信をモデルにしたといわれる。著書に『往生要集』、『一乗要決』などがある。

(以上、山口孝利)

**【参考文献】** 石田瑞麿『源信』(岩波書店、昭和四十五年)

## 元政(げんせい)

江戸時代前期の法華僧・漢詩人・歌人 **【生没】** 元和九年〜寛文八年(一六二三〜一六六八) **【歴史・伝説】** 京都桃花坊に生まれる。釈日政。字は元政。妙子・不可思議・泰堂と号す。石井氏。母の夢に、高僧現れ、覚めて後、元政を孕んだという奇瑞出生譚の持ち主。幼時より聡明にして、一度聞けば諳んじ、長じて典籍を好み、山水を楽しみ、詩文をよくした。二十歳ころ、三願(出家・孝心・天台三大部閲読)を発し、二十六歳時に出家、妙顕寺日豊上人に師事する。研究熱心で夢の中で天台大師と議論したという。一時期、江戸に出るが病を得て帰京。京の郊外深草に庵を結び(称心庵。瑞光寺と名付く)、托鉢と読経の生活を送り、父母を寺の傍らに養った。四十六歳の死没まで、「ひら法華」の徒として生きる間、明人陳元贇に親交を結び、松永貞徳に歌を学ぶこともした。

【参考文献】宗政五十緒「元政」（『岩波講座日本文学と仏教』第一巻、岩波書店、一九九三）（下西善三郎）

## 元明天皇（げんめいてんのう）

第四十三代天皇【生没】斉明七年～養老五年（六六一～七二一）【歴史・伝説】七〇七～七一五在位。天智の皇女で母は蘇我倉山田石川麻呂の娘姪娘。草壁皇子の妃、文武・元正の母。慶雲四年（七〇七）文武天皇崩御により即位。不改常典による嫡子相承実現の為の中継、首皇子への皇位の橋渡し役、中天皇《なかつすめらみこと》と考えられる。翌五年正月年号を和銅と改元、和同開珎を鋳造施行。和銅三年（七一〇）奈良遷都。五年正月太安麻呂に命じ『古事記』を撰上させ、翌六年五月に風土記撰進の詔を出す。この御代には歴史・風土への関心が高まったことが窺える。七年首皇子を皇太子に立てたが、霊亀元年（七一五）に皇太子幼少の為、氷高内親王（元正天皇）に譲位。養老五年六十一歳で崩御。遺詔により喪儀を行なわなかった。『萬葉集』に二首。（清水道子）

## 建礼門院右京大夫（けんれいもんいんうきょうのだいぶ）

平安末期、鎌倉初期の歌人【生没】未詳【歴史・伝説】父は三蹟の一人である藤原行成の行裔にあたる世尊寺伊行。母は大神基政の女夕霧。承安三年（一一七三）十六、七歳のときに六波羅入道平清盛の女で高倉天皇の中宮建礼門院に仕えた。この当時、中宮と右京大夫はほぼ同年齢の十七歳位であった。右京大夫の母夕霧は、当時世に聞こえた琴の名手であり父も世尊寺流の書家、といった両親を持ち音楽や和歌の文芸的な天分を受け継いでいた。建礼門院に出仕していたのはわずか五年ほどであったようだが、この間に宮中で平家一門との交流が始まる。まだ年若い右京大夫には宮廷生活の華やかさや中宮をとりまく平家の公達の姿は非常に新鮮なものと映っていたようである。そのような中で二つの恋を経験する。藤原隆信は好色家として名高く彼女より十四、五歳も年上であった。執拗な贈歌で巧みに言い寄ってくる恋愛上手な隆信に捕らえられてしまった右京大夫は後々後悔の念にさいなまれる。一方彼女とは四歳ほど年下で正妻もあった平資盛との恋は、身分も違い年齢的にも負い目のある釣り合わぬ恋であったため周囲の反対もあり苦悩の日々を送るつらい恋愛であった。だが資盛との恋は「のがれられぬ契り」として受けとめ生涯をかけた恋愛となる。源平の動乱が激化し、平家一門の都落ち、平家滅亡と資盛の死。一時は半狂乱の状態になるが、愛する資盛の菩提を弔うことが自分の生涯の役目であると思い起こすことで勇気を持ち、資盛の追憶とともに生きていく決心をする。建久七年（一一九六）後鳥羽院に再出仕し「昔」を思い出し涙する日々を送るが、晩年藤原定家より「新勅撰和歌集」編纂にあたり「書きおきたるものや」と尋

ねられたときに、手渡した家集が「建礼門院右京大夫集」である。そのとき右京大夫は七十歳を越える年齢であった。（緒方洋子）

## 恋川春町（こいかわはるまち）

黄表紙作者・浮世絵師・狂歌師【生没】延享元年～寛政元年（一七四四～一七八九）【歴史・伝説】駿河の小島藩士倉橋家に生まれる。本名は倉橋格。通称寿平。寿山人・酒上不埒などと号す。安永四年（一七七五）『金々先生栄花夢』で赤本から黒本・青本と展開した草双紙（絵本）に黄表紙という新しいジャンルを開き、大人の読み物として発展させた。黄表紙は、文章と絵の両方に同等の価値を付与したもので、鳥山石燕に絵を学び、春町自身が描いていた。『金々先生栄花夢』に始まる安永年間の黄表紙には「画工恋川春町」と署名されているものが多く、文章よりも挿絵に多くの力を注いでいた時代であったことが伺える。『金々先生栄花夢』の姉妹編といえる『高漫斉行脚日記』では、挿絵により重きを置く態度に代わって文章を詳細に記す傾向が見え始め、安永六年明誠堂喜三二の黄表紙が刊行されると春町の作品にさらなる変化が現れる。喜三二の作品は今までの黄表紙に突飛な発想と滑稽さを加え、黄表紙というジャンルをより独立したものにした。春町もこれに触発され、この後は滑稽さを重視するようになる。喜三二の影響は大きく、著書をそのまま借用した「参幅対紫曽我」や「其の昔竜神噂」などの作品もある。喜三二の「文武二道万石通」に倣った「鸚鵡返文武二道」は寛政改革の風刺で好評を博したが、取調べを受けることになり、その後まもなくして没した。その他の作品に、「間違曲輪遊」などがある。

【参考文献】和田博通「安永期の恋川春町」（『芸能と文学　井浦芳信博士華甲記念論文集』昭和五十二年十二月）（友田　奏）

## 小式部内侍（こしきぶのないし）

歌人【生没】長保元年頃～万寿二年（九九九～一〇二五）【歴史・伝説】母は和泉式部、父は橘道貞。和泉が為尊親王、続いて、敦道親王と恋仲になったことから、祖父大江雅致の許で養育されたらしい。その祖父が越前守として下向した寛弘七年（一〇一〇）頃、藤原彰子の許に出仕したか。一時藤原道長次男頼宗と恋愛関係にあったが、三男教通との交際に転じて、子を儲けた。後に出家して静円と呼ばれたこの子が誕生した折、道長は小式部を「嫁」と詠じ（和泉式部集六一四・六一五）、その労をねぎらった。和歌六人党の一人、藤原範永とも恋愛関係にあり、尾張と呼ばれた娘もあったともいうが、詳細は不明。和泉が丹後にいた折、歌合に召されたことを藤原定頼にからかわれて、即詠した「大江山いくのの道の遠ければまだふみもみず天の橋立」により、歌人として名を上げた。当歌は、『百人一首』にも入集した。藤原公成とも交際し、子を出産した直後に亡くなっている。形見に薫物を欲しがった人物（和泉式部集五三五）がおり、香道にすぐれていた義父藤原保昌に薫陶を受けたものか。様々な説話が残るが、もっとも著名なのは、小式部が危篤の折、母の顔を見て「いかにせむいくべき方も思ほえず親に先立つ道を知らねば」と詠むと快癒したという話（無名抄）である。これに代表されるように、和泉とともに登場する母子伝説が多い。日本全国に、ウルカ問答、コメカ問答、時鳥問答、「山里に」問答などと称される話が残り、少しずつその内容は異なるが、いずれの場合も小式部が巧みな和歌を詠むという点は共通している。御伽草子「小式部」、謡曲「小式部」もある。

**【参考文献】**浅見和彦「小式部内侍説話考—『古事談』『宇治拾遺物語』所載話を中心に」（成蹊国文、平成元年三月）、大伏春美「和泉式部と小式部の伝説をめぐって」（『平安朝文学 表現の位相』新典社、平成十四年）

（武田早苗）

## 小島法師（こじまほうし）

『太平記』の作者**【生没】**?～応安七年・文中三年（?～一三七四）**【歴史・伝説】**『洞院公定日記』応安七年五月三日の記録に「伝へ聞く、去る廿八九日の間、小嶋法師円寂すと云々。これ、近日天下に翫《もてあそ》ぶ太平記の作者なり。およそ卑賤の器といへども、名匠の聞こへ有り。無念と謂ふべし」（原漢文）とある。この小嶋法師については備前児島の山伏説、延暦寺に関係する散所法師説・物語僧説、小嶋という地名から考える説。『太平記』に活躍する南朝方の武士、児島高徳のことかとする説、「興福寺年代記」に「太平記は鹿薗院殿（足利義満）の御世外嶋と申し、人書之近江国住人」とみえる「外嶋」と同一人物とみる説等、『太平記』の作者論争に波紋を投げかけた。

**【参考文献】**長谷川端『太平記の研究』（汲古書院、昭和五十七年）、同「太平記の成立と作者像」（『太平記の成立』所収、汲古書院、平成十年）、後藤丹治『太平記一』解説、日本古典全書（朝日新聞社、昭和三十六年）

（武田昌憲）

## 後白河天皇（ごしらかわてんのう）

第七十七代天皇**【生没】**大治二年～建久三年（一一二七～一一九二）。六十六歳**【歴史・伝説】**鳥羽天皇第四皇子。母は権大納言藤原公実の女・待賢門院璋子。名は雅仁。法名行真。久寿二年（一一五五）践祚。この皇位継承に不満を持った崇徳上皇が左大臣藤原頼長に接近。保元元年（一一五六）、鳥羽法皇の死を契機として、源為義・平忠正と結んだ上皇方と、関白藤原忠通・源義朝・平清盛の天皇方が衝突して保元の乱が起こる。天皇方が勝ち、上皇が讃岐に配流となる。保元三年（一一五八）、二条天皇に譲位するが、上皇となつて、以後院政を敷く。嘉応元年（一一六九）出家して法皇となる。造寺・造仏を盛んに行なった。当初は協調して事に当たっていた清盛が勢力を付けるに従って次第に関係が悪化し、治承元年（一一七七）、鹿ヶ谷で法皇の近臣・藤原師光等が平氏打倒を目論む謀議を行なったとして捕縛され、対立が深まる。同三年（一一七九）、清盛が法皇を鳥羽殿に幽閉、院政を停止する。養和元年（一一八一）、清盛が没すると院政を再開。源頼朝と結んで平氏を追討する。文治元年（一一八五）、壇ノ浦で平氏が滅亡。源義経の請いに応じて頼朝追討の宣旨を下したことから頼朝と対立、頼朝は藤原（九条）兼実を内覧（後に摂政）とするなど、親しい公卿で固め、法皇を牽制する。院政期から武家社会への激動期に、平清盛・源義仲・頼朝らと渡り合った。文学的には、今様を愛好し、『梁塵秘抄』、『梁塵秘抄口伝集』を撰んで歌謡を集成した。『千載和歌集』の編纂を下命した。

【参考文献】安田元久『後白河上皇』（吉川弘文館、昭和六十一年）、棚橋光男『後白河法皇』（講談社、平成十八年）（保科　恵）

## 後鳥羽天皇（ごとばてんのう）

平安時代末の天皇・歌人【生没】治承四年～延応元年（一一八〇～一二三九）【歴史・伝説】名は尊成。高倉天皇の第四皇子。母は修理大夫坊門信隆の娘七条院藤原殖子。寿永二年（一一八三）兄安徳天皇が平氏と都落ちし、三種神器のないまま祖父後白河法皇の決断によりわずか四歳で践祚した。十九歳で土御門天皇に譲位、二十三年におよぶ院政を開始した。藤原定家らに『新古今和歌集』の編集を命じ、自ら代表的歌人だったが、積極的に編集にも関与、隠岐配流後も改訂作業を続けた。熊野御幸を三十回以上も行い、その時一同が奉納した和歌が「熊野懐紙」として残る。上皇は多能多芸で、『後鳥羽院御口伝』『世俗浅深秘抄』『無常講式』などを著した他、管弦にも通じ（『順徳院御琵琶合』）、蹴鞠は時の名手たちから「長者」の称号を送られるほどだった（『承元御鞠記』）。相撲・水練・弓にも秀で、刀の鑑定・作成も行った。上皇自作の刀に刻まれた菊のマークが、後の皇室の紋章につながっていく。武勇にも関心があり、交野八郎という盗賊の逮捕を自ら采配したこともある（『古今著聞集』一二）。承久三年（一二二一）、上皇率いる京方と北条義時率いる幕府方の軍勢は都で武力衝突（承久の乱）、敗れた上皇と順徳院はそれぞれ隠岐と佐渡に、土御門院は土佐国に配流された。在島十九年、六十歳で隠岐に没した。後堀河天皇后藻壁門院・後堀河天皇・摂政藤原教実・四条天皇の若死に、三浦義村・北条時房・北条泰時らの急死が、上皇の生霊・死霊への懼れに拍車をかけ、諡が「顕徳院」から後鳥羽院に改められた他、京・鎌倉で様々な慰霊供養が頻りと行われた。鍾愛の離宮の故地に建つ水無瀬神宮には、今もその霊が静かに祀られている。

【参考文献】目崎徳衛『史伝後鳥羽院』（吉川弘文館、平成十三年）（伊東玉美）

## 後深草院二条（ごふかくさいんにじょう）

鎌倉時代の歌人・『とはずがたり』作者【生没】未詳

【歴史・伝説】父は大納言源雅忠。母は藤原隆親女（大納言典侍）。腹違いの弟に少将雅顕がいる。祖父は久我太政大臣通光（歌人）。十四歳のときに後深草上皇から召される。二歳のときに母、十五歳のときに父と死別。以後は母の弟である権大納言藤原隆顕が後見人的存在となる。二条の日記『とはずがたり』には、後深草上皇の他に、初恋の男性「雪の曙」（西園寺実兼か）・「有明の月」（開田准后法助・性助法親王の二説あり）・「伏見の人」（関白近衛兼平か）などとの恋愛・情交関係が記されている。『とはずがたり』五巻は、前半（巻一〜三）と後半（巻四・五）とに分けることができ、前半は二条が十四歳のときから二十八歳のときまで、巻四（二条三十二歳）はすでに尼姿となった二条が諸国遍歴を行うかたちとなっている。巻四は東国への旅、巻五は西国への旅となっている。前半には作者の恋愛風景が赤裸々に描かれ、後半も後深草院との再会や院の葬送の場など緊迫した場面が綴られている。『とはずがたり』には「夢」の文字が七十個使用されており、睡眠中の夢だけでなく、場面を展開させる伏線としても使用されている。その意味では物語的構想を踏まえた作品といえる。『とはずがたり』には出離への願望、西行の諸国行脚への憧憬、久我源氏一門の歌道再興の願いなどが抒情豊かな文章で綴られており、随所に見られる二条の歌は、彼女が歌人としても天賦の才を持っていたことを示している。

【参考文献】冨倉徳次郎訳『とはずがたり』（筑摩書房、昭和四十一年）、次田香澄校註『とはずがたり』（朝日新聞社、昭和四十一年）、松本寧至『とはずがたり』上・下（角川文庫、昭和四十三年）、松本寧至『とはずがたりの研究』（桜楓社、昭和四十六年）、福田秀一校注『とはずがたり』（新潮社、昭和五十三年）、久保田淳校注『とはずがたり』一・二（小学館、昭和六十年）（志村有弘）

## 狛近真（こまのちかざね）

楽人【生没】治承元年〜仁治三年（一一七七〜一二四二）

【歴史・伝記】狛氏は奈良方の舞楽の家で、近真は狛光近の娘の子として生まれ、辻則房の養子となった。しかし光近の後継者であった兄の光貞が死去したため、狛氏を継いだ。舞楽の名手で、左方の一者であった。しかし近真の長男は舞楽に就かず、次男は凡庸であり、三男は幼少であったために、道の絶えることを恐れて、天福元年（一二三三）に『教訓抄』を著わした。この書は舞楽各曲の説明や、舞楽の起源、舞楽にまつわる逸話などを集め、この方面の百科事典のような性格を持っている。南都楽所の中興の祖である。なお近真の次男光葛の子朝葛《ともかず》は、これを継いで『続教訓抄』を著わしている。奈良市の拍子神社は、近真を祭っている。

【参考文献】日本思想大系『古代中世芸術論』（岩波書店、昭和四十八年）　（石黒吉次郎）

## 後水尾天皇（ごみずのおてんのう）

江戸時代初期の天皇【生没】慶長元年～延宝八年（一五九六～一六八〇）【歴史・伝説】後陽成天皇の第三皇子として誕生、母は関白近衛前久の娘前子（中和門院）。諱は政仁、追号は後水尾院。慶長十六年（一六一一）践祚・即位。元和六年（一六二〇）将軍徳川秀忠の娘和子を女御とし、寛永元年（一六二四）十一月に立后の儀を行なった。天皇在世時は、文芸復興の時代であり天皇も深く文芸を好み、古典に造詣が深く和歌・連歌・漢詩・書道をはじめ、茶道・華道・香道・絵画等にも長じた。又、朝儀の復興にも尽力し、江戸時代の年中行事を中心とした故実書である『後水尾院年中行事』（上下二巻）を出版し、宮中行事の詳細を今日まで伝えた朝儀に関する代表作品。御製は千数百首に及び、御撰の著作（『伊勢物語抄』等）は四十余点を数え、有名な御集『鷗巣集』がある。

【参考文献】和田英松『皇室御撰之研究』（昭和八年）（奥山芳広）

## 金春禅竹（こんぱるぜんちく）

能役者・能作者・能楽伝書著者【生没】応永十二年～応仁二年（一四〇五～一四六八）・文明三年（一四七一）の間【歴史・伝説】大和国の古い猿楽の座である金春座の中心的な役者で、金春権守の孫、弥三郎の子。始め貫氏、のちに氏信と称し、六十歳頃から禅竹を名のった。応永三十五年には座の棟梁たる大夫となっている。世阿弥の女婿となり、彼に能楽道の指導を仰ぎ、能楽伝書『六義』『拾玉得花』を相伝されている。また世阿弥は晩年佐渡に流されたが、その間その妻の寿椿を世話していた（佐渡よりの禅竹宛世阿弥書状）。自身も『歌舞髄脳記』『六輪一露之記』など特色ある能楽伝書を遺している。また「芭蕉」「定家」「小塩」などの優れた能を創った。一条兼良など知識人との交流も知られている。

【参考文献】伊藤正義『金春禅竹の研究』（赤尾照文堂、昭和四十五年）　（石黒吉次郎）

# さ　しすせそ

## 西　行（さいぎょう）

平安期歌人。藤原（秀郷流）。俗名は佐藤義清。西行上人・円位とも**【生没】**元永元年～文治六年（一一一八～一一九〇）**【歴史・伝説】**父は佐藤康清。母は源清経の女。もと鳥羽院に仕えた北面の武士。保延六年（一一四〇）二十三歳で出家。出家の動機は、恋愛・社会への反発、厭世などの説があるが、確かなことは不明。始めは京都周辺で隠遁生活を送る。その時期比叡山延暦寺系の寺院で天台宗を学んだとされる。その後陸奥への初度の旅に出、久安五年（一一四九）頃高野入りをする。そこで真言密教の知識を学びつつ仏教的思惟を深めていく。高野では学僧というより庵を組んで自由な身であったらしい。一方、高野時代に無言行や熊野での山岳修行などの厳しい修行を行い、仁安三年（一一六八）には崇徳院の怨霊鎮定と弘法大師への敬慕から四国への旅に出かけている。さらに高野時代最後の治承四年（一一八〇）には伊勢へ向かい、その後七年間伊勢に定住する。伊勢では、密教の主張する本地垂迹の思想から神祇への信仰も深めていく。伊勢を離れた後、文治二年（一一八六）に東大寺勧進を目的とする陸奥平泉の旅に出、帰った後は嵯峨を経て、弘川寺にて亡くなる。かつて詠んだ「願はくは花の下にて春死なんその如月の望月のころ」の歌どおりの入寂であった。歌は生涯を通して詠み、家集に『山家集』『西行上人集』『聞書集』『残集』『山家心中集』がある。内容的には花や月に執着する心、実生活において発想される様々な思い、人生の悩みを主情的に詠んだ歌に特徴がある。友人や歌仲間との贈答歌も多くみられる。釈教歌はもちろん、さりげない歌の中にも仏教的思想がこめられている場合が多い。全体的に技巧をあまり尽くさず、平明に自身の心を自由に詠んだその歌は、時代を問わず多くの支持を得ている。『新古今集』に九十四首の最高歌数が入集し、後鳥羽院によって「生得の歌人」と評された。西行にまつわる伝説は多い。西行は遁世する時に若妻と幼女がいたが、煩悩の絆を切るために、すがりつく娘を縁より蹴落したという。その後成長した娘と再会し、娘も出家する（『西行物語』）。西行が出家したのは、身分違いの恋をして一度は逢瀬を叶えられたが、噂を気にする女性から縁を切られたためという（『源平盛衰記』）。これは西行が僧にも拘らず恋の歌が多いことから生まれた説話であろう。神護寺を復興した荒法師文覚は、仏道修行に専念せず数寄をたててうそぶき歩く西行を憎んでいたが、一度対面するや西行の人間性を見抜き、「あれは文覚に打たれんずる者の面様か。文覚をこそ打たんずる者なれ。」と弟子たちに言ったという（『井蛙抄』）。

【参考文献】安田章生『西行』（弥生書房、昭和四十八年十二月）、目崎徳衛『西行』（吉川弘文館、昭和五十五年三月）、高木きよ子『西行の宗教的世界』（大明堂、平成元年六月）

（荻島寿美子）

## 斉明天皇（さいめいてんのう）

第三十七代天皇【生没】推古二年〜斉明七年（五九四〜六六一）【歴史・伝説】六五五〜六六一在位。舒明即位と共に立后、後の天智・間人皇女・天武を生む。舒明十三年（六四一）天皇崩御後、翌年即位（皇極）したが、乙巳の変（六四五）により孝徳天皇に譲位。白雉五年（六五四）十月、孝徳天皇崩御、翌年飛鳥板蓋宮で重祚（斉明）。斉明二年（六五六）後飛鳥岡本宮に遷る。当時、大規模な土木事業を行なった。七年（六六一）には百済救済の為難波より出船する（額田王代作歌『萬葉集』巻一・八）が、同年七月朝倉宮で急死。六十八歳（『紹運録』）。朝倉宮造営時、朝倉社の木を伐り神の怒りに触れ、殿舎崩壊・鬼火出現・病死者多数と伝える。『日本書紀』に天皇作として六首あるが、虚構説もある。『萬葉集』中歌は全て認定が揺れている。

（清水道子）

## 嵯峨天皇（さがてんのう）

第五十二代天皇【生没】延暦五年〜承和九年（七八六〜八四二）【歴史・伝説】諱は神野（賀美能）。父は桓武天皇、母は藤原良継の娘・乙牟漏。皇后は橘嘉智子（檀林皇后）。三品中務卿を経て、大同元年（八〇六）、平城天皇の即位に伴って皇太弟となる。だが、平城天皇には既に高岳・阿保の両親王がいた事から、皇太弟擁立の背景には、亡父・桓武天皇の意向が働いたといわれる。同四年（八〇九）平城天皇病気のため、受禅した。即位後には、甥にあたる高岳親王を皇太子とした。しかし、病気のために譲位した平城天皇が平城京へと遷り、二所朝廷といわれる事態が起こる。さらに、観察使の制度を嵯峨天皇が廃止したことから平城上皇がこれを怒り対立が起こる。平城上皇の復位をもくろむ藤原薬子とその兄・仲成はこの対立を大いに助長した。さらに弘仁元年（八一〇）、平城上皇による平城京遷都の詔が出され、これを否とした嵯峨天皇は坂上田村麻呂等を派遣して上皇方を制圧した。平城上皇は出家し、上皇方の他の者は配流などの処分を受けた。これを薬子の乱という。乱後、様々な小さい混乱はあったものの、平穏で文化の栄えた時代が築かれた。嵯峨天皇自身文化人として知られ、唐の影響を強く受けている。能書家としても知られ、空海・橘逸勢とともに三筆と称される。又、詩文にも優れ、『凌雲集』『文華秀麗集』『経国集』等に漢詩を残している。承和九年（八四二）、五十三歳で崩じた。陵墓は京都の嵯峨山上陵。皇子皇女多数。皇族の整理を行い、多数に姓を賜り臣籍降下させた。嵯峨天皇の子で源姓を賜ったものとその子孫を嵯峨源氏といい、源氏の中で最も長い歴史を誇る。嵯峨天皇自身が編纂を命じた『日本後記』にその治世についての記述がある。

**【参考文献】** 良岑安世・滋野貞主『経国集』、藤原緒嗣等『日本後記』、山中裕『平安人物志』（東京大学出版会）（土門啓昭）

## 坂上望城（さかのうえのもちき）

歌人 **【生没】** 未詳 **【歴史・伝説】** 平安時代中期の歌人。没年は貞元三年（九七八）説と天元三年（九八〇）説の二つがある。父は坂上田村麻呂の曾孫の坂上好蔭の子で、三十六歌仙の一人坂上是則。天暦三年（九四九）に越前掾になり、天禄元年（九四九）に叙爵、天延三年（九七五）石見守に任ぜられる。天暦五年（九五一）に『万葉集』の訓読の研究をした。『後撰和歌集』の選者となり、梨壺の五人のうちの一人となった（他の四人は大中臣能宣・源順・清原元輔・紀時文である）。自身の歌の才能で採用された訳ではなく、三十六歌仙の一人である是則の息子だから任命された説が強い。勅撰集では『拾遺和歌集』、『後拾遺和歌集』、『金葉和歌集』に各一首が選ばれているのみである。（奥谷彩乃）

## 相　模（さがみ）

歌人 **【生没】** 正暦三年頃〜？（九九二〜？）。康平四年（一〇六一）催行の「祐子内親王家名所歌合」を最終出詠として、ほどなく没したと推定される。**【歴史・伝説】** 実父不詳。母は慶滋保章女。養父は但馬守源頼光と伝えられる。三条天皇中宮、藤原妍子に出仕し、乙侍従と称された。大江公資との婚姻は長和二、三年（一〇一三、四）頃。ある時公資は大外記を望んだが、相模を懐に抱いて秀歌を案ずる間公事が疎かになるという藤原実資の言により任じられなかった（袋草子）という。治安元年（一〇二一）、公資は相模国に下向。在国中の万寿元年（一〇二四）、箱根走湯権現に参詣した際、即詠した百首を奉納すると、権現から返歌百首が届いたという。そこで、翌年春、再度権現への返歌百首を奉じた。これら三種の百首を「走湯百首」と総称する。帰京した万寿二年（一〇二五）秋、四条大納言藤原公任息定頼と恋に堕ちるが、数年で破局。これにより夫婦仲はさらに悪化、長元四年（一〇三一）前後に公資が遠江国国守として下向する折には、他の女性を伴ったことから離縁。

この、夫との不仲・離縁の体験が『思女集』を生んだという。相模国から帰京後、時をおかずして一条天皇皇女・入道一品宮脩子内親王の許に再出仕を果たし、これ以後、出仕名、相模を用いた。宮没後にも、藤原頼宗女で、脩子の養女、延子のもとに伺候したらしい。長元八年（一〇三五）「賀陽院水閣歌合」で、「五月雨は美豆の御牧の真薦草かりほすひまもあらじとぞ思ふ」を出詠し、歌壇への本格デビューを果たす。当歌は披講されると感嘆の声で殿中が鼓動し、それは郭外に及んだ（袋草子）という。以降、後朱雀・後冷泉朝の歌壇で活躍した。

**【参考文献】** 武内はる恵・林マリヤ・吉田ミスズ『相模集全釈』（風間書房、平成三年）、近藤みゆき『古代後期和歌文学の研究』（風間書房、平成十七年）　（武田早苗）

## 桜田治助（さくらだじすけ）

歌舞伎狂言作者［初世］享保十九年～文化三年（一七三四～一八〇六）。宝暦九年（一七五七）江戸中村座で二枚目作者に進み、同十一年京で上方狂言を学ぶ。明和元年（一七六四）江戸に帰り、同五年森田座で立作者の地位を確保する。明和・安永・天明期に人気作者として活躍し、舞踊劇にも才能を発揮。長唄「吉原雀」は、明和五年、江戸市村座顔見世の大切所作事に「教草吉原雀」として初演された。（「吉原雀」）［二世］明和五年～文政十二年（一七六八～一八二九）初世の門人で舞踊劇にもすぐれ「汐汲」などがある。［三世］享和二年～明治十年（一八〇二～一八七七）二世の門人で「乗合船」があるが、河竹黙阿弥に主導的地位を譲った。四世には特に著名作はない。

**【参考文献】** 郡司正勝「吉原雀」（名作歌舞伎全集、東京創元社、昭和四十七年六月）　（酒井一字）

## 讃岐典侍（さぬきのすけ）

歌人 **【生没】** 未詳。承暦三年（一〇七九）生まれとする説もある。**【歴史・伝説】** 讃岐典侍は、藤原長子《ふじわらのちょうし》のことで、父は世に讃岐入道と呼ばれた歌人藤原顕綱、母は時順女。父は、『蜻蛉日記』の作者の子の右大将道綱の孫。姉伊予三位兼子も兄有佐も歌人として勅撰に入集。長子も『新勅撰』雑三に一首入集。兼子は、叔父敦家に嫁し敦兼を出産し、同年誕生の堀河天皇の乳母となる。長子は、兼子の養女となり、敦兼の妹といわれたらしい。長子は、二十歳を過ぎた康和二年（一一〇〇）に堀河天皇に仕え、翌年十二月三十日に典侍に任ぜられた。堀河天皇は、嘉承二年（一一〇七）七月十九日に二十九歳で崩御。長子は、先帝への思慕を抱きながらも、白河法皇の仰せにより、元永二年（一一一九）鳥羽天皇に仕え、讃岐典侍と呼ばれた。その時の様子を記録したものが『讃岐典侍日記』である。その頃精神病のような発作により宮中を退去。その後不明。

【参考文献】玉井幸助『日記文学の研究』（塙書房、昭和四十年十月）
（中山幸子）

## 狭野茅上娘子（さののちがみのおとめ）

女孺・歌人【生没】不詳【歴史・伝説】茅上を弟上とする写本もあり。蔵部の女孺で中臣宅守の妻。蔵部の女孺では職制として該当するものがないが、後宮職員令にある蔵司の女孺か。『万葉集』巻十五にある宅守との贈答歌群は、蔵部の女孺を妻とした宅守が、詔によって越前の国に流される直前の娘子の歌で始まり、天平十二年（七四〇）の大赦の時点（この時宅守は大赦されなかった）が頂点になるよう構成されている。この歌群以外の歌は残されておらず、万葉集以外には見えない。出自や、宅守が赦免となり帰京した後の来歴など、一切伝える所はない。また、この歌群自体を架空の悲恋物語とする説があり、第三者の創作歌とする説と、二人の創作歌だとする説がある。贈答歌六十三首中、娘子の歌は二十三首。宅守の配流については『万葉集』の詞書から、女孺との結婚によって不敬罪として処罰された可能性があるが、娘子が罰せられなかったことなどから、直接この恋愛関係が宅守の流罪とは関係なく、単に歌の背景を述べたものという考えが通説となっている。この贈答歌の中で、娘子の代表作は三七二四番歌だと考えられている。情熱の歌人と言われるように、その表現の中に激しい情熱が感じられる。しかし「作為や、調子の誇張が露骨」「現在なら姿体が見えすぎると評さるべき作品であろう」との評もある。宅守と娘子の歌は、両者で異った雰囲気を持ち、娘子は情熱的であるが、宅守は独白的で、類歌が多くなっている。

【参考文献】「中臣宅守と狭野茅上娘子」木下玉枝（『万葉集講座』6）、「中臣朝臣宅守・狭野茅上娘子贈答歌小論—虚構説をめぐって—」佐藤文義（『万葉集の伝承と創造』）、「狭野の茅上の娘子と中臣の宅守」竹内金治郎（上代文学9）
（浅見知美）

## 三条西実隆（さんじょうにしさねたか）

公卿・和学者【生没】享徳四年～天文六年（一四五五～一五三七）【歴史・伝説】幼くして父と死別し、応仁の大乱による疎開生活のさなかに母を失った。幼年期から青年期に至るまで苦難な人生を経験している。実隆は足利義政に寵遇され、文明七年（一四七五）に蔵人頭に昇進した。同年、和歌を学ぶため飛鳥井栄雅に入門している。実隆の誠実な性格故に後土御門天皇の信任を受け、『慈鎮和尚経文之和歌』などの書写、また勝仁親王（後の後柏原天皇）の学問の相手を命ぜられた。その後も昇進を続け、永正三年（一五〇六）内大臣となる。永正十三年（一五一六）に出家している。宗祇や肖柏との親交、古典への深い関心から『源氏物語』の注釈書『弄花抄』、『細流抄』を成立させている。実隆の日記、『実隆公記』は歴史的史料として貴重である。
【参考文献】芳賀幸四郎『三条西実隆』（吉川弘文館、昭和三十五年）　（山口孝利）

## 山東京山（さんとうきょうざん）

江戸時代の戯作者・山東京伝の弟【生没】明和六年～安政五年（一七六九～一八五八）【歴史・伝説】山東京山が戯作者として活躍するのは、兄京伝の死の前後、文化年間からである。京伝が開いた雑貨屋京伝店を一家で引継いで繁盛させ、ビジネスの才覚には長けていたようである。彼の作品は文学史に残るようなものとはとうてい思えないが、一点、天保七年（一八三六）に越後にて鈴木牧之の『北越雪譜』刊行を助けたことで、かろうじて文学史にささやかな足跡を残している。　（三野知之）

## 山東京伝（さんとうきょうでん）

戯作者・浮世絵師【生没】宝暦十一年～文化十三年（一七六一～一八一六）【歴史・伝説】江戸深川の質屋伊勢屋に生れる。父伝左衛門、母大森氏の長男。実名は岩瀬醒《さむる》。弟は同じく戯作者の山東京山。十二歳の時、父親とともに京橋に転居、喫煙具商を営む。十三歳で京屋伝蔵を名乗る。山東京伝の名は「（江戸城の）紅葉山の東に住む隠士京屋の伝蔵」の意。十五歳ごろ浮世絵を北尾重政に学び、画工名を北尾政演と名乗った。十八歳で画工としての処女作『開帳利益札遊合《かいちょうりやくのめくりあい》』（安永七年刊、黄表紙）が出版される。戯作者京伝としては『娘敵討故郷錦《むすめかたきうちこきょうのにしき》』（安永九年刊）が初見、京伝十九歳の時である。天明二年に刊行した『御存商売物《ごぞんじのしょうばいもの》』が太田南畝に認められ（黄表紙評判記『岡目八目』）、人気作家となる。天明五年刊の黄表紙代表作『江戸生艶気樺焼《えどうまれうはきのかばやき》』が当り、またこの年洒落本『令子洞房』を刊行、これより洒落本を書くようになる。寛政の改革による出版界への圧力が強まる中、寛政三年、書肆蔦谷重三郎依頼の洒落本『娼妓絹籭《しょうぎきぬぶるい》』『錦の裏』『仕懸文庫《しかけぶんこ》』が取り締まりの対象となり、京伝は手鎖五十日の刑を受ける。以降、京伝は洒落本作者としては筆を折り、数年間筆を取る事を止めた。やがて創作は再開したものの活動分野を読本に移し、風俗考証にも打ち込むようになった。文化十三年、弟京山の書斎開きに招かれた帰途、胸痛の発作を起こし死去した（享年五十六歳）。京伝は二十歳の頃より遊里に通い、廓の内の人情によく通じ、「通」の意識を培った。生涯に二度妻を持ったが、いずれも吉原の遊女を身請けしての結婚であった。多芸多才の人で、家業の喫煙具屋においては、判じ物を駆使したユニークな引き札を制作し、大評判となった。読本作家として並び称された滝沢馬琴は京伝の弟子である。

【参考文献】小池藤五郎『人物叢書　山東京伝』（吉川弘文館、

昭和三十六年）

（神山忠憲）

## 慈円（じえん）

鎌倉時代の僧侶・歌人【生没】久寿二年～嘉禄元年（一一五五～一二二五）【歴史・伝説】関白藤原忠通の男。母は大宮大進藤原仲光の女加賀。関白九条兼実《かねざね》は同母兄。父の没後、十一歳の時、青蓮院の覚快法親王のもとに入室。十三歳で出家受戒、道快と号した。二十四歳で法性寺座主。養和元年（一一八一）名を慈円と改めた。建久三年（一一九二）三十八歳で天台座主。建久七年（一一九六）、兄兼実の失脚に伴い、すべての職・位を辞したが、建仁元年（一二〇一）、四十七歳の時、再び天台座主に補された。翌二年天台座主を辞したが、建暦二年（一二一二）、三度座主職に就き、同三年正月、座主職を辞し、同年十月四度座主となり、翌建保二年に辞した。晩年、東山の吉水《よしみず》坊に住んだことがあり、吉水大僧正と呼ばれた。嘉禎三年（一二三七）、慈鎮《じちん》和尚の諡号を賜った。関東の武家との協調を図る同母兄の兼実の庇護を受け、また慈円も兄を助けて政治活動にも関わり、宗教・政治の両面において活躍した。和歌は、後鳥羽院に天性の「歌よみ」と評され、『新古今和歌集』には、西行の九十四首に次いで九十二首の歌が入集している。また、私家集の『拾玉集《しゅうぎょくしゅう》』には四千三百首の歌が収められている。歌集からは、後鳥羽院や藤原定家、藤原良経、また源頼朝との親交が知られる。西行とも親交があり、慈円が西行に真言の大事の伝授を願ったところ、歌の稽古を勧められ（『沙石集』五末）、また西行は、自らの歌を抄出した「御裳濯河歌合《みもすそがわうたあわせ》」を慈円に清書させたという（『古今著聞集』巻五）。源頼朝の死後、後鳥羽院周辺が倒幕に傾く中、兼実と同じ立場に立つ慈円は、倒幕の動きが起これば九条家の立場が危うくなることを恐れ、承久の乱の直前、国初以来の歴史に流れているとする「道理」に基づいて日本国のあるべき姿を論じた史書『愚管抄《ぐかんしょう》』を著した。なお、『徒然草』によれば、慈円は、一芸あるものを召し抱えており、その中の一人に、『平家物語』を作った信濃前司行長がいたという。

【参考文献】多賀宗準『慈円』（人物叢書、吉川弘文館、昭和三十四年）、同『慈圓の研究』（吉川弘文館、昭和五十五年）、山本一『慈円の和歌と思想』（和泉書院、平成十一年）（田中徳定）

## 鹿都部真顔（しかつべのまがお）

狂歌師・戯作者【生没】宝暦三年～文政十二年（一七五三～一八二九）【歴史・伝説】江戸数寄屋橋門外の汁粉屋主人。天明元年（一七八一）出版の洒落本『袖かがみ』は話題にならなかった。狂歌界で本領を発揮し、元木網に入門。天明四年頃四方赤良に入門し、ヌキヤ連を結成して主宰者となる。同五年八月四方赤良編の歌舞伎劇の役に因む狂歌

『俳優風《わざおぎぶり》』に応募し立役極上上吉の宿屋飯盛と並び真顔は大上上吉と最高の評価を得た。天明七年頃真顔は狂歌四天王と称えられた（『奴凧』）。寛政の改革で四方赤良たちが狂歌から遠ざかり、真顔が狂歌界の指導的地位を得た。真顔は落書体の狂歌で名声を得たが、晩年は風体を変えて『万葉』『古今』の俳諧歌を提唱したものの、評判が悪く衰退。点料で生計をたてた最初と言われ、門人は化政期には三千人に及び、勢力は全国に及んだ。

**【参考文献】** 浜田義一郎（『江戸文芸攷』岩波書店、一九八八・五）

（松尾政司）

## 鹿野武左衛門（しかのぶざえもん）

落語家 **【生没】** 鹿野は本姓の志賀氏に因む芸名とされ、元禄十二年（一六九九）に五十一歳で没したといわれる。**【歴史・伝説】**『鹿野武左衛門口伝咄し』序の冒頭には、爰に志賀武左衛門とて、はなしにすける者あり」とあることから、「志賀」の通説は妥当と考えられる。話が禍いを受け、「武左衛門、罪ありて元禄七年戌二月廿六日伊豆大島江流刑、六年間謫居せしが」とも伝えられるが疑問点も多い。（「舌耕文学―鹿野武左衛門を中心として―」）

武左衛門は後に江戸落語の祖と称されるが、活躍の場は特定客の座敷が中心であるから、その話芸は役者の所作、声音の真似であったとされる。それらをまとめたものが『鹿の巻筆』で、歌舞伎、吉原、地名に材を求めた創作が中心であるので、芸風上文章化には馴染まなかった。地口や秀句を用いて軽妙な笑いを誘う『鹿野武左衛門口伝咄し』は市井の人々の生活を話材としている。

**【参考文献】** 延広真治「舌耕文学―鹿野武左衛門を中心として―」（『講座元禄の文学1』勉誠社、平成四年）、宮尾與男『元禄舌耕文芸の研究』（笠間書院、平成四年）

（酒井一字）

## 式亭三馬（しきていさんば）

江戸時代化政期の戯作者 **【生没】** 安永五年〜文政五年（一七七六〜一八二二）**【歴史・伝説】** 三馬の父は、浅草の板木師で、その関係からか幼くして書肆に奉公、後年の戯作者としての才覚はこの時期に養われたものと思われる。成人してからは当初日本橋に書肆を開き、戯作に打ち込むが、その後文化七年（一八一〇）、生活の資を得るため薬店を開業、中でも三馬の考案した、今でいう化粧水、「江戸の水」は当時江戸中で大ヒットし、それを生活源として戯作に打ち込んだようだ。

三馬は、その経歴からもわかるとおり、自らの生活を賭して一字一句に入魂の筆を執ったタイプの作家ではなく、またもちろん、筆禍の憂き目を見つつも反骨の姿勢をとぼけた表現の中に巧みに隠した前代の黄表紙作家とも異なり、滑稽にして軽薄、暇をもてあます裕福な町人の暇つぶしに、読んで笑ってそれでおしまい、今に氾濫する消費物としての本を作り出した作家の先駆のひとりともいうべき戯作者として記憶されるべきだろう。無責任な大衆の最高の暇つぶしは噂話である。従って、銭湯や床屋に集まる町人の会話を中心に描いた「浮世風呂」や「浮世床」は、ウケたに違いない。しかも「浮世風呂」には女湯も出てくるので、まさに無責任な噂話と大して害のないエロを盛り込んだ大衆週刊誌的趣がある。そのことは、この作品の修辞に、落語からの影響が指摘されることからも肯ける。まず何をおいても、楽しみ、笑わせることが大事、そして後を引かない読後感も。

私は、さまざまな研究者が指摘するような、三馬が町人の生態を、それに最もふさわしい江戸言葉の文体で描いたというしかつめらしい文学史的意義をその作品に見出すのは、馬鹿らしいと思う。これは、楽しく読んだら、今なら電車の網棚においてくるような、そんな読まれ方をするために書かれたものなのだから。

**【参考文献】**神保五彌校注『浮世風呂　戯場粋言幕の外　大千世界楽屋探』（新日本古典文学大系、平成元年）（三野知之）

## 志貴皇子（しきのみこ）

歌人**【生没】**?～霊亀二年（?～七一六）**【歴史・伝説】**天智天皇の第七皇子で、母は越道君伊羅都売である。光仁天皇（白壁王）・湯原王・春日王・榎井王・海上女王の父でもある。妃の一人に多紀皇女がいる。天武八年（六七九）五月、天武・天智天皇の有力皇子とともに吉野の盟約に加わる。持統三年（六八九）六月、撰善言司に任ぜられる。大宝三年（七〇三）九月、近江の鉄穴を賜る。時に四品。同年十月、太上天皇の御葬送の造御竈長官となる。慶雲元年（七〇四）正月、封百戸を増やされ、同四年（七〇七）六月文武天皇崩御に際し殯宮の事に供奉した。和銅元年（七〇八）正月、三品を授けられ、同七年（七一四）正月、封二百戸を増益される。霊亀元年（七一五）正月、二品を授けられ、同二年（七一六）八月薨去。薨去の年月については、『万葉集』には元年九月とする皇子薨去の折の挽歌（巻二・二三〇）があり、相違がみえる。宝亀元年（七七〇）御春日宮天皇と追尊。同年十月には田原天皇と追尊される。作品は、『万葉集』中に六首あり、雑歌五首、相聞一首である。風景の中に望郷の念が込められた歌（巻一、六四）などがあり、視覚的な表現が特徴である。また、自然を歌ったものも多い。皇子の立場からか、これらの歌に何らかの寓意があるとみる説もある。

**【参考文献】**緒方惟章「天智系の皇子たち」（『万葉集講座』五、有精堂、昭和四十八年）、大浜厳比古「志貴皇子」（『万葉集講座』五、有精堂、昭和四十八年）、曽倉岑「志貴皇子の歌」（『万葉集を学ぶ』一、有斐閣、昭和五十二年）（大澤夏実）

## 四条宮下野（しじょうのみやしもつけ）

歌人【生没】未詳【歴史・伝説】四条宮下野の父は、従五位下下野守源政隆。四条宮とは、皇后藤原寛子の事で、関白頼通の女。永承五年（一〇五〇）十二月二十二日に女御として入内。四条宮下野は、関白藤原頼通の女の寛子の入内と同時に出仕。寛子は、翌年二月十三日皇后となる。後冷泉天皇が治暦四年（一〇六八）四月崩御。寛子同年末に落飾。下野も出家し、晩年は洛外に居住したらしい。下野は、後宮歌壇において活躍。和歌六人党を自宅に招き歌会を開催する。家集に『下野集』（『四条宮下野集』）がある。

【参考文献】『平安時代史事典』（角川書店、一九九四・四）、新日本古典文学大系28『平安私家集』（岩波書店、一九九四・一二）

（中山幸子）

## 志田野坡（しだやは）

俳人【生没】寛文二年～元文五年（一六六二～一七四〇）【歴史・伝説】江戸時代中期の俳人。蕉門十哲の一人とされている。別号に野馬・樗木社などがある。寛文二年正月三日、越前福井の商屋に生まれる。越後屋両替店の手代となったのち、宝永元年（一七〇四）に両替屋を辞めて大阪へ移り住むと俳諧師として晩年を過ごす。野坡が俳諧の道に進んだのは貞享四年（一六八七）に野馬と号したことに始まり、宝井其角に俳諧を学び、後に松尾芭蕉に入門した。芭蕉に入門してから活動は活発で、小泉孤屋・池田利牛とともに編んだ『炭俵』は代表的な作品である。芭蕉没後、大坂に移り住むとより俳諧に没頭した。中国・九州に行脚し、門人は千人余りいたといわれている。代表的な門人に湖白亭浮雲、広島地方で活動した多賀庵風律がいる。元文五年（一七四〇）正月三日に七十九歳にて没し、大坂小橋寺町宝国寺に葬られた。

（奥谷彩乃）

## 十返舎一九（じっぺんしゃいっく）

戯作作家・狂歌師【生没】明和二年～天保二年（一七六五～一八三一）【歴史・伝説】本名は重田貞一。幼名「市九」を後の戯号とする。「十返舎」は香道の黄熟香の「十返り」にちなみ、一九自身香道に詳しかった。家系出自、実父母は不明だが、生地は駿河府中、駿府町奉行同心の重田家に養われる。十九歳で江戸へ出て後に小田切土佐守が大坂町奉行に赴く時に仕官、配下として大坂に上ったとされるが確証はない。大坂で武士を捨てたらしく、近松東南の弟子として、寛政元年（一七八九）初演の浄瑠璃『木下蔭狭間合戦』に「近松余七」の名で合作者として加わったのが文筆のデビュー。一時、材木商に入縁したが離縁され、同五年までには江戸に下り、同年刊行の山東京伝作の黄表紙『初役金烏帽子魚』に挿し絵を供し「一九画」と名を下したのが戯作における初出となる。時に三十歳であった。江戸では書肆の蔦屋重三郎の食客となって寄寓し、その家業を手伝うかたわら黄表紙『心学時計草』(寛政七年)の刊行に始まり、精力的に黄表紙を量産してゆく。これと並行して狂歌を千秋庵三陀羅法師に学び、寛政十二年には絵入り狂歌集『夷曲東日記』を編んでいる。その後享和年間(一八〇一〜)には『恵比良濃梅《えびのうらめ》』に始まる連作の洒落本十一編を刊行する。この間に再び入縁したが、不行跡のために離縁されている。多作を誇る述業で文名の上がった一九だが、それを決定づける作品、すなわち滑稽本の『膝栗毛』初編を享和二年(一八〇二)に刊行する。「膝栗毛」とは、自身の膝を栗毛(馬)のようにして(徒歩で)旅をする「道中記」を意味する。支配者や権力者を象徴する者を一切登場させないこの作品は庶民読者からの快哉を受けて、好評につき文政五年(一八二二)までの二十余年間に正続二十編を書き継ぎ、江戸後期戯作の代表作を残すこととなった。同時代の山東京伝・曲亭馬琴に較べると、戯作者としての出発の遅い一九だったが、『膝栗毛』によってその名を不朽のものにしたと言える。この間にも並行して、滑稽本『教訓角力取草』『田舎草紙』『世の中貧富論』などを刊行する。その生涯を通じて最も多数の述作があるジャンルは黄表紙で、作品傾向も多様である。子供向きの語り口で教訓を加味した『稚衆忠臣蔵《こどもしゅちゅうしんぐら》』や、一九自身を戯画化して主人公とする『十返舎戯作種本』『的中地本問屋《あたりやしたじほんどんや》』などに独自性を見いだせる。『化物太平記』は木下藤吉郎を扱ったために発禁処分を受けている。黄表紙は短編のナンセンス絵本と言っていいが、その連載・長編化とも言える合巻の、史上最初の作品『鳳凰染五三桐山』三編のうち、二・三編は一九の手になる(初編は山旭亭真婆行)ものである。『膝栗毛』初編刊行の享和二年には読本『深窓奇談』を刊行し、このジャンルでは他に『翁丸物語』『連理隻袖』などがある。文化年間(一八〇四〜)には、江戸市中に寺子屋が増加し、これに乗じて『親族和合往来』などの「往来物(寺子と先生の間を往来する本の意で、事物起源や教訓などを記す庶民教育書)」や『庶民通用・手紙文言』などの文章規範・案文集の類六十余作は戯作者らしからぬ業績とも言え、他に例を見ない。文政期には恋愛小説とも言える人情本『清談峯初花』『所縁の藤波』など五編を残したが、これといった見所はない。また、落語のネタ本とでも言うべき咄本(はなしぼん)も『臍煎茶呑噺』『落咄腰巾着』など数作を編集している。戯作者としての実働三十余年の間に五八〇余編の述作を残した。馬琴とともに純粋に執筆料だけで生計をたてた、最初の職業作家とされている。一九は、『膝栗毛』主人公に重ねて無軌道無思想で酒と旅を好んだ遊興好きに見えて、その実は一人娘を大名の妾奉公に求められたのを毅然と断ったり(『江戸作者部類』)、教育書を執筆したりという業績にこそ、その人と為りがうかがえるのかもしれない。

【参考文献】中山尚夫『十返舎一九研究』（桜楓社、平成十四年）　（白井雅彦）

## 持統天皇（じとうてんのう）

第四十一代天皇【生没】大化元年～大宝二年（六四五～七〇二）【歴史・伝説】六八六～六九七在位（正式即位は六九〇年）。白鳳時代の女帝。斉明三年（六五七）十三歳で叔父の大海人皇子（天武）と結婚。持統即位前紀には「帝王の女なりと雖も、礼を好みて節倹りたまへり。母儀徳有します」とある。天智元年（六六二）、筑紫の大津宮で草壁皇子を生む。同十年十月、出家した大海人皇子に従い吉野に入る。天武元年（六七二）六月、壬申の乱が起り、皇女にとっては父・弟と夫との争いであった。吉野を出発した大海人皇子に従って難を東国に避け、七月、大友皇子の自縊により乱は終る。天武二年二月、大海人皇子即位、正妃鸕野皇女立后。朱鳥元年（六八六）九月、夫天武崩御。『萬葉集』に崩御にさいしての皇后の歌三首（巻二・一五九～一六一）がある。十月大津皇子の謀叛事件が起る。持統三年（六八九）正月吉野行幸、以下在位中三十一回の行幸が行なわれる。この吉野行幸は、夫との思い出だけとは考え難く、柿本人麻呂の「吉野讃歌」に見られる「山川も依りて仕ふる神」としての立場の保持の為ではないだろうかとされる。持統天皇の行幸は、『萬葉集』に吉野（巻一・三九）、紀伊（巻一・三四、三五）、伊勢（巻一・四四）が見える。持統三年四月皇太子草壁皇子薨去。皇后の夢は無残にも打ち砕かれた。同六月、撰善言司を選び、飛鳥浄御原律令一部二十二巻を諸司に分かつ。閏八月、諸国司に戸籍を造らす。翌四年正月、皇后即位、持統天皇となった。天武朝とは異なり、持統天皇は臣下が政治に参画する機会を設けた。七月には高市皇子を太政大臣、丹比嶋を右大臣に任命し、以下八省百の選任が行なわれた。九月、庚寅年籍の作成を命ず。八年（六九四）藤原京遷都。藤原京がそれまでの宮と大きく異なるのは、従来の宮室が天皇一代に限って使用されたのに対して、藤原京が持統、文武、元明の三代十六年にわたり使用された点に求められる。宮は全体として整然としており高い計画性を示している。持統十年（六九六）、太政大臣高市皇子薨去。皇太子の人選をめぐり物議を醸した。持統の呼びかけで開かれた皇族会議で意見が分かれたとき、大友皇子の息、葛野王が壬申の乱の悲劇を踏まえて兄弟間相承の弊害を指摘、これに反撥した弓削皇子を封じて草壁皇子の遺児、軽皇子の立太子が実現したとされる（『懐風藻』）。持統十一年（六九七）軽皇子に譲位、自らは太上天皇となって文武天皇の後見役を果たした。こうした皇位継承の裏には、天皇と近江系官人との連携があったとみられる。

とりわけ藤原不比等は持統朝において頭角をあらわし、持統・文武両朝を実質的に支え、自らも藤原氏発展の礎を築いた。天皇は大宝二年（七〇二）崩御。天武天皇の檜隈大内陵に合葬。『萬葉集』に長歌二首、短歌四首。（清水道子）

## 島田忠臣（しまだのただおみ）

従五位上伊勢介・漢学者・詩人・号は田達音【生没】天長五年～寛平四年（八二八～八九二）【歴史・伝説】島田清田の孫。菅原道真の父是善に師事。貞観二年（八六〇）頃から藤原基経の側に仕える。渤海国使の接客使に任ぜられる。その後、大宰少弐・兵部少輔などを歴任し地方官を経て帰京。地方官と京官を交互に勤めながら実績を重ねていく。元慶七年（八八三）には再び渤海国使の接客使に任ぜられる。娘宣来子が道真に嫁いでおり、親交があった。忠臣が六十五歳で死去すると道真は痛く悲しんだ。紀長谷雄も忠臣を慕っており「当代之詩匠」と讃えている。著作は『田氏家集』三巻が現存している。他に『和漢朗詠集』『本朝文粋』などにも見える。作風は、白居易の影響を強く受けており、素直でわかりやすい表現が特徴。（浅見知美）

## 下川辺長流（しもこうべちょうりゅう）

歌人【生没】寛永四年～貞享三年（一六二八～一六八六）
【歴史・伝説】江戸時代前期の歌人であり歌学者。父は小崎氏、長流は母方の姓を名乗った。名は共平。通称は彦六。別号は長龍、吟叟居。寛永四年（一六二七）に生まれる。出生地は大和国立田と同宇多の二説があり、明確な場所はわからない。少年の頃から歌学に没頭していた長流は、正保四年（一六四七）二十一歳のときに京にいた木下長嘯子を訪ねて和歌の教えを乞う。また俳諧連歌の祖西山宗因に連歌を学んだ。また『万葉集』の研究にも力を入れており、『万葉集名寄』や『万葉集管見』などの著書がある。この書籍が友人である契沖に与えた影響は大きいと見てよいだろう。長流は生涯独身であり貞享三年（一六八六）六月三日に六十歳で没している。（奥谷彩乃）

## 寂　蓮（じゃくれん）

歌人【生没】保延五年？～建仁二年（一一三九～一二〇二）
【歴史・伝説】俗名は藤原定長で、父の兄弟であった藤原俊成の養子となり、これに和歌の指導を受けた。中務少輔従五位となり、歌人として知られ、藤原隆信と並び称されていたが、承安二年（一一七二）頃出家し、少輔入道と言われた。その後は隆信をはるかに凌駕したため、隆信はこれを残念がったという（『無名抄』巻下）。出雲・大和・高野などを旅したこともあった。藤原良経家の『六百番歌合』、後鳥羽院による『正治二年初度百首』『千五百番歌合』等に加わり、摂関家歌壇・後鳥羽院歌壇で活躍した。『建仁元年仙洞五十首』では点者を勤めた。藤原俊成・定家父子の歌道家御子左家の一員として重きをなしたのであった。定家と並ぶ歌人で、やはり俊成の弟子であった藤原家隆を婿にしたとも伝える（『古今著聞集』巻五）。後鳥羽院による建仁元年の和歌所設置では寄人《よりゅうど》に選ばれた。『新古今和歌集』の編纂では、六人の撰者の一人となったが、完成前に死去した。作品には家集『寂蓮法師集』等がある。歌道にはたいへん熱心な人であった。優美で静寂な詠みぶりに特色がある。六条藤家流に属する顕昭とは激しいライバル関係にあって、六百番歌合に際し、顕昭は独鈷《どっこ》を持ち、寂蓮は鎌首を振り立てて争ったという（『井蛙抄』巻六）。人々が瓜を食い、ある人が「万法みな空なり」の法問を出した所、寂蓮が「なにもみなくうになるべき物ならばいざこの瓜にかはも残さじ」と歌を詠んだという（『古今著聞集』巻十八）。また死後に宇治の僧のもとに現れ、「我が身いかにするがの山のうつつにも夢にも今はとふ人のなき」と詠んだという逸話もある（『今物語』）。このほかにも寂蓮の性格を示す説話がいくつか伝えられている。

**【参考文献】** 半田公平『寂蓮―人と文学』（勉誠出版、平成十五年）　（石黒吉次郎）

## 俊恵（しゅんえ・すんえ）

歌人・僧 **【生没】** 永久元年～？（一一一三～？） **【歴史・伝説】** 東大寺の僧。歌人源俊頼男。母は橘敦隆女。祖父は源経信。父に歌を習うも、十七歳のときに死別。勅撰和歌集には『詞花集』以下に八十五首入集。京都の北白川の僧房に地下歌人たちの集まりの場である歌林苑を主宰。鴨長明もここの月次の歌会に出席して、俊恵に和歌の手ほどきを受けた。自撰和歌集『林葉和歌集』を編む。「よもすがらもの思ふ頃は明けやらぬ閨のひまさへつれなかりけり」の歌が『百人一首』に入っている。なお、藤原俊成は俊恵を「当世の上手なり」と褒めたたえながら「されど俊頼には似るべくもなく、及び難し」（『無名抄』）と述べている。京都市南区久世の迎錫山福田寺に住んでいたとき、請雨の祈祷を行っており、このあたりに歌人だけでなく、僧としての風貌を見ることができる。『林葉和歌集』には花園左大臣源有仁・藤原俊成・藤原清輔・源頼政・平忠盛などの名前が見え、彼等との交流が推測される。

**【参考文献】** 簗瀬一雄『俊恵研究』（加藤中道館、昭和五十二年）、橋本猛『福田寺と下久世郷』（迎錫山福田寺発行、平成十七年）　（志村有弘）

## 俊成卿女（しゅんぜいきょうのむすめ）

鎌倉期歌人 **【生没】** 承安元年頃～建長四年以後（一一七一～一二五二） **【歴史・伝説】** 父は前尾張守盛頼、母は藤原俊成の女八条院三条。祖父母の俊成夫妻に養われる。源通具の妻となり、一男一女をもうけるが、間もなく夫は他の権門の女房と結婚。傷心のうちに後鳥羽院に仕え、同時に歌人として活躍する。四十三歳頃出家。夫・娘・息子を亡くした後は嵯峨に住む。晩年は播磨の越部に隠棲し、越部禅尼と呼ばれた。歌は『新古今』的な濃艶さと哀切な調べに特徴がある。『新古今集』に二十九首入集、家集に『俊成卿女集』がある。『無名抄』に「晴の歌よまんとては、まづ日を兼ねてもろ〳〵の集どもを繰り返しよく〳〵見て、思ふばかり見終りぬれば、皆とりおきて、火かすかに灯し、人音なくしてぞ案じられける。」とあり、詠出には辛苦したという。

**【参考文献】** 森本元子『俊成卿女の研究』（桜風社、昭和五十一年十一月）

（荻島寿美子）

## 正三（しょうさん）

仮名草子作家 **【生没】** 天正七年〜明暦元年（一五七九〜一六五五）**【歴史・伝説】** 名は、重光（重三とも）。通称正《しょう》三《ぞう》・丸太夫。剃髪の後、正三・石平道人・玄々軒。徳川家の臣鈴木重次の長子。文禄四年（一五九五）十七歳で『宝物集』を読み三宝を信じ、慶長五年（一六〇〇）、関ヶ原役には父・弟と共に東軍に従い、本多佐渡守の配下として出陣。大坂冬・夏の陣にも出陣。武功により二百石を賜り、家康・秀忠に仕える。その間臨済の雲居・愚堂や曹洞の万安に師事。天和六年（一六〇二）四十二歳で剃髪、出家。寛永元年（一六二四）四十六歳、三河石手山に庵を結ぶ。後、諸国を旅した。寛永十四年、天草の乱には弟重成の出陣。正三も天草に赴き、三年居て、三十二寺を建立したという。切支丹宗門の影響感化を除くために『破吉利支丹』を著した。正三は武士の出身であるが、仏教の実践に生き、行の人であった。仏教を特定の体系としては受け取らず、超宗派的であった。著作には、『破吉利支丹』の他に『盲安杖』『因果物語』『二人比丘尼』『念仏草子』等がある。正三は幼いときから伝法（仏法を師から弟子に伝える）を厚く信じた。先哲の教えを聞き、工夫鍛錬を重ねて、伝道の妙諦を悟った人である。彼の居室には、金剛経一巻と過去帳一冊があったのみという。しかし、経文の語録の玄奥を問う者には、言下に解決を与えたともいう。『破吉利支丹』では、人類の生活を離れて伝法もない、と説き武士は義を守り、農商はその道を継ぐことが仏説であるとして、現世利益を説き他方人生の無常をも説いた。彼の代表作『二人比丘尼』（寛文三年）は、正三が慈母のために書いたもので、その構想は一休の作と伝える『一休骸骨』や、東坡の「九相詩」から多く得、謡曲からも影響を受け、文章はなだらかで、謡曲の成句・成語を引用して、声調の美を備えている。仮名草子中出色の作。功績は、晩年武士的禅法を鼓吹して人々の安心立命を説いた点にある。

【参考文献】藤井乙男「鈴木正三」（『江戸文学研究』所収、内外出版、大正十年五月）
（稲垣安伸）

## 成尋阿闍梨母（じょうじんあじゃりのはは）

歌人【生没】長徳三年～？（九九八～？）【歴史・伝説】父は権大納言源俊賢。夫は左近中将藤原実方の男か。子供は成尋と兄の仁和寺の律師。成尋阿闍梨母は、十余歳で母と死別、三十歳前後に夫と死別、寡婦生活の中で子供を養育し、日本女性史の中で稀に見る烈女。家系は明らかに知られていない。成尋阿闍梨（一〇一一～八一）は傑僧。父についで本朝高僧伝（巻六七）には「参議佐理之子」とあるが、この説は否定されている。が、成尋の父は不明。成尋は延久三年（一〇七二）入宋、母はその悲しみを和歌に詠み、『成尋阿闍梨母歌集』とした。この歌集は、豊かな母性愛と女人の悲痛な号泣の結晶である。成尋阿闍梨は、六十四歳の老齢にして求法の望みを抱き天台山・五台山の巡礼のために入宋。この時母は八十五歳。成尋の渡宋を「世にたぐひなき悲しみ」として、「世にたぐいなき心つきたる人かな」「世にたぐいなき目をも見侍る」「頼みし人の御心かく世に似ざりける」と繰り返し、このような目に会うのも、「身の命長さの罪」として、「今まで侍る命のうとましさ」「心うく長き命かな」「あまりの命長さの罪」と嘆き悲しんだ。歌集の最後の和歌は「朝日まつ露のつみなく消えはてばゆふべの月はさはらざらめや」。この和歌の後間もなく死去と見られる。

【参考文献】『平安時代史事典』（角川書店、一九九四・四）、新日本古典文学大系28『平安私家集』（岩波書店、一九九四・一二）
（中山幸子）

## 正徹（しょうてつ）

室町前期の歌僧【生没】永徳元年～長禄三年（一三八一～一四五九）【歴史・伝説】字は清岩（清巌）。号は松月庵。通称の徹書記は、応永二十一年（一四一四）の出家後、東福寺に入り書記となり、正徹と改名したことに由来する。十代半ばから冷泉派の月次歌会に参加、了俊らと和歌活動をともにし、以後、歌作に励む。永享四年（一四三二）五十二歳、今熊野の草庵火災によってそれまでの歌稿二万六、七千首を焼失したが、なお現存する和歌は一万二、三千首にのぼる多作の歌人である。歌の道において定家を尊崇し（「この道にて定家をなみせん輩は、冥加も有るべからず」『正徹物語』）、また定家の歌に魂を抜き取られる思いをしていた（「寝覚めなどに定家の歌を思ひ出しぬれば、物狂ひになる心地し侍る也」同前）。その生涯を歌に取り憑かれた正徹の、美的感性の鋭さは、たとえば、少年時に見た「少将菊」の美を忘れず、四十年後に求め得て草庵に植えて賞美した話（『草根集』）、また、七十七歳老齢の正徹が病弱の身体をおして花見に出かけ側人の手をかりながらも花を賞美した、というエピソード（草根集）に示されている。時世を風刺した歌により「謫居」事件を引き起こした、という伝説の背後には、将軍足利義教による正徹忌避と小田の草庵領没収という歴史的事実が推定されている。正徹の歌論や美意識は、のちの心敬などの連歌師に影響を与えた。しかし、彼の歌は江戸の堂上歌人からは異端視された。『徒然草』の正徹筆本は、現存する徒然草の最古の写本。『徒然草』を高く評価した最初期の人として『徒然草』享受史にも名を残す。ほかに『源氏物語』、『伊勢物語』、『新古今』時代の各家集の写本を残す。歌論・歌学書『正徹物語』、家集『正徹詠歌』『正徹詠草（永享六、永享九）』、紀行『なぐさめ草』。

**【参考文献】** 稲田利徳「正徹」（『解釈と鑑賞』一九九九・一〇）、稲田利徳『正徹の研究』（笠間書院、一九七八）（下西善三郎）

## 肖柏（しょうはく）

室町時代の歌人・連歌師**【生没】**嘉吉三年～大永七年（一四四三～一五二七）**【歴史・伝説】**中院通淳《なかのいんみちあつ》の男。夢庵《むあん》・牡丹花《ぼたんか》・弄花軒《ろうかけん》とも号する。若くして出家し肖柏と号した。文明六、七年（一四七四、五）頃、宗祇《そうぎ》に師事して『伊勢物語』『源氏物語』を学び、『伊勢物語肖聞抄《しょうもんしょう》』『弄花抄《ろうかしょう》』を著し、文明十三年（一四八一）には『古今和歌集』の講釈を聞いて『古今和歌集古聞』を著した。文明十四年（一四八二）以降、後土御門天皇の内裏連歌にも参加した。文明の頃から、しばしば摂津の池田に滞在するようになり、やがて同地に庵を営んだ。長享元年（一四八七）以後は、主として池田を本拠とし、宗祇・宗長との『水無瀬《みなせ》三吟』、『湯山《ゆやま》三吟』など、優れた連歌作品を残した。明応四年（一四九五）の『新撰菟玖波集《しんせんつくばしゅう》』の撰進にあたっては、宗祇を助けて撰集作業に当たるなど、宗祇門下の連歌師として重んじられた。文亀元年（一五〇一）に、『連歌新式』を改訂し、『連歌新式追加並新式今案等』を制定したことも、宮廷連歌における肖柏の存在の大きさを示すものである。文亀三年（一五〇三）、『後撰和歌集』から『続後撰和歌集』に至る九代の勅撰和歌集の中から秀歌を選んで『九代集』を編み、永正二年（一五〇五）頃には、新古今時代を代表する六人の私家集から秀歌を選んで『六家抄』を編んでいる。肖柏が池田に営んだ庵は「夢庵」と称し、随筆『三愛記』からは、花・香・酒を愛した風流三昧の優雅な生活であったことが知られる。永正十五年（一五一八）、和泉の堺に移住し、同地で在住の数寄者たちに和歌・連歌を指導し、宗祇から受けた古今伝授を宗訊《そうじん》らの門人たちに授けた（堺伝授）。和歌、連歌は『春夢草《しゅんむそう》』に収められ、和歌は典雅な詠みぶりで、連歌は、発句・付句とも『万葉集』『源氏物語』などに基づく語を巧みに用い、特に叙景句の展開に優れている。連歌論書に、『肖柏伝書』『肖柏口伝抜書』がある。

【参考文献】木藤才蔵『連歌史論考・下』（明治書院、昭和四十八年）　（田中徳定）

## 浄弁（じょうべん）

鎌倉末期・南北朝初期の僧侶歌人【生没】未詳。康元元年（一二五六）前後に誕生、康永三年（一三四四）以降数年のうちに没。享年九十歳前後と推定されている。【歴史・伝説】浄弁の出自・家系は、不明。二条為世門の「和歌の四天王」の一人に数えられる（「四天王」は『了俊歌学書』では、浄弁・頓阿・能与・兼好の四人。『正徹物語』では、頓阿・慶運・静（浄）弁・兼好の四人）。若い頃、比叡山に修行した（『続千載集』雑中）らしいが、六十歳ころまでの足跡は、不明。元弘元年（一三三一）ころまで「権律師」、その後「権少僧都」となり、最晩年（康永三年以前）に「法印」に叙せられた。歌壇への登場は遅く、四十八歳ころの『新後撰集』、五十八歳ころの『玉葉集』にも浄弁の名はない。が、このころより二条派圏内の歌人となり、六十歳ころには、青蓮院門主となった尊円親王の庇護を受け、以後、和歌を通じて親交を結んだ。おなじく六十歳ころ、二条為世主催の歌会に参加、その後、為世撰『続千載集』に一首入集、為定撰『続後拾遺集』に二首入集し、二代の勅撰歌人となった。このころより、二条家の和歌証本の書写に励む。七十歳を過ぎて、三代集の伝授、和歌指導などのために九州へ下向した。兼好、頓阿らと交友があり、また月次歌会を自邸で催すなど、歌人たちとの交友が深かった。浄弁注（古今集の注釈）は、二条家説を中心にした浄弁の『古今集』注で、注釈史上看過できない。最晩年には、「建武二年内裏千首」に出詠した。為兼によれば、浄弁は、きわめて多作の歌人であった（「浄弁法師は三十万首だに詠じ侍るぞかし」・心敬『老のくりごと』）というが、現存する歌は少なく、総計一六六首が数えられているのみである。

【参考文献】井上宗雄『中世歌壇史の研究　南北朝期』（明治書院、昭和四十年）、稲田利徳『和歌四天王の研究』（笠間書院、平成十一年）　（下西善三郎）

## 聖武天皇（しょうむてんのう）

第四十五代天皇【生没】大宝元年～天平勝宝八歳（七〇一～七五六）【歴史・伝説】七二四～七四九在位。文武天皇皇子。幼名首。母は夫人藤原宮子、不比等の女。和銅七年（七一四）立太子、霊亀二年（七一六）、不比等と橘三千代との間に生まれた安宿媛（光明子）を娶った。養老三年（七一九）朝廷に参画、舎人親王や新田部親王が補佐役を務めた。神亀元年（七二四）二月「不改常典」によって元正天皇より譲位。この月、藤原夫人に大夫人の称号を賦与するとしたが、これに対し公式令と先勅との違いを長屋王が指摘した「藤原宮子大夫人称号事件」が起る。天皇と藤原氏に対抗していた長屋王らが律令をもって攻勢に出たのであろうが、この恨みが後の長屋王の変の伏線になったとも考えられる。天平元年（七二九）、長屋王の変によって幕明けとなったが、八月には光明皇后立后。この皇后は藤原氏が天皇の外戚として権勢をふるううえでなくてはならない存在であった。その後、天平七年頃は災害や異変が発生、疫病も流行した為、天皇は大赦を行ない、徐々に仏教に帰依していった。同十二年九月には藤原広嗣の乱が起る。乱は一月余で治まるが、天皇は突如平城京を発ち、恭仁・紫香楽・難波と目まぐるしく遷都・行幸を繰り返した。これは彷徨五年といわれ政情の不安定をうかがわせる。『萬葉集』に新都讃歌や旧都荒廃を傷む歌（巻六・一〇三七、一〇四四～一〇六一）がある。この五年間には諸国国分寺の建立や盧舎那仏造顕の詔を発して鎮護国家思想を体現したが、天皇の情緒不安定は大きく政治の方向性を見失わせた。天平二十一年（七四九）四月、東大寺に行幸した際、三宝乃奴の詔を宣し、陸奥からの産金を謝した（『萬葉集』巻十八・四〇九四～四〇九七）。天平勝宝元年七月皇太子に譲位。同八年（七五六）五月五十六歳で崩御。

（清水道子）

## 式子内親王（しょくしないしんのう／しきしないしんのう）

平安・鎌倉期歌人。大炊御門斎院・萱斎院・高倉宮とも。法名は承如法【生没】久安五年～正治三年（一一四九～一二〇一）【歴史・伝説】後白河天皇の第三皇女。母は藤原季成の女成子。同母に、守覚法親王・以仁王・殷富門院らがいる。平治元年（一一五九）に賀茂斎院に卜定、嘉応元年（一一六九）病により退下。その後、妹休子、母成子と死別。さらに兄以仁王も源平の争乱に巻き込まれて戦死。建久の初め頃、同居していた八条院らを呪詛したとの噂を立てられ、居づらくなり八条殿を出て出家する（『明月記』）。さらに建久七年頃、蔵人大夫橘兼仲夫妻の起こした妖言事件に巻き込まれ、内親王も連座の嫌疑をかけられて危うく洛外追放になるところを免れている（『愚管抄』『皇帝紀抄』）。歌は、藤原俊成に師事し、家集に『式子内親王集』がある。『新古今集』に四十九首、勅撰集全般では一五五首も選ばれており、歌人として歴史的に高い評価を得ている。無常や悲哀の心情を吐露した歌、自虐的ともいえる屈折した心の内を詠んだ歌、ひたすら忍ぶ恋を詠んだ歌、深い観照によって自然を捉えた歌にその特色が見られる。重い病を患いながらも、亡くなる直前まで和歌に精力を注いだ。『明月記』に、内親王は元来信心がなく御祈祷などもせず、穢も忌むことをしないとあるが、法然が病中の内親王に送った返書の存在から、浄土門の専修念仏に帰依していたらしいことがわかっている（「正如房へつかわす御文」）。晩年の住居となった大炊殿は、怪異な現象が起こる邸として知られていた。内親王在住の時も、細殿に同形寸分たがわぬ者が六人並んで座しており、女房の一人がその不思議な者らと問答したことが伝わっている（『明月記』）。

【参考文献】馬場あき子『式子内親王』（紀伊国屋書店、昭和四十四年三月）、石丸晶子『式子内親王伝』（朝日新聞社、平成元年十二月）

（荻島寿美子）

## 舒明天皇（じょめいてんのう）

第三十四代天皇【生没】？～舒明十三年（？～六四一）

【歴史・伝説】六二九～六四一在位。推古天皇が聖徳太子薨去後、皇太子を立てず、崩御後に皇位継承問題が生じた。推古天皇は枕辺にまず田村皇子（舒明）を召し「天位に昇り、鴻業を経め綸へ、萬機を馭して、黎元を亭育ふことは、本よりたやすく言ふものに非ず。恒に重みする所。故、汝慎みて之を察し、軽く言ふべからず」と告げ、同日、山背大兄王を召して「汝、肝稚し。若し心に望むと雖も、諠言すること勿れ。必ず群臣の言を持ちて従ふべし」と告げた。この遺詔によって意見は二分し、大伴鯨連が田村皇子への遺詔をもって皇位後継者を示唆するものとし、采女臣摩礼志・高向臣宇摩・中臣連弥気・難波吉士身刺の四名が田村皇子を推した。許勢臣大麻呂・佐伯連東人・紀臣塩手の三名は山背大兄王を推した。蘇我倉麻呂臣は態度保留。大臣蘇我蝦夷は意見を集約できなかった。山背大兄王は田村皇子を推す叔父（蝦夷）に真意をただし、天皇の遺詔の状況を説明、嗣位は自己にあるべきだと述べた。蝦夷は確答を避け、群臣会議以前に意見を求め、終始山背大兄王擁立を主張した境部摩理勢臣を葬ることで、田村皇子即位への道を開いた。舒明元年（六二九）正月、即位。同二年正月宝皇女（後の皇極、斉明天皇）を立てて皇后とした。その翌月高麗使来朝、また第一次遣唐使として犬上君三田耜・薬師恵日を大唐に遣わす。これより後、高麗・唐・百済の使人の来朝が続き、また、天変地異が続いている（『日本書紀』）。十三年十月、百済宮で崩御。四十九歳。東宮開別皇子（後の天智）が十六歳で誄を奉る。『萬葉集』巻一・二番歌（舒明作）は雄略の巻頭歌と共に万葉の冒頭を飾っているが仮託歌の可能性もある。崗本天皇についても斉明天皇説もあり判然としない。

（清水道子）

## 心　敬（しんけい）

室町期連歌作者・僧侶歌人【生没】応永十三年～文明七年（一四〇六～一四七五）【歴史・伝説】紀伊国田井庄（現和歌山市）に生まれる。蓮海・心恵・心敬と改名。三歳で上京、京都東山十住心院（今、所不明。室町幕府の祈願寺であった）に入り、その後、比叡山横川で修行を積み、永享元年（一四二九）ころには比叡山を下りて再び十住心院に戻り、やがて住持となった（僧綱は、権大僧都に至る）。比叡下山後、和歌を正徹に学び、「清岩和尚（＝正徹）の風骨を褰細にいりまなび修行」することは「此の道の至極」とした（『苔筵』）。心敬は、正徹を絶対的存在として尊崇し、文安・宝徳（一四四四〜一四五二）のころ、正徹が判をした一年間の歌合、あるいは十四ヵ度の歌合において、一度も負けの判を受けなかったことを自賛している。しかし、正徹を三十年来の師として強調する心敬に、師弟間の微妙な感情が伏流していたことは、後年（文正元年・一四六六）の述懐歌の、「むかしはま、子」（『所々返答』）という歌句に、正徹門下の実子としての扱いを受けていなかったという自意識の屈折をともなってあらわれた。永享（一四二九）ころより連歌活動にもはげみ、智蘊・宗砌が没した後は、専順らとともに連歌界をリードする存在となる。寛正二年（一四六一）故郷田井庄八王子社に参籠、主著『ささめごと』を執筆、仏道と歌道の融合における理論的到達点とされる。心敬にあって和歌・連歌は観心修行の一環で悟境の境地から生まれるそれは綺語ならぬ真言であったという。心敬は、心地修行（＝観心修行＝禅の修行）を連歌道の枢要とした。応仁の乱の年（一四六七）、伊勢を経て海路関東に旅立ち、品川の鈴木長敏に寄寓する。応仁二年（一四六八）、白河への旅。文明二年（一四七〇）、奥州の旅先から宗祇に書状を送った（『所々返答』第三状）。嘉吉二年（一四四二）には権律師、寛正四年（一四六三）には権大僧都の僧官を得ている。相模国大山山麓石蔵に没。

**【参考文献】**稲田利徳『正徹の研究』（笠間書院、一九七八）、菅 基久子『心敬 宗教と芸術』（創文社、二〇〇〇）、岩下紀之「心敬」（『解釈と鑑賞』一九九九・一〇）、奥田勲「宗祇の師匠たち」（『解釈と鑑賞』二〇〇一・一一）

（下西善三郎）

## 信西（しんぜい）・藤原通憲（ふじわらのみちのり）

平安時代末期の漢学者・僧**【生没】**嘉承元年〜平治元年（一一〇六〜一一五九）**【歴史・伝説】**蔵人文章生藤原実兼《さねかね》（『江談抄《ごうだんしょう》』の筆録者）の男。母は源有房《ありふさ》の女。七歳で父を失い、高階経敏《つねとし》の養子となる。天養元年（一一四四）出家、法号は初め円空、程なく信西《しんぜい》。通憲の妻紀伊守藤原兼永の女朝子が後白河天皇の乳母（紀二位）になったことから、後白河天皇の践祚によって、近臣として重用され権勢を振るった。後白河天皇が保元の乱に勝利すると、摂関家を抑え込み、天皇親政をうたって新制を発布し、記録所を復活し、大内裏を復興した。保元三年（一一五八）に後白河天皇が二条天皇に譲位して上皇になると、天皇・上皇の近臣間の権力争いが激化し、信西もこの争いに巻き込まれ、上皇に藤原信頼《のぶより》排斥を進言した。平治元年（一一五九）藤原信頼・源義朝が挙兵するや難を避けて奈良の田原に逃れ、穴を掘って中に隠れ、念仏を唱えて入定しようとしたが、義朝の兵に発見され自害した（『愚管抄』）。当代随一の学者で、鳥羽上皇の命を受け、宇多朝以降の編年史『本朝世紀』を編纂し、法家の勘文に通憲の今案を加えて編集した『法曹類林』を撰した。信西の博覧強記、諸芸通達ぶりについては、様々な逸話がある。『平治物語』には、鳥羽上皇に供奉して熊野に参詣した折には、唐の僧と異国語で会話し、唐にある事物を一つ一つ答えて相手を驚嘆させたこと、比叡山にある宝物の名とその謂われを全て答えたことが語られている。また後に保元の乱で敵対することになった藤原頼長には卜筮を教え、学問を競い合う師弟関係にあった。『続古事談』には、頼長に学問と官職を究めるように勧めた説話がある（頼長の日記『台記』康治二年八月十一日条にも同内容の記事がある）。卜筮と天文をよくしたことから、『平治物語』では、平治の乱を天変によって事前に察知したことが語られている。また、音楽・舞楽に通じ『信西古楽図《しんぜいこがくず》』を著した。『徒然草』によれば、通憲が舞の型の中から特に面白いものを選び、磯の禅師に教えたのが、白拍子の始まりであるという。

【参考文献】角田文衛『王朝の明暗』（東京堂出版、昭和五十二年）

（田中徳定）

## 周防内侍（すおうのないし）

平安時代後期の女流歌人【生没】未詳。『讃岐典侍日記』の記事により、天仁元年（一一〇八）までの生存が確認される。【歴史・伝説】父は和歌六人党の一人・平棟仲、母は加賀守源正職の女。本名仲子。「周防内侍」の呼称は、父棟仲の任国に由来する。後冷泉天皇の御代に出仕。帝の崩御により退くが、後三条朝に再出仕、以降、白河・堀河の両朝に仕える。『後拾遺和歌集』に初出。勅撰集に三十五首入集。家集に『周防内侍集』がある。晩年の詠を含まないことや、詞書に回想的筆致が認められることから、自撰とする説が強い。

【参考文献】上村悦子『王朝女流作家の研究』（笠間書院、昭和五十年）、増淵勝一『平安朝文学成立の研究―散文篇―』（笠間書院、昭和五十七年）

（保科　恵）

## 菅江真澄（すがえますみ）

江戸時代後期の国学者・紀行家【生没】宝暦四年～文政十二年（一七五四～一八二九）【歴史・伝説】三河国（現愛知県）渥美《あつみ》郡吉田（現豊橋市）の生まれで、本名白井英二《しらいえいじ》、後に改名して秀雄と名乗った。文化七年（一八一〇）頃から、「菅江真澄」の姓名を用いるようになったという。その出自については、不明な点も多いが、国学を賀茂真淵《かものまぶち》の学統につらなる植田義方《うえだよしえ》から手ほどきを受けたことが知られている。ところで、天明三年（一七八三）二月末、真澄は、故郷を旅立ち、信濃路を北上する放浪・巡遊の旅をすることになるが、その理由は、彼の『伊那の中路《なかみち》』の冒頭で、「この日本国内のすべての古い神社を拝み巡って、幣を奉りたい」といい、その旅立ちの理由が、古い神社を巡拝するという信仰に根差したものであったことが知られる。さらに、真澄は、菅原道真の家臣の名である白太夫《しらたゆう》の子孫であったといわれる。この白太夫の子孫を称する者たちが、各地を遊行しながら、各種の民間信仰や芸能の伝播に深く関わった事実を考えると、各地の神社を巡る旅を思い立った動機と、無関係とは思われない。そこに自ずと真澄の風貌も浮かび上がってくるように思う。一方、真澄については、古くから謎の多い人物とされているが、その一つに、真澄がいつも、誰と会っても、黒紬《つむぎ》の頭巾をとらなかったことがあげられる。そのことは、秋田では今でも記憶されていて、真澄のことを、「じょうかぶりの真澄」と呼んでいた話が残っているという。真澄の晩年、五十歳前後の寛政十二年（一八〇〇）頃から、七十六歳で亡くなるまで、頭巾を離さなかったのには、何か深い事情があったに違いない。晩年は、津軽藩の採薬御用を命じられたり、また秋田藩主佐竹義和の知遇を得て、地誌編纂に従事し、角館に没している。真澄の著作物は、彼自身により、佐竹藩の藩校である明徳館《めいとくかん》に献上されたことにより、真澄の著作物全ては『真澄遊覧記』と呼ばれるようになった。

**【参考文献】** 柳田国男『菅江真澄』（創元社、昭和十七年）、内田武志・宮本常一編『菅江真澄全集　全十二巻別巻二冊』（未来社、昭和四十六年）

（宮本瑞夫）

## 菅原是善（すがわらのこれよし）

平安時代の漢学者・漢詩人 **【生没】** 弘仁三年～元慶四年（八一二～八八〇） **【歴史・伝説】** 十一歳で、殿上童として殿上にのぼることを許され、嵯峨天皇に侍して書を読み詩を賦した。父清公のすぐれた後継者として文章博士・大学頭などの要職を歴任し、その間各天皇に漢籍を講義する。門弟子を多数輩出し学問の家柄として菅原家を拡充し、特に父が任じ得なかった参議に昇進したことはその確固たる地位を築いた。是善は生まれつき俗世間には関心がなく、常に風月を賞美し詩を吟ずることを楽しんだという（『文徳実録』、『三代実録』、『扶桑略記』など）。著作には、『東宮切韻』、『菅相公集』など多数があるが現在伝わっていない。また、『貞観格式』などの編修にも参与した。

**【参考文献】** 川口久雄『平安朝日本漢文学史の研究上・下』（明治書院、昭和三十四年・三十六年）

（加藤　清）

## 菅原孝標女（すがわらのたかすえのむすめ）

歌人・『更級日記』作者 **【生没】** 寛弘五年～？（一〇〇八～？） **【歴史・伝説】** 父は菅原孝標。母は藤原倫寧女。したがって孝標女は、『蜻蛉日記』作者の道綱母の姪にあたる。孝標は道真五世の嫡孫。菅原家の当主は代々大学頭・文章博士を歴任するが、正五位下の受領に終わった孝標は凡庸だったらしい。龍門寺、方丈の扉に遺された道真と都良香の真筆に、仮名文が書かれて孝標の署名があった。これを見た道長等は壁粉で消し、嘲笑したという（『扶桑略記』）。

孝標女は、寛仁四年（一〇二〇）、十三歳の時、父の上総介の任期満了に伴い上京。上総滞在中から渇望していた『源氏物語』などの物語を耽読する。

帰京後すぐに継母は父と離婚し、翌年には乳母が疫病のため世を去る。また、十七歳の時、姉が産後まもなく死去する。このように、多感な少女期に身近な人々との別れがあったことは見逃せない。治安二年（一〇二二）、十五歳だった孝標女が、迷い猫を姉と一緒に飼う。姉は、この猫が大納言藤原行成の姫君（その書跡を孝標女は手本としていた）の転生との夢を見る。その猫も翌年の自宅焼失の際、焼死してしまう。姉が亡くなったのは、この翌年（万寿元年）の五月である。姉が残した二人の幼児は、孝標女が養育した。万寿二年（一〇二五）に、東山に転居していた孝標女は、「雫に濁る人」と呼ばれる男と歌をやりとりする。これを、姉の遺児の父とし、孝標女の初恋の相手とする説もある。

長暦三年（一〇三九）、祐子内親王家に出仕するが、宮仕えにはなじめなかった。翌春三十三歳で橘俊通と結婚。当時としては異常な晩婚である。その後、安定した生活を送り、長久二年（一〇四一）には再出仕し、四年ほど続く。この間に孝標女は、『源氏物語』の貴公子を彷彿とさせる右大弁源資通と出会い、他の女房との三人で春秋の優劣を論じる。資通は、孝標女の「あさ緑花もひとつに霞みつつおぼろに見ゆる春の夜の月」の歌を何度も繰り返すが、格別な進展はなかった。

この出仕以後、家庭に籠もり、物詣でを頻繁に行う。永承元年（一〇四六）の十月には、後冷泉天皇の大嘗会の御禊の日に、わざわざ初瀬参詣に出発し、人々の嘲りを受ける。天喜五年（一〇五七）、夫俊通が信濃守として下向した時、見送りの者が人魂を見た。孝標女はそれを不吉とするが、翌年一時帰京していた俊通が発病し、十月に没す。孝標女は悲嘆にくれ、信仰の日々を送る。

孝標女の歌は『新古今集』以下の勅撰集に十五首入る。『夜半の寝覚め』『浜松中納言物語』などの作者とも（『更級日記』定家本勘物）。

**【参考文献】** 津本信博『菅原孝標女』（新典社、昭和六十一年）、小谷野純一『更級日記全評釈』（風間書房、平成八年）（岡田博子）

## 菅原為長（すがわらのためなが）

鎌倉時代の貴族・歌人・儒者 **【生没】** 保元三年～寛元四年（一一五八～一二四六）**【歴史・伝説】** 大学頭長守男。大蔵卿・越前権頭・正二位。為長の仕事としては、『貞観政要』を訳していること、絵巻『北野天神縁起』の詞書を書いたと伝えられている。『北野天神縁起』の絵を書いた人物は藤原信実であるといわれ、また、真実は説話集『今物語』編者ともいわれている。説話集『十訓抄』が『今物語』から取材し、『和訳貞観政要』からの引用があることなどから、為長を『十訓抄』編者と考える説もある。寛元四年三月二十八日、不食（腫物ともいう）により死去。

【参考文献】乾克己「十訓抄の作者は菅原為長か」（國學院雑誌、昭和四十二年五月）、「十訓抄と菅原為長補説」（國學院雑誌、昭和四十四年四月）

（志村有弘）

## 菅原文時（すがわらのふみとき）

漢学者・漢詩文作者【生没】昌泰二年〜天元四年（八九九〜九八一）【歴史・伝説】道真の孫で、高視の二男。四歳の時に祖父が大宰府に流され、一家離散となったため、苦しい生活を送り、三十五歳にしてようやく文章生となった。その後才能を認められ、天徳三年（九五九）八月の詩合に加わり、翌年には為平親王に『御注孝経』を進講したりした。その詩文は大江朝綱と並んで、菅江一双と称せられた。この間文章博士、式部権大輔等を歴任したが、天禄二年（九七一）には省試の出題に誤りを犯して勅勘を蒙った。以後官位は昇進せず、不遇な一生を終えた。菅三品とも称する。『本朝文粋』等にその詩文が見える。

【参考文献】真壁俊信「菅原文時伝」（「国学院大学日本文化研究所紀要」三三、昭和四十九年三月）

（石黒吉次郎）

## 菅原道真（すがわらのみちざね）

平安時代の漢学者・漢詩人・歌人・是善の第三子【生没】承和十二年〜延喜三年（八四五〜九〇三）【歴史・伝説】少年期は学業に努め、十一歳で初めて詩を詠む（『菅家文草』）。元慶元年、三十三歳で、父祖と同じく文章博士となり、菅原家を名実共に継承する存在となる。しかしその後、讃岐守に命ぜられる。学問の家柄を自負する道真にとっては恨まれる任であった。その在任中、宇多天皇が即位する。そして、藤原基経の関白委任を巡るいわゆる「阿衡の問題」が起こる。これを憂慮した道真は上京し基経に意見書を提出し沈静化に努める。これにより宇多天皇の信任を得、以後、学者としては異例とも思われる昇進を重ねる。寛平六年には遣唐大使に任ぜられたが、道真は遣唐使の停止を建議し受け入れられる。同九年権大納言に任じ右大将を兼ね、その時左大将となった藤原時平と肩を並べ政界の中心的存在となった。この年十三歳で醍醐天皇が即位する。宇多天皇は譲位に際して『寛平御遺誡』を示し、時平・道真の二人を重用すべく教導した。昌泰四年、時平とそろって従二位に昇るが、その月に突如として、大宰権帥に左遷されてしまう。左遷の理由は、寒門の出自でありながら宇多上皇に取り入り権勢を恣にし、上皇を欺き廃立を行って父子の慈・兄弟の愛を破ろうとしたという罪による（『政事要略』）。ことの真相は不明であるが、学者文人界や政界内での対立が招いたものと考えられている。道真は大宰府に下向する。そこでの生活は困窮を極めたもので、そのなかで切々と望郷の思いと悲嘆とを詩作に託しながら（『菅家後集』）、延喜三年その生涯を閉じた。道真の死後、政治を意のままにした時平は三十九歳で没し、その周囲の人々にも病死するものが出た。さらに清涼殿に落雷があるなどの異変が相次いで起こったため、人々はこれを道真の祟りと信じ恐れた（『日本紀略』『大鏡』など）。没後二十年を経て元の右大臣に復され、さらに後年太政大臣を贈られることになる。そして北野天満宮天神として祀られるようになるのである。その『天神縁起』では、神が五・六歳の少年の姿にかえて父是善邸の庭にあらわれたとする。そして死後は雷神となり都を脅かし、また蛇身ともなって人々を悩ませる。これらは、天降する自然神である雷神の信仰を背景とし、荒ぶる祟り神として語られたものである。また、大宰府左遷に当たり道真が自邸の庭の梅に詠みかけたという別離の歌、「こちふかばにほひおこせよ梅の花あるじなしとて春をわするな」（『拾遺集』）は、後にこの梅が大宰府へとんだという飛梅伝説を生み出した。

**【参考文献】**坂本太郎『菅原道真』（吉川弘文館、昭和三十七年）、日本古典文学大系『菅家文草菅家後集』（岩波書店、昭和四十一年）

（加藤　清）

## 杉山杉風（すぎやまさんぷう）

俳人・蕉門十哲の一人**【生没】**正保四年～享保十七年（一六四七～一七三二）通称鯉屋市兵衛、別号は採茶庵・五雲亭・蓑翁など**【歴史・伝説】**江戸小田原町（日本橋）の幕府御用の魚屋に生まれ、早くから談林の俳諧に親しんだ。延宝八年（二十九歳）ごろ芭蕉に入門、同年刊行の『桃青門弟独吟二十歌仙』では「誰かは待つ蝿は来たりて郭公《ほととぎす》」が巻頭の歌に選ばれた。店所有の生け簀の番小屋を芭蕉庵に改造するなど、芭蕉を経済的に支え、蕉門に亀裂が生じた折も常に師に従った。芭蕉もその誠実な人柄を愛し、「上方では杉風は門人の飾りとしか評価されていなかったが、『別座敷』の句を見て皆驚き入っている」と手紙でほめ、遺言にも感謝の言葉を残した。著作に『常盤屋の句合』、『杉風句集』など。墓所は世田谷区成勝寺。

（鈴木　邑）

## 鈴木牧之（すずきぼくし）

江戸時代後期の文人**【生没】**明和七年～天保十三年（一七七〇～一八四二）**【歴史・伝説】**越後《えちご》国（現新潟県）塩沢の生まれで、幼名を弥太郎、元服して儀三治と称した。牧之は俳号。父恒右衛門は俳人で、父の俳号牧水の頭文字をとって、牧之としたという。家業は代々質屋と縮《ちぢみ》の仲買商を営み、祖父の代には、かなりの借財に苦しんでいたが、父の代に盛り返し、特に牧之は、節倹に努め、家業第一に励んだ結果、苗字帯刀《みょうじたいとう》を許され、晩年には町年寄り格にまでなった。牧之は幼い時から相当な読書家であったらしいが、書を大運寺の快運和尚に、絵を六日町の狩野梅笑に学んだ。その優れた画技は、代表作の『北越雪譜《ほくえつせっぷ》』などの著作物の挿絵によっても窺い知ることができる。

　ところで、『北越雪譜』の出版をめぐっては、雪深い田舎の話ということで、長い時間と苦心惨憺の交渉があった。まず構想が立てられたのは、寛政年中（一七八九～一八〇二）の頃と考えられるが、江戸の戯作者山東京伝《さんとうきょうでん》や滝沢馬琴《たきざわばきん》との交渉が不調に終わり、結局、京伝の弟の山東京山と、挿絵は京山の息子の京水が、牧之の原画によって描くことになった。初編三冊が実際に刊行されたのは、構想から四十年近くたった天保八年（一八三七）夏のことであった。予想に反して、その雪国越後の暮らしぶりと、豪雪の過酷さ、珍談・奇談などが評判を呼び、版元の文渓堂の要請で、続編の二編四冊も同十二年の年末には刊行されている。しかし、雪の過酷な恐ろしさを物語るエピソードばかりではなく、一方で、この厳しい雪あってこそ、魚沼郡の特産品・越後縮《えちごちぢみ》がうまれたのである。牧之は、「雪中に糸なし、雪中に織り、雪水に洒《そそ》ぎ、雪上に曝《さら》す。雪ありて縮あり、されば越後縮は雪と人との気力相半ばして名産の名あり。魚沼郡の雪は縮の親というべし。」という。越後縮は雪と人との合作であるというのである。他に『秋山紀行』（文政十一年）などがある。

**【参考文献】**石川淳『諸国畸人傳』（筑摩書房、昭和三十二年）　（宮本瑞夫）

## 崇徳天皇（すとくてんのう）

平安時代の天皇・歌人**【生没】**元永二年～長寛二年（一一一九～一一六四）**【歴史・伝説】**名は顕仁。鳥羽天皇の第一皇子。母は藤原公実の娘待賢門院璋子。璋子は白河院の猶子だったが、崇徳天皇の実の父親は白河院であると世間に知れ渡っていたため鳥羽院は崇徳天皇を毛嫌いし、叔父子（自分の祖父の子供なので叔父のような子）と言った（『古事談』）。鳥羽院は崇徳天皇に、弟近衛天皇（美福門院得子所生）を養子にして譲位し、養父の立場から院政を始めるよう強く促し、天皇は仕方なく同意したが、譲位の宣命には近衛天皇のことを皇太子でなく皇太弟と記してあり、鳥羽院が院政を継続するつもりだと知った崇徳天皇は深く恨んだ。皇子重仁親王の即位を願ったが、近衛天皇が急死した後も、美福門院らの推す後白河天皇が即位して望みを絶たれた。鳥羽院は「崇徳院に死に顔を見せるな」と遺言、崇徳院方とのいざこざの報告に「目をきらりと見あけて」亡くなったという（『愚管抄』）。鳥羽院が亡くなると、崇徳院は王位を奪うべく摂関家の藤原頼長、武士の源為義らをたのんで挙兵したが敗北、讃岐に配流された（保元の乱）。崇徳院は鳥羽院の菩提を弔おうと五部の大乗経を書写して都に送ったが「呪詛の品かも知れない」と信西につき返されたのを深く恨み、その後は髪や爪を伸ばし放題にした天狗の姿になって世を呪って亡くなった。荼毘の煙は都に向けてたなびいたという（『保元物語』）。院の死後都では院の怨霊の仕業と考えられる事件が頻発、諡を讃岐院から崇徳院に改め、粟田宮を祀って霊を弔った。生前親交のあった西行も、院の恨みを鎮めることはできず、没後に院の墓所に詣でて「いかにせん昔の玉の床とても」の歌を捧げて菩提を弔った（『山家集』『雨月物語』他）。『久安百首』『詞花集』の下命者・作者。『百人一首』作者でもある。

（伊東玉美）

## 世阿弥（ぜあみ）

能役者・能作者・能楽伝書著者【生没】貞治二年？〜嘉吉三年？（一三六三〜一四四三）【歴史・伝説】大和猿楽観世座の大夫であった観世三郎清次こと観阿弥の子として生まれた。幼名は鬼夜叉と称したという。永和元年（一三七五）観阿弥は京都の今熊野で能を演じ、足利義満将軍の見物を得、以後観世座は将軍の愛顧を受けることとなった。鬼夜叉は美童で、義満のほか、たびたび摂政・関白となった二条良基にも愛され、良基が藤原氏であるので、藤若の名を与えられたという。藤若は元服して観世三郎元清を名のり、至徳元年（一三八四）観阿弥の死後、観世大夫となった。成人してからは小男であったという。しかし義満はその後近江猿楽の役者犬王を愛好し、元清はその幽玄なる風体を取り入れたと言われる。応永八年（一四〇一）頃、犬王は道阿弥を称し、元清は世阿弥を称した。そしてこの頃から座の後継者のために、能楽論書『風姿花伝』七巻を執筆していった。応永十五年義満が没すると、将軍義持が実権を握った。彼は田楽新座の役者増阿弥を贔屓したが、その芸風は冷えた中世美に特色があったようである。そうした田楽の風体も、世阿弥は大和猿楽に取り入れていったと目される。義持将軍時代、能楽論書『花鏡』『至花道』等を執筆している。応永二十九年の還暦の頃、世阿弥は出家し、嫡男元雅が大夫となった。応永三十五年義持が没すると、義教が将軍となった。彼は以前から世阿弥の弟四郎の子元重（のちに音阿弥）を後援していた。観世座はこの元重の派と、元雅の派に分裂していった。義教将軍は世阿弥と元雅に圧力を加えてゆく。正長二年（一四二九）には世阿弥父子は仙洞への出仕をとどめられた。義教時代にも世阿弥は能楽論書『九位』『六義』等を執筆している。女婿の金春氏信（禅竹）も彼に教えを乞い、『拾玉得花』を相伝されている。永享四年（一四三二）元雅は伊勢国の安濃の津で客死し、世阿弥は後継者を失って悲嘆に暮れた。そして永享六年の七十二歳頃、世阿弥は佐渡が島へ流された。原因は不明である。彼の残した小謡書『金島書』に、佐渡への旅や島での生活がうかがわれる。また佐渡から氏信に当てた書状があり、氏信が世阿弥の妻寿椿を養っていたことが知られる。その後世阿弥が島で死去したか、許されて帰郷したか、不明である。『観世小次郎画像賛』には嘉吉三年（一四四三）に八十一歳で没したとある。また彼が帰依した補巌寺の文書では、その忌日は八月八日であるとする。能の作品には「高砂」「老松」「忠度」「頼政」「井筒」「檜垣」「班女」「桜川」「野守」「鵺」などがあって数が多く、しかもいずれも優れている。

**【参考文献】**竹本幹夫『観阿弥・世阿弥時代の能楽』（明治書院、平成十一年）、石黒吉次郎『世阿弥—人と文学』（勉誠出版、平成十五年）

（石黒吉次郎）

## 清少納言（せいしょうなごん）

一条天皇皇后定子付女房・女流文学者**【生没】**未詳**【歴史・伝説】**父は清原元輔。本名は未詳。「清少納言」の呼称の「清」は本姓清原の略、「少納言」の理由も未詳。清女とも。『枕草子』の作者。歌人・学者の家系に生れ、和漢の学に通じた才女として、紫式部と並び称される。中古三十六歌仙の一。家集「清少納言集」がある。中宮定子に出仕する以前に橘則光と結婚して則長を産むが、その後離別。のちに宮仕えを辞去し藤原棟世の妻となって、小馬命婦を産んだ。正暦（九九〇～九九五）年間に、一条天皇の中宮定子（のちに皇后定子）に出仕し（『枕草子』「宮にはじめてまゐりたるころ」）厚い寵を受けた。宮仕えは長保二年（一〇〇〇）定子の薨去時まで続くが、この間、清少納言の仕える定子および中関白家は、栄華の絶頂から不遇の没落を辿る。その頃の宮廷生活における出来事や、行事・自然・人事などについて、文才豊かに『枕草子』に綴っている。その内容は、多彩で機知にとむ一方、定子との厚い信頼関係が窺え、定子を盛り立てるように、当時の様子を華やかに活き活きと描いている。また同作品には、藤原行成や藤原公任などとの交流も見え、第一級の学識者を相手に、臨機応変に詩文の知識を用いて、互角に応対している。『栄花物語』には「もとよりある車どもおし消ちて、立ちならび御らんずる、清少納言がいひたるやうにめでたしと見ゆ」とあり、その言動が意識されていたと考えられる。しかし勝ち気にも見える文体と才知からか、「清少納言こそ、したり顔にいみじう侍りける人。さばかりさかしだち、真字書きちらして侍るほども、よく見れば、まだいとたへぬこと多かり」（『紫式部日記』）と、同じく一条天皇の中宮彰子に仕えた紫式部には、批判を受けている。この評に端を発して、中宮定子没後の清少納言についての詳細な動静は未詳でありながら、道長の北方倫子に仕えていたと設定するもの（『松嶋日記』）や、晩年に零落していたとされるいくつかの「清少納言零落流浪譚」が登場する。そこには、「清監至信殺害」と殺人現場に、尼となった清少納言が同宿していたが、男女の区別も判別出来ない様子で殺されかかった（『古事談』）、清水で武士の咎めにあった（『松嶋日記』）など、彼女の落ちぶれた様子が描かれている。また各地を流浪したとする逸話も多く、流浪先は、陸奥（『松嶋日記』）、阿波（百人一首抄』『笈埃随筆』『記軒碧遠』他）筑州（『扶桑拾葉集系図』）ほか、「零落流浪譚」を扱う作品によって異なっている。また「讃岐象頭山の鐘楼の傍に、石の誌有。清少納言の古墳と伝ふ」（『閑田耕筆』）などに見られるように讃岐など各地に「清少納言塚」とされるものがあり、伝説化されている。『百人一首』に採歌。

**【参考文献】**『枕草子大事典』（勉誠出版、平成十三年）（原　由来恵）

## 瀬川如皐（せがわじょこう）

江戸時代後期の歌舞伎作者。五世まであるが、二世・三世が有名。

［二世］**【生没】**宝暦七年～天保四年（一七五七～一八三三）**【歴史・伝説】**江戸の生まれで、五百崎文治・狂言堂と号した。初め歌舞伎作者の初世河竹新七の門に入り、後に初世瀬川如皐に師事した。享和元年（一八〇一）中村座で、二世を継ぎ、立作者となった。これといった作品はないが、随筆に『牟芸古雅志《むぎこがし》』がある。

［三世］**【生没】**文化三年～明治十四年（一八〇六～一八八一）**【歴史・伝説】**江戸の生まれで、もと競《せ》り呉服商。本名吉兵衛、通称馬道《うまみち》の狂言堂。五世鶴屋南北の門に入り、歌舞伎作者となる。嘉永元年（一八四八）中村座で立作者となり、同三年、三世瀬川如皐を襲名した。四世市川小団次と提携して「東山桜荘子《ひがしやまさくらそうし》」（嘉永四年八月、通称「佐倉義民伝」）、「与話情浮名横櫛《よわなさけうきなのよこぐし》」（同六年三月）などで、一躍人気作者となった。

**【参考文献】**諏訪春雄他編『講座日本の演劇4　近世の演劇』（勉誠社、平成七年）（宮本瑞夫）

## 蟬　丸（せみまろ・せびまろ）

平安時代の音楽家・歌人**【生没】**未詳**【歴史・伝説】**大津の長等山のふもとに、下・中・上三つの蟬丸神社が存在する。蟬丸神社上社の近くに逢坂の関址がある。京の都と志賀の境にあった関所である。蟬丸の歌「これやこの行くも帰るも別れては知るも知らぬも逢坂の関」が、『小倉百人一首』に収録されている。この歌は『後撰集』に「あふ坂の関に庵室をつくりて住み侍りけるに行きかふ人を見て」という詞書が付いて収録されている。蟬丸という人については、詳しいことはわからない。宇多天皇皇子の敦実親王の雑色であるという。仁明天皇第四皇子の人康親王のことだとする説があるが、人康親王と同一人物と考えるのは無理である。『今昔物語集』には源博雅に琵琶の秘曲を伝授したという説話が伝えられている。博雅は逢坂の関（『今昔物語集』は「會坂ノ関」と記す）にいる盲目の蝉丸の琵琶を聞きたいと思ったが、初め博雅は蝉丸の家が「異様」なので使者を遣わして、京都に住まないかと誘った。すると、蝉丸は「世ノ中ハトテモカクテモ過ゴシテム宮モ藁屋モ果テシナケレバ」と返事の代わりに、この歌を歌ったのだという。この歌に感動した博雅は、三年間通い続けて、ついに秘曲を伝授されるにいたったという。『古本説話集』にもこの歌を伝える説話があり、ここには博雅は登場しないけれど、ある人が藁で造った家を見て笑ったので、この歌を詠んだと伝えている。

【参考文献】吉川理吉「蝉丸説話の源流と平安朝時代の俗楽俚謡に就いて」（京都帝国大学国文学会二十五周年記念論文集、昭和九年）、磯水恵「蝉丸」（日本伝奇伝説大事典、角川書店、昭和六十一年）、室木弥太郎・阪口弘之編『関蝉丸神社文書』（和泉書院、昭和六十二年）

（志村有弘）

## 選子内親王（せんしないしんのう）

斎院・歌人【生没】康保元年〜長元八年（九六四〜一〇三五）【歴史・伝説】六十二代村上天皇第十皇女。母は藤原師輔の女、中宮安子。同母兄弟は、憲平親王（冷泉天皇）・為平親王・守平親王（円融天皇）・承子内親王・輔子内親王・資子内親王。生後五日目に母の中宮安子が薨去、父の村上天皇も康保四年に崩御。天延三年（九七五）六月、十二歳で斎院に卜定され、長元四年（一〇三一）九月に退下するまで、円融・花山・一条・三条・後一条天皇の五代、五十七年間を斎院として勤める。同年九月二十八日出家。長元八年六月没、享年七十二歳。世に大斎院と号す。退下に際して時の関白藤原頼通の慰留を断り落飾したが、ちょうど上東門院の住吉・四天王寺への行幸時期とかさなり、朝廷では強い衝撃を受けた（『栄花物語』『小右記』）。和歌に通じ『大斎院前の御集』・『大斎院御集』を残すとともに、仏道への帰依を『発心和歌集』として記している。また『拾遺和歌集』『後拾遺和歌集』などに採歌されている。一条朝、藤原氏氏長者との強い縁が見受けられ（『御堂関白記』『紫式部日記』『大鏡』・『栄花物語』）、また機知に富む洗練された文化人でもあった（『大鏡』『俊頼髄脳』『古今著聞集』）。『枕草子』には選子に対する御文の返しを、特別に心遣いする中宮定子の様子が描かれている。若い頃から年寄るまで、人の訪れに関わりなく、常に雅を忘れない生活を送った素晴らしい女性であったとされる。また、選子が上東門院彰子に「つれづれを慰める物語はないか」とお聞きになったため、上東門院から紫式部にお尋ねがあり、新しい物語を作ること勧め命じたので『源氏物語』が誕生した（『無名草子』）といった逸話も残っている。
【参考文献】大日本史料

（原　由来恵）

## 宗祇（そうぎ）

連歌師・古典学者【生没】応永二十八年～文亀二年（一四二一～一五〇二）【歴史・伝説】出生地は近江・紀伊両説があり、飯尾氏の出ともいう。若くして京都の相国寺に入り、仏道修行をしたが、三十歳過ぎてからは和歌・連歌に打ち込むようになった。和歌は飛鳥井雅親に、連歌は宗砌・専順・心敬などに、そして古典は一条兼良に学んだ。四十歳代には京都で草庵生活を送りながら連歌を稽古し、『伊勢物語』『源氏物語』等の研究にも当たった。また奈良・吉野・伊勢などの名所を旅し、詩想を養った。文正元年（一四六六）関東に下向し、長尾氏や太田道真・道灌父子に連歌を指導し、連歌論書『藻塩草（長六文）』『角田川（吾妻問答）』を書き与えた。応仁二年（一四六八）には結城氏に招かれ、白河の関に至り、紀行文『白河紀行』を記している。文明三年（一四七一）関東で東常縁より古今伝授を受けた。京都に戻った宗祇は第一句集『萱草』を編み、先人の連歌七賢の句集『竹林抄』を撰した。また肖柏などの弟子達に『源氏物語』等の古典の講釈を行なっている。文明十年には弟子宗歓（後に宗長）を伴って関東・北陸を旅し、文明十二年には西国の大名大内政弘の招きに応じて西下し、紀行文『筑紫道記』を著わした。長享元年（一四八七）には勝仁親王らに『伊勢物語』を講じ、翌年には北野社連歌会所奉行、将軍家の宗匠となっている。また三条西実隆が宗祇から古今伝授を受けたのもこの頃である。明応四年（一四九五）には宗祇・兼載が中心となって、連歌の第二准勅撰集『新撰莵玖波集』が成った。その後越後の上杉氏に赴き、後に信濃・上野を経て、相模の箱根湯本で死去した。

【参考文献】奥田勲『宗祇』（人物叢書、吉川弘文堂、平成十年）、金子金治郎『連歌師宗祇の実像』（角川書店、平成十一年）

（石黒吉次郎）

## 増基（ぞうき）

僧侶・歌人【生没】未詳。平安時代中期の人【歴史・伝説】中古三十六歌仙の一人。『二中歴』名人歴に「道家」として真如親王・寂照・内記入道（慶滋保胤）らと並んで「庵主（増基法師）」と見える。増基の私家集『庵主《いほぬし》』は、熊野紀行・遠江日記などより成る。中でも熊野紀行の部分は自選と考えられ、「世をのがれて心のままにあらむ」と思う庵主が、童子一人だけを連れ、道中の風物を通して無常の思いと信心を深める様は、能因や西行らの風狂の先達とも位置付けられる。藤原朝忠・源雅信・源重信らと親交があり、能因撰『玄々集』にも入集。なお、『後撰集』や

『大和物語』に登場する宇多天皇時代の比叡山僧「増基君（増喜）」とは別人と考えられる。

【参考文献】増淵勝一「いほぬし研究」（『平安朝文学研究』有精堂、昭和四十六年）　（伊東玉美）

## 宗砌（そうぜい）

連歌師【生没】?～享徳四年（?～一四五五）。七十余歳で没【歴史・伝説】俗名は高山民部少輔時重で、但馬国の守護山名家の家臣であった。始め和歌を正徹、連歌を梵灯庵に学んだ。応永の末年（一四二七頃）に出家、一時高野山にいたが、永享五年（一四三三）には京都に戻って連歌界で活躍、心敬・専順・智蘊《ちうん》などとともにこの界の中心的存在となった。宗祇の言う連歌の七賢の一人である。文安五年（一四四八）には北野社連歌会所の奉行兼宗匠となった。関白一条兼良とともに、連歌の式目「新式今案（連歌新式）」を編んでいる。作品に『何木百韻』（独吟）、『宗砌句集』（発句・付句集）等があり、連歌論書として『初心求詠集』『密伝抄』『宗砌袖内』等がある。山名家の没落に伴い、自身も北野会所奉行を辞した。

【参考文献】『島津忠夫著作集第三巻・連歌史』（和泉書院、平成十五年）　（石黒吉次郎）

## 宗長（そうちょう）

連歌師【生没】文安五年～享禄五年（一四四八～一五三二）【歴史・伝説】駿河国島田の刀鍛冶の子として生まれ、早くから今川義忠に仕え、合戦に参加したりしていた。文明八年（一四七六）に義忠が戦死すると、京都へ上り、一休宗純に参禅し、宗祇に師事して連歌を学んだ。この頃は宗歓を称していた。宗祇の越後旅行（文明十年）、筑紫旅行（同十二年）にも同行し、その間宗祇による『百人一首』『伊勢物語』の講義を受けている。文明十二年の旅における「何路百韻」（於周防国神光寺）、「博多百韻」の座にも加わった。京都へ戻ってからも宗祇等による連歌の座に連なり、文明十七年には三条西実隆邸で行われた宗祇の『源氏物語』講義を聴聞した。長享元年（一四八七）以前には宗長に改名している。長享二年には宗祇・肖柏とともに「水無瀬三吟百韻」の一座を設けるなど、宗祇門の連歌師として頭角を現わすようになった。その後、駿河・武蔵・上野と旅し、文亀元年（一五〇一）には越後に宗祇を尋ねて越年し、翌年宗祇・宗碩らと共に越後を出た。宗祇が相模の箱根湯本で病没すると、これを定輪寺に葬った。これを記したのが『宗祇終焉記』である。永正元年（一五〇四）には駿河の宇津山の麓に柴屋軒という庵を構え、妻子を設けた。武田氏と今川氏の講和に尽力するなど、主家のためにも活動し、駿河と京の間を何度も往復した。永正六年には関東を旅し、『東路のつと』を著わしている。その後も京都のほか越前・伊勢・大和など各地を旅した。京都では一休ゆかりの酬恩庵を訪れた。大永二年（一五二二）から七年までの記に『宗長手記』がある。大永七年には帰国したが、今川氏の事情も昔と異なり、寂しい晩年を迎えた。その享徳三、四年の日記が『宗長日記』である。

**【参考文献】** 鶴崎裕雄『戦国を往く連歌師宗長』（角川選書、平成十二年）

（石黒吉次郎）

## 曾禰好忠（そねのよしただ）

歌人 **【生没】** 延長初年?～長保五年?（九二三～一〇〇三）

**【歴史・伝説】** 中古三十六歌仙の一人。家系や幼少年期については、不明。活躍した時期は、『後撰集』から『拾遺集』の頃で、作歌活動は約四十年にわたる。丹後掾を務めたために、曾丹後と呼ばれた。これをさらに略して曾丹と称されたため、好忠は「これではいつ『ソタ』とよばれることになるだろうか」と嘆いたという（『袋草紙』）

作歌活動の初期の天徳末年（九六〇～六一）に『好忠百首』がある。その序によると、三十歳余りの好忠は、官途の望みを断たれ鬱屈した気分から、和歌百首の連作をものした。全体は、序文に続き、春・夏・秋・冬の他、沓冠歌、十干などを詠み込んだ歌などから成る。『好忠百首』は百首歌の創始となり、この連作形式の盛行を促した。次いで、ほぼ十年後の天禄二、三年（九七一、二）頃、一年十二ヶ月を上旬・中旬・下旬に分けた三十六の歌群に十首ずつをあて、計三六〇首の歌からなる、『毎月集』を制作した。以後、貞元二年（九七七）に三条左大臣頼忠前栽歌合、天元四年（九八一）故右衛門督斉敏君達謎合に出詠する。

永観三年（九八五）二月十三日、好忠は円融院の紫野御遊に随行する。この時の話が、好忠の奇行ぶりを示すものとして、有名である。子の日の遊びを行う円融院の御前に、召される予定でなかったのに好忠は着座した。そこで、その場を追い立てられると、好忠は見当はずれの悪態をついて周囲の嘲笑を買ったという（『今昔物語集』）。しかし、その行事に実際に参加した藤原実資の日記『小右記』によれば、好忠は召される予定だったようである。また、当日参加していた人物によって書かれた『大鏡裏書』によれば、席を追われた好忠は「低頭」していたとある。したがって、この話は、事実とは言い難いであろう。これからおよそ一年後の寛和二年（九八六）には花山院主宰の内裏歌合に、長保五年（一〇〇三）には左大臣道長歌合に出詠する。その後まもなく没したと推定される。

藤原長能が、好忠の「鳴けや鳴け蓬が杣《そま》のきりぎりすくれ行く秋はげにぞかなしき」を、「狂惑のやつなり。蓬が杣と云ふ事やはある」と評した話も著名である（『袋草紙』）。

「杣」とは材木を採るために植えた木のこと。
好忠は、晩年には権門の歌合や内裏歌合に出詠するなど、生前から歌人として一定の地位を得ていた。その歌は、それまでに見られない素材や着想、詠法による斬新なものが多い。また、百首歌や三百六十首歌などの新しい連作形式を考案したこと、これらが貴顕の要請によるものでなく自主的に制作されたことなど、和歌史上大きな足跡を残した。
**【参考文献】**松本真奈美他『中古歌仙集（一）』（明治書院、平成十六年）
（小池博明）

## 曾　良（そら）

俳諧師・神道家**【生没】**慶安二年～宝永七年（一六四九～一七一〇）**【歴史・伝説】**本名、岩浪庄右衛門正字《まさたか》。信濃国上諏訪に高野七兵衛の長男として生まれる。生家は弟（五左衛門）が継ぎ、曾良は母方河西家に入る。万治三年（一六六〇）十二歳のとき、養父母が他界したため、伊勢長島の大智院に留守僧伯父秀精の許に引き取られる。二十歳の頃長島藩松平家に仕えた。延宝中頃（一六七三～八一）、同家を致仕、江戸に出る。深川五間堀に住した。吉川惟足について神道を学ぶ。天和三年（一六八三）夏、甲斐国谷《や》村《むら》の麋塒《びじ》宅で芭蕉に出会い、以後同じ深川の住人として交わる。貞享四年の鹿島詣、元禄二年のほそ道の紀行に同行。『曾良随行日記』は『ほそ道』理解必読の書。地誌にも明るく、「性隠閑をこのむ人」だった。『猿蓑』に十二句入集。元禄七年五月芭蕉最後の旅には箱根まで送っている。芭蕉の葬儀には見えないものの、十日後には桃隣・杉風らと追悼俳諧を興行している。篤実な人だった。
**【参考文献】**久富哲雄「河合曾良」（『俳句講座』3、明治書院、昭和三十四年四月）
（稲垣安伸）

# た　ちつてと

## 平兼盛（たいらのかねもり）

平安時代中期の歌人【生没】?～正暦元年（?～九九〇）三十六歌仙の一人【歴史・伝説】光孝天皇皇子是忠親王の孫。篤行王の子。「三十六歌仙伝」によると、天慶九年（九四六）従五位下に叙せられ、天暦四年（九五〇）越前権守、同年臣籍に下って平姓となる。以後、山城守・大監物を経て康保三年（九六六）従五位、天元二年（九七九）駿河守となった。多くの歌合に出詠したが、特に「天徳四年（九六〇）内裏歌合」で、兼盛の「忍ぶれど色に出にけりわが恋はものや思ふと人の問ふまで」（『拾遺集』恋一）の歌と壬生忠見の「恋すてふ我が名はまだき立ちにけり人知れずこそ思ひそめしか」（『拾遺集』恋一）の歌と合わせられて勝負がつかず、村上天皇が兼盛の歌を口ずさんだため、兼盛を勝ちとした話は有名である。屏風歌・賀歌が多い。『大和物語』に登場し、生存中から歌物語の主人公になっていたらしい。家集に『兼盛集』がある。（緒方洋子）

## 平貞文（たいらのさだふみ）

歌人【生没】?～延長元年（?～九二三）【歴史・伝説】表記は定文とも。桓武天皇の孫茂世王を祖父、従四位上右近衛中将好風を父とする。通称平中（平仲）。三十六歌仙の一人。従五位上左兵衛佐に至り、延長元年（九二三）に三河権介を兼ねる。延喜五年（九〇五）と翌年に歌合を主催している。勅撰集に二十六首入集。貞文を主人公とした歌物語に、『平中物語』がある。

色好みとして業平と並び称されるが、業平と違って滑稽味を帯びた説話が伝えられる。平中が硯の水で目を濡らし涙に見せかけるのを見破った女が、墨を擦って入れておく。知らずにいた平中は、顔を真っ黒にしてしまう（『古本説話集』）。この話は、『源氏物語』末摘花・若菜下にも引かれるなど、特に有名である。

【参考文献】萩谷朴『平中全講』（同朋社、昭和五十三年）（岡田博子）

## 高橋虫麻呂（たかはしむしまろ）

万葉歌人【生没】未詳【歴史・伝説】『万葉集』中の虫麻呂に関連する歌は、通説では長歌十五首、短歌二十首、旋頭歌一首の計三十八首（巻三・三一九〜三二一、巻六・九七一、九七二、巻八・一四九七、巻九・一七三八〜一七六〇、一七八〇、一七八一、一八〇七〜一八一一）。確実に虫麻呂作と言えるのは、巻六・九七一、九七二番歌で、それ以外は、すべて「高橋連虫麻呂歌集（歌中）」の注記が付される。なお、巻三・三一九、三二〇番歌に関しては、虫麻呂作か否か議論が分かれ、また、巻九・一七六〇番左注の「右件」の範囲を一七三八番からではなく、一七五九番と一七六〇番の直前二首を指すとする三宅清の説、一七二六番歌から一七六〇番までの三十五首とする伊藤博の説もある。『万葉集』巻六・九七一番歌題詞に「四年壬申藤原宇合卿西海道節度使に遣はさるる時高橋連虫麻呂の作歌」とあり、天平四年（七三二）を虫麻呂の活動のどの時期と位置づけるか問題となる。その解明に、巻九の「大伴卿」を誰とするかが議論になる。契沖が「大伴卿」を大伴旅人と推定して以来、旅人説が通説となっている。その根拠に藤原宇合との関係（巻九・九七二）や「卿」の尊称を三位以上に用いる点が挙げられる一方で、旅人説への反論もある。徳田浄は、「検税使」には五位の者が任ぜられるという『続日本紀』の記事を根拠に、旅人説に異論を唱えた。土屋文明は、『延暦交替式』に見える検税使の記事から、検税使は天平六、七年以降に存するとし、大伴卿該当者を大伴道足とした。井村哲夫は土屋の見解を踏まえ、さらに虫麻呂歌集内の配列を考察し、天平四年を虫麻呂の作歌活動初期とし、その上で、大伴卿を大伴牛養と推定した。【歌風】「叙事歌人」あるいは「伝説歌人」などと称せられるように、事物や伝説に取材した歌が多い。中でも伝説の娘子を詠む歌や浦島子を詠む歌などは、単に伝説を詠むのではなく、まるでその場にいたかのような直截的な詠みを行っている。また、「筑波山」に関連した歌では、巻九・一七五七番に「旅の憂へ」を詠む一方で、一七五九番では「嬥歌会」を取り上げ、「人妻に吾も交らむ吾妻に人も言問へ」などと性的解放の風習を詠む歌などもある。万葉歌人の中でも、とりわけ異彩を放つ歌人といってよいだろう。

【参考文献】徳田浄『萬葉集撰定時代の研究』（目黒書店、昭和十二年）、犬養孝「虫麻呂の心—孤愁の人—」（『国語と国文学』三十三-十二、昭和三十一年十二月）、三宅清『万葉集評論』（弘文堂、昭和三十五年）、井村哲夫『憶良と虫麻呂』（桜楓社、昭和四十八年）、土屋文明『万葉集私注』（筑摩書房、昭和五十一年）、中西進『旅に棲む』（角川書店、昭和六十年）、伊藤博「歌群の配列—虫麻呂集歌めぐって—」（『文藝言語研究・文藝篇』十一、昭和六十二年一月）

（桐生貴明）

# 竹田出雲（たけだいずも）

江戸時代中期の浄瑠璃作者で、大坂竹本座の座本。三世までであるが、初世・二世が有名。

［初世］**【生没】**？～延享四年（？～一七四七）**【歴史・伝説】**大坂道頓堀のからくり芝居の名代・座本である初世竹田近江（清房）の子、二世近江を継いだ清孝の弟。元祖出雲と呼ばれ、千前軒・外記とも称し、俳号は千前軒渓疑《けいぎ》という。宝永二年（一七〇五）、竹本座の座本となり、太夫の竹本筑後掾（竹本義太夫）・作者の近松門左衛門との三者体制を確立し、顔見世興行として、『用明天王職人鑑』を上演し、以後、座の経営をはじめ、舞台演出・人形の改良に腕を揮い、正徳四年（一七一四）九月の筑後掾死去という危機をも乗り越え、同五年十一月、近松作の『国姓爺合戦』で、歴史的なロングランという大成功を収め、人形浄瑠璃の全盛期を実現した。一方、作者としても、近松の添削を受けて、初めての作品『大塔宮曦鎧』を享保八年（一七二八）二月に発表している。以下、単独作としては、『大内裏大友眞鳥』（享保九年）、『三荘太夫五人嬢』（同十二年）、『蘆屋道満大内鑑』（通称「葛の葉」同十九年）などがある。また文耕堂・三好松洛・並木千柳らとの合作としては、『小栗判官車街道』（元文三年）、梶原源太と腰元千鳥のちの遊女梅ヶ枝との恋愛を描いた『ひらかな盛衰記』（同四年）、菅原道真配流の事件を中心とした『菅原伝授手習鑑』（延享三年）など多くの傑作を残している。

［二世］**【生没】**元禄四年～宝暦六年（一六九一～一七五六）**【歴史・伝説】**元祖出雲の子で、本名は清定。親方出雲と呼ばれ、小出雲（初世在世中）・出雲・千前軒・外記（三世）を称した。二世出雲の時代は、浄瑠璃作品の合作制が定着し、時代物も五段物から多段式となり、いよいよ物語の構造も複雑化し、舞台も大掛かりなものとなっていった。二世出雲の代表作としては、文耕堂・三好松洛・並木千柳らとの合作で、仮名草子『薄雪物語』を劇化した『新薄雪物語』（寛保元年）、大坂の侠客団七九郎兵衛の悲劇を中心に描く『夏祭浪花鑑』（延享二年）、都落ちする義経一行を描く『義経千本桜』（同四年）、赤穂浪士事件に取材した『仮名手本忠臣蔵』（寛延元年）、力士濡髪長五郎と放駒長吉の立て引きを描く『双蝶々曲輪日記』（同二年）などがある。なお『忠臣蔵』上演中、竹本此太夫と人形遣い吉田文三郎の対立が表面化し、出雲が文三郎を支持したため、此太夫ほかの太夫連が、豊竹座へ移籍する事件が起こり、この結果、竹本座の西風の芸と、豊竹座の東風の芸が、入り乱れることとなり、これが遠因となって、後々の竹本座衰運のきっかけとなったことは、惜しまれる。

**【参考文献】**内山美樹子ほか『新日本古典文学大系九三　竹田出雲　並木千柳浄瑠璃集』（岩波書店、一九九一）（宮本瑞夫）

## 高市黒人（たけちのくろひと）

歌人【生没】未詳【歴史・伝説】『万葉集』以外の文献に記述がないため、詳しい事は分からない。持統・文武朝に仕えた。『万葉集』に「太上天皇、吉野宮に幸しし時、高市連黒人の作る歌」（巻一・七〇題詞）があり、大宝元年（七〇一）六月の持統太上天皇の吉野宮行幸に従駕し、また「二年壬寅太上天皇、参河国に幸しし時の歌」（巻一・五七題詞）の中に「右一首高市連黒人」（巻一・五八左注）があり、同じく大宝二年十月の持統太上天皇の参河国行幸に従駕したことがわかる。しかし、そのいずれのときも従官としての官位職掌は不明である。作品内容や高市氏の系譜などから色々と推測されており、宮廷歌人や地方の風俗民謡を採集する「采詞官」であったという説などがある。作品は『万葉集』中に十八首（巻三・二七六の一首も数えると十九首）おさめられている。すべて短歌で長歌はない。また、「旅の歌人」といわれ、その作品はいずれも羇旅歌と考えられるもので、必ずといって良いほど地名が詠みこまれている。詠みこまれた地名は持統太上天皇の行幸に従駕した吉野や三河の他に、近江・摂津などの大和周辺の国々から北陸辺りにおよんでおり、そのことがなにを意味するか、黒人の系譜や閲歴と絡みあっていろいろと想定されている。しかしそれは、万葉歌人の通例にそって行幸その他公的行事か、氏人としての半公的旅行と考えるのが良いだろう。表現の特色としては、棚無し小船・赤のほそ船・率ひて漕ぐ舟・鶴、などといった、自分から遠ざかっていくものや、寂れてゆく古き都・夕闇の迫る原野、などといった寂しげな旅の風景を読み込んだ叙景歌であることが挙げられる。また、『万葉歌』には少ない夜の歌があることなどが注目すべき点である。これらのことから、黒人の作品は「叙情的」「内省的」「孤愁」「憂愁」などと評されることが多い。しかし、一方で、巻三、二七六番歌のように、その土地土地の、今で言う名所が詠みこまれている即興的な宴席歌の気分をうかがわせる歌もある。

【参考文献】高岡正秀「高市黒人」（『万葉集大成』九、平凡社、昭和二十九年）、森朝雄「高市黒人」（『万葉集講座』五、有精堂、昭和四十八年）、伊藤博「高市黒人の抒情」（『万葉集の歌人と作品』上、塙書房、昭和五十年）、高野正美「旅と抒情―黒人・赤人への課程」（『万葉の虚構』有山閣、昭和五十二年）　（大澤夏実）

## 高市皇子（たけちのみこ）

太政大臣・歌人【生没】?～持統天皇十年（?～六九六）【歴史・伝説】天武天皇皇子。母は胸形君徳善の女、尼子娘。長屋王の父。他に子供は鈴鹿王・河内女王・山形女王。また『万葉集』の題詞によれば異母妹但馬皇女が邸内にいたことがみえており、妻ではなかったかとする説がある。壬申の乱で天皇が吉野から東国へ脱出しようとした際に、近江から父のもとに駆けつけ、積殖山口で天皇軍と合流。全軍を統帥し勝利を収めた。皇子十九歳。乱後、即位した天武には十人の男子が生まれた。天武天皇八年（六七九）に高市皇子らは天皇を拝し、吉野宮で互いに助け合うことを約束した（吉野の盟約）。これは、天武天皇が自らの死後に壬申の乱のような皇位継承争いが起こることを恐れたためとされる。この頃から高市皇子は天武天皇の皇子の中で三番目とされるようになった。高市皇子は長子であるが、母親の身分の低さから、位置は大津皇子・草壁皇子に次ぐ。大津皇子・草壁皇子亡き後、持統天皇四年（六九〇）に太政大臣に任じられた。草壁皇子に対して、後皇子尊と尊称され、この尊称から高市皇子が立太子されていたのではないかとの説があるが、立太子した確証はない。同七年浄広壱位、同十年七月に没する。四十三歳。天武・持統朝の政権において大きな役割を担っていたが、歌人として歌数は少ない。自ら作った歌は、『万葉集』（巻二・一五六～一五八番歌）に十市皇女が薨じたときの歌がある。他に、皇子が薨じた時、柿本人麻呂が作った歌一首と短歌がある。（巻二・一九九～二〇一番歌）

（浅見知美）

## 建部綾足（たけべあやたり）

俳人・国学者・画家・読本作家【生没】享保四年～安永三年（一七一九～一七七四）【歴史・伝説】津軽藩家老の次男として生まれる。二十歳のとき兄嫁（そね）と駆け落ちを計画または密通して、そねは離縁、綾足は弘前を出奔し、以後諸国を転々とした。三年後寛保元年（一七四一）剃髪出家するも、寛延二年（一七四九）には還俗。その間に江戸菊水寺に菊塚を築いて芭蕉五十回忌を営み、直後に翁追善句集『菊の塚』（処女句集）を刊行する。延享四年（一七四七）、江戸で俳諧宗匠の活動拠点として金竜山下に庵を結ぶ。還俗後は、長崎に行き画業を修め世に知られるが、宝暦年間（一七五一～）に入り眼病を煩って、一時は失明に近い状態の時期もあった。宝暦三年、生母（軍学者大道寺友山の娘）の尽力で、豊前中津藩に召し抱えられ、命を受けて再び長崎で山水画を修業する。同七年ごろ再び眼疾を発し、江戸汐留中津藩邸で療養する。その後、再び俳諧に戻り俳書出版をするが、宝暦十三年に『片歌道のはじめ』を刊行し、俳諧（五・七・五）を廃して、万葉調の片歌（五・七・七）を唱道する。同時期賀茂真淵の門徒となり国学に意欲を見せる。明和五年（一七六九）京都三条堀川に居を構えて国学に傾倒するが、それは片歌道の提唱や『伊勢物語』注釈諸書の刊行にとどまらず、明和七年には伊勢能褒野の日本武尊陵前に建碑したり、花山院常雅より「片歌道主」の称号を受けたりしている。最晩年の業績として、安永二年（一七七三）長編読本の先駆となった雅文体の『本朝水滸伝』を刊行し、直後江戸へ向かう。上毛地方遊覧の途中に発病し、江戸へ戻って没した。活躍は多岐にわたり多才ぶりを発揮したと言え、近世文学史上不可欠の名と言えるが、一方で、興味のままに道を代えるがごとき印象はぬぐえない。そうして見ると述業も、それぞれの分野での超一流品とは必ずしも言えないものである。

**【参考文献】** 松尾勝郎『建部綾足研究序説』（桜楓社、昭和六十一年）

（白井雅彦）

## 竹本義太夫（たけもとぎだゆう）

浄瑠璃太夫**【生没】**慶安四年～正徳四年（一六五一～一七一四）**【歴史・伝説】**初名天王寺五郎兵衛。摂洲東成郡天王寺村（現東大阪市）の農家に生まれ、幼少の頃より浄瑠璃に親しむ。延宝五年（一六七七）には宇治嘉太夫（加賀掾）の許でワキを語り、『西行物語』二段目「藤沢入道夜盗の修羅」で評判を取る。この時清水（天王寺）五郎掾衛を名乗った。その後、清水理（利）太夫を名乗り『神武天皇』『松浦五郎景近』等を上演したが、その間の延宝八年（一六八〇）頃、京都で竹本義太夫と称した可能性がある。貞享元年（一六八四）には大坂道頓堀に竹本座の櫓を上げ、『世継曽我』を語って評判とり、翌年には親交の続くことになる近松門左衛門の新作で成果を挙げ、義太夫節として評価を高めた。受領して筑後掾藤原博教と号したのは元禄十一年（一六九八）正月以前かとされる。元禄十六年（一七〇三）五月には近松最初の世話物『曾根崎心中』が大当たりして、後に『世話事はあはれでだてでしつぽりで』といわれる独自の芸風を確立し、芸界の頂点をきわめた。

元禄九年（一六九六）には成立していた『日本好色名所鑑』の改題本『好色由来揃』には以下の記述が見える。「竹本義太夫、もとは清水利平衛が弟子にて、はりまぶしをかたりぬ、中頃京にのぼり清水利太夫と名のり、一櫓をあげてひとをあつめぬ、其後又義太夫と名をあらため、ふたゝび京にして秘節をつくすといへ共、人さらに耳なきがごとし、それより大坂に帰り一流をかたり出す、難波人是にうつゝをぬかして、扇をやぶるにひまなく、道頓堀江に男女山をなしぬ」（古浄瑠璃稀本集）。

**【参考文献】** 信多純一『赤木文庫　古浄瑠璃稀本集』印影と解題』（八木書店、平成七年）、飯塚友一郎『歌舞伎概論』（博文館、昭和三年）

（酒井一字）

## 橘曙覧（たちばなのあけみ）

歌人・国学者**【生没】**文化九年～慶応四年（一八一二～一八六八）**【歴史・伝説】**奈良時代の左大臣橘諸兄の子孫であり、正玄氏から橘氏と改めた。幼名は五三郎、尚事と改め、後に橘曙覧と称した。文政九年（一八二六）父の死を契機に、日蓮宗妙泰寺の僧明導に就き、仏学や文学を学んだ。天保十五年（一八四四）飛騨高山に住む本居宣長の門人、田中大秀に入門した。弘化三年（一八四六）足羽山の中腹に移り住み、黄金庵と称した。この分家には生計を立てるという理由があるが、その決意に至るには、学問・文芸への強い思いがあった。嘉永元年（一八四八）福井郊外三橋に移転。生活は困窮したが、どんな苦しい事でも楽しみにして生きる姿勢を貫いた。文久元年（一八六一）伊勢・大和・大坂・京都を旅し、中島広足・大田垣蓮月らと交遊を深めた。

**【参考文献】**辻森秀英『曙覧』（有光社、昭和十八年）（山口孝利）

## 橘奈良麻呂（たちばなのならまろ）

奈良時代の官人　**【生没】**養老五年？～天平宝字元年？（七二一～七五七）**【歴史・伝説】**左大臣橘諸兄の第一子。母は藤原不比等の女、多比能。天平八年（七三六）十一月左大弁葛城王橘諸兄・橘左為らとともに橘の姓を賜った（巻六・一〇〇九左注）。天平十二年五月従五位下、同十一年従五位上、同十三年七月大学頭、十五年五月正五位上、十七年九月摂津大夫、十八年三月民部大輔、十九年正月従四位下、天平勝宝元年四月従四位上。閏五月に侍従、七月参議、四年十一月但馬国因幡国按察使。六月正月正四位下、天平勝宝七歳兵部卿、天平宝字元年六月左大弁。天平勝宝七年十一月諸兄の祇承人佐味宮守が酒宴の席で諸兄の言辞が無礼であると密告した。また山背王が橘奈良麻呂や大伴古麻呂らが兵器を備えて田村宮を包囲しようと謀っていることを密告。七月さらに中衛舎人従八位上、上道臣斐太郎が内相（仲麻呂）に黄文王・安宿王・塩焼王・奈良麻呂・大伴古麻呂・小野東人らが謀殺するという情報を告げたのですべて捕えられ勘問された。奈良麻呂らは政変を起こす計画を仲麻呂に事前に察知され失敗に終った。八月勅により誅せられる。この時奈良麻呂三十七歳（『尊卑分脈』）。仁明天皇の承和十四年（八四七）太政大臣正一位を追贈される。

さて、天平宝字元年（七五七）の奈良麻呂らの計画は不穏な動きとして仲麻呂側に知られる。巨勢堺麻呂の密告、山背王の密告などがあり、孝謙天皇、光明皇太后は戒告を発したがさらに謀反計画を仲麻呂が知ることになり小野東人らが捕えられて喚問がつづけられ計画の大要を白状する。この反乱計画は安宿王・黄文王・橘奈良麻呂・大伴古麻呂・多治比犢養・多治比礼麻呂・大伴池主・多治比鷹主・大伴兄人らによって六月中に三度にわたって決行のため会合がもたれたという。

反乱計画は七月二日夕方に精兵四百人を動員し、仲麻呂を殺害、皇太子を廃し、光明皇太后の所持する駅鈴と御璽を奪ったうえで、豊成に事態を収拾させ、孝謙天皇を廃位、塩焼・安宿・黄文・道祖四王の中より選んで即位させるというものであった。東人の自白によって次々と事件関係者のとり調べが進められ、東人はもちろんのこと、黄文王、道祖王、大伴古麻呂、多治比犢養、賀茂角足らは拷問の杖に打たれて死んだ。また、安宿王や信濃守佐伯大成・土佐守大伴古慈斐・遠江守多治比国人らも流罪となるなど、その縁座は四百四十三人におよんだという。奈良麻呂の糺問について『続日本紀』天平宝字元年に、謀反の動機として東大寺と奈羅に〈城柵〉を造営したための人民の苦辛をあげて仲麻呂の政治を批判している。また「若し、他氏の王を立つ者あらば、吾が権徒らにまさに滅亡させせんとす」とあるからこの事件の中心は皇位継承をめぐる権力闘争であったのであろう。

天平勝宝八年二月十五日、天智天皇が建立した志賀寺において、参議・正四位下、兵部卿橘朝臣奈良麻呂が伝法会をはじめておこなったという（『三宝絵詞』『今昔物語集』巻十二）話がある。

**【参考文献】**倉本一宏『奈良朝の政変劇―皇族たちの悲劇』（吉川弘文館、一九九八）、中川収『奈良朝政争史―天平文化光と影』（教育社、一九七五）

（針原孝之）

## 橘成季（たちばなのなりすえ）

鎌倉時代の役人・説話集『古今著聞集』編者・歌人**【生没】**未詳**【歴史・伝説】**橘清則男。光季養子。右衛門尉・大隅守・伊賀守・従五位上。『扶桑拾葉集』に「不詳系図」、『文机談』に「子孫ありとは聞かず」と記されているのを見ると、子孫等は繁栄しなかったことが推測される。但し、藤原定家の『明月記』には「光是」という子がいたと記されている。藤原道家周辺に存在していることから、道家の側近であったものか。『明月記』に「近習無双」と記されているのをみると、優秀な近習であったらしい。建長六年（一二五四）十月十六日、『古今著聞集』成立のみぎり、勅撰和歌集の成立に倣って竟宴を行っており、これは説話集の価値を高めようとしたものといわれている。

**【参考文献】**中島悦次『橘成季―国家意識と説話文学―』（三省堂、昭和十七年）、西尾光一・小林保治校注『古今著聞集』上・下（新潮社、昭和五十八年、六十一年）

（志村有弘）

## 橘諸兄（たちばなのもろえ）

奈良時代の官人・『万葉集』の歌人**【生没】**？～天平宝字元年（？～七五七）**【歴史・伝説】**葛木王・葛城王・敏達天皇五代の孫三野王の長子、母は県犬養宿禰東人の女三千代、天平八年葛城王を改め橘宿禰の姓を賜って以後諸兄と称した。井手左大臣・西院大臣ともいう。和銅三年（七一〇）正月無位から従五位下、同四年十月馬寮監となる。養老元年正月従五位上、同五年正月正五位下、天平元年三月正四位下、同年九月左大弁、同三年八月参議、同四年正月従三位、同九年九月大納言、同十年正月正三位右大臣、同十一年正月従二位、同十二年十一月正二位、同十五年五月

従一位左大臣、同十六年四月大宰帥、天平勝宝元年四月正一位、同六年七月御装束司、同八年二月致任、天平宝字元年正月七十四歳で没か。

『万葉集』に短歌八首がありうち五首は『新勅撰集』以後の勅撰集に井手左大臣として入集されている。特に大伴家持や田辺福麻呂らと天平歌壇を形成し、のちに和歌の世界に伝説化した人物として語られている。

『栄花物語』（月の宴）に「むかし高野の女帝の御代天平勝宝五年には左大臣橘卿大夫等集りて万葉集をえらび給ふ」とあり、諸兄の『万葉集』撰者としての記事がある。

また安永二年（一七七三）刊の『煙霞綺談』に泉州岸和田の久米寺建立の奉行だった諸兄の墓が、その寺の山中にあったが、永禄の乱のとき阿州三好豊前寺実休が墓を暴き石棺をほり出してその跡を不浄所に用いた。実休が戦いにおいて敗死したので、人々は天罰があたったのだと伝えている。

**【参考文献】** 木本好信『大伴旅人・家持とその時代—大伴氏凋落の政治史的考察』（桜楓社、平成五年）

（針原孝之）

## 田辺福麻呂（たなべのさきまろ）

八世紀前半の万葉歌人・姓は史 **【生没】** 未詳。『万葉集』中、大伴家持と飲宴・遊覧・作歌をしたこと以外に所伝がないが、集中にみえる『田辺福麻呂歌集』は彼の作品を集めたものであろう。**【歴史・伝説】**『万葉集』によると、天平二十年（七四八）三月、造酒司令史の官にあった福麻呂は、左大臣橘諸兄の使者として越中国に赴き、国守であった大伴家持や掾久米広縄の館で饗宴をうけ歌を詠んでいる（巻十八・四〇三二〜四〇三五、四〇五二）。また、太上天皇（元正）が難波宮にある時、橘諸兄宅に宴した日の歌や、江をのぼり遊宴した日の歌もみえる（巻十八・四〇六二）。その他、巻六や巻九にも「田辺福麻呂之歌集（中）出」の注記を持つ歌として、伝説歌や相聞部、挽歌部などに多くの歌を載せる。田辺史姓を称する人々は『書紀』、『続紀』に数多く、「史」の姓から示すように、文筆をもって仕えた朝鮮系帰化人の子孫であったのだろう。

（森　洋子）

## 為永春水（ためながしゅんすい）

人情本・読本作家 **【生没】** 寛政二年〜天保十四年（一七九〇〜一八四四）**【歴史・伝説】** 本名佐々木貞高、通称越前屋長次郎。江戸町人の出と推測されるが、経歴を明らかにする文献はない。書籍仲買いや貸本業を営み、文化末年（一八一六頃）には日本橋橘町に店舗「青林堂」を構える。一方で戯作者を志して、式亭三馬の門人となる。文政二年（一八一九）、『明烏後正夢』を二世南仙笑楚満人の名で執筆し世に出る。以後も戯作刊行は続くものの、それは青林堂に集まる、歌舞伎狂言作者や戯作者を目指す若者の草稿を利用したり、補作するなど、今日の制作プロダクション的手法をとる「青林堂工房」での合作だった。この間には、為永正輔と称して講釈師として寄席へもたびたび出演した。文政十二年、新しいタイプの戯作作家として生きる決意をもって、為永春水と改名するが、奇しくも同年発生の火事によって、青林堂店舗を失う。工房は解散し困窮に陥るなか、三年の苦心の末に、天保三年（一八三二）『春色梅児誉美』初編・二編を刊行する。江戸の市井を舞台として、重層的な町人男女の関係を構築して情痴的に恋愛を描写したこの作品は、若い婦女子を中心に熱狂的に受け入れられる。翌年刊行の同作四編序文には「江戸人情本の元祖」と称し、新趣向の風俗小説を描く人気作者となる。その後、本屋の要請もあり、天保十三年にいたるまでにいわゆる「梅暦物」五部作（全二十編六十冊）を刊行するが、春水ひとりの手になるものではない。すなわち青林堂時代同様に知人友人たちとの「為永連」と呼ばれる合作によるものだが、これにより為永春水の名は、江戸後期戯作文壇の第一人者の位置を確保した。天保十三年、「改革」にあって春水の作は、「風俗のためにならず」という理由で、手鎖五十日の刑を受け、翌年失意のうちに没する。

**【参考文献】** 神保五弥『為永春水の研究』（白日社、昭和三十九年）

（白井雅彦）

## 田安宗武（たやすむねたけ）

徳川将軍家一門の御三卿田安徳川家初代当主・国学者・歌人 **【生没】** 正徳五年十二月～明和八年六月（一七一五～七一） **【歴史・伝説】** 徳川将軍家一門である御三卿田安徳川家初代当主。八代将軍吉宗の第二子、松平定信の実父。母は竹本正長の女。幼名は小次郎。従三位左近衛権中将、右衛門督。享保十六年（一七三一）江戸城内北ノ丸田安門内に邸宅を与えられ田安徳川家を創始した。文武和漢に秀で、特に国学・和歌を好み尚古意識が強かった。古典研究に造詣が深く、荷田在満や賀茂真淵らを招聘した。宗武を中核として在満・真淵との間に展開された『国歌八論』論争は、近世歌壇に大きな影響を与えた。宗武の和歌は、清新な万葉調を特徴とする。墓は上野東叡山凌雲院にある。

**【参考文献】**『國史大辞典』（吉川弘文館）、『日本史辞典』（岩波書店）

（柳澤五郎）

## 炭太祇（たんたいぎ・すみたいぎ）

俳人 **【生没】** 宝永六年～明和八年（一七〇九～一七七一） **【歴史・伝説】** 江戸の人だが、その出自には不明な点が多い。俳諧では雲津水国に入門し、後に慶紀逸門に転じる。世に認められるのは四十歳を過ぎた寛延三年（一七五〇）ごろに江戸の俳諧判者に列してからの後半生である。翌宝暦元年から長期の遊歴、寄寓生活に入る。すなわち、奥羽を行脚した後南下して京都に向かう。翌同二年春に西国九州を旅し夏には帰京してしばらく住みついた。この後仏門に帰依して出家し、大徳寺に入って道源を名乗る。僧坊を出るや一転して遊廓島原の妓楼桔梗屋主人の呑獅の招きによって島原の不夜庵に転居して、手習師匠・俳諧宗匠となった。宝暦六年（一七六五）にはいったん江戸に帰省して江戸俳壇諸人と旧交を温めなどするが、その後十年ほどは俳諧宗匠としての活動が停滞する。太祇の名を今に伝えることになるきっかけは、与謝蕪村の、いわゆる「俳諧中興」運動に触発、刺激されたことに尽きる。すなわち、明和三年（一七六六）、京都で蕪村が亡き師匠（早野宋阿）に代わって、組織した俳諧結社「三菓社」に連衆として参加する。蕪村が亡師の「夜半亭」を継いで「二世夜半亭」を名乗るころ（明和七年）には、盟友とも呼ぶべき存在となっていた。太祇の没する（明和八年）までの六年ほどのあいだ、芭蕉を積極的に顕彰すると同時に、俳風の革新を訴える蕪村に呼応して、俳諧史にその名を刻んだのである。中興俳諧の中心人物たる蕪村は、本業は画業にして、俳諧に遊ぶという「品二つ」の人だが、それで言えば俳諧専業の感のある太祇が三菓社で担った役割は小さいものではなかったろう。また、蕪村の俳諧が俗を離れて雅につこうとするものであるのに対して、太祇のそれは、多様な趣向と表現に見所があり、とりわけ人事句を得手としていたところに両者の差を見ることができる。

**【参考文献】**池上義雄「炭太祇」（明治書院『俳句講座』第三巻「俳人評伝下」昭和三十四年）

（白井雅彦）

## 近松半二（ちかまつはんじ）

浄瑠璃作家**【生没】**享保十年〜天明三年頃（一七二五〜一七八三）**【歴史・伝説】**近松半二は、近松門左衛門に心酔し、その「虚実皮膜論」を記録した『難波土産』の著者穂積以貫の次男とされるが、以貫の後妻の、すなわち季昌とする説もある。近松半二の筆名は父以貫と近松門左衛門との交友によるものと思われる。性格は放逸で若い頃から遊蕩の生活を送ったが二世竹田出雲に師事、近松門左衛門の遺愛の硯を机上に置いて、宝暦元年（一七五一）二十七歳で『役行者大峰桜』の序段を担当したのが浄瑠璃作者としての活動の最初とされる。（「近松半二とその作品」）近松門左衛門は人情に義理を絡ませ、竹田出雲は義理に人情を絡ませ、共に義理と人情の矛盾に演劇性を生み出したのであるが、半二の作品は発端に相対立する条件を持ち出し、次から次へと思いがけない事件が起こる面白さにある。意外な人物が実は何々と判明する興味もある。したがって主人公の一貫性を期待したり、社会の矛盾を突く悲劇は求められない。筋の面白さと舞台の絢爛さを見るという点で歌舞伎化に向く浄瑠璃であるといえる。特に『本朝二十四孝』の「十種香」で勝頼を中心に、上手の一間に八重垣姫、下手の一間には濡衣と、舞台を障子で二つに分けて交互に筋が進行し、最後に統一させる演出は半二らしい対立手法である。『妹背山婦女庭訓』の「山の段」も同じで、上手の背山、大判事の館と、下手の妹山、定高の館で吉野川を隔て若い恋人久我之助と雛鳥の悲劇が交互に進行する。これらの作品が繰返し上演されるのは、半二が浄瑠璃史の中で最も重要な作者の一人である事の証である。

【参考文献】吉永孝雄「近松半二とその作品」（国立劇場解説書、昭和四十六年十月）、戸板康二「本朝二十四孝」（名作歌舞伎全集、東京創元新社、昭和四十五年十月）（酒井一字）

## 近松門左衛門（ちかまつもんざえもん）

浄瑠璃・歌舞伎作者【生没】承応二年～享保九年（一六五三～一七二四）【歴史・伝説】別号平安堂・「荘子」による巣林子等。祖父の杉森信重は大坂の陣にも参戦した豊臣家の家臣であり、後に稲葉正則に一千石で召された上級武士である。父の信義は越前の松平忠昌に仕えたが浪人となり、京都に居を構えた。近松はその二男で本名を信盛という。長男以外の道は狭く厳しい当時の武士階級にあって、近松の選択は町人、それも劇界である。近松が数々の名作を生み出したのは、少年時代に親しんだ儒学、心を寄せた俳諧、また青年期の一時期仕えた一条禅閣恵観の仏教観を作品に表現したことにある。「近松」の筆名は恵観の没後身を寄せた「近松寺」の寺号によるとされる。（『近松門左衛門』）

近松門左衛門の浄瑠璃には延宝六年（一六七八）の『大原問答』があるといわれるが、本格的に書き始めたのは、三十歳前後からで、現在は天和三年（一六八三）の『世継曽我』が現存する最も古いものとされている。井原西鶴の『好色一代男』の出た翌年である。『世継曽我』の初演は宇治座であるが、翌年の貞享元年（一六八四）に竹本義太夫が大坂道頓堀に興した竹本座の出し物として語られ、好評を呼んでいる。貞享二年（一六八五）には竹本座に『出世景清』を書き下ろし、義太夫の旗上を寿ぎ、以後二人の親交が続く。近松の趣向の妙、文章の絢爛が義太夫の妙技と結ばれて浄瑠璃の全盛を迎えることになる。貞享四年（一六八七）の評判記『野郎立役大鏡』によると、近松はこの時期すでに作者としての勤めを果たしていたと考える。役者、座本が作者を兼ねる中、「作者」という専門の地位を確立したといえるが、若い日に身につけた学識の開花でもある。元禄六年（一六九三）以降の約十年は坂田藤十郎という提携者に恵まれ、作品は歌舞伎が主となり、都万太夫座の『水木辰之助餞振舞』『傾城仏の原』等に明るさと悲劇的なものを調和させている。元禄以前頃までは、歌舞伎の文学性は軽視されて、主として口立てで趣向を立てたものであったから、近松門左衛門の出現は歌舞伎の脚本史の新たな出発であった。近松が歌舞伎を離れて浄瑠璃に専念するようになるのは、元禄十六年（一七〇三）最初の世話物『曾根崎心中』の大当たりが契機である。しかし近松の浄瑠璃は歌舞伎でも取り上げられて、東西の劇壇を賑わすことになる。『平家女護島』『心中天網島』等時代物、世話物の諸作に情愛を示し、その創作意欲は晩年まで衰えることがなかった。芸論としての虚実皮膜論は没後刊行の浄瑠璃注釈書『難波土産』に伝えられている。

【参考文献】『近松門左衛門』（東京大学出版会、昭和三十一年）、飯塚友一郎『歌舞伎概論』（博文館、昭和三年）（酒井一字）

## 鎮　源（ちんげん）

僧侶【生没】未詳【歴史・伝説】平安時代中期の天台宗の僧侶。『大日本国法華経験記』（『法華験記』）の撰者。同書の序に、「首楞厳院沙門鎮源撰」とあり、叡山横川の僧都であったことが認められる。首楞厳院は横川にあり、源信の住居であるため、霊山院も横川にあって源信が正暦年中（九九〇〜九九五）に建立したと伝えられることから（『山門堂舎記』）、鎮源は恵心僧都源信と関係があった人物と考えられる。平安時代に作られた『法華験記』（高野山宝寿院蔵）の巻末に「智源撰也」と記し、後に「鎮源」と訂正されている。智源法師と鎮源を同一人と断定するには至っていない。

【参考文献】千本英史『日本法華験記—高野山宝寿院蔵—』解説（『京都大学国語国文学史料叢書』三十八、臨川書店、昭和五十八年）、井上光貞『往生伝法華験記』解題（『日本思想大系』七、岩波書店、昭和四十九年）（山口孝利）

## 鶴屋南北（つるやなんぼく）

歌舞伎狂言作者【生没】宝暦五年〜文政十二年（一七五五〜一八二九）【歴史・伝説】後世、俗に「大南北」と呼ばれる歌舞伎作者は四代目南北、三世までは歌舞伎役者で主に旅芝居座本を勤めていた。四世南北も幼少時には坂東うね次の名で子役を勤めたらしい。出生は日本橋乗物町で、紺屋型付職人海老屋伊三郎の子として生まれ、家業の関係で幼いころから芝居戯場（しばいごや）が密接だったのだろう。安永五年（一七七六）二十二歳の年狂言作者見習となり、翌年十一月中村座顔見世から、立作者桜田治助の姓を貰い受け桜田兵蔵を名乗り番付に名前を出す。天明三年（一七八三）までに、中村座のほかに市村座・森田座にも出、名前も、沢兵蔵・勝俵蔵と改名している。この間は、序開きを勤めるが、のちに都座の脇狂言となる『寿大社』や海賊が鯨の腹を切り裂いて出る『鯨のだんまり』などが注目される。安永七年前後に三世南北の娘お吉を娶り、旅芝居興行にも係って、同年七月、信濃善光寺開帳を当て込み平賀源内・烏亭焉馬と組んで「牛の華鬘《うしのけまん》」の見世物を出す。三十二歳となった天明六年より、師の金井三笑の脇作者として狂言作者に専念。幼なじみの人気道化役者大谷徳次や坂東善次のためにおかしみのある狂言を書いて認められる。「蛇娘」や「非人の見世物」、棺桶から死体が転がり出たり、湯屋で裸の男女が入り乱れたりといった趣向は、それまでの大芝居にはない画期的な趣向で、江戸歌舞伎に新風を吹き込んだ。師の没後、寛政九年（一七九七）坂東彦三郎付きの作者となり、その後同十二年十一月、河原崎座で立作者となったのは四十六歳のことだった。道化を盛り込んだ生世話物の作風で地位を固めるが、転機となったのは、文化元年（一八〇四）初代尾上松助（後の松緑）の夏芝居に書いた『天竺徳兵衛韓噺《てんじくとくべえいこくばなし》』である。早変わりのケレンと幽霊の出るこの狂言は、七十余日にわたり興行されて出世作となる。その後は松助のために、出演座にかかわらず毎夏、夏芝居を提供するが、これが後の怪談狂言に発展してゆく。文化三年から六年間、五世松本幸四郎一座の立作者を勤め、下駄の歯入れの殺人事件『勝相撲浮名花触《かちずもううきなのはなぶれ》』や風鈴蕎麦の娘殺しに取材した『当穐八幡祭《できあきやわたまつり》』などによって生世話物を完成させてゆく。この間の文化八年十一月、岳父の名を襲い四世鶴屋南北を襲名する。それ以降は、初演時に五世岩井半四郎を擁し『お染久松色読販《うきなのよみうり》』『隅田川花御所染』『杜若艶色紫《かきつばたいろもえどぞめ》』など、今日でも上演される演目を書くが、これらは当時役者であった実子直江屋重兵衛（後に歌舞伎作者二世勝俵蔵）を相談相手にしたものだった。文化十三年には住み慣れた日本橋から亀井戸村へ移るが、意欲は衰えず息子をはじめ二世松井幸三、勝井源八など優れた若手立作者を門下とし、この頃の江戸歌舞伎新作の大半を一門の作者が書き下ろす。文政八年（一八二五）それまでの集大成として『東海道四谷怪談』を書き下ろす。晩年に、深川黒船稲荷に移り、文政十二年十一月中村座顔見世狂言『金幣猿島郡《きんのざいさるしまだいり》』を一世一代（引退興行）とし、同月二十七日、七十五歳で没した。南北の作品は、退廃した世相を背景に凄惨な殺しやきわどい濡れ場、滑稽な茶番に彩られる。また、それ以前の芝居の約束事を次々と打ち破って観客の裏をかいたり、小道具類を巧みに機能させたりと、場の魅力に溢れているが、それが緻密に構成された全体の中に破綻なく配置され、かつスピーディに展開する点で客を惹きつけるのである。それは、グロテスクであり奇想天外でもあるのだが、今日なお色褪せない魅力がある。歌舞伎がユネスコにより人類無形文化遺産に認定された今、十九世紀の世界的劇作家のひとりと認めてよいだろう。

**【参考文献】**中山幹雄『増補鶴屋南北研究文献目録』（図書刊行会、平成二年）

（白井雅彦）

## 貞徳（ていとく）

和歌作者・歌学者・俳諧師【生没】元亀二年～承応二年（一五七一～一六五三）【歴史・伝説】幼名、小熊。名は勝熊。別号、長頭丸・明心等。父は永種。父から和歌・歌学を学ぶ。『戴恩記』に、「師の数五十余人」とあるように、多くの良師に恵まれた。友人・先輩には藤原惺窩・林羅山・木下長嘯子等がいた。十二、三歳の頃父の友人紹巴《じょうは》について連歌を学ぶ。十七歳のころ由己《ゆうこ》の手引で豊臣秀吉の右筆となり、幽斎・長嘯子（北政所の甥）の文化圏で青年期を過ごす。自身諧謔を好む気質や和歌・連歌で鍛えた詞遣いの巧みさによって、慶長（一五九六～一六一五）中頃には、俳諧上手と知られるようになる。寛永八年（一六三一）に史上初の俳諧撰集『犬子集』が門人松江重頼・野々口立圃により発企、同十年には重頼の手で刊行。寛永十二年の頃眼疾に悩まされ、私塾も廃し、楽隠居の自由な身で和歌・俳諧・狂歌を作り、門人の指導にも当たる。寛永二十年には実作指導書『新増犬筑波集』。同二十一年には俳諧の本質を説いた秘伝書『天水抄』成る。貞徳は俳人としてよりも俳諧史に大きな業績と深い影響を残した文人として知られている。その理由は、もとより彼自身の資質と努力は当然のこととして、その背後には時代と環境と家という三つの好条件が、大きく関わっていたのであろう。貞徳は、連歌師松永永種の子として生まれ、父の跡を継いで文人として世に立ったこと。彼は生涯を京都で過ごしたこと。戦国の世が治まって、平和な世の訪れとともに、新興庶民の文学的欲望が強まり、俳諧が流行し得る時代に生まれたこと。そして彼は早くから和歌・歌学・連歌に良師を得たこと。さらに京都という当時文化の中心にいて、俳諧の中心人物たり易かったこと等。彼の俳諧は奔放・鋭利・奇抜の風調を好まなかった。「ゆき尽す江南の春の光かな」「しをるるは何かあんずの花の色」「冬ごもり虫けらまでもあなかしこ」等と、言葉の遊戯にその特色がある。

【参考文献】小高敏郎「貞徳」（「貞門の系譜とその史的意義」「解釈と鑑賞」至文堂、昭和三十年一月）

（稲垣安伸）

## 寺門静軒（てらかどせいけん）

儒家・詩人【生没】寛政八年～明治元年（一七九六～一八六八）【歴史・伝説】水戸藩士の江戸妾腹として生まれる。通称は弥五右衛門。幼くして両親を失い、母方祖父母に育てられる。山本緑陰門下で儒学を学び、後に上野寛永寺勧学寮に入り、仏典と漢詩に親しむ。長じて当時多く見られた江戸浪人儒者のひとりとして駒込吉祥寺門前に私塾「克己塾」を開く。天保元年（一八三〇）水戸藩主が徳川斉昭になるとにわかに官職を求めるが果たせず、以後は述作・詩文作成に専心する。生来のせっかちで食事も慌ただしい。

麦とろを第一に好んだ（永井啓夫『寺門静軒』）という。天保三年から刊行した（一八三二〜三六）『江戸繁昌記』は「繁昌記」ものブームの嚆矢となるが、時に「天保の改革」の筆禍を被り、武家奉行御構に処せられる。以後、関東・越後などを転々とし、武州青山の門人宅で没した。

**【参考文献】** 永井啓夫『寺門静軒』（理想社、昭和四十一年）

（白井雅彦）

## 天智天皇（てんじてんのう）

第三十八代天皇 **【生没】** 推古三十四年〜天智十年（六二六〜六七一）**【歴史・伝説】** 六六一〜六六八称制、六六八〜六七一在位。大化改新の中心人物。父は田村皇子（舒明）、母は宝皇女（舒明天皇后、皇極・斉明）。父即位後、中大兄と呼ばれるようになったのは、蘇我大臣馬子の娘の産んだ異母兄に古人大兄がいるため。皇極三年（六四四）正月、軽皇子（孝徳）と親しかった中臣鎌子（鎌足）と、法興寺での蹴鞠の場で懇意となり、以来相談相手とし、共に南淵請安について儒教を学び、その往還の途次、蘇我氏打倒をはかった。同四年六月倉山田石川麻呂と鎌子に謀り、子麻呂・網田・海犬養連勝麻呂らと共に、三韓貢朝日を選んで蘇我入鹿を斬り、法興寺を本拠として、諸皇子・諸王・諸卿大夫・臣連伴造国造らの多くを従え、蝦夷を自尽させた（乙巳の変）。軽皇子は即位して孝徳天皇となり、自らは皇太子となった。孝徳即位前紀によると、皇極天皇は当初位を中大兄に譲ろうとしたが、鎌子の深謀によって、古人大兄皇子を退け、軽皇子に位を譲り、中大兄は皇太子にとどまったという。阿部内麻呂を左大臣、蘇我倉山田石川麻呂を右大臣、中臣鎌子を内大臣として着々と実権を掌握。大化元年古人大兄を討ち、二年正月孝徳天皇は改新の詔を発布し、律令的中央集権国家の体制がなる。白雉四年（六五三）、孝徳天皇に大和遷都を申し出るが許されず、太子は天皇を難波に残し、先帝皇極、間人皇后、大海人らを引き連れ飛鳥河辺行宮に移った。諸王・公卿大夫・百官らはこれに従った。十月十日孝徳天皇崩御。斉明元年、皇極が重祚。同七年八月百済救済の途上、天皇が崩ずると同時に称制、百済救済を続行したが、白村江の戦いで唐の大軍の前に大敗北を喫した。これを機に、朝廷は国内体制の強化を迫られた。天智三年（六六四）二月、冠位制の改正とともに官僚組織の整備に力が注がれた。唐、新羅の連合軍の威力を思い知ったわが国は国防の強化にも乗り出し、対馬・壱岐・筑紫に烽や防人を設置した（『萬葉集』中に防人歌がある）。筑紫には水城を築造した。同七年一月、皇太子は即位し、天智天皇となった。大化以降、近江朝廷の時代にかけて諸法令が整備されていった。新たに大学が設置され渡来人を中心に運営されたことは官人間における識字率の向上に大きく貢献した。同九年（六七〇）庚午年籍が作成され、盗賊と浮浪者を断ち、民衆の把握が一段と強化された。これは後世の戸籍の基準として尊重されたもので、とくに氏姓の原簿の基準として永世保存された。翌十年、近江令を発布。天皇は九月に発病し、大海人を病床に呼び後事を託そうとしたが、大海人は出家し吉野に退いた。天皇は十二月十二日大津宮にて崩御。四十六歳（『日本書紀』）。この後、壬申の乱が起る。『萬葉集』に四首。（清水道子）

## 天武天皇（てんむてんのう）

第四十代天皇　**【生没】**　?～天武十五年（?～六八六）**【歴史・伝説】**　六七三～六八六在位。父は舒明、母は皇極（斉明）天皇で、天智天皇・間人皇后（孝徳天皇后）の同母弟（『一代要記』などに享年六十五とあるのによれば、推古天皇三十年（六二二）の誕生となるが、兄天智天皇より年長となるので疑問）。生来恵まれた素質の持ち主で、武徳にすぐれ、天文・占星の術をよくしたとする。天智天皇の娘、鸕野讃良皇女を正妃に迎え、天智七年（六六八）立太子下とされる（『日本書紀』）。『日本書紀』には天武天皇紀が上下二巻で収められ、上巻には壬申の乱（六七二）の経過が細かく記され、近江朝廷側が乱を誘発したかのように描かれているが、同紀が天武天皇系の人々の手から成ることを考えると、吉野方に有利に記されているといえよう。吉野方が東国で兵の動員に成功したのとは裏腹に、近江朝廷方は西国での徴兵に難渋した。草壁・大津・忍壁・高市の諸皇子も吉野方に加わり、大和の大伴も吉野方に参じ、一ヶ月にわたる戦闘は吉野方の勝利に帰した。大友皇子の首級を挙げ、右大臣ほか近江朝廷の官人らを処刑した。飛鳥浄御原宮を造営し、乱の翌年即位し天武天皇となる。即位当初は若干の動揺もあったが、天皇の指導力が確立されていくと国内政治体制は安定していった。一方、朝鮮半島では新羅が統一を果たし、天皇は新羅との外交関係を保持する方針を採り、唐との国交を断絶した。天皇は官僚組織の整備に力を注ぎ、天武十三年（六八四）には八色の姓が定められ朝廷の身分秩序が確立され、翌十四年には新冠位制を施行して冠位賦与を親王まで拡大。天皇は一貫して皇族だけによる皇親政治を行い、大臣の任命を行なわなかった。天皇の命令は多くの場合、大弁官を経由して地方の官司に伝達された。また、封民には朝廷が官人に与える給与としての性格が賦与されるなど、本格的な律令国家の樹立に邁進した。天皇の宗教的権威を高める為に、伊勢神宮の祭祀が重視され、広瀬・竜田祭も国家事業となり、祭祀権はしだいに天皇に帰属するようになった。一方で仏教への崇拝も怠らなかった。天武十年（六八一）二月、飛鳥浄御原律令の編纂を命じ、草壁皇子を皇太子、天武朝では宮廷の儀礼について多くの事柄が定式化された。朱鳥元年（六八六）九月、改元やさまざまな誓願も空しく、天皇崩御。五十六歳（『紹運録』などには六十五歳と伝える)。『萬葉集』四二六〇・六一番歌には「大君は神にしませば……」とあり、集中この表現が六首ある。また、柿本人麻呂によって「大君は神にしませば」と次代にいたっても歌われるようになるが、この語句の対象は、すべて天武と持統あるいはその皇子たちに限定されており、天武に対する同時代の評価(天皇の神格化)と見ることができよう。

(清水道子)

## 東常縁(とうつねより)

室町期の歌人・美濃郡上の領主・従五位下下野守・法名は東野州【生没】不詳。明応三年(一四九六)または、文明十六年(一四八四)に没したとする説があるが定かではない。【歴史・伝説】父は東下野守益之。清巌正徹、尭孝に和歌を学ぶ。宗祇と親交があり、「東野州消息」をおくっている。文明三年には、宗祇に古今集講釈を行った。常縁は、古今伝授の祖とされているが、当時の歌壇の指導者であったわけではなく、むしろ二条派歌学の正説を伝えた歌学者としての功績が大きい。多くの歌書を書写し、注釈書を集め、穏健な説を纏め上げている。家集には『常縁集』、歌学書には『東野州聞書』がある。後年『拾遺愚草』の注釈を宗祇におくっている。

(浅見知美)

## 戸田茂睡(とだもすい)

歌人・号不忘庵・梨本等【生没】寛永六年~宝永三年(一六二九~一七〇六)【歴史・伝説】青少年時代を下野国黒羽で過ごしたのち江戸へ出る。その後岡崎藩本多政長に仕え、晩年は出家し浅草や本郷に住む。文芸的家庭で育ち、従兄山名玉山から「つつ留」の伝統をうけ、伝統歌学批判に至る。武家的観点による「まこと」、人間愛としての「なさけ」の重視が『僻言集』『梨本集』等に展開する。茂睡には完全な歌集というものは伝わっていない。その和歌を知るには江戸の名所を詠んだ『紫の一本』、また『わが紫』『隠家百首』『さざれ石』等に散見するものに頼らなくてはならない。しかしそれらの歌が歌論に見るほどの革新的なものの実現とは言い難いが、ある種のものには特色を備えたものが見られる。それは茂睡が俳諧趣味を有していたことに由来するものであろうし、堂上派との一線はこのあたりにあるとも考える。

【参考文献】佐佐木信綱『戸田茂睡論・茂睡考解説』(『近世文芸研究叢書・第一期　文学篇17・作家3』クレス出版、平成七年)

(酒井一字)

## 具平親王(ともひらしんのう)

漢詩人・歌人【生没】応和四年~寛弘六年(九六四~一

〇〇九）【歴史・伝説】村上天皇の第七皇子。六条宮・後中書王とも。漢詩文を慶滋保胤に学ぶ。鴨長明作『方丈記』の典拠としても有名な『池亭記』の舞台となった邸は、親王が自らの邸宅千種殿の隣の土地を師保胤に献上したものらしい。能書家でその書風は宋でも高く評価され、優れた音楽家でもあった（『参天台五台山記』『続教訓抄』他）。公任と繰り広げた人丸・貫之優劣論争が、公任の『三十六人撰』につながったことはよく知られている。雑仕を鍾愛して源師房を生ませ、彼女の死後、車の物見の裏に親子三人の絵を描いて偲んだが、その車は「大顔の車」として伝領されたと伝える（『古今著聞集』一三）。

【参考文献】大曽根章介『日本漢文学論集二』（汲古書院、平成十年）

（伊東玉美）

## 頓阿（とんあ）

鎌倉末期・南北朝初期の僧侶歌人【生没】正応五年～応安五年（一二八九～一三七二）【歴史・伝説】二階堂光貞の男。晩年の居宅にちなんで「蔡花園上人」とも呼ばれる。応長年間（一三一一～一二）以前に出家。比叡山・高野山等に修学、二十歳代後半には二条派になじむ遁世歌人となり、のち、二条為世門の「和歌の四天王」の一人に数えられる（「四天王」は『了俊歌学書』では、浄弁・頓阿・能与・兼好の四人。『正徹物語』では、頓阿・慶運・静（浄）弁・兼好の四人）。この「四天王」のなかで、頓阿は、当代から江戸時代にいたるまで高い評価を得、強い影響力をもった。皇族・公卿・武家・僧侶など、交友圏は広く、生前から「歌道数寄者」「当時第一歌人」（近衛道嗣『愚管記』）の評を得た。「上手」とされた頓阿の歌は、「歌のおもむきが幽玄で、歌の姿もなだらか、大げさではなくて、しかも歌ごとにどこかしら目新しいところがある」（二条良基『近来風体』）、「端正で穏やか」（心敬『老のくりごと』）と高い評価を得る一方、「古い歌のことばに寄りかかりすぎだ」（了俊「和歌所への不審条々」）という評もあった。江戸期には、「二条家の正風」として「よき手本」とされた（似雲『詞林拾葉』、宣長『うひやま文』）。二条派の歌僧として歩んだ頓阿は、南北両朝の抗争期、天皇親政を祝賀し、また、足利尊氏にも接近するなど、政治的にも如才なく歌道に邁進した。兼好と交わした「よねたまへぜにもほし」を「沓冠」にした歌の贈答は、著名。連歌の准勅撰集『菟玖波集』に名を列ねる（十九句入集）。著書に、自撰家集『草庵集』、『愚問賢注』（二条良基の質問に答えた書）、『井蛙抄』（和歌の作法書）がある。

【参考文献】井上宗雄『中世歌壇史の研究　南北朝期』（明治書院、昭和四十年）、稲田利徳『和歌四天王の研究』（笠間書院、平成十一年）

（下西善三郎）

# な　にぬの

## 内藤文草（ないとうじょうそう）

俳人【生没】寛文二年～元禄十七年（一六六二～一七〇四）【歴史・伝説】尾張国犬山に犬山藩士内藤源左衛門の長男として生まれる。林右衛門本常と称す。青年時代には漢学への興味が強かったが、次第に俳諧へと転向していった。藩主成瀬正虎の子寺尾直竜に仕えていたが、元禄元年（一六八八）二十七歳の時、病弱を理由に家督を異母弟に譲り、遁世した。その後、元禄二年の冬には芭蕉の門下に入り、元禄四年には『猿蓑』に発句十二が入集し、跋文までも書いていることから、芭蕉の期待が高かったことが窺える。芭蕉没後は三年間心喪に服し、元禄九年には芭蕉の眠る義仲寺に近い、近江国大津竜が丘の仏幻庵に移住し、芭蕉の冥福を祈りながら四十三歳の生涯を終えた。著作に随筆『寝ころび草』、漢詩集『驢鳴草』。

【参考文献】潁原退蔵「芭蕉と門人」（潁原退蔵著作集十二、昭和五十四年十月）

（友田　奏）

## 中務（なかつかさ）

平安中期の女流歌人【生没】未詳。十七世紀の人。三十六歌仙の一人【歴史・伝説】宇多天皇の皇子、中務卿敦慶《あつよし》親王の女。中務の名はそれに由来する。母は藤原継蔭の女で「古今」歌人の伊勢。三十六歌仙の源信明に嫁ぎ宮仕えを経て、信明が陸奥守に任じられたのに従って陸奥国へ下った。一条摂政伊尹の妻妾である娘「ゐとの」や孫の光昭少将がいる。本人は長寿であったが、子や孫に先立たれ寂しい晩年を送った。母伊勢から琴と和歌の才能を受け継ぎ、中務自身も三十六歌仙の一人で当時一流の歌人であった。「天暦七年内裏菊合」、「天徳四年内裏歌合」など多くの歌合わせに出詠し、『後撰集』以後の勅撰和歌集に六十一首入集している。紀貫之・源順・清原元輔などと交流があった。家集に『中務集』がある。約二百五十首の歌が収められ屏風歌や歌合歌、恋の歌などが多く残っている。

（緒方洋子）

## 中臣宅守（なかとみのやかもり）

大福従五位下・官人・歌人【生没】未詳【歴史・伝説】中臣東人（神祇伯・刑部卿）の子。狭野茅上娘子と結婚したが、流罪となり越前国に流された。別離を悲しむ贈答歌が『万葉集』巻十五に六十三首ある。『続日本紀』天平十二年（七四〇）六月十五日の記事によると、天下に大赦が行われた際に「不在赦限」に入っている。その為、流されたのはこれ以前と考えられる。流罪の原因については、大きく三つの推定がされている。1、娘子との結婚による。2、宅守のみの刑法上の罪。3、娘子との結婚の罪に他の罪が累加。これらは『万葉集』巻十六の詞書からの推測であるが、詞書が、原因ではなく状況を示しているのではないかと言う説もある。のちに政界に復帰。藤原仲麻呂と親交があり従五位下まで昇叙されるが、仲麻呂の乱（恵美押勝の乱）に連座し、天平宝字八年（七六四）に除名された。（『群書類従』）宅守とともに、妻である娘子のその後も不明。（浅見知美）

## 長奥麻呂（ながのおきまろ・ながのおくまろ）

持統朝の歌人。名を意吉麻呂・奥麻呂・奥麿・興麿とも記される。ただし、「意吉」の吉は甲類、「興」のキは乙類であるため、「興」は「奥」の誤写と認められる。【生没】未詳【歴史・伝説】正史に記載がなく、生没年や経歴が未詳である。姓は忌寸、『日本書紀』にみえる「長直」（倭漢系帰化人族）がその祖であろうか。柿本朝臣人麻呂と同時に宮廷にあって作歌したが、人麻呂が長歌に長じたのに対し、意吉麻呂は短歌を専らとし、羈旅歌・滑稽歌・即興歌に秀でた。

「長忌寸意吉麻呂の歌八首」（巻十六・三八二四〜三八三一）といった、『万葉集』巻十六にみえる無心所著歌、その他戯笑歌などとともに、韻文文学における「笑ひ」の系譜にあっては、非常に重要な存在である。中でも即興歌では、

鐺子に湯沸かせ子ども櫟津の檜橋より來む狐に浴むさむ
（巻十六・三八二四）

があり、これは、奥麻呂が宴席の場で、饌具・雑器・狐声・川・橋などを詠み込む一首を求められて作った即興歌である。即興であることを左注に明記するのはこの歌のみであるが、数種の物を詠み込む遊興の才能は、「長忌寸意吉麻呂の歌八首」（巻十六・三八二四〜三八三一）などから十分に示される。

池神の力士舞かも白鷺の桙啄ひ持ちて飛びわたるらむ
（巻十六・三八三一）

の歌の題詞に、「白鷺の木を啄ひて飛ぶを詠む歌」とあって、他の七首がすべて物を詠むのに対して異色である。これを、絵を見て詠んだ歌、特に大陸から渡来した花咋鳥文様絵画を扱った歌と考えると、力士舞や花咋鳥とが詠み込

まれる歌風、題材をとっても、国際性にあふれた集中第一の作品と考えられる。また、絵画を取り扱った歌という視点から考えても、『万葉集』において極めて珍しい例として注目しなければならない。（森　洋子）

## 長屋王（ながやおう・ながやのおおきみ）

奈良時代の官人【生没】白雉七年～天平元年（六八四～七二九）【歴史・伝説】天智天皇の孫、高市皇子の長子、母は御名部皇女。慶雲元年（七〇四）正月無位より正四位上。和銅二年（七〇九）十一月従三位宮内卿。同三年四月正三位式部卿。養老二年（七一八）二月大納言。同五年正月従二位右大臣。神亀元年（七二四）二月正二位左大臣となる。天平元年（七二九）二月左京人漆部造君足と中臣宮処東人によってひそかに左道を学び国家を傾けようとしていると密告され、藤原宇合の率いる官兵に囲まれて自尽。このときその妃吉備内親王、子の膳王らの諸王子もあとを追って自殺した。この長屋王事件は光明子立后にからんだ藤原氏の陰謀だといわれている。

この事件について『日本霊異記』（中巻）は次のように伝えている。

天平元年春二月八日に、奈良の元興寺に大法会を準備して三宝を供養された。天皇は太政大臣正二位の長屋親王に勅を下して、僧侶たちに食事をささげる役の、長官に任命した。一人の僧が不謹慎にも炊事場に入って来て、椀を出してご飯をもらった。親王はこれを見て、象牙の笏で僧の頭を打った。頭は破れ、血が流れ出た。僧は頭をなで血をぬぐい、恨めしげに泣いて姿を消した。法会に集まった僧侶や俗人たちは「何か不吉だ、よいことはあるまい」と言いあった。二日後、親王をねたむ人が天皇に讒言して、「長屋親王は国家を倒そうとはかり、帝位を奪おうとしている」と申しあげた。そこで天皇は立腹され、軍兵をさし向けて親王と戦わせた。親王は覚悟を決め、子や孫たちに毒薬を飲ませ絞殺した後、親王自身も毒薬を飲んで自害した。天皇は勅を下して、その死骸を城外に捨て、焼き砕いて海に捨てた。ただ親王の骨は土佐国に移して葬った。土佐国では多くの人民が死んだ。

親王の祟りによって人民が死に、このままでは国内の者はみな死に絶えてしまうと申しあげた。天皇はこれを聞いて、親王の遺骨を都に近い紀伊国海部郡の沖の島に移したという。「袈裟を著たる人を打ち悔る者は其の罪甚だ深し」という仏教の因果応報譚に仕立てている。骨を焼きくだいたのは霊魂の復活報復を恐れたためであり、長屋王の骨を紀伊に移したのは、怨霊の鎮撫をはかって人々に祟りのないように隔離した（『日本霊異記』新潮日本古典集成・頭注）という。また『続日本紀』によれば密告者たちは天平九年天然痘が流行して、長屋王の政敵である藤原武智麻呂・房前・宇合・麻呂などが死亡したという。さらに天平十年七月十日、公務の余暇に囲碁をしていた者の間で長屋王の話になり、怒った大伴子虫が中臣宮処東人を斬り殺している。子虫はかつて長屋王にかわいがられた部下であったという。こうして長屋王の敵も非業の死をとげているのは長屋王の怨霊のせいであろうか。長屋王は和銅五年（七一二）に文武天皇のため『大般若経』六百巻を書写しているし、神亀五年（七二八）にも両親や聖武天皇、歴代天皇のため『大般若経』六百巻を書写したのは、長屋王の地位が不安定で、そのため聖武天皇の好意を求める意図から行ったのであろうか。また遣唐使を通じて中国の僧に袈裟を贈るなど熱心な仏教信者であったという。

**【参考文献】** 北山茂夫『万葉の世紀』下（新潮社、一九五三）、直木孝次郎『奈良時代史の諸問題』（塙書房、昭和四十三年）、岸俊男『日本古代政治史研究』（塙書房、昭和四十一年）、木本好信『大伴旅人・家持とその時代—大伴氏凋落の政治史的考察—』（桜楓社、平成五年）

（針原孝之）

## 中山忠親（なかやまただちか）

平安・鎌倉時代前期の公卿 **【生没】** 天承元年～建久六年（一一三一～一一九五） **【歴史・伝説】** 父は権中納言藤原忠宗、母は参議藤原家保の女。中山内大臣と称され、中山家の始祖。藤原氏。太政大臣まで進んだ花山院藤原忠雅は同母兄。『公卿補任』によると、保延六年（一一四〇）従五位下。蔵人・近衛少中将・蔵人頭などを経て、長寛二年（一一六四）正四位下で参議となり、仁安二年（一一六七）従三位・権中納言。安元三年（一一七七）右衛門督兼検非違使別当、治承三年（一一七九）中宮権大夫、翌四年春宮大夫（安徳天皇皇太子時）、五年建礼門院別当などを経て、寿永二年（一一八三）権大納言、文治六年（一一九〇）大納言、建久二年（一一九一）内大臣に昇任。同五年（一一九四）上表・出家（『尊卑文脈』には法名静如とある）、翌六年三月十二日没。六十五歳とある。これらの経歴を見ると、同母兄の子兼雅が平清盛の娘婿となった縁で平家全盛時に順調な出世を遂げたように見えるが、平家滅亡後も排斥されることもなかったので、忠親自身の人柄からかと思われる。忠親の日記『山槐記』（『忠親卿記』『貴嶺記』『達幸記』『深山記』ともいう。「山槐」は中山内大臣の略で「槐」は大臣の意）は、仁平元年（一一五一）より文治元年（一一八五）までの三十五年間にわたり、中間に欠落部分はあるものの、源平争乱期前後の重要資料である。またこの他にも、『本朝書籍目録』には『貴嶺問答』一巻や『水鏡』三巻を記したとする。『水鏡』自体には作者の姓名は記されていないが、前記『目録』の他にも『薩戒記』応永三年（一三九六）十一月十六日条に「震筆の水鏡一帖を予に下し賜ふ、この抄は中山内大臣殿御作なり。…」とあるので、『水鏡』の作者として有力である。またこれに伴い『今鏡』の作者とする説も黒川春村『碩鼠漫筆』「今鏡追考」に「疑ふらくは水鏡の記者。中山内府忠親公なるべし。此公は水鏡を作り給ひて。大鏡よりかみを補ひ給へば。榮花物語の後をも。補はむとて。又此書をも著はされしなるべし。」とあるが、今は有力視されず、他の人とされる。この他、国宝の『文覚四十五箇条起請文』（神護寺蔵）は彼の筆になる。また、『十訓抄』中・第五・可撰朋友事に忠親と藤原成頼の二人の友情が描かれている。常に成頼と共に出仕していた忠親であるが、成頼が出家した後に忠親も都の中山辺りの山の麓に成頼の庵とそっくり同じの庵を建て、自分も出家したという。出家後の庵までそっくりに作る、二人の友情を描いている。『山槐記』安元元年（一一七五）八月十二日条によると、後白河院は中山堂に臨幸、地勢、仏壇の素晴らしさに感じて、西光に見取図をとらせたとあることから、中山堂の美しさは評判だったことがうかがえる。

**【参考文献】**『大日本史料』四ノ四、建久五年十二月十五日条　（清水道子）

## 中山行長（なかやまゆきなが）

『平家物語』の作者の一人　**【生没】**不明。十二世紀後半の人物　**【歴史・伝説】**『徒然草』二二六段に「信濃前司行長」の名をあげて、「後鳥羽院の時、信濃前司行長は学問があるという評判であったが、楽府の御論議の番に召されたが七徳の舞を二つ忘れて、五徳の冠者と異名を得たことを恥かしく思い、学問を捨てて遁世したところ、比叡山延暦寺の天台座主慈円は、一芸を持つ者を扶持する方なので、行長を扶持され、その庇護のもと、行長は『平家物語』を作ったという。それを生仏という盲目に語らせた。そのため延暦寺のことや源義経のことは詳しく書き載せたが、範頼のことはあまり知らなかったためか、書き落としがあった。武士のことや弓馬の技については生仏が東国生まれなので武士に尋ねて書かせたらしい。この生仏の天賦の声を今の琵琶法師は真似ている」という記事で知られる。彼は後の研究で中山行隆の子下野守行長と考えられている。

**【参考文献】**市古貞次編『平家物語研究事典』（明治書院、昭和五十三年）、兼好法師『徒然草』二二六段　（武田昌憲）

## 奈河亀輔（ながわかめすけ）

江戸時代中期の歌舞伎狂言作者　**【生没】**未詳　**【歴史・伝説】**別号永長堂。遊泥居。奈良の商人の生まれで、放蕩の果てに初代並木正三に師事した。初めは大坂の浜芝居などの作者をしていたが、明和八年（一七七一）中の芝居で、大歌舞伎に名を連ね、安永二年（一七七三）に師である正三の後を受け、立作者に昇進した。その後、彼の名が見えなくなる天明五年（一七八五）冬まで、京坂劇作界を思いのままにした。その作風は歌舞伎仕込みで外界から直接取材する方法をとった。また、上方で一日の狂言四番続の法則を創るなどの功績がある。作品は約七十編あり、『競伊勢物語』、『伊賀越乗掛合羽』など傑作も多い。なお、奈河亀輔は三代あり、二代目は初代奈河篤助が引き継いだが、後に奈河金亀堂として浜芝居の作者に転じた。三代亀輔は嘉永時代の一文字屋亀助が継いだが、名義のみのものであった。

**【参考文献】**守随憲治「歌舞伎序説」（『守随憲治著作集』第三巻所収）

（友田　奏）

## 並木五瓶（なみきごへい）

歌舞伎狂言作者。明治時代まで四代にわたり引き継がれた**【生没】**［初代］延享四年～文化五年（一七四八～一八〇八）、［二代］明和五年～文政二年（一七六八～一八一九）、［三代］寛政元年～安政二年（一七八九～一八五五）**【歴史・伝説】**［初代］別号並木舎・浅草堂。大坂道修町の生まれで父親は和泉屋という劇場の木戸番の頭。初代並木正三（一説には並木十輔）の門下にいたとされる。初めは浜芝居を勤めていたが、安永元年十一月、立作者に昇進し、並木十輔との合作『日本万歳宝積山』を創り、同四年に吾八、同六年に五兵衛と改名し、亀輔の消えた京坂劇界を牛耳った。寛政五年冬から五瓶に改名、同六年冬、江戸に下り、初代桜田治助と人気を二分する。同八年には時代物と世話物とを独立させるという新しい手法を編み出すなど精力的に活躍した。五瓶の作品の特徴は、脚色が合理的で、整理されており、話の筋が首尾一貫していることであり、後世に与えた功績は大きい。五瓶が残した百十余篇の作品のうち代表的なものに『天満宮菜種御供』、『日本花赤城塩竈』などがある。

［二代］通称正二。別号葛葉山人・万寿亭・鳳凰軒。江戸に生まれ、放蕩の末に初代五瓶の食客となり寛政十年（一七九八）作者見習い、文政元年（一八一八）立作者となり、同年十一月五瓶の名を継いだが、翌年没したため、前名の篠田金治として知られる。脚本はほとんど合作だが、清元の名曲『保名』の作詞者として名高い。小説に別号による二十数種の著作がある。

［三代］通称因幡屋小半次。別号並木舎。二代五瓶の門人で文政七年（一八二四）二代金治を継ぎ、天保四年（一八三三）十一月三代五瓶を襲名し、立作者となる。主な作品に歌舞伎十八番『勧進帳』がある。

**【参考文献】**守随憲治「歌舞伎序説」（『守随憲治著作集』第三巻所収）

（友田　奏）

## 並木正三（なみきしょうざ）

歌舞伎・浄瑠璃作者**【生没】**享保十五年～安永二年

（一七三〇～一七七三）幼名は久太。通称を和泉屋正三。別号、当正軒。大坂道頓堀にある芝居茶屋、和泉屋正兵衛の子。そのため幼少期より歌舞伎や操芝居に親しんだ。**【歴史・伝説】**天明五年（一七八五）『並木正三一代噺』（大坂越前屋平兵衛・正本屋清兵衛刊）に拠ると、正三は十四、五歳の頃、出羽芝居の手妻機巧《てづまからくり》の水船の仕掛けを考案し、寛延元年（一七四八）には二十歳足らずで大西芝居中村喜十郎座に歌舞伎作者、泉屋正三の名で『鍛冶屋娘手追噂』を手がけたという。しかし同書に収載される正三の伝説について真偽の程は定かでない。ちなみに同書作者は、従来、並木五瓶とされてきたが『享保以後大阪出版書籍目録』により、二世並木千柳の作とされる。寛延三年（一七五〇）、浄瑠璃作者並木宗輔の門弟となって豊竹座に入座し、並木正三と改める。翌年に宗輔が没したのちに歌舞伎界に復帰し、それより大坂の三座の立作者として活躍した。歌舞伎台本に浄瑠璃の知識を生かしてチョボを書き込んだのは正三にはじまるという通説もあり、他に回り舞台・引き道具・せり上げ・せり下げ・がんどうなど、歌舞伎の演出に大胆な創意工夫を加えた。代表作は『幼稚子敵討《おさなごのかたきうち》』・『けいせい天羽衣《あまのはごろも》』・『三十石艠始《よぶねのはじまり》』・『霧太郎天狗酒醼《てんぐのさかもり》』・『宿無団七時雨傘《しぐれのからかさ》』など多数。「浄瑠璃に門左衛門、歌舞伎に正三」と讃えられた。『日本第一和布苅神事《めかりのしんじ》』を絶筆とし、安永二年二月十七日、大坂島之内布袋町の自宅にて没した。

〔二世〕**【生没】**？～文化四年（？～一八〇七）。幼名、並木正吉。はじめ立役であったが、作者に転身。二世正三を名乗る。通説に拠ると『戯財録』の作者ともいわれる。

**【参考文献】**「並木正三一代噺」（『新群書類従』三）、河竹繁俊『歌舞伎作者の研究』（東京堂、一九四〇）、伊原敏郎『日本演劇史』（早稲田大学出版部、一九〇四）、守随憲治「近世戯曲研究」（『守随憲治著作集』第一巻所収、笠間書院、一九七六）・同「歌舞伎序説」（同、第三巻所収、一九七八）　（三野　恵）

## 並木宗輔（なみきそうすけ）

浄瑠璃・歌舞伎作者。宗助・惣輔とも。別号千柳・市中庵。家名は松屋**【生没】**元禄八年～宝暦元年（一六九五～一七五一）。大坂に生まれたといわれるが、一説には京生まれとも。**【歴史・伝説】**青年時を備後国三原の臨済宗成就寺の僧として過ごす。断継と称して、漢詩集『三原集』に詩三篇を収める。のちに還俗し、大坂豊竹座に入る。西沢一風の門人、また田中千柳の門人ともいわれる。享保十一年（一七二六）、一風・安田蛙文との合作『北条時頼記』が大当たりし、それ以後豊竹座の立作者となる。享保十七年まで、蛙文らを脇作者とした合作『摂津国長柄人柱《ながらのひとばしら》』などを物す。翌十八年から享保二十年までは門人の並木丈輔を脇作者として『那須与市西海硯』・『苅萱桑門筑紫𨏍《かるかやどうしんつくしのいえづと》』、また上演禁止となった『南蛮鉄後藤目貫』などを著している。元文元年（一七三六）から同五年までの間には単独作もみられ、『和田合戦女舞鶴』で大当たりをとり、『釜淵雙級巴《かまがふちふたつどもえ》』・『鶊山《ひばりやま》姫捨松』などの名作を著している。寛保元年（一七四一）から豊竹座太夫本豊竹肥前少掾に同行して江戸へ下る。同二年からは、豊竹座の立作者為永太郎兵衛及び浅田一鳥の脇作者として『石橋山鎧襲《いしばしやまよろいがさね》』・『道《どう》成寺現在蛇鱗《じょうじげんざいうろこ》』などの作品に参加する。やがて歌舞伎作者に身を転じ、寛保二年末頃から大坂岩井半四郎座、延享元年末頃には大坂中村十蔵座の立作者となる。延享二年（一七四五）、再び浄瑠璃作家として竹本座に入り、名を並木千柳と改める。そこで二世竹田出雲らと『夏祭浪花鑑』・『菅原伝授手習鑑』・『義経千本桜』・『仮名手本忠臣蔵』などの傑作を手がけた。しかし寛延三年の末には再び豊竹座に宗輔の名で復帰し、宝暦元年九月七日、『一谷嫩軍記《いちのたにふたばぐんき》』の執筆中に没した。俳書『かくれんぼ』・『頭陀袋』には千柳として句が収められている。

**【参考文献】**角田一郎「並木宗輔伝の研究」（『国文学研究』13、昭和三十一年三月）、森修「浄瑠璃合作者考」（一）・（二）（『人文研究』一の十二・二の四、昭和二十四年十二月）、内山美樹子「延享・寛延期の竹本座の作品と並木宗輔」（『演劇研究』3、昭和四十三年十月）、前島春三『近代国文学の研究』（武蔵野書院、昭和三年）

（三野　恵）

## 成島柳北（なるしまりゅうほく）

漢詩人・随筆家・新聞記者・戯文家**【生没】**天保八年～明治十七年（一八三七～八四）**【歴史・伝説】**成島家は幕府奥儒者の家柄で、幼時より読書に努め詩文に長じた。安政三年（一八五六）二十歳の時、奥儒者となり、将軍家定・家茂に経学を進講。才気に任せて役所の壁に「君看よ千載の上、二卵もて干城を棄つ」と書き、幕閣の因循姑息を風刺（『柳橋新誌』）。将軍に「昔から大名は馬鹿」などと放言し、文久三年（一八六三）三年間の蟄居となる。蟄居中、柳北は秘かに「西学者に就きて専ら英書を攻《をさ》む」（『濹上隠士伝』）と幕医桂川甫周らに学ぶ。柳北の才能を惜む若年寄次松平乗謨により慶応元年九月歩兵頭並に登用され、横浜で仏士官シャノアンから「三兵、泰西の法を習」い、騎兵頭並、騎兵頭を歴任し、三兵の訓練にあたる。慶応四年正月外国奉行、次いで会計の副総裁に就いた。十五代徳川慶喜の大政奉還により幕府は瓦解。家督を養子に譲り三十二歳で隠居した。維新後柳北は、新政府に出仕せず、「歴世鴻恩」を受けた徳川遺臣としての姿勢を貫いた。東本願寺の学校の教師となった縁で明治五年（一八七二）九月から翌年七月まで法主大谷光瑩《こうえい》の欧米遊学に随行した。帰国後の明治七年九月「朝野新聞」に招かれ、八年十月に入社した末広鉄腸が論説、自らは雑録を担当して政府批判の論陣を張る。十二月の「元老院官吏の責任」で末広と一二〇日間入獄。出獄後「ごくないばなし」を連載。わが国の文学雑誌の祖「花月新誌」を明治十年一月に創刊。代表作『柳橋新誌』初編の成稿は安政六年（一八五九）十月で柳北が二十三歳での執筆、二編は明治四年三月の成稿である。

**【参考文献】** 日野龍夫「寺門静軒と成島柳北」『新日本古典文学大系100』（岩波書店、一九八九・一〇）、森銑三「成島柳北」（『森銑三著作集続編第五巻』中央公論社、一九九三・六）（松尾政司）

## 西沢一風（にしざわいっぷう）

江戸時代中期の浮世草子・浄瑠璃作者・書肆 **【生没】** 寛文五年～享保十六年（一六六五～一七三一） **【歴史・伝説】** 本名西沢義教、通称九左衛門。父は大坂の正本屋西沢太兵衛。元禄十一年（一六九八）に『新色五巻書』なる浮世草子を初めて出版、その後同十三年（一七〇〇）に義経記をもじった『御前義経記』を発表した。以後古典の脚色と、演劇的方法の導入により浮世草子を好色物から変化させ、長編化の道筋をつけた。特に、元禄末から宝永年間にかけては、江島其磧（本名・村瀬権之丞）と競った。享保年間には、豊竹座の浄瑠璃作者となり後進の指導にあたった。『北条時頼記』『今昔操年代記』を著す。墓は、大坂下寺町大蓮寺（現大阪市天王寺区）にある。

**【参考文献】**『國史大辞典』（吉川弘文館）、『日本史辞典』（岩波書店）　（柳澤五郎）

## 西山宗因（にしやまそういん）

連歌作者・俳人 **【生没】** 慶長十年～天和二年（一六〇五～一六八二）。墓所は、大阪市北区兎我野町の西福寺 **【歴史・伝説】** 家系は、肥後熊本藩主加藤清正の家臣西山次郎左衛門の男として生まれた。十五歳の頃から家老・八代城主の加藤正方（風庵）の側近として仕え、連歌の手ほどきを受けた。京都詰めを機に、里村昌琢に連歌・歌学を学んだ。寛永九年（一六三二）、藩公加藤忠広の嫡子光正の陰謀回文事件によって肥後一国改易となり、師正方とともに浪人、翌年上京して、連歌師として独立した。この時期の傑作が紀行文学『肥後道記』である。慶安元年（一六四八）頃、里村家の推挙で摂津南中島天満宮の連歌所宗匠として大坂に下り、慶長十九年以来中絶していた月次連歌を再興した。この頃から名声諸国に弘まって内藤義泰・小笠原忠真・松平信之・榊原忠次ら諸大名と交流し、各地を歩いている。一方、俳諧においても松江重頼と組んで目覚しい活躍を見せる。貞門古風の言語遊戯的「詞付」を脱し、軽妙自由な連想による「心付」によって清新の気風を俳壇に吹き込み、全国を風靡した。有名なものに、巻頭を宗因の発句が飾る『談林十百韻』（延宝三年）がある。

［旧主正方との結盟］宗因が終生たがえなかったのは、

師・正方との「結盟」であった。しばしば正方の興行に加わり、正方に付き従って諸家の会席に出ている。正方の復活を祈願、正方の発句を得て独吟した『十花千句』（寛永十五年）、正方一周忌追善の独吟千句『宗因連歌千句』（慶安三年）などがある。

【参考文献】松江重頼撰『懐子』（万治三年）、雪柴・在色・松意ら撰『談林十百韻』（延宝三年）などの「入撰」または「巻頭発句」、野間光辰「宗因と正方」「連歌師宗因」（『国語国文』昭和二十七・二十八年）

（浅岡純朗）

## 二条良基（にじょうよしもと）

南北朝期歌学者・連歌作者・歌人・摂政関白【生没】元応二年～嘉慶二（元中五）年（一三二〇～一三八八）【歴史・伝説】はじめ後醍醐に仕え、南北朝期には北朝方の摂政・関白をつとめた。准勅撰の連歌撰集『菟玖波集』編纂のほか、「連歌新式」の制定、連歌論書（連理秘抄ほか）の著作など、連歌の発展に功績がある。また、歌人として二条派の頓阿などに教えをうけて『風雅集』以下『新続古今集』に六十首の入集を見たが、良基は、「我家には先政道、次に和漢の才学也」（嵯峨野物語）といい、公卿としての有職学、政道意識を優先していた。しかしまた、「常住ただこの道（＝連歌の道）に酔はせ給ひける」（梵灯庵主返答書）とされるような連歌好きの人であった。『年中行事歌合』の判詞と行事解説は有職の知として室町期に強い影響力をもった。万葉学など古典研究の成果は、馬術・鷹道を解説した晩年の有職故実書『嵯峨野物語』に活用されている。摂関として蹴鞠行事にも関与、『衣かづきの日記』は貞治二年（一三六三）、後光厳朝初度の晴儀の鞠会の記録である。

【参考文献】井上宗雄『中世歌壇史の研究　南北朝期』（明治書院、昭和四十年）、小川剛生「二条良基」（『解釈と鑑賞』一九九九・一〇）、小川剛生「二条良基と蹴鞠」（『室町時代研究』二〇〇二・一二）

（下西善三郎）

## 如儡子（にょらいし）

江戸時代前期の仮名草子作家・姓齋藤氏・字清三郎・諱親盛【生没】慶長八年頃～延宝二年三月（一六〇三～一六七四）【歴史・伝説】如儡子の本名やその経歴は、昭和五十二年六月に野間光辰によって明らかにされたが、これ以前は詳細不明であった。祖父玄蕃助光盛は、越後の出であったが、父玄蕃盛広の代に一時期越後上杉家に仕え、のち最上家に転家した。しかるに、元和三年（一六一七）お家騒動が起こり、最上家は改易、近江・三河両国において改めて一万石を与えられることになった。このため盛広・親盛父子は浪人し、祖父光盛の出である越後の身寄りを頼った。如儡子は、幼くして主君の側近くに仕え、元服にあたっては主君家親の一字を賜わり諱を親盛と名乗った。如儡子二十歳前ころ、父に死なれたがこの頃妻帯した。しかし家族の生活はきびしく、家庭は母にまかせ自身は仕官先を探して諸方を浪々とした。この間に多くの体験をしたものと思われる。やがて江戸にて上方の某大名家に仕えたものの、ここも長くはつづかなかった。それは彼個人の性格・言葉の訛・世間知らずの地方者ということが主なる原因らしく、再び浪々の身となった。その後、江戸品川町裏川岸の鍋町釘屋豊田屋喜右衛門方に店借りし、数人の援助者に支えられ、どうにか母と妻子を養うことができるようになった。そしてこれを期に、武士の生活に見切りをつけ、医を業とすることにした。世は正に浪人であふれた時であり、寛永年間には、禅に帰依していた彼は、雪朝庵士峯または如儡子と名乗り、町医者の職に没頭した。医業のつれづれに書いた随筆的仮名草子が『可笑記』（かしょうきまたはおかしき）であり寛永十三年（一六三六）に成稿をみる。延宝二年（一六七四）三月没。墓は出羽二本松神竜山松岡寺にある。

**【参考文献】**『近世作家伝攷』（野間光辰著、中央公論社）、『可笑記』（渡辺守邦訳、教育社）　（柳澤五郎）

## 額田王（ぬかたのおおきみ）

奈良時代の女流歌人　**【生没】**未詳　**【歴史・伝説】**『日本書紀』天武天皇の条に「天皇初め鏡王の女額田王を娶して十市皇女を生ませり」とある。『薬師寺縁起』は天武天皇に一后三妃三夫人三采女があったとし、三采女の一人として「初鏡王額田部姫女　生一女　十市生」と記している。額田王の出生地については二説ある。一つは伴信友（『長等の山風』）が提唱し鹿持雅澄、武田祐吉・金子元臣・谷馨等が継承した大和国平群郡額田郷とする説であり、もう一つは本居宣長（『玉勝間』）が提唱し橘守部・折口信夫などが継承した近江国鏡山山麓の鏡里、あるいは狭額田が考えられているが確証はない。額田王と天智天皇・天武天皇との関係は古くから三角関係として伝えられてきた。『万葉集』中には長歌三首、短歌九首の計十二首を収めるが、部立別にみると雑歌七首、挽歌二首、相聞三首である。また雑歌七首のうち作者が天皇であるという異伝を記す左注をもつものが四首（巻一・七、八、一七、一八）あり他にみられない特殊性をもっている。

斉明七年（六六一）に西征の軍団が出航した時詠んだ歌

熟田津に船乗りせむと月待てば潮もかなひぬ今は漕ぎ出でな（巻一・八）

この歌の作者は題詞に額田王とあるが、左注では斉明天皇とある。四句切れなどの表現の特色や六十八歳の老齢である天皇の歌とはみられないことから天皇に代わって詠んだ額田王の代作歌と考えてよいだろう。この題詞と左注の違いについて、題詞に記された作者を実作者とみて、左注に記された作者は形式上の作者だと考えられている（伊藤博）。また、額田王と天智天皇・大海人皇子（天武天皇）との三角関係について言われてきた歌、
　あかねさす紫野行き標野行き野守は見ずや君が袖振る
（巻一・二〇）
　紫草のにほへる妹を憎くあらば人妻ゆゑにわれ恋ひめやも（巻一・二一）
の二首については、天智七年（六六八）の五月五日の蒲生野の薬猟の際、かつての恋人である大海人皇子が額田王に向かってしきりに袖を振って愛情を示したという実景描写の歌であると言われてきた。しかし、一方では蒲生野の夜の宴席でのたわむれに作って応酬した歌であろうといわれる（伊藤博）。また、紫の恋の物語というべきものに発展すべき、〃歌語り〃の存在ということも考えられている（桜井満）。このように多様にこの歌について推定されている。また、中大兄三山歌（巻一・一三〜一五）では、大海人皇子に嫁した額田王を、のちに天智天皇が愛して奪ったのだという恋愛物語として伝えられてきた。
　天智六年（六六七）近江遷都に際しての三輪山との別れの歌（巻一・一七、一八）については、人々の代弁者的な存在として額田王の宮廷における職掌を物語っているという。三輪山は、三輪神社のご神体である。この三輪山の神である大物主神の怒りをしずめるための祭祀が国境の峠で行われ、儀礼を表すものとして額田王は、国魂のこもる三輪山に対して鎮魂歌を詠んだという（高崎正秀）。

【参考文献】谷馨『額田王』（早稲田大学出版部、昭和三十五年）、神田秀夫『初期万葉の女王たち』（塙書房、昭和四十四年）、中西進『万葉集の比較文学的研究』（桜楓社、昭和三十八年）、中西進『万葉史の研究』（桜楓社、昭和四十三年）、青木生子「額田王―歌風とその在り方」（『万葉集講座』5、有精堂）
（針原孝之）

## 能因法師（のういんほうし）

歌人【生没】永延二年〜？（九八八〜？）【歴史・伝説】俗名、橘永愷。法名、融因。後に能因と改める。忠望の孫、元愷の子。長和二、三年（一〇一三、一〇一四）二十六、七歳頃に出家し、摂津国の難波・児屋・古曾部に住む。古曾部には能因塚があり、中世末期には知られていた。古曾部入道ともいう。中古三十六歌仙の一。文章生となり、肥後進士と号す。一説に、馬の交易に従事していたとされるほど、甲斐・三河・陸奥・美濃・伊代・美作等、行動範囲が広い。特に陸奥への二度の旅は、自身の詠歌にも大きな影響を与えたとされる。『後拾遺和歌集』羇旅歌「都をば霞とともに立ちしかど秋風ぞ吹く白河の関」は、『能因法師集』では奥州から下向しての作とするが、現実性を持たせるために「人にも知られず久しく籠居て、色をくろ

く日にあたりなして後、みちのくの方へ修行の次によみたり」と虚偽であったとした逸話も残る（『古今著聞集』『愚秘抄』）。『袋草紙』によれば、和歌を藤原長能に師事し、歌道の「師伝相承」の先例を作ったとされる。歌集に、源道済・大江公賢など『拾遺集和歌集』歌人等の名が見え、交流を窺わせる。また後年になると、藤原経衡らの和歌六人党と交わり、指導的役割を担っていたようである。また、行脚歌人として、西行以下に影響を与えた。また『枕草子』の作者清少納言の子橘則長は、橘元愷の女、つまり能因の姉妹と結婚している。そのため、能因がもとにあった『枕草子』を書写したという奥書の「能因本」と呼称を持つ『枕草子』諸本が江戸期には多く流布し、北村季吟をはじめ、国学者の底本とされた。最終詠歌は永承五年（一〇五〇）。私撰集『玄々集』や、詠歌作法の手引きとも言える『能因歌枕』の著がある。家集に『能因法師集』。『後拾遺集』以下に六十七首入集。

**【参考文献】** 大日本史料（長保二年十二月、寛弘六年正月、寛仁三年）

（原　由来恵）

# は ひふへほ

## 禖子内親王（ばいしないしんのう）

歌人【生没】長暦三年～永長元年（一〇三九～一〇九六）【歴史・伝説】後朱雀院第五皇女（『大日本史料』）。第四皇女とするものもある。母は中宮嫄子。母は、禖子内親王を八月十九日に出産すると間もなく同月に死亡。そのために、頼通の高倉第において養育されたので、高倉第の四宮とも呼ばれた。禖子内親王は、永承元年（一〇四六）八歳でト定され斎院となるが、病気のため康平元年（一〇五八）退下した。禖子内親王の祖父具平親王を六条宮と称したので、禖子内親王を六条斎院と号した。六条斎院は、幼少の頃から和歌に親しんだ。賀茂斎院時代に催された十五度を「六条斎院歌合」と呼んでいる。退下後も病を押して十度の歌合を開催した。このように歌合を催したのは、外祖父関白頼通が特別に禖子内親王を鍾愛し、病弱な身を慰めるためであったろうといわれている。禖子内親王は、大斎院（選子内親王）とともに歴代斎院のなかでも最も文名が高い。歌合は、二十五度にわたる史上最大の開催回数。天喜三年（一〇五五）五月三日の「題物語歌合」は、新作十八物語の中の詠歌を九番に番《つが》えたものである。この歌合は、物語創作の一つの場として十八の物語名と作者名とを表し、物語研究上からも貴重な資料という評価を得ている。

【参考文献】『大日本史料』（東京大学出版会、昭和七年二月）、萩谷朴『平安朝歌合大成』（同朋舎出版、一九九六・二）、『国史大辞典』（吉川弘文館、平成二年八月）

（中山幸子）

## 伯母（はくのはは）

平安期の歌人・康資王の母【生没】未詳【歴史・伝説】筑前守高階成順の女。母は伊勢大輔。花山天皇の皇孫である延信王に嫁ぎ、康資王（神祇伯）を産む。後に、常陸守藤原基房の妻となった。後冷泉皇后四条宮寛子に仕え、父の官から四条宮筑前と呼ばれたが、後年は伯母として知られる。中古三十六歌仙の一人。藤原師実などに寵愛され、歌会で活躍する。『後拾遺集』に初出。勅撰入集四十首。『康資王母集』（伯母集ともいう）がある。集のほとんどは自選と思われ、はじめに公的な歌群、後半は私的な歌群と、勅撰集に準じた配列がなされている。

**【参考文献】**『大中臣家の歌人群』保坂都、「康資王母と常陸介基房」（『古典文学論考』）森本元子

（浅見知美）

## 服部嵐雪（はっとりらんせつ）

俳人・蕉門十哲の一人**【生没】**承応三年～宝永四年（一六五四～一七〇七）幼名久米之介、のちに孫之丞・彦兵衛・藤左衛門。別号嵐亭治助・雪中庵・黄落庵など**【歴史・伝説】**江戸湯島に生まれ、武家奉公のかたわら俳諧を学んで二十二、三歳のころ芭蕉に入門。三十五歳の時奉公をやめて俳諧の宗匠となった。蕉門高弟として芭蕉から「草庵に桃桜あり。門人に基角嵐雪あり」と讃えられたが、俳諧活動の方法を巡って『笈の小文』の旅のあとや、死期近い師の不興を買っている。「軽み」は解し得なかったものの、「梅一輪一輪ほどの暖かさ」「蒲団着て寝たる姿や東山」といった清雅で叙情的な句を残し、自らの門人も多い。芭蕉の死の翌年出家。編著に『或時集』『其袋』、句集に『玄峯集』など。墓所は雑司ヶ谷本教寺。

（鈴木　邑）

## 林羅山（はやしらざん）

江戸時代初期の儒者・江戸幕府儒官の代表的人物であり、林家の始祖**【生没】**天正十一年八月～明暦三年（一五八三～一六五七）**【歴史・伝説】**京都四条新町生まれ。父は信時。名は信勝、忠。通称を又三郎。儒学者名を羅山。僧名を道春。別号を羅浮子《らふし》・夕顔巷《せきがんこう》。十三歳のとき建仁寺に入るが得度はせず、二年後帰宅した。二十二歳のとき朱子学を志し、藤原惺窩の門人となった。慶長十年（一六〇五）二条城で徳川家康に拝謁し、その信任を得て幕府の法度や、外交文書の作成に携わることとなる。同十二年（一六〇七）には江戸城で徳川秀忠に拝謁、駿府の家康に仕え道春を名乗った。以後家光・家綱までの四代の将軍に侍講として仕えた。寛永七年（一六三〇）江戸上野の忍岡に昌平黌の前身となる家塾を開き、門人の育成にあたった。この間将軍家から過分な待遇を受け、知行も徐々に増えていったが、いわゆる明暦の大火（明暦三年・一六五七）により書庫が消失、蔵書の殆んどを失うに至った。これにより精神的ショックを受けた羅山は、この数日後に死亡した。儒礼に則り一旦は上野の屋敷内に葬られたが、元禄十一年（一六九八）に改葬され、東京都新宿区市谷山伏町の林氏墓地に眠る。羅山は博学多識で、学問や儀典にかかわる多彩な幕政に従事し、儒学者の社会的地位の向上と儒学の普及に大きな貢献をした。その主な著書には、『三徳抄』『春鑑抄』『儒門思問録』など和文の啓蒙書籍が多い。また漢詩文の世界にあっては、中世以来その担い手であった五山の禅僧にかわり、近世にあっては朱子学者を中心とする儒者

が、新しい時代の漢詩文作者として登場した。その始点にいたのが藤原惺窩であり、林羅山であった。羅山中心に形成された林家門流は、近世前期漢文学界の中核勢力となった。

【参考文献】『時代別日本文学史事典』（東京堂）、『日本史辞典』（岩波書店）、『國史大辞典』（吉川弘文館）　　（柳澤五郎）

## 早野巴人（はやのはじん）

江戸時代中期の俳人【生没】延宝四年～寛保二年（一六七六～一七四二）【歴史・伝説】早野氏、下野国那須郡烏山（現栃木県那須郡烏山町）の人。名を忠義、通称を新左衛門または甚助。号は巴人が一般的であるが、他に宗阿・宋阿・夜半亭・竹雨などがある。早くから江戸に至り、俳諧を榎本其角・服部嵐雪から学んだ。さらに禅にも興味を持ち、竹道禅師に参禅した。其角・嵐雪死後も時流に流されず、自己の信念を貫いた。元文二年（一七三七）日本橋本石町に庵を結び、夜半亭と称した。同年与謝蕪村が巴人に入門し、師宅に同居して内弟子となる。この両者は、あたかも親子同様の関係であったようだ。墓は、江戸浅草即随寺と京都椿寺にある。

【参考文献】『國史大辞典』（吉川弘文館）、『日本古典文学大辞典』（岩波書店）、『蕪村』（岩波書店）　　（柳澤五郎）

## 伴信友（ばんのぶとも）

江戸時代の国学者【生没】安永二年～弘化三年（一七七三～一八四六）【歴史・伝説】幼名は惟徳。通称は鋭五郎、後に州五郎と改める。「事負」、「特」を号とする。事負「ことい」と読むこの号は、徳川家康遺訓の「人の一生は重き荷を負ふて遠き道を行くが如し、急ぐべからず」から取ったものである。特という号も「ことい」と読むが、これは道歌の「惰らず行かば千里の末も見ん、牛の歩みのよしおそくとも」によるという。信友は平田篤胤・小山田与清とともに「三大家」、また、香川景樹・橘守部・平田篤胤と並称して「天保四大家」とも呼ばれた。『神社私考』など三百巻を著し、校定した古典は二百六十巻に及ぶ。代表作に『比古婆衣』がある。信友は若狭国小浜藩士山岸惟智の四男として生れる。十四歳で同藩伴信当の養子となり、藩主酒井忠貫・忠進に仕え、江戸・京都に勤仕した。本居宣長・荷田在満・賀茂真淵らの諸書を自ら写し校読し、特に『古事記伝』や『詞の玉緒』に触れ、宣長の学風に傾倒した。二十九歳の時に本居宣長門下の村田春門に仲介を依頼し、宣長に入門しようとしたが、その時既に宣長は死去しており、直接会うことは叶わなかった。結局、宣長の養子の本居大平に国学を学ぶことになり、この時、平田篤胤・屋代弘賢らと交わり修養をつんだ。文政四年（一八二二）、信友は藩の職を辞し、家督を長男の信近に譲り、学問に専念した。平田篤胤とは、始め友好関係にあったが、後に決別、絶縁状態となる。信友は「いまはには何をかいはんよのつねに言ひし言葉そ我こころなる」という辞世の句を残し、弘化三年十月十四日、京都所司代邸内において、七十四歳でその生涯を閉じ、若狭国遠敷郡伏原村（現在の福井県小浜市）発心寺に葬られた。国学考証家の第一人者でありながら、師弟関係を好まず、生涯弟子を持たなかった。明治二十四年十二月、考証学の功績に対して正四位が追賞された。

（冨澤慎人）

## 平賀源内（ひらがげんない）

江戸時代の自然科学者・物理学者【生没】享保十三年～安永八年（一七二八～一七七九）【歴史・伝説】平賀源内は、讃岐国高松藩白石氏の出身。寛延二年（一七四九）家督を継いだ際に平賀姓に改め、平賀国倫と称した。源内（または元内）は通称。宝暦二年（一七五二）から一年間、藩主の命によって長崎に遊学、ここで蘭学を中心に舶来の学問、とりわけ自然科学に触れたことが、おそらく源内の生涯に決定的な影響を与えたことは想像に難くない。その後儒学や国学等も一応は学ぶものの、やはり彼の本領は、自然科学、当時の呼称に従えば本草学であった。そういう意味で、後年談義本といわれる戯作や浄瑠璃などの作者として、また幕府の鉱山開発に一役買うなど実業家としても活躍するものの、明和五年（一七六八）のタルモメイトル（寒暖計）の制作や、あまりにも有名な本邦初のエレキテル（摩擦起電機）の復原など、彼はまず第一に自然科学者（物理学者）であったというべきであろう。

宝暦四年（一七五四）、家督を義弟に譲って江戸へ出、本草学者として身を立てようとする。高松藩からはその後医術修行名目や薬坊主格の地位を得て格別の俸禄を得るが、同十一年（一七六一）には有名な「禄仕拝辞願」を藩に出して、以後身分としては全くの浪人となる。この理由について、低い出自にもかかわらず身分以上の俸禄を得ていることへの周囲の妬み、また一学者としての活動の自由が閉鎖的な藩の封建体制に束縛されることなどが挙げられるものの、いざ自由の身となった彼に待ち受けていたものは、広く日本社会全体に蔓延する閉鎖性、いいかえれば「村」根性であった。才能ある者、個性豊かな者をその個性ゆえに妬み、異端視し、また金になるうちは期待し群がり、それが裏切られれば社会から抹殺する。風来山人と号して余技に書いた談義本「放屁論」に、「近年の下手糞ども、学者は唐の反古に縛られ」「医者は…議論はすれども治《ヂ》する病《ヤマヒ》も療《ナヲ》し得ず」「俳諧の宗匠顔は、芭蕉・其角が涎を舐《ネブリ》」「茶人…利休・宗旦が糞を嘗る」と、屁や糞の話題で読者を煙に巻きつつ実は本音を吐露し、指をさして糾弾している。

溢れんばかりの才能ゆえに、その人生は不遇であった。
【参考文献】中村幸彦校注『風来山人集』（日本古典文学大系、昭和三十六年）
（三野知之）

## 平賀元義（ひらがもとよし）

江戸時代後期の歌人【生没】寛政十二年～慶応元年（一八〇〇～一八六五）【歴史・伝説】備中国（現岡山県）生まれ。父は岡山藩平尾新兵衛長春、母は百元氏代子。幼名は猪之助・七蔵。通称喜左衛門または丹介とも。号は吉備雄・吉備処士・源猫彦など。元義は当初主家に仕官したが、文政三年（一八二〇）弟に家督を譲る。二十一歳のときであるがその理由は詳らかではない。天保三年（一八三二）の冬脱藩し、本姓である平賀姓に復氏する。そして中国地方一帯を漂泊する。安政四年（一八五七）には、美作国勝田郡（現在の岡山県久米郡）に「楯之舎塾」を創設するも二年後にこれを閉鎖した。歌人としての元義は、賀茂真渕に私淑しいわゆる万葉調の歌を詠じた。元義の歌は、明治初期には無名に等しかったが、同中期に歌人正岡子規が「歌よみに与ふる書」を新聞「日本」に発表、この中で源実朝につづく格調高い万葉調歌人として田安宗武・橘曙覧と並んで元義を激賞した。これにより元義は、勇躍して世に知られることとなり今日に至っている。もっとも「歌よみ」が発表された直後は、子規の歌論は当時の斯界にさほど受入れなかったし、この主張に同意した者はごく少数であったという。この少数派に組した、伊藤左千夫や長塚節ら根岸派と呼ばれた者が、出版事業を通して世に浸透していったのである。子規が平賀元義を知ったのは、『万葉集』研究をしていた某日、知人からこの名を聞いたことにはじまる。世の中が騒然としてきた慶応元年（一八六五）十二月道路脇の側溝に落ちて凍死した。元義生来の奇矯によるものか、あるいは飲酒酩酊によるものか。墓は、死亡地の備前国上道郡大多羅村（現岡山県岡山市）の中山家墓地にある。
【参考文献】『日本近世人名辞典』（吉川弘文館）、『國史大辞典』（吉川弘文館）
（柳澤五郎）

## 平田篤胤（ひらたあつたね）

国学者【生没】安永五年～天保十四年（一七七六～一八四三）【歴史・伝説】安永五年、出羽国秋田郡久保田に生まれる。二十歳の時、郷里を出奔、江戸に出る。その後五年間程の動静は不明だが、その間後に妻となる石橋綾瀬と出会う。寛政十二年（一八〇〇）備中松山藩士平田篤穏の養子となる。享和三年、太宰春台を批判する『呵妄書《かもうしょ》』を著し、文化元年（一八〇四）「真菅之屋」を号して自立。後これを「気吹乃屋《いぶきのや》」と改めた。国学の先人本居宣長とはついに会う事が叶わなかったが、宣長への思慕の念が夢中での師との対面を果たし、感激した篤胤はその様子を絵に描かせた（「夢中対面図」）。はじめ宣長の影響を強く受けていた篤胤だが、やがて『霊之真柱《たまのまはしら》』（文化十年刊）において、死者の霊の行く先を宣長の説く「黄泉の国」ではなく大国主命の支配する「幽冥」へ行くと説き、以後篤胤独自の思想を築いて行くこととなる。篤胤の幽冥への関心は深く、天狗にさらわれて仙界を見聞した仙童寅吉に取材した『仙境異聞』や、生まれ変りの記憶を持つ勝五郎への聞書『勝五郎再生記聞』を著した。これらの著作は篤胤の天地開闢は万国同一であるとの考えにより、その目は広く海外にも向けられ、インドや中国に関する『印度蔵志』や『赤県太古伝』を著した。天保十二年、『天長無窮暦』が幕府の目にとまり、著述差止めを受ける。江戸退去を命じられ、久保田に戻り秋田藩士となる。江戸帰還の望みを果たすことなく天保十四年（一八四三）帰幽。門弟五百人余、没後の門人千三百人余といい、篤胤没後に平田学派は町人・富裕層にも広がり、その思想は幕末・明治初期に強く影響力を持った。国学四大人の一人。故郷秋田に篤胤と門人佐藤信淵を祭神とする彌高神社がある。

**【参考文献】**子安宣邦『平田篤胤の世界』（ぺりかん社、平成三年）、『別冊太陽 平田篤胤』（平凡社、平成十八年）（神山忠憲）

## 広瀬惟然（ひろせいぜん）

俳人、通称源之丞、別号素牛・風羅堂・鳥落人・湖南人など**【生没】**?～宝永八年（?～一七一一）**【歴史・伝説】**美濃国関（岐阜県関市）の酒造家に生まれ、幼時に名古屋の富商の養子となり家業を継ぐが、妻子を残して家出、元禄元年四十一、二歳で芭蕉に入門した。芭蕉の関西滞在中はよく行動を共にし、最後の旅にも同道した。その没後は師の句を盛り込んだ風羅《ふうら》念仏を唱えながら諸国を放浪し、蕉門俳諧を広めた。奇行奇癖で知られ、「水鳥やむかふの岸へつういつうい」「別るるや柿喰ひながら坂の上」など軽妙洒脱な句が多く、のちには無季や口語調の句も作った。漱石の『草枕』中、金峰山の峠の茶屋で詠まれる「春風や惟然が耳に馬の鈴」でもその名が知られる。晩年は関の弁慶庵に住んだ。編著に『藤の実』『二葉集』がある。（以上、鈴木　邑）

元禄元年（一六八八）六月、芭蕉が岐阜を訪れた時、蕉門に入門したと思われる。元禄七年には『藤の実』を撰集した。芭蕉没後は、元禄十四年に、京都の岡崎に移り、「風羅念仏」（木魚に似た鳴物を叩きながら芭蕉の句を念仏のように唱えながら歩くこと）を始めた。惟然の句法は姫路地方で特に盛んに行われ、千山らの門人らに継承された。口語調の句を得意とした惟然であったが、芭蕉没後は「句は出るまゝなるをよしとす。これを斧正するは却つて低みに落つ」（去来『答許子問難弁』）というどこまでも自由なだけの句調になり、芭風の神髄を追求した作品を生み出すことはできなかった。

【参考文献】 潁原退蔵「芭蕉と門人」（潁原退蔵著作集十二、昭和五十四年十月）
（以上、友田　奏）

## 藤原顕季（ふじわらのあきすえ）

歌人 【生没】 天喜三年～保安四年（一〇五五～一一二三）

【歴史・伝説】 藤原氏北家末茂流で、美濃守隆経の男。母は大舎人頭藤原親国女親子で、白河天皇の乳母であった。承保二年（一〇七五）の讃岐守着任以後丹波・尾張・伊予等々、三十年ほど国司を勤めた。その間応徳三年（一〇八六）白河院時代に院別当となり、また寛治八年（一〇九四）修理大夫《しゅりのだいぶ》を兼ねた。六条烏丸に宿所があったので、世に六条修理大夫と称せられた。康和六年（一一〇四）造営の賞により、非参議正三位となった。長年にわたって京都近辺の熟国（豊かな国）の国司を歴任したため、その財力は相当なもので、それをもって造営・造寺の功績をあげ、白河院からの恩顧も受けて、世に注目される人物となった。長治元年（一一〇四）の仁和寺阿弥陀堂建立は話題となった（『中右記』）。文化人としても『承暦二年内裏歌合』『従二位親子草子合』『郁芳門院根合』等々に出席している。特に歌人として才能を発揮し、白河院歌壇を指導した。『堀河院御時百首和歌』では、代表的な歌人となっている。元永元年（一一一八）六月六条東洞院の亭で開いた柿本人麻呂の絵像を祭っての歌会は、後の人麻呂影供《えいぐ》の手本となった（『古今著聞集』巻五）。元永二年の『内大臣家歌合』、保安二年（一一二一）の『内蔵頭長実家歌合』等の判者も勤めた。こうして顕季は歌道六条家の祖ともなった。源俊頼の影響を受けながら、穏和な歌風を示した。家集に『六条修理大夫集』があり、勅撰集では『後拾遺集』以下五十七首入集している。保安三年修理大夫を息男長実に譲り、翌年出家した後に没した。

【参考文献】 川上新一郎「藤原顕季伝の考察」（国語と国文学、昭和五十二年八月号）
（石黒吉次郎）

## 藤原顕輔（ふじわらのあきすけ）

歌人 【生没】 寛治四年～久寿二年（一〇九〇～一一五五）

【歴史・伝説】 歌道の六条家の祖に当たる修理大夫《しゅりのだいぶ》藤原顕季の三男。母は非参議従三位大宰大弐藤原経平の女。父顕季は白河院の恩顧を受け、母方の家も院の近臣であったため、顕輔も順調な出世を遂げた。康和二年（一一〇〇）十一歳で白河院判官代、続いて六位蔵人、同年備後権守となった。越後守・加賀守等を経て、元永元年（一一一八）には正四位下美作守となった。保安四年（一一二三）譲位した鳥羽上皇の院別当となった。そして鳥羽院寄りとなったためか、讒言により白河法皇の勘気を受けて、大治二年（一一二七）昇殿を停められた。大治四年法皇が崩御すると、鳥羽院政のもとで官界に復帰した。関白藤原忠通の女聖子が崇徳天皇の中宮となると、中宮亮となっている。のちに正三位左京大夫となった。父や長兄長実など家族には歌人が多かったため、顕輔も早くから和歌をたしなみ、永久四年（一一一六）『六条宰相家歌合』、元永元年顕季家『人麿影供和歌』など一族の歌合・歌会に加わって頭角を現わし、父顕季にその没前に「人丸の影《えい》」を贈られ、六条家の和歌の後継者となった。大治三年『西宮歌合』、長承三年（一一三四）『中宮亮顕輔家歌合』等多くの公私の歌合・歌会で活躍した。有力歌人であった藤原基俊が康治元年（一一四二）に没すると、崇徳院や忠通の後盾もあって、歌壇の第一人者となった。久安五年（一一四九）には『久安百首』を詠進し、崇徳院の命により、仁平元年（一一五一）勅撰集『詞花集』を撰進した。『金葉集』以下の勅撰集に入集、家集に『顕輔集』がある。没する前には「人丸の影」を二男清輔に伝えた。

**【参考文献】**井上宗雄『平安後期歌人伝の研究』（増補版、笠間書院、昭和六十三年）　（石黒吉次郎）

## 藤原明衡（ふじわらのあきひら）

平安時代中期の詩人**【生没】**?～治暦二年（?～一〇六六）

**【歴史・伝説】**敦信の嫡男で母は良峰英材女（一説に橘恒平女）。字は耆莱または安蘭（『江談抄』）。明衡は『本朝文粋』や『明衡往来』の編纂者として、又『新猿楽記』の著者として有名であるが、生涯についてはほとんど明らかでない。黒川春村『碩鼠漫筆』の「明衡朝臣小傳」がまとまっており詳しい。長和三年（一〇一四）に学問料を支給されたが、元々儒家の出身でないことから、対策（文章得業生になる為の試験）になかなか合格せず、後輩にも追い越され、十八年後の長元五年（一〇三二）に合格した。その労により左衛門尉に任ぜられた（『除目大成抄』）が、長元七年（一〇三四）十一月に一大不祥事を起こしている。「傳聞、省試日散位實範朝臣并左衛門尉明衡等、進寄試廳東妻、及見學生等詩、（藤原定倫、安部親經、平頼伴）頗加取捨云々、事及披露、關白相府重被咎仰、仍試可破云々、誠古今之間未見未聞事也」（『左経記』十一月廿五日）とあり、十二月九日には式部丞橘季通から詳しい報告がなされている。十一月二十日に省試が行われ、試験責任者・橘季通は正庁の北側で監督していた。夕暮れ近く薄暗くなった頃、東壁の外で人の声がした。そこで式部省の役人に騒音を止めさせ、先例によって式部録二人を監視に置いて一寸席をはずした。この間に学生が席を離れ、壁外の人は試験場の東壁の南妻により、学生に字様を書いて見せたり、文字の声訓を教えたりした。この時の学生は藤原定倫・安倍親經・平頼伴、壁外にいた藤原能通・主殿頭道成（姓不明）・藤原實範・左衛門尉明衡のうち、實範と明衡の二人が不正を行ったことが判明した。また、数年経った長久二年（一〇四一）三月にも明衡は再び省試をめぐって事件を起こした。省試で奉った詩が鶴膝病を犯したという理由で落第した学生藤原行善は中文を奉って愁訴した。その中文の内容で、漢朝の事を学生が熟知している筈がないとして、学生を引汲教示した儒士を究明し、明衡の所為であることが判明した（『春記』）。何故このような軽率な事をしたのか判明しないが、『春記』の作者は彼の「不落居」な（心落ち着かない）性格からだとしている。『今昔物語集』巻二十六の「藤原明衡朝臣若時行女許語」が裏付ける。又、儒家の出身ではない明衡が辛酸を嘗めた大学や学会の沈滞した空気に我慢できず、世を拗ね己の才能を誇示したのではないかという。これらの事件を起こした明衡だが、博学の学者であり、文章や詩、和歌に優れていた。しかし最大の功績は、我が国初の文章の手本として『本朝文粋』を編纂したことや、手紙の書き方を教える目的で『明衡往来』を作り、庶民が熱狂した猿楽を『新猿楽記』に記し、日本演劇史に貢献したことである。

**【参考文献】**大曾根章介『王朝漢文学論攷』（岩波書店）（清水道子）

## 藤原家隆（ふじわらのいえたか・かりゅう）

歌人　**【生没】**　保元三年～嘉禎三年（一一五八～一二三七）

**【歴史・伝説】**　父は藤原光隆、母は藤原実兼女。幼い頃より非凡な歌才を示し、「霜月の霜のふるこそ道理なれなど十月に十はふらぬぞ」と詠んで称賛を得たという（『正徹物語』・『八雲御抄』）。安元元年（一一七五）に十八歳で従五位下に叙爵された頃より藤原俊成に和歌を学び、『古今著聞集』二一二によると新古今歌人である寂蓮の婿になったという。『千載和歌集』に四首入集した後、建久四年（一一九三）に藤原良経が主催した『六百番歌合』に出詠した頃より九条家歌壇において歌才を認められ、後鳥羽院が和歌を学び始めた時、藤原良経より「家隆は末代の柿本人麻呂であるから、家隆の歌をお学びください」と推薦されたという。藤原定家と並び称される歌人として活躍し、建仁元年（一二〇一）七月には後鳥羽院の復興した和歌所寄人となり、同十一月『新古今和歌集』の撰者に任ぜられる。多作である上に秀歌の多さは後鳥羽院による『後鳥羽院御口伝』においても称賛され、『井蛙抄』には生涯に六万首を詠じたとされる。その歌風は「たけもあり、心も珍しく見ゆ」と評され、清澄な歌風を特色とする。承久三年（一二二一）の承久の乱後も配流された後鳥羽院・土御門院・順徳院と和歌の交流を続け、嘉禎二年（一二三六）の『遠島御歌合』などに出詠している。『古今著聞集』二一七には土御門・後嵯峨両院が初めて詠んだ和歌の評価を家隆に求めたことが伝えられ、歴代天皇に和歌の師として信頼されていた様子が窺える。『古今著聞集』二一八には三井寺の行意僧正が赤痢に罹り生死の淵をさまよっていた時、信貴山寺に詣でると、鬼神が家隆の和歌を詠吟した夢を見て病が治癒したという逸話が残される。また『古今著聞集』七〇四・七〇五・七〇六にはヒヨドリやイカルなどの鳥を秘蔵し、囀りを愛でる歌人たちと鳥の和歌をやりとりしていた様子が窺える。嘉禎二年（一二三六）十二月二十三日、七十九歳で病のために出家し、翌三年（一二三七）四月八日に四天王寺に赴き、阿弥陀如来の教えに帰して法名を仏性とし、念仏を唱えて七首の和歌を詠じた後の八日に願いのとおり端坐合掌して没したという（『古今著聞集』・『十訓抄』など）。大阪市天王寺区の夕陽ヶ丘に伝藤原家隆塚がある。六家集の一つである私家集『壬二集』は藤原基家編の他撰家集であり、その他多数の歌論書も記したとされるが、それらのほとんどは仮託書と思われる。

**【参考文献】**久保田淳『藤原家隆集とその研究』（三弥井書店、昭和四十三年）、松井律子『藤原家隆の研究』（和泉書院、平成九年）

（上宇都ゆりほ）

## 藤原宇合（ふじはらのうまかひ）

不比等の第三子・式家の祖**【生没】**持統八年（一説に天武十三年（六八四）生）～天平九年（六九四～七三七）**【歴史・伝説】**霊亀二年（七一六）、遣唐副使、従五位下。養老三年（七一九）常陸守として、安房・常総・下総三国を管掌。神亀元年（七二四）持節大将軍として遠征を行い、蝦夷征討。神亀三年（七二六）知造難波官事。天平元年（七二九）長屋王の変の際、王の弟を包囲。同三年（七三一）参議。同四年（七三二）、西海道節度使。薨去の時、参議式部卿兼大宰帥正三位。『懐風藻』に詩六編、『経国集』に賦一編。『万葉集』に、六首の歌を残す。『常陸国風土記』は、宇合が常陸守時代の成立か。『万葉集』に高橋虫麻呂の常陸国の歌が多数あるが、これを宇合の常陸守の在任の頃の作と推定する説があり、それに従えば二人は上司と下僚として長年関りをもったことになる。

**【参考文献】**金井誠一『万葉詩史の論』（昭和五十八年、笠間書院）

（住谷はる）

## 藤原興風（ふじわらのおきかぜ）

歌人**【生没】**未詳**【歴史・伝説】**藤原京家の家柄で、歌学書『歌経標式』を著わした浜成の曾孫に当たる。相模掾道成の男で、極位は正六位上であった（『尊卑分脈』）。宇院藤太と呼ばれ、昌泰三年（九〇〇）相模掾、延喜四年（九〇四）上野権大掾、同十四年下総権大掾などを歴任した（『古今和歌集目録』）。三十六歌仙の一人で、『寛平御時后宮歌合』『宇多院歌合』『亭子院歌合』等に加わり、『古今集』以下の勅撰集に約四十首入集している。家集に『興風集』がある。「誰をかも知る人にせむ高砂の松も昔の友ならなくに」（古今集・雑上）は、『小倉百人一首』に取られ、また世阿弥の能「高砂」にも引用されている。

**【参考文献】**日本古典文学会編『興風集（藤原定家手沢本）』（復刻日本古典文学館第2期、ほるぷ出版、昭和五十三年）（石黒吉次郎）

## 藤原鎌足（ふじはらのかまたり）

御食子の長子・母は大伴夫人・不比等らの父・藤原氏の祖**【生没】**推古二十二年～天智八年（六一四～六六九）**【歴史・伝説】**『家伝』に、母親の胎内に居る頃からその泣き声が聞こえ、十二ヵ月の間胎内に居た後に誕生したとある。幼い頃より、学を好み、広く兵書を読んだ。皇極四年（六四五）中大兄皇子と協力し、大極殿において蘇我入鹿を暗殺。大化の新政への道を開いた。近江令を制定、藤原氏専制の基盤を築く。天智八年（六六九）大病を患い、天皇の見舞いを受けたが、この時天皇より大織冠内大臣を授かり、氏に藤原姓を賜る。『万葉集』巻二に鏡王女への答歌「玉くしげみもろの山のさな葛さ寝ずは遂にありかつましじ」（九四）と、采女である安見児を特別に許され妻とした際に歌った歌「我はもや安見児得たり皆人の得かてにすといふ安見児得たり」（九五）の二首がある。（住谷はる）

## 藤原清輔（ふじわらのきよすけ）

院政期の歌人・歌学者**【生没】**？～安元三年（？～一一七七）。一説に、長治元年（一一〇四）生まれ**【歴史・伝説】**顕輔（『詞花和歌集』撰者）の第二子。母は高階能遠女。兄に顕方が、弟に重家・顕昭・季経がいる。「歌の方の弘才は、肩を並ぶる人なし。」と評される（鴨長明『無名抄』）。六条藤家の中心的人物として、藤原俊成の御子左家と対抗し、歌道の家としての家門の隆盛に努めた。父顕輔とは不和だったらしく、若年の頃の事跡はほとんど知られていない。『詞花集』撰進作業の助力をしたが、清輔の意見は容れられなかったという（『袋草子』）。『詞花集』の批判書である、藤原教長の『拾遺古今』に助力をしたという（『八雲御抄』）。父の晩年に和解し、柿本人麻呂の影と破子の硯を伝えられて歌道の家を継ぐ。反『詞花集』の撰集である、寂超の『後葉和歌集』に対して『牧笛記』を著わして反論した（『八雲御抄』）。二条天皇の下命により『続詞花和歌集』を撰進したが、帝の崩御（永万元年、一一六五）により勅撰集にはならなかった。晩年、父顕輔から伝えられた人麻呂の影と破子の硯を重家に、和歌文書を季経に譲って、歌門の伝統を委ねた（『古今著聞集』）。家集に『清輔朝臣集』がある。その他、『奥義抄』（崇徳院に献上）、『和歌一字抄』、『和歌初学抄』（藤原基房に献上）、『和歌現在書目録』（顕昭・藤原経平と共編）、『袋草子』、『題林』などを著わした。『千載和歌集』に初出。勅撰集入集九十六首。

**【参考文献】**井上宗雄『平安後期歌人伝の研究』（笠間書院、昭和五十三年）。谷山茂『千載和歌集とその周辺』（角川書店、谷山茂著作集3、昭和五十七年）、『新古今時代の歌合と歌壇』

（同4、昭和五十八年）

（保科　恵）

## 藤原公任（ふじわらのきんとう）

歌人・歌学者【生没】康保三年～長久二年（九六六～一〇四二）【歴史・伝説】通称、四条大納言。太政大臣実頼孫、太政大臣頼忠男。摂関家の嫡流に生まれ、天元三年（九八〇）十五歳のとき清涼殿で元服、従五位下となる。翌年には従四位下、その翌年には従四位上、ついで永観元年（九八三）には左近衛権中将となるなど、順調に官途を登った。しかし、同腹姉で円融天皇皇后遵子、同腹妹で花山天皇女御諟子に懐妊がなく、政権が藤原兼家に移ると、昇進が滞る。最終的な官位は正二位権大納言で、大臣に登ることなく終わった。官位について不満を抱いていたとはいえ、公任は藤原斉信、行成、源俊賢とともに一条朝の四納言と称され、華やかな道長の栄華を支える有能な文化人であった。

その有能、多才を伝える話は多い。たとえば、藤原兼家は公任の豊かな才能を羨望し、「我が子どもの、影だに踏むべくもあらぬこそ口惜しけれ」と残念がったという。これに対して、しょんぼりしている兄弟の中で、道長だけが「影をば踏まで、面をや踏まぬ」と言い返した（『大鏡』）。また、道長は大井川遊覧の際、作文・和歌・管弦の名人を三舟に分乗させた。その時、道長にどの舟に乗るかと尋ねられた公任は、和歌の舟に乗って秀歌を詠み絶賛された。しかし、公任自身は、作文の舟に乗っていたらもっと評判をとっただろうと残念がった。いわゆる「三舟の才」の逸話である（『大鏡』）。

才能が豊かなだけでなく、出自も名門である公任はプライドが高かった。遵子が立后し円融天皇に初めて参内するとき、兼家邸の前で同じように円融天皇の女御であった兼家女詮子にいつ立后するのかと放言し、後に仕返しされた話も伝わる（『大鏡』）。藤原斉信に位階を越えられたときには、籠居した上、大江匡衡が作った上奏文を献じて加階がなったという。また、四納言が蹴鞠をしていた際に、落ちた鞠を「大臣大将の子ならざらむ人取るべし」と放言し、行成を悲しませたという（『十訓抄』）。行成の父義孝は、二十一歳で亡くなったために、正五位下右近衛少将であった。

歌学者だった公任は、歌学書『新撰髄脳』『和歌九品』、私撰集『拾遺抄』、秀歌撰『前十五番歌合』『三十六人撰』『和漢朗詠集』など、後世に影響を与える作品を残し、歌壇に重きを置いた。そのため、歌に関する逸話は枚挙に暇がない。重病の時に藤原高遠が来たが、見舞いもせずに自作と貫之詠との優劣を問い、後日改めて病気見舞いに参上した（『西公談抄』）。また、自詠を誉められた藤原範永は、感激してその草稿を錦の袋に入れ、家宝とした（『袋草紙』）。さらに、藤原長能は自詠を非難されたため病死したという。

【参考文献】小町谷照彦『藤原公任』（集英社、昭和六十

年）（小池博明）

## 藤原伊尹（ふじわらのこれただ・これまさ）

官人・歌人【生没】延長二年～天禄三年（九二四～九七二）【歴史・伝説】右大臣藤原師輔男、母は武蔵守藤原経邦女盛子。妻は代明親王女、恵子女王。贈正一位、摂政太政大臣。謚は謙徳公。兼通・兼家・為光・公季は弟。子に、義孝や、冷泉天皇女御、懐子らがいる。行成は孫。容貌・心情・才の有様がきわめて優れていた（『宇治拾遺物語』）という。蔵人頭の任官争いで、敗れた藤原朝成が怨霊となった（『大鏡』）とあるが、史実に合わない。天暦五年（九五一）、撰和歌所の別当に任ぜられ、『後撰和歌集』の編纂に深く関与した。家集に『一条摂政御集』がある。

【参考文献】平安文学輪読会『一条摂政御集注釈』（塙書房、昭和四十二年）、犬養廉『平安私家集』（岩波書店、平成六年）、伊神絵里「『大鏡』伊尹伝・義孝に関する逸話について」（名古屋大学国語国文学、平成十五年十二月）（武田早苗）

## 藤原定家（ふじわらのさだいえ・ていか）

歌人【生没】応保二年～仁治二年（一一六二～一二四一）

【歴史・伝説】父は『千載和歌集』の撰者である藤原俊成、母は藤原親忠女の美福門院加賀。『新古今和歌集』撰者の一人であり、『新勅撰和歌集』を単独で撰した。本歌・本説取りを駆使し、和歌の音韻の制約を活かして象徴美を重層的に重ねた新風和歌と呼ばれる作歌法を創出し、藤原良経の主催した九条家歌壇、後鳥羽院・順徳院による内裏歌壇において中心的指導者として活躍したのみならず、鎌倉幕府将軍源実朝の和歌を指導した。後鳥羽院は『後鳥羽院御口伝』において、定家の歌風を「艶にやさしき」と評している。承久の乱後も親幕派の西園寺公経や鎌倉幕府の庇護を受け、文暦二年（一二三五）、鎌倉幕府御家人である蓮生（宇都宮頼綱）の別荘小倉山荘に色紙和歌を執筆し、後に『百人一首』となる。『藤原俊成消息』には寿永二年（一一八三）、二十二歳で正五位下に叙せられ昇殿を許された翌々年の文治元年（一一八五）、源雅行の嘲弄に紙燭で殴打し、除籍処分となった事件が記され、『十訓抄』十・『古今著聞集』五などの説話集に伝わる。激しやすい性格傾向は生涯に亘って表れ、承久二年（一二二〇）には後鳥羽院の勅勘を受け、公的な和歌活動を止められるに至った。『後鳥羽院御口伝』では定家の言動を「偏執」などと評される。不安定な性格は身体症状としても表れ、日記『明月記』には生涯喘息や不眠に悩まされたことが示される。『明月記』の冒頭部に記される治承四年（一一八〇）、定家十九歳の記事である「紅旗征戎吾が事に非ず」という、戦乱を無関係なことと言い切った芸術至上主義的な姿勢は、守旧派歌人たちによって「新儀非拠の達磨歌」と非難された新風和歌に対する矜恃と不安定な性格の併存が看取される。家集に『拾遺愚草』・『拾遺愚草員外』を残す他、俊成が和歌評価の基準とした幽玄の概念を発展させて余情妖艶・有心体を評し、『近代秀歌』・『詠歌之大概』などの歌論集を記した。古典籍の書写・校訂にも多大な功績を残し、『源氏物語』・『伊勢物語』などを原型に近く復元し、『古今和歌集』などの歌集類、『文選』などの漢籍類、『法華経』・『摩訶止観』などの仏典と多岐に亘る。

**【参考文献】** 村山修一『藤原定家』（吉川弘文館、昭和三十七年）、久保田淳『藤原定家とその時代』（岩波書店、平成六年）、川平ひとし『中世和歌論』（笠間書院、平成十五年）（上宇都ゆりほ）

## 藤原実方（ふじわらのさねかた）

歌人・官人 **【生没】** ？～長徳四年（？～九九八）**【歴史・伝説】** 実父定方が夭逝し、父の弟済時、さらに済時室の母である源延光室（『栄花物語』）にも育てられた。色好み（栄花物語）として名高く、多くの女性たちとの贈答歌（『実方集』）も残り、腹違いの子どもが多数いたという。清少納言とは結婚説もあるが、一時的な恋愛関係であったものらしい。故実に暗かったとされ、『小右記（永観二年十一月五日）』『権記（正暦五年正月三日）』には実方失錯の記事がある。一方、風流人で、一条天皇の御世、祭の試楽に遅参し、かざしの花の代わりに呉竹の枝を挿して舞ったところ、人々が褒めあい、以降試楽には竹の枝を挿すこととなった（十訓抄）という。長徳元年（九九五）正月陸奥守に任じられた。この下向は、一条天皇の面前で行成と口論となり、冠を取って投げ捨てたことから、「歌枕見てまいれ」と命じられたためという（『古事談』）が、実際は左遷ではないようだ。任地で没したという。馬に乗り笠島道祖神前を通った時、馬が突然倒れ、下敷きになって亡くなったとされ、現在の宮城県名取市愛島に墓がある。また、陸奥への途次倒れたという伝に基づき、現在の横浜市戸塚区には実方塚という石塔がある。賀茂の橋本にまつられた（『徒然草』）ともいう。五月五日、陸奥では菖蒲がなかったことからカツミを葺き、それが慣わしとなった（『無名抄』）とも。また蔵人頭になれなかった実方が、それを恨み、死後雀になって殿上の小台盤で飯を食べた（『古事談』）という伝もある。

**【参考文献】** 木船重昭『実方中将集小馬命婦集注釈』（大学堂書店、平成五年）、竹鼻績『実方集注釈』（貴重本刊行会、平成五年）、犬養廉・後藤祥子・平野由紀子『平安私家集』（岩波書店、平成六年）（武田早苗）

## 藤原輔相（ふじわらのすけみ）

平安時代中期の歌人 **【生没】** 未詳。天暦十年（九五六）以前没 **【歴史・伝説】** 中納言藤原長良《ながら》の孫、越前守弘経の男。天暦頃（九四七～九五七）の人か。藤原氏の六男（または無官の六位）ゆえに「藤六《とうろく》」と号した。隠題の物名歌に非凡な才能を示し、『拾遺和歌集』「物名」に三十七首入集している。私家集『藤六集』もほとんどが隠題の物名歌で、例えば、「篳篥（ひちりき）」を詠み込んだ「巡り来る春々ごとに咲く花は幾たび散りき吹く風や知る」（『藤六集』36）などがある。説話では、当意即妙に和歌を詠む歌人藤六として語られ、『宇治拾遺物語』第四十三話には、留守の家に上がり込み、鍋に煮てあるものを食べていたところを家人に見つかり、藤六であるならば歌を詠むように云われて、「昔より阿弥陀仏のちかひ（「誓ひ」に「匙《かひ》」を掛ける）にて煮ゆるもの（地獄の責め苦を受けている亡者と鍋に煮えているものとを掛ける）をばすくふ（「救ふ」に「掬ふ」を掛ける）とぞ知る」と詠んだ話がある（『古本説話集』上巻第二十五話は同話）。また『袋草子《ふくろぞうし》』には、獄舎の前を通り過ぎようとして囚人に捕まったが、歌を詠むようにいわれ、そこに咲いていた菊を巧みな掛詞として詠み込んだ歌を詠み、難を逃れた説話がある。

**【参考文献】** 山口博『王朝歌壇の研究　村上冷泉円融朝篇』（桜楓社、昭和四十二年）

（田中徳定）

## 藤原隆房（ふじわらのたかふさ）

平安末期・鎌倉初期の歌人 **【生没】** 久安四年～承元三年（一一四八～一二〇九）**【歴史・伝説】** 正二位権大納言藤原隆《たか》季《すえ》の嫡男。母は従三位藤原忠隆の女。正二位権大納言となり、冷泉大納言と称された。建永元年（一二〇六）出家、法名寂恵《じゃくえ》。平清盛の女を妻とし、平家と親密な関係にあったが、高階泰経《やすつね》の女とも結婚したことにより、平家没落後も順調な官途をたどった。歌人としては、『千載和歌集』以下の勅撰和歌集に三十四首入集。また、音楽に優れ、笙・拍子などを得意とした。『平家物語』巻六「小督《こごう》」には、隆房が少将の頃から愛した女性小督が、高倉天皇に召し出されたため会えなくなったが、その後も恋慕し続けたこと、清盛は、小督が、二人の娘、高倉天皇中宮徳子と隆房室との敵であるとして宮中から追い出そうとし、それを知った小督が、宮中を出奔し嵯峨に隠れた話が語られている。家集『隆房集』は小督との悲恋を物語風に綴ったものである。

**【参考文献】** 桑原博史『中世物語の基礎的研究』（風間書房、昭和四十四年）

（田中徳定）

## 藤原高光（ふじわらのたかみつ）

歌人 **【生没】** 天慶三年～正暦五年（九四〇～九九四）**【歴史・伝説】** 平安中期の中古三十六歌仙の一人。『拾遺集』以下の勅撰集に二十数首入集。

　右大臣師輔の八男。母は雅子内親王（醍醐天皇皇女）。童名を「まちをさ君」といい、師輔に鍾愛された（『栄花物語』）。幼い頃から豊かな才能を示し、侍従、右近衛少将などを務めるが、天徳四年（九六〇）、父師輔の死の後、比叡山横川で出家し、如覚と号す。翌年、多武峰に移る。『多武峰少将物語』は、出家に際して高光と近親者でやりとりした贈答歌を、まとめたもの。名門貴公子の突然の出家は、その動機を姉安子（村上天皇中宮）の死（実際は安子の死は出家後）（『栄花物語』）、兄伊尹の失態（『発心集』）に求めるなど様々な伝承を生んだ。

（小池博明）

## 藤原忠実（ふじわらのただざね）

平安時代後期の公卿【生没】承暦二年～応保二年（一〇七八～一一六二）【歴史・伝説】知足院・富家殿と号した。法名円理。藤原師通の子だが後に祖父師実の養子となる。母は藤原俊家女。娘は鳥羽天皇の皇后、高陽院。藤原忠通・藤原頼長を子に持つ。日記『殿暦』を著す。また、忠実の言談を中原師元が筆記した『中外抄』『富家語談』がある。『栄花物語』続編で、十五歳で中納言となった忠実が春日大社の春日祭を主催して帰京する場面が描かれている。その後、右大臣、関白、摂政を歴任し、天永三年（一一一二）従一位太政大臣となるがその後再び関白。保延六年（一一四〇）十月二日に宇治平等院にて出家。頼長が挙兵した保元の乱の際には頼長の面会を拒み、摂関家領を守るために忠通に所領を譲った。当時、忠通と忠実は義絶しており、忠実が死後に怨霊となって忠通の子孫に祟りをなした、と慈円は記している（『愚管抄』）。

（冨澤慎人）

## 藤原為家（ふじわらのためいえ）

歌人【生没】建久九年～建治元年（一一九八～一二七五）【歴史・伝説】父は藤原定家、母は藤原実宗女。建保元年（一二一三）二月の『内裏詩歌合』に十六歳で初めて出詠したが、その後和歌よりも蹴鞠に熱中し、父定家を「不孝不善」（『明月記』）と嘆かせている。蹴鞠を好んだ後鳥羽院・順徳院は為家を庇護したが、承久の乱によって両院と別れたことが歌人としての転機となった。貞応二年（一二二三）八月、二十六歳のときに五日間で詠まれた『為家卿千首』は歌道に専念することの決意表明とされるが、『井蛙抄』六には定家の嘆きに対して慈円が歌道を為家に教訓したことにより詠まれたと記される。その後連歌会を主催し、血縁関係に当たる西園寺実氏を後楯として、後嵯峨院歌壇の中心的存在となり、『続後撰和歌集』を単独で撰し、『続古今和歌集』の撰者の一人となった。鎌倉歌壇を主導し、為家と並び称される歌人である葉室光俊（真観）は『難続後撰』を書いて為家批判を行い、反御子左派の急先鋒として両者の対立は歌会の判詞などに表れる。晩年は嵯峨中院に住み、側室安嘉門院四条（阿仏尼）とその子為相を寵愛した結果嫡男為氏との確執が起こり、二条・京極・冷泉三家分立の原因となる。家集に『大納言為家集』・『中院集』などがあり、歌論書『詠歌一躰』がある。

【参考文献】久保田淳『中世和歌史の研究』（明治書院、平成五年）、佐藤恒雄『藤原為家全歌集』（風間書房、平成十四年）

（上宇都ゆりほ）

## 藤原為氏（ふじわらのためうじ）

歌人【生没】貞応元年～弘安九年（一二二二～一二八六）【歴史・伝説】父は藤原為家、母は宇都宮頼綱女。為家の長男として生まれ、寛元元年（一二四三）『河合社歌合』に出詠してより後嵯峨院歌壇において活躍し、亀山院の命により弘安元年（一二七八）に『続拾遺和歌集』を撰進・奏覧した。為家は晩年為相を鍾愛し、細川荘を巡って阿仏尼・為相と対立したが、為家は御子左家の嫡流として勅撰集撰者に推挙し、為相も撰歌を父祖に倣った。二条家の祖。

【参考文献】金子滋「藤原為氏の生涯」（『立教大学日本文学』昭和四十九年三月）、小林和彦「為家・為氏・為世―新古今の亡霊と定家の遺志」（『国文学』第四十二巻第十三号、学燈社、平成九年十一月）

（上宇都ゆりほ）

## 藤原為経（ふじわらのためつね）

平安時代後期の歌人。本名盛忠【生没】未詳【歴史・伝説】従四位下丹後守為忠の三男で、母は橘大夫女（待賢門院女房）。兄に寂念（為業）、弟に寂然（頼業）、この三人は和漢の才を有し、世人に大原（常磐）三寂と称された。妻は若狭守親忠女（美福門院加賀、のち俊成に再嫁し定家を生む）、子に歌人、画家として名の知られる隆信がある。蔵人・備後守・長門守・皇后宮少進に任ぜられ、従五位上に至る。康治二年（一一四三）に出家して寂超と号し、大原に隠棲した。和漢に優れた為経は『後葉和歌集』を撰している。その序文では「いやしくもふるき歌のあとをねがひ、のこれることのはをあつめて後葉和歌集となづけて、わかちてはたまきとせり」とあり、伝統的な古い歌を重視する姿勢が見える。この集を撰した背景には、藤原顕輔の撰した『詞花和歌集』が比較的新しい歌を多く撰したことに対する不満があったと思われる。西行とも交流があり、『千載集』以下の勅撰集に十五首（岩波古典文学大辞典では約十五首とする）入集している。また、四鏡の一つである『今鏡』の作者として有力視される。『今鏡』は大宅世継の孫で、紫式部に仕えた「あやめ」という名の老女が旅人に昔語りをする形をとっている。後一条天皇から高倉天皇の嘉応二年まで十巻にまとめ、『大鏡』の体裁を受けつつ、巻毎に優雅な名が記され、内容も風雅に重きをおく感があり、『源氏物語』や『栄花物語』などの影響を受けていると言えよう。この時代の最大の政治的な動きである保元、平治の乱に関してはわずかに触れる程度である。なお『増鏡』には息子隆信が『弥世継』（現存しない）の作者と記されて

おり、為経が『今鏡』の作者だとすれば親子して歴史物をまとめたことになる。（桐生貴明）

## 藤原為信（ふじわらためのぶ）

鎌倉時代後期の歌人・画家。本名為行【生没】宝治二年～？（一二四八～？）【歴史・伝説】父は藤原伊信。中務権少輔・左馬権頭・左京権大夫・刑部卿に任ぜられ、嘉元二年（一三〇四）に従三位。徳治元年（一三〇六）に出家。法名寂融、法性寺と号した。為信には私家集として『法性寺為信集』がある。この集は、春夏秋冬と恋、雑に分類され、計三六五首が収められる。関東下向の折に冷泉為相・二条為道とやりとりがあったことがうかがえる。三四六番題詞に「為景（為理）四位して侍りし時、殿下へひろうせよとおぼして、経継朝臣のもとへ」とあることから、永仁七年（一二九九）から経継が参議になる正安四年（一三〇二）ころに成ったものと推察される。勅撰和歌集には『続拾遺和歌集』以下に入集。なお花山、一条朝頃の人物の私家集である『為信集』というものがあり、霊元天皇筆で『従三位為信集』と記される写本があるが、『法性寺為信集』と誤解したものかと思われる。歌人としての顔以外に、画家としても知られる。藤原隆信以来、信実・為継・伊信と続く画家の家系にあり、「天子摂関御影」（宮内庁蔵）などの作者として知られる。（桐生貴明）

## 藤原俊成（ふじわらのとしなり・しゅんぜい）

歌人【生没】永久二年～元久元年（一一一四～一二〇四）【歴史・伝説】藤原北家長家を祖とする御子左家の流で、道長から五代目の子孫。従三位権中納言俊忠三男。母は伊予守敦家女。定家の父。保安四年（一一二三）、十歳で父と死別し、葉室（藤原）顕頼の養子となり顕広と称す。仁安二年（一一六七）、本籍に戻り俊成となる。安元二年（一一七六）、病により出家、法名は釈阿・阿覚・澄鑒。通称は五条三位。大治二年（一一二七）従五位下美作守となるも、以後十八年間従五位下のままだった。しかし、美福門院の恩顧により、諸国の受領を歴任し、仁安元年従三位、承安二年（一一七二）には皇太后宮大夫に任ぜられる。建仁三年（一二〇三）後鳥羽院より九十賀を賜り、その翌年九十一歳で没す。

天承、長承年間から作歌活動を始める。保延四年（一一三八）に二十五歳で藤原基俊に入門するが、源俊頼から影響も受ける。俊成自身は、作歌では俊頼は基俊に勝ると し、当代では源頼政を名人とした（『無名抄』）。三十代にして『久安百首』の作者となるとともに部類を命じられるなど、崇徳院歌壇でその歌才を認められた。五十代に入って、種々の歌合の判者を務め、六条家の清輔に拮抗する地位を築く。文治四年（一一八八）、後白河院から『千載集』撰集の勅命を受け、歌壇の第一人者となった。寿永二年（一一八三）、都落ちする平忠度が秀歌百余首の巻物を俊成に託し、そこから詠み人知らずとして一首が『千載集』に入集したのは有名（『平家物語』）。九条兼実家・後鳥羽院歌壇で活躍した晩年は、六条藤家を圧倒する。後鳥羽院からの敬愛も深く、「釈阿は優しく艶に心も深くあはれなる所もありき」（『後鳥羽院御口伝』）と評されている。家集に『長秋詠藻』がある。

当然ながら、俊成に関する説話は和歌関係のものがほとんどである。たとえば、歌で非難を受けて死ぬこともあろうかと考え、和歌の会で参内する折には、装束を新調した（『愚秘抄』）。また、和歌を作るにあたっては、冴えた寒夜に燈火を背け、白い浄衣に夜着を被り、桐火桶を抱いて、微吟しつつ考えた（『桐火桶』）。

苦労人の俊成は、天才肌で神経質、感情的な性格の定家をことのほか心配した。文治元年（一一八五）十一月、少将源雅行に殿上でからかわれた二十四歳の定家は、怒りのあまり脂燭で打擲におよび、後鳥羽院の勅勘を受け除籍された。年が改まってもその除籍がとけないので、俊成は「あしたづの雲ゐに迷ふ年くれて霞をさへやへだてはつべき」と詠んだ。それに感動した後鳥羽院は、定家の出仕を許した（『十訓抄』）。

【参考文献】松野陽一『藤原俊成の研究』（笠間書院、昭和四十八年）、久保田淳『新古今歌人の研究』（東京大学出版会、昭和四十八年）、谷山茂『藤原俊成 人と作品』（角川書店、昭和五十七年）、上條彰次『藤原俊成論考』（新典社、平成五年）

（小池博明）

## 藤原長能（ふじわらのながとう・ながよし）

公家・歌人【生没】天暦三年？～寛弘六年？（九四九～一〇〇九）【歴史・伝説】伊勢守藤原倫寧の子で、『更級日記』作者の母親や『蜻蛉日記』作者藤原道綱母は異母姉妹。従五位上・伊賀守。中古三十六歌仙。花山院歌壇の重要歌人で、『拾遺集』の編集にも加わったらしい。ライバル源道済と鷹狩の自信作を競って公任の判を仰いだが、敗れて意気消沈した話（『俊頼髄脳』『袋草紙』など）や、「三月尽」の題で「心うき年にもあるかな二十日あまり九日といふに春の暮れぬる」の歌を詠んだが、公任がふと「春は全部で三十日ではなく九十日だよなあ」ともらした一言にショックを受け、食欲不振になり死に至ったという逸話（同前）など、和歌に強い執着を持った姿勢で知られる。能因の師で、これは和歌の師弟関係の始まりと言われている（『袋草紙』）。

（伊東玉美）

## 藤原成範（ふじわらのなりのり）

平安時代後期の歌人。もと藤原成憲【生没】保延元年～

文治三年（一一三五〜一一八七）【歴史・伝説】父は藤原通憲（信西）、母は藤原朝子（紀伊局）。琴の名手として知られる小督局の父。平治元年（一一五九）十二月、平治の乱により下野国に配流されたが、永暦元年（一一六〇）二月に召還、同年十二月に本位に復した。仁安元年（一一六六）散位従三位に序せられ、同二年一月正三位、承安四年（一一七四）七月参議、安元二年（一一七六）十二月権中納言、治承四年（一一八〇）四月従二位、養和元年（一一八一）十二月民部卿、寿永二年（一一八三）二月正二位となり同年四月に中納言（民部卿兼任）となった後、十二月に中納言を辞した。文治三年（一一八七）二月、病により出家し、同年三月に薨。時に五十三歳。成範は、文章博士大学頭藤原実範以来の学者の家系にある。祖父実兼は詩文に明るく、父通憲は『本朝世紀』の編纂に携わり、諸道に通じていたといわれる。この家系に生まれた成範も、詩文に明るかったと思われ、『唐物語』の作者として有力視される。『唐物語』は、中国の「張文成」「西王母」「楊貴妃」などの話を物語風に訳した翻訳と言えるが、和歌も含まれる点から、国風にアレンジした点も見受けられる。『千載和歌集』などにも歌が見え、和漢の才に恵まれていた人物と言えよう。『平家物語』巻第一には、「抑成範卿を桜町の中納言と申ける事は、すぐれて心数奇給へる人にて、つねは吉野山をこひ、町に桜をうへならべ、其内に屋をたててすみ給しかば、来る年の春毎にみる人桜町とぞ申ける」とあり、邸内に桜の木を多く植えたことから桜町中納言と呼ばれたことが理解される。また、名を「重教」と記すものもあることから、「しげのり」とも言う。

（桐生貴明）

## 藤原信実（ふじわらののぶざね）

鎌倉時代前期から中期の似絵画家・歌人【生没】治承元年〜文永三年？（一一七七〜一二六六）【歴史・伝説】正四位下・中務権大夫・備後守・左京権大夫。始め隆実。法名寂西。藤原隆信五男。母は中務少輔藤原長重の女。祖父に『今鏡』の著者といわれる寂超、叔父に藤原定家を持つ。息子に画家の為継、娘に後深草院弁内侍・藻壁門院少将がいる。信実は『三十六歌仙絵巻』『後鳥羽院像』『中殿御会図』などを残し、法性寺家といわれる画家の家系の基礎を築いた。承久の乱に敗れ、隠岐に流される直前の後鳥羽院の御影を信実が描いたことは有名である（『増鏡』他）。歌人としても、生涯一五〇〇首以上の歌を残し、『新勅撰集』以下の勅撰歌人である。自撰歌集『信実朝臣集』がある。御子左歌壇が分裂した際、いずれの派閥とも親交を保ち、双方の歌合に顔を出せる特異な存在でもあった。説話集『今物語』の編者ともいわれている。

（冨澤慎人）

## 藤原惟規（ふじわらののぶのり・これのぶ）

官人・歌人【生没】?～寛弘八年（?～一〇一一）【歴史・伝説】父は歌人・正五位下越後守為時、母は摂津守藤原為信女。散位従五位下。紫式部の兄という説もあるが同母弟と見るのが穏当。幼少時に生母と姉に死別。紫式部が母親代わりに世話。姉の指導に対して放恣に走る。道長は、寛弘四年一月十三日惟規を蔵人に任じて後、「人賢愚を知らず」と評す。多情多感唯美的自由人の惟規を知る逸話。寛弘八年二月一日、為時が六十五歳で越後守に任ぜられた。惟規は、父を心配して蔵人式部丞の官職を辞して伴った。が、途中病に罹り死亡。三十二首から成る『惟規集』一巻。この歌集は、「極ク和歌ノ上手ニテナム有ケル」（『今昔物語集』巻二十四・第五十七）と評価。『惟規集』の断簡を発見。（仁平道明「汲古」第四十八号・第五十号）。勅撰集入集和歌十首。

【参考文献】岡一男『源氏物語の基礎的研究』（東京堂出版、昭和四十一年八月）、『平安時代史事典』（角川書店、一九九四・四）

（中山幸子）

## 藤原浜成（ふじわらのはまなり）

奈良時代中期の公卿・歌学者。「浜足」とも言う【生没】神亀元年～延暦九年（七二四～七九〇）【歴史・伝説】参議。従三位。贈太政大臣不比等の孫。麻呂の長男。母は稲葉国造気豆の女。刑部卿・大宰帥（後に員外の帥）を歴任。京家の主柱であったが、延暦元年（七八二）、氷上川継が謀反の罪で捕らえられ、伊豆に配流される（氷上川継の乱）と、娘が川継の妻となっていたことから縁座し、参議・侍従の官を解かれた。晩年は不遇で、そのまま員外の帥として任地で没した。なお、川継の乱は、皇位継承をめぐる、式家による政治的な陰謀であったと言われる。宝亀三年（七七二）、日本最古の歌学書として知られる『歌経標式』（別名『浜成式』）を著わした。ほかに『天書』がある。

（保科　恵）

## 藤原房前（ふじはらのふささき）

不比等の第二子・藤原北家の祖【生没】天武十年～天平九年（六八一～七三七）【歴史・伝説】風雅を愛した人物として知られる。『懐風藻』に詩三編。『万葉集』に残されている歌で、確実に房前のものとされているのは、巻五・八一二「言問はぬ木にもありとも我が背子が手馴れの御琴地に置かめやも」の一首である。これは、天平元年に大伴旅人が日本琴を房前に贈る際に添えた書簡と短歌に対しての返歌である。この他に、巻七・一一九四～一一九五、一二一八～一二二二の七首も房前の歌とする説もある。巻九・一七六四、五、巻十九・四二二七、八の左注からこれらの歌群が房前邸において作られたと考えられ、房前邸において文学的な会がたびたび催されたことが窺える。

【参考文献】中西進「都府文学の形成者」（『万葉集の比較文学的研究』桜楓社、昭和三十七年）（住谷はる）

## 藤原雅経（ふじわらのまさつね）

鎌倉時代の歌人【生没】嘉応二年～承久三年（一一七〇～一二二一）【歴史・伝説】刑部卿藤原頼経《よりつね》の二男。母は権大納言源顕雅《あきまさ》の女。飛鳥井家の祖。治承四年（一一八〇）叙爵。父頼経が源義経に協力的であったことから伊豆に配流された後、雅経は鎌倉に下り、蹴鞠を好む源頼家に厚遇され、幕府の重臣大江広元の女を妻とした。建久八年（一一九七）後鳥羽院の内裏蹴鞠会に召されて上洛、同年侍従に任ぜられた。左少将・右兵衛督を経て、建保六年（一二一八）従三位、承久二年（一二二〇）参議に任ぜられた。歌人としては、和歌を後鳥羽院に認められ、後鳥羽院歌壇の中心的存在となった。建仁元年（一二〇一）和歌所が設置された際には寄人《よりうど》となり、同年『新古今和歌集』撰者の一人に任ぜられた。『新古今和歌集』には二十二首入集している。以後も旺盛な作歌活動を続け、順徳院内裏歌壇でも活躍し、建保四年（一二一六）「内裏百番歌合」など多くの歌合に出詠し、その歌の多くは私家集『明日香井和歌集《あすかいわかしゅう》』に収められている。その歌風は、後鳥羽院に「殊に案じかへりて歌詠みし」「手だり」と評された（『後鳥羽院御口伝《ごとばいんごくでん》』）が、秀句を好む詠作態度から、同時代の歌人の和歌と酷似した表現を用いることがあり、「人の歌を取る」（『八雲御抄《やくもみしょう》』）とも難じられた。蹴鞠の名手でもあり、飛鳥井流蹴鞠の祖。『革匊別記《かくきくべっき》』『蹴鞠略記《しゅうきくりゃっき》』の著述がある。京都・鎌倉間を往還し、歌と蹴鞠の指導的立場にあった。鴨長明は、藤原雅経の推挙によって源実朝に謁している（『吾妻鏡』建暦元年十月十三日条）。また藤原定家と源実朝の仲介を行うなど、京都歌壇と鎌倉とを結ぶ役割を果たした。このように、京都のみならず鎌倉においても活躍したことは、飛鳥井家が、室町時代以降、和歌・蹴鞠の師範家として重用される基礎となった。

【参考文献】田村柳壱「藤原雅経の和歌活動とその詠歌をめぐって」（『中世文学』二二号、昭和五十二年）（田中徳定）

## 藤原通俊（ふじわらのみちとし）

官人・漢詩人・歌人【生没】永承二年～承徳三年（一〇四七～一〇九九）【歴史・伝説】大宰大弐藤原経平男。母は、藤原家業女と伝えられるが、実母は高階成順女。通宗は兄、『後拾遺集』の清書をした甥の隆源は、その息。白河天皇の母茂子の縁戚でもあり、天皇の側近として活躍し、大江匡房とともに「近古の名臣」と称えられた。蔵人・弁官などを経て、応徳元年（一〇八四）参議・右大弁となり、従二位・権中納言にいたる。『後拾遺和歌集』撰進の下命を受けた。撰集に先立ち、当時歌壇の長老、源経信と「後拾遺問答」を交わしたが、経信は意向が反映されなかったとして、『難後拾遺』を著した。経信は、当初入集した自詠「大井川」を削除させたとも伝えられる。歌人としての評価はさほど高くないのに、勅命が下ったため、私撰した後、白河天皇の御気色を取って勅撰となったとの伝もある。また、秦兼方が通俊に「花こそ」の歌の入集を頼んだが、難癖をつけて断られたのに対し、津守国基詠が入集を果たしたことから逆恨みして、魚貝類を贈ったためだとして「小鯵集」と綽名したという伝も残る。大江匡房との確執を伝える（『袋草子』）ように、『後拾遺集』は、匡房に対する扱いがやや軽すぎる。寛治八年（一〇九四）「高陽院殿七番歌合」に出詠、応徳三年（一〇八六）「通宗朝臣女子達歌合」では判者を務めた。『中右記部類紙背漢詩集』などに詩作も残る。『後拾遺集』以下に二十七首入集。著書として『通俊卿記』『叙位除目私記』『通俊抄』『通俊次第』など多数の書名が伝わるが、すべて散逸。

**【参考文献】**近藤潤一「藤原通俊の和歌」（帯広大谷短期大学紀要、昭和四十二年七月）、上野理『後拾遺集前後』（笠間書院、昭和五十一年）、井上宗雄『平安後期歌人伝の研究』（笠間書院、昭和五十三年、増補版昭和六十三年）

（武田早苗）

## 藤原基俊（ふじわらのもととし）

歌人・漢詩人**【生没】**康平三年～永治二年（一〇六〇～一一四二）**【歴史・伝説】**大宮右大臣俊家男。母は高階順業女。『中右記』の著者宗忠の父、正二位大納言宗俊は異腹の兄。関白藤原師通室となり、忠実を産んだ全子は妹。承暦元年（一〇七七）頃、従五位下左衛門佐となり、まもなく従五位上に叙せられる。永保二年（一〇八二）に左衛門佐を辞し、そのまま生涯を送った。極官である左衛門佐により、金吾と称される。母の出自が低く、官途に望みが持てないことから、和歌での名声を願ったという。保延四年（一一三八）に出家し、法名は覚舜、金吾入道とも呼ばれた。寛治七年（一〇九三）『郁芳門院根合』の代作が歌合への初出詠とされ、以降、「内大臣家歌合」など多数の歌合に出詠した他、判者を十四度にわたり務めた。深く考えないで人を非難した（『無名抄』）ともされるが、源俊頼と並び称され、院政期歌壇では指導的な役割を果たしている。新奇を好む俊頼に対し、三代集を重んじた。藤原俊成が師と仰いだ。和漢の才にすぐれ、『本朝無題詩』『中右記部類紙背漢詩集』などに詩を残し、『新撰朗詠集』を撰集してもいる。『金葉和歌集』以下の勅撰和歌集にも入集。家集に『基俊集』がある。多数の逸話を残すが、そのほとんどが詠歌や和歌批評に関する失敗譚であり、『無名抄』は、俊頼との確執を伝える。秀句を思いつき、声高に詠じたため、傍らの人に盗まれた話（『袋草子』）もある。『百人一首』には、「契りおきしさせもが露を命にてあはれ今年の秋もいぬめり」が選ばれている。著作とされる『悦目抄』『和歌無底抄』は仮託の書。**【参考文献】**橋本不美男『院政期の歌壇史研究』（武蔵野書院、昭和四十一年）、滝澤貞夫『基俊集全釈』（風間書房、昭和六十三年）

（武田早苗）

## 藤原行成（ふじわらのゆきなり・こうぜい）

官人・能書家　**【生没】**天禄三年～万寿四年（九七二～一〇二八）**【歴史・伝説】**父は藤原義孝、母は源保光女。公任、斉信、俊賢と共に一条朝四納言の一人。祖父伊尹の猶子となったが、伊尹・父義孝を相次いで失い、外祖父源保光に養育された。『大鏡』・『古事談』には、伊尹が藤原朝成を騙して蔵人頭になったため朝成は悪霊となり、伊尹一族に取り憑いたとされ、行成が蔵人頭に推挙された時、藤原道長の夢に朝成が行成の待ち伏せを告げたが、通常とは別の門を通り無事であった。『枕草子』には清少納言との交友が語られる。書道世尊寺流の祖であり、小野道風・藤原佐理と共に三蹟の一人。

**【参考文献】**黒板伸夫『藤原行成』（吉川弘文館、一九九四）

（上宇都ゆりほ）

## 藤原義孝（ふじわらのよしたか）

平安時代の歌人　**【生没】**天暦八年～天延二年（九五四～九七四）**【歴史・伝説】**一条摂政藤原伊尹男。母は代明親王女恵子女王。冷泉天皇の女御懐子は姉。子に世尊寺家の祖、行成がいる。侍従・左兵衛佐を経て、右少将。正五位下。幼時から聡明で、伊尹邸での連歌の催しで、連衆が付句に苦心していたところ、当時十三歳の義孝が見事な付句をして、喝采を浴びたという（『撰集抄』）。また、美男の誉れ高く後少将と称されたが、天延二年九月、疱瘡のために二十一歳で世を去った。『今昔物語集』や『大鏡』などに、道心深く常に『法華経』を口ずさんでいたこと、そのため極楽往生したことなどが語られる。また、『後拾遺集』には、死後母親や妹、賀縁という法師の夢に現れて詠んだ歌が採られている。家集『義孝集』がある。また日記があったというが散逸。『拾遺集』初出の勅撰歌人。中古三十六歌仙。『小倉百人一首』にも歌を採られている。（冨澤慎人）

## 藤原良経（ふじわらのよしつね・りょうけい）

官人・歌人　**【生没】**嘉応元年～元久三年（一一六九～一二〇六）**【歴史・伝説】**九条良経、後京極摂政とも称される。父は九条兼実、母は藤原季行女。父兼実が九条家を創始したの受けて、天台座主を務めた叔父慈円とともに摂政太政大臣として後鳥羽院政を支え、『愚管抄』には後鳥羽院が「いみじき関白摂政かな」と信頼を厚くしたことが記される。祖父忠通が漢詩と和歌に通じ、法性寺において詩歌会を催したのを受け継ぎ、建久期に家司であった定家らを中心として催した歌会は九条家歌壇と呼ばれ、新風和歌という新たな作歌法の創造の場として和歌史上重要な意義を持つ。『新古今和歌集』の仮名序の作者であり、巻頭歌を飾る良経の作風は、六家集の一つである『秋篠月清集』全編を通して隠逸志向が強く表れ、式部吏生秋篠月清や南海漁夫と号したことにも象徴される。能筆でもあり、書道の後京極流を確立した。文学営為は九条家の政治的立場と不可分のものであり、良経の和歌はまさしく九条家の家格を確立するための公的な立場と私的な隠逸志向の揺らぎにあった。建永元年（一二〇六）三月七日夜、睡眠中に三十八歳で急逝した。このことについて、慈円は『愚管抄』において同月二十二日に起こった三星合という天変が怨霊によるものであり、本来は後鳥羽院の命を奪うものであったのを良経が身代わりになったと解釈している。

**【参考文献】** 片山享『校本秋篠月清集とその研究』（笠間書院、昭和五十一年）、青木賢豪『藤原良経全歌集とその研究』（笠間書院、昭和五十一年）、谷知子『中世和歌とその時代』（笠間書院、平成十六年）

（上宇都ゆりほ）

## 文屋康秀（ふんやのやすひで）

歌人 **【生没】** 未詳 **【歴史・伝説】** 縫殿助宗于の男。子に歌人の朝康がいる。六歌仙の一人。文章生出身で、字は文琳（『古今集』真名序）。「文」は「文屋」を略したものと考えられるが、「琳」は不明。貞観二年（八六〇）刑部中判事となり、以後、三河掾・山城大掾などを経て、元慶三年（八七九）に縫殿助となる。『古今集』に五首、『後撰集』に一首入集。『古今集』に採られた「吹くからに秋の草木のしをるればむべ山風を嵐といふらむ」は、『百人一首』にも選ばれ有名だが、『古今集』の本文によっては子の朝康とするものもある。その歌風は、「ことば巧みにて、そのさま身におはず。いはば商人のよき衣着たらむがごとし」（『古今集』仮名序）と評される。

『古今集』の八の詞書から、二条后高子に出入りしていたことがわかる。また、同集九三八には、康秀が三河掾だった時、小野小町に「私の任地三河には来ることはできませんか」と言ってやると、「わびぬれば身を浮き草の根を絶えて誘ふ水あらば去なむとぞ思ふ」と小町が返したとある。このやりとりから、次のような説話が生まれた。小町は若い内に贅沢を極め、女御、后に望みをかけていた。しかし、母を失い、父を失い、兄弟をも失って孤独となり、容貌も衰えて、男たちも疎遠となり、家も庭も荒れて、落ちぶれた。そうした所に、康秀からの誘いがあった（『古今著聞集』）。小町落魄説話、小町老衰説話などと言われるものである。もっとも、小町の歌の「わびぬれば身を浮き（憂き）草の根を絶えて」が、小町の状況の忠実な反映かどうかは、疑問である。心ならずも地方に任官する康秀に対する、送別の辞と見る解釈もある。
**【参考文献】** 小沢正夫『古今集の世界』（塙書房、昭和三十六年）、片桐洋一『在原業平小野小町』（新典社、平成三年）（岡田博子）

## 平群氏女郎（へぐりうじのいらつめ）

『万葉集』の歌人 **【生没】** 未詳 **【歴史・伝説】**『万葉集』には天平十八年七月ごろ、大伴家持をめぐる女性として歌を詠んでいる。平郡氏女郎は越中守時代の家持に贈った十二首（巻十七・三九三一～三九四二）がある。類歌・類句のある歌が多いが、序詞を駆使した技巧的な作品、特に女性の心情をよく表した作品がある。

平群氏女郎が家持に贈った十二首は巻十七に収められているが左注に「右の件の十二首の歌は時々に便使に寄せて来贈せしものなり、一度に送るところにあらざるなり」とある。平群氏女郎は何回にわたって家持へ贈ったのか不明であるが、尾山篤二郎は四回にわたって家持に贈ったと推定した。一回目は三九三一・三九三二の二首、二回目は三九九三～三九三五の三首。三回目は三九三六～三九三九の四首。四回目は三九四〇～三九四二の三首と分類し、歌の調子から遊行婦ではなかろうかと言う。

久松潜一は平群氏女郎が十二首まとめて詠んでいるが、家持は何も答えていない。家持の愛はそれほど深くなかったか身分の低い女性であったからだという。さらに十二首殆ど都から越中へ送った歌とみられ、歌の素材や傾向の上から五回に分類した。一回目は三九三一・三九三二の二首、二回目は三九三三～三九三五の三首、三回目は三九三六・三九三七の二首、四回目は三九三八～三九四一の四首、五回目は三九四二の一首である。また伊藤博は、家持は三回にわたって四首ずつ贈られたものを、その順序のままに連ねて登録した。十二首は脈絡の工夫が意識されており、統一と体系があるという。一回目は三九三一～三九三四の四首、二回目は三九三五～三九三八の四首、三回目は三九三九～三九四二の四首である。この四首ずつ三回にわたって越中の家持の所へ贈ったのであろうと述べ、具体的な年月はわからないが、家持が越中へ赴任してからほぼ一年後の天平十九年（七四七）税帳使として都に帰った頃までに贈られたのではないかと推定している。

**【参考文献】** 尾山篤二郎『大伴家持研究』（平凡社、昭和三十一年）、久松潜一『万葉集と上代文学』（笠間書院、昭和四十八年）、伊藤博『万葉集の歌群と配列』下（塙書房、平成四年）（針原孝之）

## 遍　照（へんじょう）

歌人・高僧 **【生没】** 弘仁七年～寛平二年（八一六～八九〇）**【歴史・伝説】** 桓武天皇孫で、父は良峰安世。仁明天皇や藤原良房のいとこに当たる。歌人素性の父。俗名宗貞。花山僧正と号す。六歌仙および三十六歌仙の一人。

仁明天皇に近侍し嘉祥二年（八四九）に蔵人頭に至るが、翌年天皇崩御により出家。これは、藤原氏の血縁であった皇太子（文徳天皇）との間柄がよくなかったからだともいう（『今昔物語集』）。三人の妻の内、子のいない二人には出家の意志を告げたが、この上なく愛して、子をもうけた妻には知らせなかった。つらそうな妻を見たら、出家できなくなるとの思いからである（『大和物語』）。出家後は、熱心な仏道精進から人々の尊崇を集める。修行の最中に、長谷寺で妻を見るが会うこともせず、清水寺では小町に宗貞かと怪しまれ逃げる（『十訓抄』）などの説話が伝わる。花山に元慶寺を創建、仁和元年（八八五）には僧正となる。同年、仁寿殿で七十の賀を光孝天皇から賜る。説話では、法力に優れた高僧として、清和天皇の病気治癒により法眼となる（『今昔物語集』）、天狗を調伏して右大臣を救う話（『続本朝往生伝』）など伝わる。

歌風は軽妙洒脱で、『古今集』仮名序は「歌のさまは得たれども、まことすくなし。たとへば、絵にかける女を見て、いたづらに心を動かすがごとし」と評す。その一方で、仁明天皇の一周忌に喪服を脱ぎ昇進して喜ぶ人々のことを聞き、「みな人は花の衣になりぬなり苔の衣よかはきだにせよ」（『古今集』）と率直にその心を詠んだ歌もある。出家後、小野小町と石上寺でやりとりした歌が残る（『後撰集』）。

**【参考文献】**阿部俊子『遍照集注釈』（風間書房、平成六年）、室城秀之他『遍照集他』（明治書院、平成十年）　（岡田博子）

## 細川幽斎（ほそかわゆうさい）

武将・歌人**【生没】**天文三年～慶長十五年（一五三四～一六一〇）**【歴史・伝説】**母方の祖父清原宣賢《のぶかた》は当代の碩学で幽斎の文学的素養を育んだ。天文十八年（一五四九）三好長慶軍が京都に乱入した時に出陣し、初陣の功を挙げた。天文二十二年（一五五三）三好勢に追われる将軍義輝に従い近江に逃亡。永禄八年五月義輝が暗殺された後、足利義昭を明智光秀と共謀して擁立、織田信長の援助を受けて永禄十一年（一五六八）九月上洛した。天正元年義昭が追放されると信長に臣従。本能寺の変に際し、明智光秀と親しく、嫡子忠興の嫁が光秀の娘であった縁故で味方に招かれたが、忠興とともに断髪して拒絶した。この後豊臣秀吉に従う。幽斎は元亀三年（一五七二）三十九歳の冬、三条西実枝《さねき》から古今伝授を受けた。朝鮮役の出陣に際し、孫婿で門弟の烏丸光広に古今伝授の箱を託した。無事帰国し、実枝の孫実条に古今伝授を授けようとした時に関が原の前哨戦となり、石田勢に居城田辺城が包囲された。皇弟八条院宮智仁は幽斎の討死を憂慮して後陽成天皇に救助を奏請し、勅使差遣となった。幽斎は本丸で『古今集』の秘義を残らず実条に伝えた。伝授が終ると勅使は寄手の大将に幽斎は天皇の御師範である。この陣を早く引き払うことを要請、開城となった。将軍義輝の逃亡生活に従った時は、幽斎も貧しく、油を買う銭も無く、こっそりと近所の神社の油を盗み、その灯明で読書をしたという。幽斎の門人松永貞徳は、策略的なことを嫌い正直な幽斎の姿勢を崇め、「凡人にあらず。定家卿の御再誕として、末代に出給ひ、諸道相伝の絶たるをつぎ給ふか」(『戴恩記』)と評価した。蒲生氏郷が幽斎に道具拝見を所望した時「道具と承り候へば、武具とこそ心得」て細川家代々の武具を飾り、武人としての本業を幽斎は忘れなかった(『北窻瑣談』)。

【参考文献】桑田忠親『細川幽斎』(旺文社文庫、一九八五・一〇)　(松尾政司)

## 本院侍従(ほんいんのじじゅう)

平安時代の女流歌人【生没】未詳【歴史・伝説】実名は分からない。村上天皇の中宮藤原安子の従姉妹にあたる縁から、村上天皇の後宮に出仕するようになったと思われる。安子のほか、承香殿女御徽子女王(一斎宮女御)にも仕えた。その間に、一条摂政藤原伊尹・太政大臣兼道・土御門中納言朝忠らと恋歌を交わし、恋愛関係にもあったらしいことが『本院侍従集』『一条摂政御集』『朝忠集』などからうかがえる。その後、従四位下、美作守為昭に嫁ぎ、則友を生む。夫為昭が、平中(平貞文)の妹の子であること、『平中物語』の説話の中で平中と組み合わされて登場することなどから、本院の北の方(在原棟梁女)という説もあるが時代が合わないので別人と思われる。その「平中説話」は『今昔物語集』『宇治拾遺物語』『世継物語』にもみえ、藤原時平に仕える美しい女性として登場する。『今昔』の中で、本院左大臣時平に仕えていたとされる侍従も、『大和物語』で平中と時平が争った女性のいずれも平中を徹底的に手玉にとる女性として描かれている。天慶・天暦(九三八～九五七)の間、村上天皇の後宮に出入りする青春期の若き貴公子たちと恋愛関係にあり、求愛されるほどの才媛であったことが、『平中物語』に取り込まれたものと思われる。天徳四年(九六〇)「天徳内裏歌合」に出詠をはじめとし、『後撰集』以下の『勅撰和歌集』に十六首も採られるほどの歌上手であった。恋の歌が主で、おだやかな歌風である。家集に『本院侍従集』があり、「いまはむかしかむだちめの次郎なる人おぼえいとかしこかりけれど……」で始まり、「上達部なる人」(太政大臣兼道)が「御いとこの女性」(本院侍従)に思いを寄せ、やっとの思いで恋愛成就したものの、女性の心変わりにより破局してしまうという恋の過程を、三十九首の贈答歌によってつづったものである。　(緒方洋子)

## 凡兆（ぼんちょう）

俳諧師【生没】？〜正徳四年（？〜一七一四）【歴史・伝説】野沢氏等。名、允昌《いんしょう》・允霄とも。俳号、初め加生・晩年阿圭。俳人羽紅はその妻。加賀金沢に生まれ、京都に出て医を業とする。『曠野』（元禄二年〜三年）に発句二入集。落柿舎（元禄四年）に入った芭蕉を、凡兆夫妻は訪れている。前年夏には、芭蕉が凡兆宅に泊っている。去来との共編『猿蓑』には、最多の四十一句入集。しかしその出版後、師と次第に疎隔を生じる。野水《やすい》・越人に加担し路通を、芭蕉に中傷したことが原因らしい。同七年頃ある事に連座して下獄。『本朝文選』（作者列伝）に、「一《ビ》罪《セラレテ》レ事《ニ》不レ知二其《ノ》終《ル》処《ヲ》一」とある。入牢後京払いとなり大坂に住んだとも。『去来抄』によると、性格は相当に狷介であった。「下京や」「田のへりの」の句において、師芭蕉との意見の衝突がある。一歩も引いていない。句は「時雨るゝや黒木つむ屋の窓あかり」「百舌鳥啼くや入日さし込む女松原」など、情景を生きいきと客観的に捉えている。

【参考文献】宇和川匠助「凡兆」（『全俳人—その評伝と作品鑑賞—』解釈と鑑賞、昭和三十年一月）

（稲垣安伸）

## 梵灯庵（ぼんとうあん）

南北朝から室町時代中期の連歌師【生没】貞和五年〜応永三十四年？（一三四九〜一四二七）【歴史・伝説】もとは足利家の家臣で俗名朝山小次郎師綱。本姓は大伴氏もしくは勝部氏。連歌を二条良基に、和歌を冷泉為秀に学び、室町幕府三代将軍足利義満に和歌・連歌の教養をもって仕え、明徳三年（一三九二）には義満の相国寺供養に帯刀として列席、明徳二年と応永十一年の二度、使者として薩摩に下るなどした。明徳三年以降に出家し、梵灯を法号とする。嘉慶二年（一三八八）以降応永十五年に至る二十年間に、筑紫国から陸奥国にかけて諸国を巡る。連歌師としては至徳二年（一三八五）に『石山百韻』に出座。著書として『長短抄』『梵灯庵主返答書』『梵灯庵袖下集』がある。歌人としては『細川道観家頓証寺法楽一日千首』『頓証寺法楽百首』に参加。『新後拾遺集』『新続古今集』に一首ずつ入集している。門弟に高山宗砌がいる。

（冨澤慎人）

# ま　みむも

## 松江重頼（まつえしげより）

俳人【生没】慶長七年～延宝八年（一六〇二～一六八〇）

【歴史・伝説】別号維舟。松永貞徳を中心とする貞門の俳人であったが、俳諧における態度の違いにより早いうちに貞門を去った。式目の制約が厳しく、俳諧を和歌連歌より一段低いものとみなしていた貞門の中にあって、重頼はその独自性を見出していたことで異端児的な存在であった。重頼は俳諧の俗性そのものの中に和歌連歌と同等まで高められる文化的価値があることを主張し、俳諧の本質は滑稽にあるとした。この主張は、後の革新的・通俗的で軽妙洒脱を得意とした談林俳諧に繋がるものであった。主な編著に『犬子集』、『毛吹草』、『懐子』、『佐夜中山集』、『名取川』など多くの業績を残している。また、門下に鬼貫・言水など。

【参考文献】中村俊定「松江重頼の研究」（日本古典新攷、昭和十九年）

（友田　奏）

## 松尾芭蕉（まつおばしょう）

俳諧師【生没】正保元年～元禄七年（一六四四～一六九四）

【歴史・伝説】父与左衛門、母桃地氏女とも。兄と姉、三人の妹あり。本名、松尾忠右衛門宗房。幼名、金作。号、桃青。別号、釣月軒・栩々斎《くくさい》・泊船堂・風羅坊等。師伝、北村季吟に俳諧や広く古典を学んだ。芭蕉の主藤堂良忠（俳号、蝉吟）が、季吟に師事した関係から考えられること。禅は仏頂和尚に、絵は門人森川許六《きょりく》（狩野安信門）に習った。仕官、伊賀上野城代藤堂新七郎良精《よしきよ》の子良忠に、台所用人か料理人として出仕。二十三歳のとき、主君蝉吟の遺骨（遺髪）を、高野山報恩院に納める。その後、同僚城孫太夫の門に「雲とへだつ友かや雁の生き別れ」の句を残して、東下したとする説、季吟を頼って上洛したとする説、地元で俳諧に専念したとする諸説がある。寛文六年（一六六六）蝉吟没後、内藤風虎編『夜の錦』や、同七年北村湖春編『続山井』や、同十年岡村正辰編『大和巡礼』等に、伊賀上野住宗房として入集。寛文十二年（一六七二）二十九歳の春、三十番発句合『貝おほひ』を上野天満宮に奉納し、江戸へ下る。江戸では名主小沢卜尺《ぼくせき》に身を寄せたか。卜尺は季吟門下であった。延宝二年（一六七四）季吟より『俳諧埋木』の伝授を受ける。同三年五月大坂より東下中の西山宗因を迎え百韻興行に一座。宗因の談林新風に心酔し、江戸俳壇に活躍する。杉風・卜尺らの援助で、日本橋小田原町に俳諧師として門戸を張る。副業として四年間（延宝五年から同八年）小石川の水道工事関係の職に携わる。延宝八年（一六八〇）四月『桃青門弟独吟二十歌仙』刊。桃青門の存在を世に問う。同年冬、市井の俳諧師生活を清算し、江東深川村に居を移す。庵号は杜甫の詩句「門《ニハ》泊《ス》東海万里《ノ》船」に肖り泊船堂とした。後芭蕉庵と呼ぶ。庵での反俗と貧寒の生活の中から漢詩文調の樹立をみる。庵は、翌天和二年（一六八二）十二月の大火で類焼。一時甲斐谷村《やむら》に避難。同九月素堂らの協力で再建された第二芭蕉庵に入る。翌貞享元年（一六八四）八月四十一歳で『野ざらし紀行』の旅に出る。『冬の日』五歌仙成る。歌枕巡遊のうち、次第に漢詩文調の脱却。同四年の『鹿島詣』、『笈の小文』の旅へとつづく。同五年信州更科に仲秋の名月を賞し、八月下旬江戸に帰着。元禄二年（一六八九）曾良を伴い『おくのほそ道』の旅に出る。そこで、不易・流行の理念の開眼。荷兮編『曠野』につづいて、珍碩編『ひさご』成る。同三年石山の幻住庵に入り、『幻住庵記』成る。同四年落柿舎での『嵯峨日記』と『猿蓑』成る。翌五年五月諸門人の協力で、三部屋の第三芭蕉庵落成。同六年三月甥桃印の死。同七年孤屋《おく》・野坡《ば》・利牛編『炭俵』成る。同年五月芭蕉は最後の旅に上る。各地での会吟を重ねるうち、同年九月二十九日泄痢に倒れ、同十月十二日午後四時頃門人たちに看取られ、大坂御堂筋の花屋仁右衛門方で「旅に病で夢は枯野をかけ廻る」の病中吟を残して没した。業績は、言語遊戯・滑稽重視の俳諧を、人生の表現の具として成功させた点にある。

**【参考文献】**尾形仂『芭蕉の世界』（講談社、一九八八・三）、今栄蔵『芭蕉年譜大成』（角川書店、平成六年六月）（稲垣安伸）

## 満誓（まんせい）

奈良時代の僧侶・在俗のとき笠朝臣麻呂という**【生没】**未詳**【歴史・伝説】**元明天皇に仕え、慶雲元年（七〇四）正月従五位下、同三年七月美濃守、和銅九年三月従五位上。美濃守再任、同四年四月正五位上、同七年閏二月従四位下、霊亀二年尾張守を兼任、養老元年十一月従四位上、同三年七月按察使となり尾張・参河・信濃の国を担当、同四年十月右大弁、同五年五月上皇（元明天皇）が病んで平癒祈願のため僧となるものを募集した時、率先して入道、満誓と名乗ったがついで造筑紫観世音寺長官に任ぜられた。養老七年（七二三）筑紫に赴任した。天平二年（七三〇）正月大伴旅人が大宰府で催した梅花宴にも筑前守山上憶良らと共に歌を詠んだ。

　満誓は譬喩歌にすぐれていたが『万葉集』巻三の三三六番歌はそのよい例である。それは筑紫の綿は、まだ身につけて着てはみないが暖かそうにみえるとだけの意では譬喩歌を得意とする満誓の作ではもの足りない（市村宏）という。この歌を筑紫女への懸想を意味するものとみて、温い筑紫の綿も実は女性の体温の譬喩と読みとれるというのである。満誓が造筑紫観世音寺長官に任ぜられて筑紫に下り別当として同寺に在職したのであるが、その同寺の家人の娘赤須を愛し子供まで生ませている。それは『三代実録』（巻十二）貞観八年（八六六）三月の記事によって明らかである。

　こうみてくると五七三番の満誓の歌は赤須との老いらくの恋が歌われ、その事情を知っている旅人に訴えているというのである。（針原孝之）

**【参考文献】** 市村宏『万葉集新論』（桜楓社、昭和四十四年）

## 三浦樗良（みうらちょら）

　俳人 **【生没】** 享保十四年〜安永九年（一七二九〜一七八〇）享年五十二歳。墓は伊勢市岩渕町 **【歴史・伝説】** 本名三浦元克、字冬卿。通称勘兵衛。別号二股《ふたまた》庵・一呆盧《いっぽうろ》・無為庵。父は志摩国鳥羽藩士。処女選集『白頭鴉《しらがからす》』（宝暦九年）。明和五年（一七六八）から妻かよを伴い江戸に逃避、剃髪し法号玄仲。浅草鳥越三筋町中通り旗本加藤大助方隠居所に仮寓。後に鳥羽に帰郷、俳諧宗匠となり落ち着く。安永二年（一七七三）九月、上洛し蕪村、几董らと親交を結び、安永五年に無為庵を伊勢山田岡本町から京都木屋町三条に移す。七回忌に『樗良集』（天明六年春）。「樗良発句集」と「樗良文集」等を合刻。十三回忌に一年遅れ『樗良七部集』（寛政五年夏、玄化堂甫尺《ほせき》序・編）。「我庵」「石をあるじ」「菊の香」「俳諧月の夜」「しぐれ笛」「花七日」「年の尾」を所収。

**【参考文献】** 清水孝之『追跡・三浦樗良』（皇學館大学出版局、平成三年九月）（岸　睦子）

## 三方沙弥（みかたのさみ）

　三形沙弥とも記す。歌人 **【生没】** 未詳 **【歴史・伝説】** 生没年未詳だが、妻帯の時期があったらしく、『万葉集』中に、「三方沙弥、園臣生羽の女を娶ひて」（巻二・一二三〜一二五）や、「三方沙弥、妻苑臣を恋ひて作れる歌」（巻六・一〇二七）などがある。七世紀末〜八世紀前半の人で、『万葉集』より、藤原房前と関係があったことがうかがえる（巻十九・四二二七、四二二八番歌）。また、「三方」は氏の名前という。しかし、持統六年（六九二）十月十一日に「授山田史御形務廣肆。前為沙門學問新羅。」（『日本古典文学大系　日本書紀下』坂本太郎・家永三郎・井上光貞・大野晋、岩波書店、昭和五十五年）とあり、山田御形と擬する説もあるが、根拠はない。しかし、仮に山田史御形とするならば、持統朝以後学術で朝廷に仕え、優遇され、養老五年（七二一）従五位上の時に退朝後、東宮（聖武天皇）に侍した人物であるといえよう。

（森　洋子）

## 源顕房（みなもとのあきふさ）

歌人【生没】長暦元年～寛治八年（一〇三七～一〇九四）【歴史・伝説】右大臣師房二男。母は道長女尊子。院政期歌人の顕仲、国信の父。六条右大臣と称す。永承二年（一〇四七）に従五位下に叙された後、侍従・蔵人頭を経て、康平四年（一〇六一）参議。延久三年（一〇七一）に、従兄藤原師実の養女として白河院に入内させた女賢子が堀河天皇の生母となるに及んで、天皇の外戚となる。「歌よみ」と言われるほど（『今鏡』）和歌に堪能で、天喜四年（一〇五六）頭中将顕房歌合を主催、承暦二年（一〇七八）内裏歌合や寛治七年郁芳門院根合では、判者を務める。『後拾遺集』以下に十四首入集。

【参考文献】橋本不美男『院政期の歌壇史研究』（武蔵野書院、昭和四十一年）、上野理『後拾遺集前後』（笠間書院、昭和五十一年）

（小池博明）

## 源家長（みなもとのいえなが）

鎌倉時代の歌人【生没】?～文暦元年（?～一二三四）【歴史・伝説】生年は承安頃かとされる。醍醐源氏。大膳亮時長の男。後鳥羽院女房下野を妻とする。はじめ後白河院皇子承仁法親王に仕え、建久七年（一一九六）、非蔵人として後鳥羽院に出仕した。同九年に蔵人、以後備前守・但馬守などを歴任するが、承久の乱後、官を辞す。安貞元年（一二二七）従四位上。正治二年（一二〇〇）の『院後度百首』、建仁元年（一二〇一）の『千五百番歌合』など、後鳥羽院歌壇で活躍した。また、後鳥羽院の和歌活動の実務的側面を支え、建仁元年八月には和歌所開闔となって『新古今和歌集』編纂の中心的役割を果した。承久の乱後は、妻の実家である近江国日吉でたびたび歌会を催した。後鳥羽院隠岐遷幸後も定家、家隆らとの交流は続いた。後鳥羽院時代を回想した仮名日記『源家長日記』がある。『新古今集』初出。勅撰入集三十六首。新三十六歌仙。

（冨澤慎人）

## 源兼澄（みなもとのかねずみ）

平安時代中期の歌人【生没】天暦九年?～?（九五五～?）【歴史・伝説】光孝源氏。鎮守府将軍信孝の男。源公忠の孫。伯父信明は三十六歌仙。大中臣能宣の娘を妻とする。また、藤原相如の娘との間に生まれた娘は「命婦乳母」の名で『後拾遺集』の勅撰歌人である。東宮師貞親王（花山天皇）の帯刀舎人・左馬允・蔵人所雑色・蔵人・式部丞・左衛門尉・若狭守を経て、従五位上加賀守となる。永観元年（九八三）藤原為光家障子歌、長保三年（一〇〇一）東三条院四十賀屏風歌、寛弘元年（一〇〇四）一条天皇松尾社行幸和歌、長和元年（一〇一二）大嘗会主基屏風和歌、長保五年藤原道長家歌合などに参加した。当代歌人の大中臣輔親・清原元輔・藤原長能らと親交があった。『拾遺集』以下の勅撰歌人。家集に『兼澄集』がある。（冨澤慎人）

## 源実朝（みなもとのさねとも）

鎌倉幕府第三代将軍・歌人【生没】建久三年～承久元年（一一九二～一二一九）【歴史・伝説】右大将征夷大将軍源頼朝の二男。母は北条時政の女政子。幼名千幡。十二歳で従五位下に叙せられ、征夷大将軍となり、名を実朝と改めた。実朝の幼少期から成人するまでの時期は、北条氏が他氏を滅ぼして、鎌倉幕府の中で台頭していく過程と重なっている。北条義時は、建仁三年（一二〇三）に比企能員《よしかず》を、元久二年（一二〇五）に畠山重忠《しげただ》を、建暦三年（一二一三）には和田義盛《よしもり》を滅ぼし、幕府における地位を固めていった。それにより、実朝は将軍職にありながら、その存在意義は次第に薄くなっていった。建保四年（一二一六）、東大寺の大仏を修理した宋人陳和卿《ちんなけい》が鎌倉に来て実朝に謁し、実朝の前世は宋の医王山の長老であったと語ったことから、実朝は医王山参拝を計画し、陳和卿に命じて宋船を建造させた。翌年船は完成したが、遠浅の由比ヶ浜では進水できず、結局渡宋を断念せざるを得なかった。実朝は建保四年以降、官位の昇進を強く望むようになり、建保六年（一二一八）には、正月に権大納言、二月左近衛大将、十月内大臣、十二月正二位右大臣に任ぜられている。『吾妻鏡』建保四年九月二十日条によれば、実朝には子が無かったため、子孫が将軍職を嗣ぐ望みが無い中で、せめて高位高官を身に帯び、家名を挙げようと考えていたことが記されている。承久元年（一二一九）右大臣拝賀のため鶴岡八幡宮に参詣し、その帰途、社頭で頼家の遺子公暁《くぎょう》に暗殺された。政治の実権を持ち得なかった実朝は、早くから和歌に心を傾け、『吾妻鏡』元久二年（一二〇五）四月十二日条には、十四歳の時、和歌十二首を詠じたことが記されている。側近に藤原定家の門弟であった内藤知親《ともちか》がいたこともあり、京都の歌壇との交渉も頻繁であった。承元三年（一二〇九）、三十首の歌を藤原定家に送って批評を乞い、定家から『近代秀歌』が贈られている。定家は、実朝の質疑に応じて消息を寄せ、建保元年（一二一三）十一月には相伝の『万葉集』を献上するなど、実朝と定家との関係は実朝の生涯にわたって続いた。定家は実朝の歌を高く評価し、『新勅撰和歌集』に二十五首入集させている。また、実朝は、建暦元年（一二一一）十月には、藤原雅経の推挙によって、鎌倉に下向した鴨長明を引見している（『吾妻鏡』建暦元年十月十三日条）。実朝は、定家の影響下に、新古今歌壇と密接な関係を保ちながら作歌に励んだ。『金槐和歌集』の定家所伝本には、二十二歳までの歌六百六十三首が収められ、実朝の代表作とされる秀歌のほとんどが撰入されている。実朝の歌で、後世高い評価を得たのは、二十首ほどの万葉調の秀歌であるが、はやくは鎌倉時代後期に成立した歌学書『愚見抄《ぐけんしょう》』『愚秘抄《ぐひしょう》』『桐火桶《きりひおけ》』（いずれも定家に仮託された偽書）に取りあげられ、江戸時代では賀茂真淵が、また明治になって正岡子規が称揚した。

**【参考文献】**川田順『源実朝』（厚生閣、昭和十三年）、斎藤茂吉『源実朝』（岩波書店、昭和十八年）、吉本隆明『源実朝』（筑摩書房、昭和四十六年）、鎌田五郎『源実朝の作家論的研究』（風間書房、昭和四十九年）、志村士郎『源実朝』（平成二年）

（田中徳定）

## 源重之（みなもとのしげゆき）

歌人**【生没】**不詳。長保年間（九九九～一〇〇四）没か。

**【歴史・伝説】**三十六歌仙の一人。清和天皇の皇子、貞元親王の孫にあたる。父は源兼信。伯父である源兼忠の子として出身し、康保四年（九七五）十月に冷泉天皇の即位とともに春宮坊帯刀長から右将監となり、同月左将監に転じて、十一月には従五位下に叙され、天禄二年（九七一）正月に相模権介となる。天延三年（九七五）正月に左馬助、翌年の貞元元年七月に相模権守となった。歌人として名高く評価されていた。『小倉百人一首』に「風をいたみ岩うつ波のおのれのみくだけて物を思ふころかな」の歌が選ばれている。藤原氏全盛期だったため晩年は官途に恵まれることがなく、家集『重之集』には己の不遇を詠んだ歌が多く出てくる。勅撰集に七〇近くの歌が選ばれていることからも、歌人として評価されていたことがわかる。

（奥谷彩乃）

## 源　順（みなもとのしたごう）

歌人・学者**【生没】**延喜十一年～永観元年（九一一～九八三）**【歴史・伝説】**嵯峨源氏。祖父は『伊勢物語』三十九段に「天の下の色好み」と評される至。左馬助、挙の子。母は藤原氏とも伝えられるが未詳。三十六歌仙の一。天暦五年（九五一）昭陽舎（梨壺）に和歌所が置かれ、「梨壺の五人」の一人として、『万葉集』訓釈（古点）、『後撰集』の撰に従事した。和漢共に優れた才能を持ち、承平年中の二十歳代に、醍醐天皇第四皇女、勤子内親王の命によって辞書『倭名類聚抄』を撰進している。また歌合・詩会に、代表歌人あるいは判者として召された。その作風は、列挙・集成・形式・分類的であり、言語遊戯を踏まえた技巧的なものであった。詩歌では越調・字訓詩・雑言詩・歌。物名歌として天地歌・双六盤歌・碁盤歌・沓冠歌などがある。その一方それらの作品の基底には、「無尾牛の歌」（『本朝文粋』）などに見られるように、沈輪の嘆きや不満が含まれるものが多い。血脈に対する自負や業績・功労に比して、藤原摂関政治の中で、官位は中々昇進せず、天暦七年（九六三）文章生になる四十三歳まで、学生のままであった。安和二年（九六九）、身を預けていた源高明が失脚してからは、さらに不遇にあえいだ。その後、勘解由判官・民部少丞・大丞・下総権守・和泉守・能登守に任ぜられ、従五位上に至る。私家集に『順集』がある。漢詩では『本朝文粋』『扶桑集』、和歌は『拾遺集』以下に五十余首、採歌。また、『古今和歌六帖』の編者や『伊勢物語』『宇津保物語』『落窪物語』等の作者に擬せられもする。

**【参考文献】**大日本史料、神野藤昭夫『源順伝断章』（「古代研究」一二、昭和四十七年『跡見学園女子大学国文学科報』）、川口久雄『平安朝日本漢文学史の研究』上（昭和五十年、三訂版）

（原　由来恵）

## 源隆国（みなもとのたかくに）

平安時代後期の公卿**【生没】**寛弘元年～承保四年（一〇〇四～一〇七七）**【歴史・伝説】**醍醐源氏。宇治大納言と称された。正二位権大納言源俊賢の二男。母は藤原忠尹の女。幼名は宗国。子には源俊明、鳥獣人物戯画の作者と擬せられる鳥羽僧正覚猷らがいる。侍従・伊予介・右近衛権中将・蔵人頭などを歴任、長元七年（一〇三四）従三位参議兼右兵衛督となる。藤原頼通の信任を得て、永承元年（一〇四六）正二位、同六年に頼通の女寛子が立后すると皇后大夫を兼任、康平四年（一〇六一）に一旦官を辞し宇治に居を構えたが、治暦三年（一〇六七）には権大納言となり復帰を果たした。時に奔放な行動をする人物で、博識であった（『古事談』『古今著聞集』）。『宇治拾遺物語』の序文に、宇治平等院の南泉坊で往来の人々の話を聞き、書き留めて『宇治大納言物語』を著したと記されている。『後拾遺集』以下の勅撰集に五首入集している。

（冨澤慎人）

## 源為憲（みなもとのためのり）

詩人・歌人**【生没】**？～寛弘八年（？～一〇一一）**【歴史・伝説】**字は源澄。光孝源氏の筑前守忠幹の子。源順を師とし、文章生・内記・蔵人・式部丞を経て、三河権守・遠江守・美濃守を歴任し、伊賀守在任中に没す。長徳二年（九九六）に従五位下に叙せられる。

当代一流の詩人、文人で、「凡伍を越ゆる者」（『江談抄』）、「天下の一物」（『続本朝往生伝』）と称される。また、大江匡房の外祖父橘孝親の父某が、師匠にすべき者を求めて学館院（橘氏の師弟のための教育施設）を創設した先祖に祈ったところ、夢中に「文章は為憲に習ふべし」とのお告げを聞いたという説話がある。（『江談抄』）その他、文人・詩人としての逸話が、『十訓抄』『古今著聞集』などに見える。

天禄元年（九七〇）、当時七歳だった藤原為光の男（誠信）

のために学習書『口遊』を撰す。同三年八月二十八日には、規子内親王前栽歌合の仮名日記を書す。同じ年の空也上人の死に際し、『空也誄』を著す。永観二年（九八四）に、出家した尊子内親王（冷泉帝第二皇女）に献じた仏教説話集『三宝絵詞』は、特に有名。これは、仏・法・僧の三宝について絵と詞で解説した、仏教入門書である。寛弘四年（一〇〇七）には、藤原道長の命により、その子頼通のために『世俗諺文』を撰す。この中には、「千載一遇」「良薬苦於口」「九牛之一毛」などの現在でもよく知られた成語がある。為憲の作品は、『本朝文粋』『本朝麗藻』『類聚句題抄』『和漢朗詠集』などに採られている。ただし、『江談抄』にある秀句撰『本朝詞林』は、今に伝わらない。

　和歌にもすぐれ、前出の規子内親王前栽歌合には、歌人としても出詠している。『拾遺集』に一首入集し、『玄玄集』『続詞花集』などにも歌が採られている。（小池博明）

## 源経信（みなもとのつねのぶ）

官人・歌人・漢詩人【生没】長和五年～永長二年（一〇一六～一〇九七）【歴史・伝説】民部卿道方男。母は、播磨守源国盛女。俊頼は息。康平三年（一〇六二）右中弁となり、この後蔵人頭などを経て、治暦三年（一〇六七）参議。永保三年（一〇八三）権大納言に進み、その間に大蔵卿・民部卿を兼任した。嘉保元年（一〇九四）大宰権帥に任命され、翌年下向、承徳元年（一〇九七）客死した。中古三十六歌仙の一人。詩歌・管絃にすぐれ、有職故実にも詳しかった。藤原公任と同じく「三舟の才」を讃えられ（『袋草子』）、自筆の『琵琶譜』も現存する。長元八年（一〇三五）「賀陽院水閣歌合」に初めて出詠し、以後、長久二年（一〇四一）の「祐子内親王家名所歌合」など多くの歌合に参加した。藤原通俊が撰集した『後拾遺和歌集』に先立ち「後拾遺問答」を行ったが、意向が反映されず、『難後拾遺』を著してこれを批判する。嘉保元年（一〇九四）「高陽院殿七番歌合」では判者を務め、判定を不服とした康資王母がいわゆる「筑前陳状」を提出して、論議を交わした。息子俊頼に自讃歌「沖つ風吹きにけらしな住吉の松のしづえをあらふ白波（『後拾遺集』一〇六三）」を躬恒詠と比較させ、その評価を聞いて感激した話、また、「承暦二年殿上歌合」で「君が代は千代にひとたびゐる塵の白雲かかる山となるまで（『後拾遺集』四五〇）」を詠み、これにより帝の宝算が増長したと伝えられる（『袋草子』）。家集に『経信卿集』、日記に『帥記』がある他、『本朝無題詩』に詩作を、『本朝続文粋』には後三条院住吉行幸時の序を残す。

【参考文献】『平安鎌倉私家集』（関根慶子校注「大納言経信集」岩波書店、昭和三十九年）、関根慶子『中古私家集の研究　伊勢・経信・俊頼の集』（風間書房、昭和五十六年）　（武田早苗）

## 源俊頼（みなもとのとしより）

平安時代後期の歌人【生没】天喜三年～大治四年（一〇五五～一一二九）【歴史・伝説】宇多源氏。法名能貪。少将を経て左京権大夫。長治二年（一一〇五）従四位上木工頭に至る。天永二年（一一一一）に退任して以後は二十年近く散位であった。正二位大納言兼大宰権帥経信の三男。母は土佐守源貞亮の女。十代後半の一時期橘俊綱の養子となる。父経信は『後拾遺集』以下の勅撰歌人であり、詩歌・管弦等にも造詣が深かった。橘俊綱は伏見邸歌会を主催していた人物であった。俊頼はこうした環境にあって、はじめ篳篥の才が認められ堀河天皇近習の楽人となり、承暦二年（一〇七八）内裏歌合に奏者として参列した。歌人としては寛治三年（一〇八九）、父経信が判者を務める「四条宮寛子扇歌合」に作者となったのがはじめのようである。嘉保二年（一〇九五）父経信の大宰権帥赴任に同行し筑紫に赴くが、承徳元年（一〇九七）大宰府で父が亡くなったため上京。その後は堀河院歌壇の中心歌人として活躍。また藤原忠通・顕季を中心としたサロンでも指導的な立場となり、数々の歌合に参加、判者も多数務める。著作としては、天永二年から永久二年（一一一四）に、関白忠実の命により、忠実の女鳥羽院妃高陽院泰子に作歌手引書としての歌論書『俊頼髄脳』を奉ったとされる。また、白河院の命により勅撰集『金葉集』を編纂した。この作業は天治元年（一一二四）から大治二年（一一二七）にかけて行われ、二度の改編、三度の奏覧を経て完成させた。大治三年には自詠の和歌を集めた『散木和歌集』十巻を編纂している。この『散木和歌集』は、私家集として初めて勅撰集的部類を施した和歌集である。『金葉集』以下の勅撰歌人で、特に『千載集』では最多の五十二首入集。中古三十六歌仙の一人。俊成や定家は、新奇な用語と珍しい趣向を重んじた革新的な彼の歌の中に、中世和歌の求める美を見出し高く評価した。

（冨澤慎人）

## 源通具（みなもとのみちとも）

歌人【生没】承安元年～嘉禄三年（一一七一～一二二七）【歴史・伝説】通称堀河大納言。父は内大臣源通親、母は平教盛女。藤原俊成の養女である俊成卿女と結婚したが、父通親の指示により承明門院妹按察局信子を嫡妻とした。『新古今和歌集』撰者の一人であるが、藤原定家より撰歌を批判されるなど評価は高くなかった。『古今著聞集』四〇二では、順徳天皇が琵琶に描かせる鳥の絵の選考に際し、家に伝わる絵を持参したが、説明ができず不採用となったという。また四九九には、重い服喪の楽人に笛の最秘曲の演奏を許した神事の責任者として語られるなど、軽率な行動が伝えられる。

【参考文献】部矢祥子『源通具全歌集』（思文閣出版、昭和六十二年）（上宇都ゆりほ）

## 源師光（みなもとのもろみつ）

平安・鎌倉期の歌人【生没】未詳【歴史・伝説】父は大納言師頼、母は大納言能実女。藤原頼長の猶子となる。保元の乱の際、崇徳院の味方のうちに「皇后宮権大夫源師光」の名があがる（『保元物語』上の九）。『増鏡』「おどろのした」では、「若草の宮内卿」の父として、「官浅くて、うち続き四位ばかりにて失せにし人」と登場するが、じつは、正五位下右京権大夫で終わった。『八雲御抄』に、彼の述懐歌は「かなしげなる事よりほかによまず」と評される。建仁三年（一二〇三）『千五百番歌合』祝・恋一の判を担当。『千載集』以下に二七首入集。法名生蓮。

【参考文献】井上宗雄『平安後期歌人伝の研究』（笠間書院、昭和五十三年）、井上宗雄『増鏡全訳注』（講談社、昭和五十四年）（下西善三郎）

## 源頼政（みなもとのよりまさ）

源平時代の武将・公卿・歌人【生没】長治二年～治承四年（一一〇五～一一八〇）【歴史・伝説】父は兵庫頭仲政、母は藤原友実女。酒呑童子を退治した源頼光（満仲の子）から五代目の子孫。頼政は保元の乱のおりに源義朝に従って勝利をおさめ、保元三年（一一五八）、二条天皇の即位の日に内裏へ入った賊を捕らえて院の昇殿を許された。平治の乱では平清盛に荷担した。頼政は出世できず、『平家物語』には「人知れず大内山の山守は木がくれてのみ月を見るかな」の歌によって昇殿を許されたと伝える。『公卿補任』によれば、内昇殿を許されたのは、仁安元年（一一六六）十二月三十日のこと。やがて頼政は「のぼるべき頼りなき身は木のもとに椎を拾ひて世を渡るかな」の歌で従三位に叙されたというが、事実は平清盛の推挙による（『玉葉』）。頼政で有名な説話に鳥羽院の愛妾菖蒲の前伝説がある。菖蒲の前の美貌に心を奪われた頼政は三年間手紙を送り続けた。話を耳にした鳥羽帝は頼政を召して、菖蒲の前と顔形などのよく似た女性に同じ衣装を着せ、頼政の前に座らせ、いずれが菖蒲の前であるかを見極めさせようとした。頼政は「五月雨に沼の石垣水こえて何れかあやめ引きぞわづらふ」と詠じて、帝から菖蒲の前を与えられたという。他に、帝を悩ませた妖獣の鵺を退治した話も有名だ。

頼政は歌人として優れた才能を有していた。歌集に『源三位頼政集』があり、鴨長明は「今の世には頼政こそいみじき上手」と、歌人としての才能を褒めたたえ、長明の師の俊恵も「頼政卿はいみじかりし歌仙なり」と称讃している（『無名抄』）。鳥羽院の時代、宇治川・藤鞭・桐火桶・頼政の四つの題を一首の中に隠して詠むようにと帝から課題が出されたことがあった。頼政は「宇治川のせゞの淵々落ちたぎりひをけさいかに寄りまさるらん」と詠んで、人々を驚嘆させたという（『源平盛衰記』）。即興の才も持ち合わせていたらしい。頼政は以仁王を奉じて、平家を倒すべく乱を起こしたが、宇治で敗死した

**【参考文献】** 多賀宗隼『源頼政』（吉川弘文館、昭和四十八年）、志村有弘「源頼政・鵺伝説考」（相模国文、平成十五年三月）（志村有弘）

## 壬生忠岑（みぶのただみね）

歌人 **【生没】** 未詳 **【歴史・伝説】**『古今集』撰者の一人。三十六歌仙の一。六位、右衛門府生。忠見の父。寛平期にはすでに歌人として認められており、『古今集』撰進当時はかなりの年齢に達していたらしい。歌風は、古今撰者の中では、穏和で抒情的。勅撰集に約八十首入集。特に、『拾遺集』巻頭には忠岑歌が配される。

泉大将定国が他所で酒を飲み、深夜に突然左大臣時平邸に立ち寄ると、時平が「どこに寄ったついでか」と慌てた。この時、定国の随身だった忠岑が「かささぎのわたせる橋の霜の上を夜半にふみわけことさらにこそ」と詠んで、時平の感興を得た（『大和物語』）。また、勅命により歌を奉った際に「白雲のおりゐる山」と詠むと、まもなく譲位のことがあったという（『十訓抄』）。

**【参考文献】** 菊地靖彦他『忠岑集他』（明治書院、平成九年）（小池博明）

## 都良香（みやこのよしか）

官人・漢詩人 **【生没】** 承和元年〜元慶三年（八三四〜八七九）**【歴史・伝説】** 父は主計頭貞継。名は言道、貞観十四年（八七二）に上奏して良香と改名。父は弘仁十三年（八二二）に上請して桑原を都宿禰に改姓。良香の時朝臣を賜る。若くして大学に入る。貞観二年（八六〇）文章生。文章得業生を経て同十一年に対策に及第。対策文は後年の模範。同十二年（八七〇）に小内記。同十二年三月二十三日、良香は、菅原道真の方略試の門頭の策門を担当。策門は、「氏族を明らかにす」「地震を弁ず」という二問。良香の第一問の判文は、答案が歴史の考証に関して遺漏のあることを指摘。第二問の判文は、仏典その他の引用の難点を指摘。道真の答案は、『都氏文集』の中に掲載。良香は、同十四年に掌渤海客使。同十五年に従五位下大内記。『文徳実録』の編纂を命ぜられる。同十七年に文章博士。同十八年に越前権介を兼ね侍従となる。元慶二年（八七八）出羽国の俘囚が反乱。その時諸国に頒布した良香の追討の勅符は、名文として語り継がれる。元慶三年（八七九）一月七日、道真は、従五位上と良香より位一階を進めた。『北野天神御伝』に「問頭良香を越え、従五位上に叙す。累代の儒胤なるを

以てなり」とある。良香は、十一歳年少の道真が一階を越えたことで、自分の門地の低いこともあって、精神的衝撃が大きかったと見られ、その一月後の二月二十五日卒去した。『文徳実録』の完成を目前に四十六歳の壮年であった。

**【参考文献】** 坂本太郎　人物叢書『菅原道真』（吉川弘文館、昭和三十七年十一月）、『平安時代史事典』（角川書店、一九九四・四）

（中山幸子）

## 明　恵（みょうえ）

鎌倉時代の華厳宗の高僧・歌人**【生没】**承安三年～寛喜四年（一一七三～一二三二）**【歴史・伝説】**紀伊国の生まれ。母、ある夜の夢に「甘子」を得、同床の叔母また同時に夢に「大甘子二菓」を奪われると見て、母に明恵の懐妊があった、という（二菓は、明恵の夢解きでは、『華厳経』『涅槃経』の二つを持することにあたる）。十三歳時、薩埵太子の捨身飼虎説話のように、我が身を狼に与えて死をむかえようとしたが、叶わなかった。十六歳、舅の上覚上人に付いて出家、東大寺戒壇院で具足戒を受けて、東大寺尊勝院華厳宗の聖詮に謁して倶舎を学んだ。が、東大寺内の世俗性に失望したか、建久六年（一一九五）二十五歳ころより、紀州湯浅の白上峰に庵して、右耳切断に至るような激しい修行を積んだ。この間、癩病人に人肉を与えんとして自身の身を捧げようとしたがすでに癩人は死し、叶わなかったという逸話も残る（『仮名行状』）。三十四歳、後鳥羽院の勅により栂尾を賜り、古寺を興して高山寺となし、華厳宗興隆の本拠とした。釈迦を思慕すること純一に激しく、元久元年（一二〇四）の涅槃会では、明恵自作の講式を読み上げるうち、釈迦の臨終のくだりに至って哀しみのあまり悲泣嗚咽、説法の声も出なくなり、絶息してしまった（しばらく後、蘇生する）、という逸話を残す。明恵は、釈迦を慕い、仏が衆生の為に身命を捨てたとおなじように生涯を生きようとした。『徒然草』一四四段の逸話は、「阿字本不生（一切諸法の本源の不生不滅）」の理を観じて仏学に没頭しきる高僧明恵上人の日常を描き留めたもの。歌人でもあった明恵の、作歌法の根本に関わる「安立」「心ゆく」は、「言葉に表す」「心を晴らす、心を慰める」の意で、明恵自撰の『遺心集』の撰集志向もそこにある。ほかに『明恵上人歌集』、法然に対抗する『摧邪輪』がある。四十年にわたる自身の夢を記した『夢記』は、それ自体が宗教行為でありつつ自在な表現行為の展開とみなされて貴重。

**【参考文献】** 野村卓美「『明恵上人行状』における引用説話について」（『中世文学』一九九九）、野村卓美「明恵上人伝記の研究」（『日本文学』二〇〇三・二）、平野多恵「明恵『遺心和歌集』の撰集志向」（『日本文学』二〇〇四・六）、荒木浩「明恵「夢記」再読」（『仏教修法と文学的表現に関する文献学的研究』二〇〇五・三）

（下西善三郎）

## 三善清行（みよしきよゆき・きよつら）

漢学者【生没】承和十四年～延喜十八年（八四七～九一八）【歴史・伝説】淡路守であった三善氏吉の三男として生まれた。紀伝道を学び、貞観十五年（八七三）文章生、翌年文章得業生となった。大学少丞から、少内記・大内記に昇進している。仁和三年（八八七）宇多天皇が即位し、藤原基経に関白職を与えようとして、阿衡《あこう》に任ずるとした。しかるにこの阿衡は職掌を伴わないとし、以後基経は出仕しなくなり、いわゆる阿衡事件が起った。下問に対し、少外記紀長谷雄・大内記三善清行・藤原佐世らは勘文を奉って、やはり阿衡に職掌はないと論じた。讃岐守であった菅原道真は、上京して事態の収拾に当たった。寛平五年（八九三）備中介となり、始めて地方官を経験した。昌泰三年（九〇〇）年には刑部大輔・文章博士となった。この年道真に書を送って、明年は辛酉で変革の年として慎まなければならない。そして止足の分を知って右大臣の職を辞するように勧告している（『本朝文粋』巻七所収）。また辛酉革命を避けて、改元を求めた（「革命勘文」群書類従所収）。翌年道真が流罪となると、藤原時平に書を送り、道真の門弟を弁護した（『本朝文粋』巻七）。また改元を建議し（『本朝文集』）これによって延喜と年号が改められた。漢詩文で活躍するほか、『円珍和尚伝』『藤原保則伝』といった伝記も書いている。延喜十四年（九一四）には老齢の身にあって「意見封事《ふうじ》十二箇条」（『本朝文粋』巻二）を献じて、地方政治のゆるみを論じた。同十六年には善法寺を建立し、参議となった。十八年頃世上の奇談等を記す説話集『善家秘記』を編んだ。詩人としては紀長谷雄と並び称され、陰陽道など諸道に明るかったが、自尊心が強く、直情径行のところがあったためか、官位は不遇であった。

【参考文献】所功『三善清行』（人物叢書新装版、吉川弘文堂、平成元年）

（石黒吉次郎）

## 三善為康（みよしためやす）

漢学者・往生伝編者【生没】永承四年～保延五年（一〇四九～一一三九）【歴史・伝説】越中国射水郡の人。本姓は射水。十八歳のときに上洛。算博士三善為長の養嗣となり、三善姓となる。正五位下・諸陵頭・算博士・越前権助。仏教に対する信仰心が深く、幼いときから観音に帰依し、四天王寺に参詣したり、称名念仏を日課とした。『拾遺往生伝』・『後拾遺往生伝』編者。他に『朝野群載』三十巻・『懐中暦』十巻の著者。『本朝新修往生伝』に往生人として記録されている。

【参考文献】古典遺産の会編『往生伝の研究』（新読書社、昭和四十三年）、関口忠男「三善為康」（日本伝奇伝説大事典、角川書店、昭和六十一年）、日本思想大系『往生伝法華験記』（岩波書店、昭和四十九年）

（志村有弘）

## 紫式部（むらさきしきぶ）

物語作家・歌人【生没】未詳。生年は天禄元年～天元元年（九七〇～九七八）までの間で諸説。没年は寛仁三年（一〇一九）という説。推定年齢四十七歳までは生存。【歴史・伝説】父は為時、母は為信の娘。本名は不詳、香子とする説もある。「藤式部」は、女房名で「紫式部」は死後の呼称と見られる。父は、歌人としてよりも儒門の人として、文章博士菅原文時の高弟として詩文に優れていた。花山天皇の御代に式部丞蔵人を勤めたが、一条天皇の御代には長い散位の後、越前・越後の国守を歴任した。母は、紫式部が幼少時に死亡。『尊卑分脈』には惟規《のぶのり》・惟通《のぶみち》・定暹《じょうせん》の三人が記されているが、家集などによれば、同母姉と異母妹がいたことが知られる。父の手によって養育。父が惟規に『史記』を教えるのを脇で聞いていた式部の方が早く理解するのを見て、この子が男の子であったならよかったのにと、父を嘆かせた話は有名である。長徳四年（九九八）、父の友人で遠縁にあたる藤原宣孝と結婚し、賢子後《のち》の大弐三位を出産。宣孝は、長保三年（一〇〇一）四月に急死。その秋ごろから『源氏物語』を執筆したらしい。寛弘二年（一〇〇五）十二月二十九日一条天皇の中宮彰子に出仕。『源氏物語』は、光源氏という理想の男性を主人公とする五十四帖からなる長編物語。『源氏物語』は、世界の文学として高い評価を得ている。紫式部は、一九六五年度（昭和四十年）日本人として最初にユネスコの世界偉人暦に登録された。『源氏物語』は、英語訳・仏語訳・中国語訳等によって広く読まれている。『紫式部日記』は、紫式部が中宮彰子に仕えた寛弘五年秋から同七年正月までの見聞感想を記録したものである。中宮彰子の敦成《あつひら》親王出産・産養・天皇の行幸・五十日の祝儀・賀茂神社の臨時祭等の行事、および和泉式部・赤染衛門・清少納言等についての厳しい論評が記されている。また、紫式部は、「一といふ文字をだに書きわたしはべらず」とあるように、一という字も書けないと日記に記していることから学才を妬まれることを恐れていたようすを知ることができる。『源氏物語絵巻』とともに『紫式部日記絵巻』がある。家集に『紫式部集』。巻頭歌は、「めぐりあひて見しやそれとも分かぬ間に雲がくれにし夜半の月かな」と、久しぶりに逢った女友達との交遊を詠んだものである。この和歌は、小倉百人一首にも選ばれている。

【参考文献】『大日本史料』（東京大学史料編纂所、昭和三年三月）、『日本大百科全書』（小学館、一九八九・七）、新日本古典文学大系24『紫式部日記』（岩波書店、一九八九・一一）、『国史大辞典』（吉川弘文館、平成四年三月）

（中山幸子）

## 村田春海（むらたはるみ）

江戸中期の和学者・歌人【生没】延享三年〜文化八年（一七四六〜一八一一）享年六十六歳。墓所は深川の浄土宗本誓寺（江東区清澄三一四）【歴史・伝説】日本橋小舟町干鰯《ほしか》問屋村田春道の次男。姓を平・阪。字は士観《さちまろ》、号を綿織斎・琴後翁。賀茂真淵に国学・歌文を学ぶ。江戸の連歌師阪昌周の娘幸と婚姻し養子になり阪昌和（大学）とも。後に離縁。吉原の遊郭丁子屋の遊女を正妻にする。幾度もの火災にあい家産を倒盡し、晩年は地蔵橋（日本橋亀島町）たもとに住む。松平定信の信篤く、歌風は古今調の流麗な江戸派。門人に岸本由豆流《ゆずる》、清水浜臣《はまおみ》ら。歌集『琴後集《ことじりしゅう》』『和学大概《わがくたいがい》』等多数。

【参考文献】関根正直『からすかご』（六合館、一九二七・一〇）、「村田春海」「村田春海遺事」（『森銑三著作集第七巻』中央公論社、昭和四十六年六月）、内野吾郎『江戸派国学論』（アーツアンドクラフツ、二〇〇二・四）

（岸　睦子）

## 本居宣長（もとおりのりなが）

国学者・歌人【生没】享保十五年〜享和元年（一七三〇〜一八〇一）【歴史・伝説】江戸時代中期の国学者・歌人・古典学者。伊勢の国松阪の生まれ、旧姓は小津氏で、幼名は富之助、後に先祖の姓である桓武平氏の流れを汲む蒲生氏郷に仕えた本居建秀の姓を称する。但し宣長は血縁としては小津氏である。父定利には宣長にとって従兄弟にあたる宗五郎という跡取りがいたが、後妻のかつを迎えて自分の血を分けた子供がほしくなり、大和の国吉野の水分神《みくまりのかみ》に祈願した。この水分神は子を与える神として信じられていた。定利は神に、男子を授けてくれたなら、その子が十三歳になったとき、「みづから率て詣で、かへり申し奉らん」と願を立て、このことからかつは身ごもり、宣長を生んだと宣長自身が書いた『家のむかし物語』に伝える。宣長は水分神の申し子として生まれたと信じ、実際に十三歳になったとき、手代二人を供として同神社にお礼参りをしている。生家は江戸にも店を持つ松阪木綿を手広く商う大商人であったが、父親の死を契機として家運が傾き、まもなく店を閉じた。宣長が商人の器でないことを悟った母親の勝は、医師として身を立てさせようと決め、家産を整理し、宣長二十三歳のときに京都に遊学させた。上京後の宣長は名儒堀景山に学んだが、景山は高名な朱子学者ではあったが、反対派の古文辞学者荻生徂徠とも親交のある温厚な人物で契沖の学問についても尊重していた。宣長は景山のもとで儒学に止まらず。契沖などの国学にも開眼し、学問への柔軟な態度を培った。宝暦七年（一七五七）二十八歳で松阪に戻り医師を開業するが、実直な医業の傍ら国学の研究に刻苦勉励し、生涯にわたって著述に精魂を傾けると同時に多くの門人の教育にも力を注いだ。宝暦十二年津の草深氏の女たみと結婚し、翌年には長子春庭をもうけた。同年に大和旅行の帰路、伊勢に参宮して松阪に立ち寄った賀茂真淵を松阪の旅宿新上屋に訪ね対面した（「松坂の一夜」）。同年真淵に入門を許され、その後の書簡による真淵の教導により、以後は『万葉集』や『古事記』の研究に没頭することになる。明和四年（一七六七）に本格的な執筆を始めたライフワーク『古事記伝』は寛政十年（一七九八）六十九歳のときに全四十四巻が完成した。この間、『紫文要領』・『石上私淑言』・『詞の玉緒』・『漢字三音考』・『直毘霊』・『秘本玉くしげ』など文学・語学・古道にわたる多くの著述を著している。寛政十一年には「遺言書」を記し、山室村（松阪市山室町）の妙楽寺の山に墓地を定め、没後のことを詳細に指示した。享和元年（一八〇一）上京し、公卿中の名家中山家に招かれ講義し、京都の学者たちと交流し大きな成果があったが、帰宅後病床に就き、九月七十二歳で没した。本居家（小津家）は松阪新町の浄土宗の樹敬寺が菩提寺であり、若い頃の宣長は熱心に浄土宗に帰依していたと考えられているが、郊外にある山室村の同じ浄土宗の妙楽寺にも墓所があり、こちらの墓所は塚に山桜が植えられて神道の奥津城に近い。

**【参考文献】** 村岡典嗣『本居宣長増訂版』（岩波書店、昭和三年）、小林秀雄『本居宣長』（新潮社、昭和五十二年）、相良亨『本居宣長』（ペリカン社、昭和五十三年）、城福勇『本居宣長』（吉川弘文館、昭和五十五年）、『本居宣長事典』（東京堂、平成十三年）

（中山緑朗）

## 森川許六（もりかわきょりく）

江戸中期の俳人 **【生没】** 明暦二年～正徳五年（一六五六～一七一五）享年六十歳。墓所は曹洞宗長純寺（彦根市佐和町）

**【歴史・伝説】** 本名森川百仲《ももなか》、通称五介。字は羽官、別号は五老井《ごろうせい》・横斜庵・碌々庵・蘿月堂・風狂堂・黄檗堂・曇華台・是非斎・槃礫樹林・一維道人・潜居士。致仕号、無々居士・菊阿仏。彦根藩士、三百石。森川家二代与次右衛門重宗の嫡男として彦根に生まれる。延宝四年（一六七六）藩主井伊直澄に仕える。元禄四年（一六九一）六月、江戸に行き其角に会い、十一月九日に近江に帰り、翌元禄五年二月に彦根鳥居本村に五老井庵をむすぶ。そして江戸へ参勤出府の折、同年八月九日に深川に住む芭蕉に入門した。元禄六年三月、『大秘伝白砂人集』等の伝授を芭蕉から受け、五月帰国の際に贈られた「柴門之辞」（『風俗文選』）に絵画の才は芭蕉に「予が師」といわせ、去来も『旅寝論』に「巧みなること許六に及ばず」とある。蕉門十哲の一人。明照寺《めいしょうじ》の李由《りゆう》と『韻塞《いんふたぎ》』『篇突《へんつき》』等を共編。許六は元禄十年（一六九八）初冬に「蕉門をかため、大敵を防ぎ給へ」と去来に書き送り（「贈落柿舎去来書」）、去来を困惑させた。

その応酬を『俳諧問答』に纏める。論客、文章家として優れ、師の没後蕉風の真髄を説くと自負し、彦根正風を開き蕉門の指導者となる。また餅好きは有名で、芭蕉が五老井庵の畑の小豆が日にやけてないかと文に書くほど。『本朝文選』（宝永三年九月・改題『風俗文選』）は我が国初の俳文集として後世に多大な影響を与える。しかし家庭に恵まれず、延宝九年（一六八一）に母と先妻、元禄元年（一六八八）に嫡男善太郎、元禄二年に次女と父と引き続き亡くす不幸が絵画詩歌俳諧へ心を強く寄せたのであろう。宝永七年（一七一〇）、病気のため致仕、剃髪し菊阿と号す。

**【参考文献】** 南信一『総釈許六の俳論』（風間書房、昭和五十四年八月）

（岸　睦子）

# や　ゆよ

## 宿屋飯盛（やどやのめしもり）

江戸後期の国学者・狂歌師・浮世絵師【**生没**】宝暦三年～天保元年（一七五三～一八三〇）享年七十八歳。浅草諏訪町浄土宗正覚寺子院哲相院に埋葬、法名六樹園台誉五老居士【**歴史・伝説**】小伝馬町三丁目旅人宿糠屋《ぬかや》七兵衛の家付き娘と結婚し、糠屋に入り婿した浮世絵師の大家石川豊信の五男。四人の兄が夭折し跡を継ぐ。号は石川雅望《まさもち》・六樹園・五老斎、通称石川五郎兵衛など。太田南畝に師事。寛政三年十月、狂歌四天王といわれた三十九歳の時に公事宿《くじやど》の贈収賄事件に連座し家財没収江戸府外に追放され、府中鳴子村に知人を頼った後、内藤新宿に移る。この体験を自伝文学『とはずがたり』に纏めた。雌伏の時期に国学の研鑽に努め、後に和文（雅文）体の『しみのすみか物語』を文化二年（一八〇五）に出版。『近江県《おうみあがた》物語』を石川五老・六樹園で挿絵は絵師北尾重政。『天羽衣』は六樹園。板元に「東都書肆　四谷内藤新宿下町伊勢屋吉五郎・四谷塩町壱町目佐久間屋藤四郎」とあり江戸払いにより内藤新宿で出版。『飛騨匠《ひだのたくみ》物語』については太田南畝が読んだ（『玉川砂利』文化五年十二月二十四日の記事）とあり、文化五年（一八〇八）の出版か。江戸払いが赦された文化九年に霊岸島の中村屋を寓居にした。人気が沸騰し門弟三千人といわれ、柳亭種彦も講筵《こうえん》に列席し古典考証の手法を学び、家具調度も詳細に『偐紫田舎源氏』を著した。鹿都部《しかつべの》真顔《まがお》（狂歌堂・通称北川嘉兵衛・戯作者）と対立。国語学上の業績に『雅言集覧』（文政九年～嘉永二年、五十巻二十一冊）、中古文学の研究書に『源注余滴』（五十四巻）、『徒然草新註』など。永井荷風が『断腸亭日乗』（昭和四年十月二十日）に「文章の優美なるは上田秋成の雨月物語に優り、優雅なる滑稽の趣致において江戸文学史上の珍珠にして滑稽小説の規矩となすべし」と称賛した。

【**参考文献**】粕谷宏紀『石川雅望研究』（角川書店、一九八五）

（岸　睦子）

## 梁川星巌（やながわせいがん）

漢詩人【生没】寛政元年～安政五年（一七八九～一八五八）

【歴史・伝説】美濃国安八郡曾根村の郷士。文化四年（一八〇七）江戸に出て山本北山に学び、大窪詩仏・菊池五山ら江湖詩社の詩人と交遊す。葛西因是《かさいいんぜ》の『通俗唐詩解』で唐詩に開眼。文化十四年帰郷し「梨花村草舎」を開き、再従妹の紅蘭が入舎。二人は文政三年（一八二〇）星巌三十二歳、江蘭十七歳で結婚。文政五年妻紅蘭と五年間の九州旅行をし、多くの詩人と交遊し、『西征集』にまとめる。広瀬淡窓は「今頼（山陽）梁（星巌）の名天下を風動」と評価。天保三年（一八三二）江戸に出て、神田お玉が池に玉池吟社《ぎょくちぎんしゃ》を開き、小野湖山・大沼枕山《ちんざん》らを輩出した。弘化三年暮に京都に移り、吉田松陰ら勤皇の志士と交遊、安政の大獄に際し、逮捕直前にコレラで死亡。

【参考文献】大原富枝『日本人の旅⑫　梁川星巌・紅蘭』（淡交社、昭和四十八年十二月）

（松尾政司）

## 山岡元隣（やまおかげんりん）

俳人・仮名草子作者【生没】寛永八年～寛文十二年（一六三一～一六七二）【歴史・伝説】京都の裕福な商家の生まれ。生来病弱で多病のため家業を廃し、儒学・老荘を学ぶ。美濃加納藩の侍医春庵から医学を学び家業とす。明暦元年（一六五五）北村季吟に俳諧や古典の注釈を学んだ。翌二年三月季吟が、祇園社前で宗匠披露の奉納百八十番俳諧を催した際、長文の跋文を寄せた。元隣は連衆の一員として出座するなど、大村可全とともに季吟俳諧羽翼の門人と称された。明暦三年、平易に人の道を説いた仮名草子『他我《たが》身之上《みのうえ》』を刊行。寛文六年元隣は宗匠として独立。身近な日用品、文具等を題材とし、それぞれに俳味豊な文章と月・花を含んだ句と七言絶句の狂詩を付けた『宝蔵《たからぐら》』を刊行した。「風も水もなうて涼しき夕かな」が辞世の歌。

【参考文献】榎坂浩尚「元隣」「他我身之上」「宝蔵」（『日本古典文学辞典』岩波書店、一九八四・一）

（松尾政司）

## 山口素堂（やまぐちそどう）

俳人【生没】寛永十九年～享保元年（一六四二～一七一六）享年七十五歳。谷中感應寺（天王寺）に安置。法名は廣山院秋厳素堂居士。墓を厳浄寺（文京区白山二丁目）に移葬

【歴史・伝説】『甲斐国志』は祖先の地を甲斐巨摩郡教来石《きょうらいし》村字山口とする。名を信章、字は子晋、別号を来雪。俳諧を李吟に、茶道は今日庵宗旦に学びその三世。甲府の実家は酒造業を営み富裕。仕官したが延宝七年に致仕し、江戸上野不忍池畔に移る。貞享三年（一六八六）頃、葛飾阿武に移り、芭蕉の新風樹立に貢献する。芭蕉との交友は深く『野ざらし紀行』に素堂の跋文や序を添え、芭蕉は「詩は

隠者の詩、風雅にて宜《よろし》」と素堂を評す。『甲斐国志』に代官桜井孫兵衛の依頼により元禄九年（一六九六）、濁川改浚工事に尽すとあるが露伴は工事に関わる説にふれない。

【参考文献】「山口素堂」（『露伴全集第15巻』岩波書店、昭和五十三年十二月）

（岸　睦子）

## 山崎宗鑑（やまざきそうかん）

連歌師・俳人【生没】未詳【歴史・伝説】山崎宗鑑と称されるのは、庵「對月庵」を山崎の地に構えたことによる。壮年より書道と連歌をたしなみ、長享二年（一四八八）三月、宗祇・肖柏・宗長・宗般らとともに、能勢頼則興行千句に加会している。一休宗純に参禅した宗長との交流から、一休宗純ゆかりの大徳寺真珠庵や薪の酬恩庵とは法縁が結ばれた。大永三年（一五二三）酬恩庵の寮舎で越年、宗長ら数名と同じ前句で付合いの技量を競っている（『宗長手記』）。俳諧での活動を中心に、晩年は『犬筑波集』を代表とする撰集に力を注いだ。書道では信仰的・教訓的なものから、古典の写本や色紙など多数を残した。讃岐国（香川県観音寺市）の興昌寺に一夜庵を結び、生涯を終えたと伝えられる。

【参考文献】吉川一郎『山崎宗鑑傳』（養徳社、昭和三十年）、平安時代史事典（角川書店、平成六年）

（山口孝利）

## 山上憶良（やまのうえのおくら）

奈良時代の歌人。山於億良とも（『続日本紀』）【生没】斉明六年～？（六六〇～？）【歴史・伝説】『新撰姓氏録』「右京皇別下」に、「粟田朝臣　大春日朝臣同祖　天足彦国忍人命之後也　日本紀合」「山上朝臣　同氏〔祖イ〕　日本紀合」とある事から、山上氏は、孝昭天皇の皇子天足彦国忍人命を祖として帰化族の従属によって形成された粟田氏系から分脈した一氏族と考えられ、また、中西進は、天智朝に来朝して天智・天武の朝廷に侍医として仕えた百済の亡命帰化人憶仁は憶良の父であろうという（『山上憶良』）。このように憶良の前半生は謎に包まれている。『萬葉集』に「幸于紀伊国時川嶋皇子御作歌　或云山上臣憶良作」（巻一・三四）とあり、左注によると持統四年（六九〇）の紀伊行幸に従った下級官人憶良の代作かとも考えられる。憶良の名の初出は『続日本紀』大宝元年（七〇一）無位無姓で遣唐少録に任ぜられる記事であるが、『萬葉集』にも、帰国時の宴で披露されたであろう「山上臣憶良在大唐時憶本郷作歌」（巻一・六三）がある。この後、霊亀五年（七一六）五十七歳で伯耆国守、養老五年（七二一）六十二歳で退朝後東宮に侍するように命ぜられた。左大臣長屋王宅や東宮邸で催された七夕の宴にも列席して歌を披露（巻八・一五一八、一五一九）。神亀三年（七二六）頃六十七歳で筑前国守として筑紫に赴任、神亀五年春頃に大宰帥大伴旅人を迎える。旅人は着任後早々に妻を亡くし、その死に接した憶良は「日本挽歌」（巻五・七九四〜九）の連作を旅人に献呈、「令反惑情歌」「思子等歌」「哀世間離住歌」と嘉摩郡撰定三部作（巻五・八〇〇〜五）をまとめている。その他、「戀男子名古日歌」（巻五・九〇四〜六）、「貧窮問答歌」（巻五・八九二、三）などの代表作を生む。また、神亀二年正月大宰帥大伴旅人宅の宴で梅花歌一首を作り（巻五・八一八）、七月にも、帥の家の集会において七夕の歌四首（巻八・一五二三〜六）を作っている。天平二年（七三〇）旅人が大納言となって上京、同四年頃には憶良も帰郷。翌五年三月第九次遣唐大使の丹治比広成に餞別の「好去好来歌」（巻五・八九四〜六）を贈るが、六月に「沈痾自哀文」に続く歌（巻五・八九七〜九〇三）をまとめ、「山上臣憶良沈痾之時歌」（巻十六・九七八）を残して、七十四年の生涯を閉じたようである（「沈痾自哀文」に「是時年七十有四」とある）。『萬葉集』には長歌十一首・短歌六十三首（巻十六の志賀白水郎歌十首を含む）・漢文三編・漢詩二首を収める。編書に『類聚歌林』があるようだが現存しない。憶良の表現は現実を生きる人間の苦悩の姿を見つめ、無常のもたらす老病苦死の苛酷や貧窮困苦悲惨を庶民的な俗語・擬態語なども用いてリアルに描写するなど、苦渋を生の証として表現しつづけて、万葉歌の中でも異彩を放っている。

【参考文献】中西進『山上憶良』（河出書房新社）（清水道子）

## 山部赤人（やまべのあかひと）

奈良時代の官人・『万葉集』の歌人【生没】未詳【歴史・伝説】最も古い作は聖武天皇の神亀元年（七二四）の紀伊国行幸従駕の作、さらに同二年吉野・難波行幸、天平六年の難波行幸、同八年の吉野行幸に供奉したものである。また、摂津・播磨・東国の駿河・下総などの作品がある。藤原不比等に舎人として仕えた説（武田祐吉）もあるが確証はない。姓は宿弥。『万葉集』に残された作品は長歌十三首、短歌三十七首である。作歌年時は神亀元年（七二四）から天平八年（七三六）までの十三年間がその活躍時期である。つまり聖武朝に活躍した宮廷歌人である。

『古今集』の仮名序は「山部赤人といふ人ありけり。歌にあやしく妙なりけり。人麻呂は赤人が上に立たむことかたく、赤人は人麻呂が下に立たむことかたくなむありける」としているのは赤人を人麻呂と並ぶ歌人として位置づけている。また『万葉集』の大伴家持、天平十九年の書簡中にある「幼年未だ山柿の門に逕らず」の「山柿」の「山」を赤人と解するか、山上憶良とするかの説があるが、すでに山部赤人がかなり歌人として評価されていたことがわかる。

また近世の『人丸秘密抄』には次のように記されている。それは人丸は天武天皇三年八月二日石見国戸田郡山里という所の語家命という民の家の柿本に出現した。年齢は二十余、家命の問に答えて「我は家なし来る所もなし父母もなし只和歌の道のみしれり」といったので丹後国司冬通に申し、冬通が天武帝に奏上したところ天皇は歌道の御侍読とした。時に石見権守に任じ、初めて姓を賜い柿本人丸と号する。そして天武天皇の住吉行幸の時、住吉大明神が出現して歌道の詠を世にひろめるために分身して人丸となったことを告げた。その後文武天皇の后勝八尾大臣の娘を犯したので上総国山辺郡に流罪となったが、聖武天皇の御代『万葉集』を撰する時、判者がいないので橘諸兄、大伴家持が人丸を召し返すことを奏上、それによって人丸は許され召し返されて、白楽天の例にならって姓名官階を改めて宰相正三位山辺赤人と号した。故に人丸と赤人とは一躰であると述べたというのである。

**【参考文献】** 阿蘇瑞枝『柿本人麻呂論考』（桜楓社、昭和四十七年）、池田弥三郎『高市黒人・山部赤人』（日本詩人選3、筑摩書房、昭和四十五年）、尾崎暢殃『山部赤人の研究・その叙景表現』（明治書院、昭和四十四年）

（針原孝之）

## 山本常朝（やまもとつねとも）

佐賀藩士・学者 **【生没】** 万治二年～享保四年（一六五九～一七一九）**【歴史・伝説】** 九歳の時、藩主鍋島光茂の御側小僧として仕え、御側役・御歌書方・書写物奉行を歴任。光茂隠居後京都役に就き、光茂が古今伝授を授かるために三条西実教との間を奔走。光茂の死去後に出家し、佐賀城北の金立村黒土原に隠棲した。宝永七年（一七一〇）三月常朝は佐賀藩士田代陣基《つらもと》の訪問を受けた。この夜から享保元年九月まで前後七年間、常朝は鮮烈に武士としての生き方、特に佐賀藩士としてのあり方を語ったのを、田代が聞き筆録したのが『葉隠』十一巻である。内容は「世上の批判、諸士の邪正、推量、風俗等」で、「意恨・悪事も可出候」ことだから「堅火中可仕由」であったが、十九種の写本が伝わっている。

**【参考文献】** 相良亨「『葉隠』の世界」（『日本思想大系』26、岩波書店、一九七四・六）

（松尾政司）

## 湯浅常山（ゆあさじょうざん）

岡山藩士・儒学者 **【生没】** 宝永五年～安永十年（一七〇八～八一）**【歴史・伝説】** 常山は幼時から学問を好み、特に『保元物語』『太平記』などをほぼ暗誦した。享保十七年（一七三二）江戸に出て服部南郭・太宰春台に学び、井上蘭台や松崎観海らと交遊。常山は武士は、「例え文事を廃しても武事を廃してはならぬ」と戒め、剣・槍は奥義を極めた。宝暦八年（一七五八）寺社奉行、以後藩の要職を歴任したが硬骨で権威に憚ることが無く、明和六年（一七六九）突如蟄居となる。以後、詩文と著述に専念。戦国以来の武人の言行を集め三十巻の『常山紀談』にまとめる。成稿すると、師春台まで送り、教えと批判を求めた。春台は「渉猟一遍卒業申候。能御集被成、近世之新序、説苑とも可申候……誠に其益不少、珍重可仕事に候」と高く評価した。（松尾政司）

**【参考文献】**森銑三校訂『常山紀談』「解題」（岩波文庫、昭和十三年十二月）

## 雄略天皇（ゆうりゃくてんのう）

第二十一代天皇**【生没】**未詳**【歴史・伝説】**『日本書紀』では第二十一代大泊瀬稚武天皇と表記し、『古事記』では大長谷若建命と表記する。允恭天皇の第五皇子、二十代安康天皇の弟。母は忍坂大中姫。皇后は長谷の朝倉宮。允恭紀七年冬十二月から十一年三月の条にかけて允恭天皇と皇后忍坂大中姫、そして皇后の妹である衣通郎女、この三人の関係した伝承がある。それは衣通郎姫をいらしめた藤原宮に天皇が御幸した夕方に、大泊瀬天皇が誕生したと伝える。皇后は天皇が藤原宮に御幸したことを聞き、「今妾産みて、死生相半ばなり。何の故にか今夕に当たりても必ず藤原に幸す」と怒り、産殿を焼いて自殺しようとした。天皇はこのことを聞き、皇后を慰め事無きを得たという。

また『宋書』などに見える倭の五王のうち最後の倭王武が雄略とみられている。雄略について『古事記』では歌謡を伴って述べられる求婚譚、『日本書紀』では采女関係の記事や女性との関係を記した記事も多い。いずれも攻撃的な記事が多く、誅殺や反乱などの事件が記されている。雄略には横暴な振る舞いもあるがこれらは英雄的立場の姿、専制君主としての天皇の権威を示すものと言われる。『古事記』・『日本書紀』に十一首の長歌と伝説をのせる。『万葉集』巻一に長歌一首、巻九に短歌一首がある。

『万葉集』巻頭歌に雄略天皇の歌と伝える歌をのせているが、二番歌は三十四代舒明天皇の歌、以下皇極天皇・斉明天皇の歌が配列されている。一番歌は時代も作者も飛び離れて古い歌を配列していることは注目しなければならない。それは『万葉集』の編纂上のことを考えて『古事記』下巻の時代を継承するという意識があったのであろうか。万葉時代の宗祖ともいうべき舒明天皇の御製歌の前に雄略天皇の歌を置くことが古代的規範の歌として重要な意味をもっていたのであろう。雄略天皇は古代の代表的な君主として造型され認められる位置にあったと考えてよい。一番歌の作者雄略天皇は原始的な歌劇の中で大和の王者と土地の娘とが結ばれる春の国見歌として歌いつがれていった。天皇と土地の豪族の娘とが結婚することはおめでたいことで、その土地が権力者である天皇に服属し、統治されるということは、さらなる繁栄を意味している。こうした一番歌はおめでたい歌として『万葉集』の巻頭におかれることは巻末歌のおめでたい歌と照応するものであり『万葉集』のもつ名称のいわれをも理解することができる。

**【参考文献】**折口信夫『折口信夫全集』九（中央公論社、昭和三十年）、伊藤博『万葉集の構造と成立』上（塙書房、昭和四十九年）、中西進『万葉集の比較文学的研究』（桜楓社、昭和三十八年）、桜井満『万葉集の民俗学的研究』（おうふう、平成七年）

（針原孝之）

## 湯原王（ゆはらのおおきみ・ゆはらのおう）

八世紀前半の皇族・歌人**【生没】**未詳。『万葉集』以外史料を欠く。**【歴史・伝説】**天智天皇の孫。志貴皇子の子。光仁天皇の弟で、光仁天皇が即位し、その兄弟を親王としたことにより追称されて、湯原親王となる。詳しい閲歴は不明であるが、歌人としては清雅艶麗の作風で、その典型となるのは、

吉野なる夏實の河の川淀に鴨そ鳴くなる山陰にして
（巻三・三七五）

夕月夜心もしのに白露の置くこの庭に蟋蟀鳴くも
（巻八・一五五二）

などが挙げられよう。

歌に秀で、『万葉集』では、先に挙げた天平初年頃（七二九～七四九）の「芳野にて作れる歌一首」（巻三・三七五）に始まり、「蟋蟀の歌一首」（巻八・一五五二）にいたるまで、軽妙で洗練された短歌十九首が載せられている。歌は、知巧的な「月の歌」（巻六・九八五、九八六）、即興的な才能を発揮させる「宴席歌」（巻三・三七六、三七七、巻六・九八九）、「七夕歌」（巻八・一五四四、一五四五）があり、さらに、相聞贈答の歌が九首（巻四・六三一、六三二、六三五、六三六、六三八、六四〇、六四二、六七〇、巻八・一六一八）残っている。

その中には、「娘子」との贈答歌がみえるが、おおよそ『万葉集』中で「娘子」とのみある場合、その「娘子」について知る術が皆無といってよく、名前、姿形など具体的なこと一切が不明なため、文芸世界のみの著しい虚構の要素があるといえる。そのため、この湯原王一連の相聞贈答作品群（巻四・六三一～六四二）においても、巧みな恋物語的構成を成しているという（渡辺護「湯原王と娘子の歌」『万葉集の題材と表現』大学教育出版社、平成十七年十一月　初出『万葉集を学ぶ第三集』伊藤博・稲岡耕二、有斐閣、昭和五十三年三月）。

これら歌の新風は、後世への影響力も大きく、その歌才の評価は高い。

（森　洋子）

## 横井也有（よこいやゆう）

江戸中期の俳人**【生没】**元禄十五年～天明三年（一七〇二～一七八三）享年八十二歳**【歴史・伝説】**尾張藩士禄高千二百石。本名横井孫右衛門時般《ときつら》。俳号、素分・野又・野有・蓼花巷・知雨亭・半掃庵。歌号、暮水・漢詩文号、蘿

隠・伯懐・遯窩等。別号、並明・順寧・永言斎・紫隠里・不羨庵。享保二年～八年（一七一七～一七二三・十六歳～二十二歳）まで尾張六代藩主継友御近習詰を務め、享保十二年（一七二七）に父が隠棲し、家督や海西郡藤ヶ瀬村（愛知県海部郡八開村）を中心とした知行一〇〇〇石を継ぐ。享保十五年に江戸勤務となり、延享四年（一七四八）に江戸参府随行を御免となる。宝暦四年（一七五四）に五十三歳で前津の庵に隠棲。季吟門の巴静に兄事。俳文集『鶉衣』、句集に『蘿葉集』、和歌集『蘿窓集』、漢詩集『蘿隠編』、俳論『筧竹評』、談義物『野夫談』、狂歌集『行々子』等多数ある。（岸　睦子）

## 与謝蕪村（よさぶそん）

画家・俳人【生没】享保元年～天明三年（一七一六～一七八四）【歴史・伝説】摂津東成（現大阪都島）生まれ。本姓は谷口氏、宝暦四年（一七五四）の夏から三年余り丹後与謝地方を客遊して文人画家への志向を強め、後は改姓して与謝を名乗る。幼少時の消息は明らかにならない。門人への書簡に、安永六年（一七七七）刊の俳諧集『夜半楽』に所収される「春風馬堤曲」にふれて、「馬堤は毛馬堤なり、すなはち余が故園なり」（柳女・賀瑞宛て書簡）とあって、生地が知れる。蕪村の初出句「君が代や二三度したる年忘れ」は、元文三年の夜半亭歳旦帖に所収される二十三歳のときの一句である。蕪村は二十歳ごろ夜半亭巴人の門人となったようだが、師の巴人は享保十二年（一七二七）からおよそ十年京都に在住し、元文二年（一七三七）江戸へ戻って夜半亭を開く。この間の師弟関係を伝える文献は見当たらないが、幼少期に故郷を離れ、京都で巴人に師事して俳諧に親しみ、師を慕ってその帰府に従い、江戸へ下って門人となったと推理するのが妥当であろう。画業の師は同時期京都にいた狩野派絵師の桃田伊信と考えられる（蕪村三回忌追善刷り物）。江戸へ下り二十七歳の年、寛保二年（一七四二）巴人を失い、同門の誘いにまかせ十余年常総地域を歴遊して過ごす。宝暦元年（一七五一）木曽路を経て京都に戻る。時に三十六歳。いまだ文人蕪村の名を成す業績は残していない。その後与謝遊歴の後、京都を定住の地として、まずは画業で名を成してゆく。伝統的狩野派の技法にとどまらず、民間絵画である大津絵にも触れ、また中国の南画風の山水画を試みるなどの修業を重ねる。「人間五十年」（謡曲『敦盛』）と言われた時代、五十歳を前にした明和年間（一七六四～）に入ると独自画風を確立して、文学と絵画を融合交配させた文人画において名声を得る。それに伴い俳諧・俳詩へも情熱を向け、太祇・召波らと俳諧結社「三菓社」を結成する。その俳風は、「景気（叙景）」「不用意（即興性）」「高邁洒落（離俗）」を柱として、古典趣味に満ちた写実性を重んじ、浪漫的な低徊趣味の横溢した、いわゆる「蕪村調」を確立していく。蕪村自身は本業はあくまで画業、その中で俳諧に遊ぶという「品二つ」の文人を自覚していたのであろう、俳諧に関しては宗匠の門を開かずにいた。しかし周囲に押されて亡師の号「夜半亭」を受け継いで、明和七年（一七七〇）室町綾小路に「二世夜半亭」を名乗り、翌八年には夜半亭歳旦帖『明和辛卯春』を刊行する。この年の秋には池大雅との合作で「十便十宜図」を完成させて本業でも業績を残す。ちなみに池大雅とは、「二代、覇を作すの好敵手」と田能村竹田に讃えられる（『山中人饒舌』）文人画の二大家と目されていた。同年、太祇・召波という盟友を相次いで失う痛手を被るが、この前後から、蕪村の名声を慕う諸国の俳人が多く上京しては盛んに俳諧を興行する。蕉風復古を共通の旗印として、後世に「中興俳諧」と称され、蕪村没後の天明期（一七八一～）まで続く俳諧復古運動の中心人物として、中興の祖と称される。その間に和句と漢句とを自在に交える俳詩様式を創出する『夜半楽』を刊行するなど、俳諧性こそを俳風の柱とすべく「磊落（自在性）」を志向してゆく。蕪村は画俳の両分野において、中国南画の標榜する「脱俗高踏」を求め、その生涯は同じく「詩画一体」を体現するものであったといっていいだろう。その俳風・画風から感じ取れる郷愁・望郷の思いは、幼少時に故郷を出てから父母については一切口を閉ざし、生涯二度と再び立ち寄った形跡が見えない出生地からの出郷理由に、とてつもない不幸でもあったのだろうか。想像も及ばない。

**【参考文献】**森本哲郎『詩人与謝蕪村の世界』（至文堂、昭和四十五年）、山下一海『与謝蕪村戯遊の俳人』（新典社「日本の作家30」昭和六十一年）

（白井雅彦）

## 慶滋保胤（よししげのやすたね）

文人・宗教家**【生没】**？～長保四年（？～一〇〇二）**【歴史・伝説】**賀茂氏。後に慶滋と改める。忠行二男。忠行の子の保憲の子ともいう。大内記・近江掾。法名寂心。内記入道と称される。康保元年（九六四）、『法華経』を講じ、漢詩を作る勧学会を発足させ、寛和二年（九八六）に出家。比叡山楞厳院の源信が主宰する念仏結社・二十五三昧会に参加。同会の趣意書「二十五三昧起請」は保胤の草したもの。天元五年（九八二）執筆の『池亭記』は鴨長明の『方丈記』に影響を与え、日本往生伝の嚆矢『日本往生極楽記』は後の往生伝に大きな影響を与えた。保胤の人物像については『今昔物語集』では戯画化されているが、『撰集抄』では「仏菩薩のごとく堅固の大悲」と記され、『発心集』では「仏道を望み願う」人物であると讃美されている。賀茂家という陰陽道の名家に生まれながら、陰陽道の世界に進まず、仏教の世界へ入っていった。

**【参考文献】**日本思想大系『往生伝　法華験記』（岩波

書店）

（志村有弘）

## 四方赤良（よものあから）

狂歌師・狂詩人・戯作作者【生没】寛延二年〜文政六年（一七四九〜一八二三）【歴史・伝説】蜀山人・寝惚先生などの別号を持つ大田南畝《おおたなんぽ》のこと。出自は幕臣の家柄（御徒）とは言うものの、幼少時は貧しさのため、立身出世の夢を学問に賭けた。それが素地となり早くも十代で狂詩の分野で頭角をあらわす。明和七年（一七七〇）、唐衣橘洲や平秩東作らと『明和十五番狂歌合』を催し、以降とりわけ狂歌の分野で「四方赤良」号を用いる。右の狂歌合が江戸狂歌の発端となり、赤良は機知と諧謔の妙を発揮して喝采を受ける。天明三年（一七八三）『万載狂歌集』では第一人者と目され、「四方側《よもがわ》」という狂歌連中を組織して、江戸狂歌界の盟主の位置を占める。しかし天明七年、「寛政の改革」を前に絶筆して幕臣に戻り、壮年期は有能清廉な官吏として過ごした。

【参考文献】浜田義一郎『大田南畝』（吉川弘文館、昭和三十八年）

（白井雅彦）

# ら　りれ

## 隆　達（りゅうたつ）

音曲家【生没】大永七年～慶長十六年（一五二七～一六一一）【歴史・伝説】高三《たかさぶ》氏で隆喜の子。高三氏は家伝によれば、その先祖は漢の高祖劉邦の末弟で、劉清徳が承安四年（一一七四）来朝し、博多に居住し、その子友徳は高三官《こうさんかん》と称されたという。代々高《たか》三郎兵衛を名のり、貞治年間（一三六二～六八）九代目高三郎兵衛道玄が和泉の国堺に移住し、薬業と交易を営んだ。その後高三郎兵衛を略して高三氏を称した。隆喜は晩年法華宗の顕本寺の中に高三坊または自在庵という隠居所を作って住んだ。隆達はその跡を継いだ末子である。幼時に顕本寺で出家し、修行の道に入った。曹洞宗の良翁和尚に禅を学んでいたという伝もある（『陰徳太平記』）。『日本仏家人名辞典』では、法号が日長、字は隆達で、已成院と号した。後に自庵・月楽院という別号を持ったとある。小歌の上手で、織田信長の前で歌ったこともあるという（『わらんべ草』巻四）。書道の名人でもあって堺流と称され、天正十二（一五八四）、三年頃に豊臣秀吉に召されている。その他連歌や絵画も嗜んだ。天正十八年本家の兄隆徳が死去し、その遺児道徳が幼かったために、その後見のために還俗し、高三家に戻って家業を営んだ。小歌の作詞に当たるとともに、諸種の音曲のもとに新しい小歌節を創始した。これは「隆達が小歌」「隆達節」などと呼ばれ、慶長五年（一六〇〇）頃に流行し、これは近世小唄の源流となった。早稲田大学演劇博物館にある写本『隆達節（隆達唱歌）』等によって、『隆達小歌集』として翻刻、出版されている。室町時代末期の小歌集『閑吟集』や、安土桃山時代の小歌を集めた『宗安小歌集』と比較すると、都会的で洗練されており、恋愛をテーマとしたものが多い。

【参考文献】小野恭靖『「隆達節歌謡」の基礎的研究』（笠間書院、平成九年）

（石黒吉次郎）

## 柳亭種彦（りゅうていたねひこ）

江戸後期の戯作者・考証随筆家【生没】天明三年～天保

十三年（一七八三～一八四二）享年六十歳。墓は港区赤坂の報土寺から浄土寺（品川区荏原一丁目）に移葬。法名芳寛院勇誉心禅居士【歴史・伝説】甲斐武田信玄に仕え、徳川家の麾下《きか》となる。父は旗本高屋知義《ともよし》。種彦の本名は高屋彦四郎知久《ともひさ》、号は柳の風成・木卯・愛雀軒・足薪翁・偐紫楼等。小粋で庶民的、頭痛持ちで角力嫌いの芝居好き、二代目三津五郎の身振りが得意。寛政八年に父を亡くし家督を継ぎ食禄二百石の幕士。小普請組に属し下谷御徒町《したやおかちまち》の先手組屋敷に住む。文化五年（一八〇八）頃国学者加藤宇万伎《うまき》の養子善蔵の娘勝子と結婚。勝子は学識があり著書の校合《きょうごう》をつとめ種彦を支えた。処女作読本『近世怪談霜夜星《きんせいかいだんしもよのほし》』（五巻・文化三年四月）は二十四歳の作で初刷は文化五年、「四谷雑談」を粉本《ふんぽん》にし四谷怪談の先駆け。処女出版は『阿波之鳴門』（文化四年九月九日）。文化八年正月に読本浄瑠璃『勢多橋龍女《せたのはしりゅうにょ》の本地《ほんじ》』を開板。北斎画、板元は西村永寿堂。読本から合巻へと転向し初作は『鱸包丁青砥切味《すずきほうちょうあおとのきれあじ》』（文化八年）。画は北嵩《ほくすう》、これも永寿堂。文化十二年に浄瑠璃太夫正伝《たゆうしょうでん》の原本を真似た「正本製《しょうほんじたて》」の新様式『お仲清七』（六巻）は芝居を見るかのようと好評。代表作は源氏絵として一世を風靡した合巻『偐紫田舎源氏《にせむらさきいなかげんじ》』（文政十二年～天保十三年、三十八編）。しかし天保十三年六月、水野忠邦の天保改革令により筆禍を蒙る。三十八編は譴責処分。旗本高屋彦四郎は咎めなし、柳亭種彦は筆を絶てと目こぼしだったが、七月十九日に六十歳で卒去。病死、切腹説など諸説流れる。永井荷風は脳卒中症で頓死とする（『戯作者の死』）。

【参考文献】伊狩章『柳亭種彦』（吉川弘文館、昭和四十年七月）、『散柳窓夕栄《ちるやなぎまどのゆうばえ》』（『荷風全集第十巻』一九九二・一二、岩波書店）、高橋義夫『江戸鬼灯《ほおずき》』（廣済堂文庫、平成十年三月）（岸　睦子）

## 瀧亭鯉丈（りゅうていりじょう）

江戸後期の戯作者【生没】?～天保十二年（?～一八三一）享年六十余歳。墓は浄土真宗称名寺（文京区小日向一－四－十一）。池田家墓碑に観光院浄観信士【歴史・伝説】養家の池田家は三百石の旗本だったが先々代八右衛門が早世し禄を失った説もあるが経歴は不明。下谷広徳寺門前稲荷町に住み縫箔師の説（『戯作者小伝』）。また浅草伝法院裏門前田原町に移り大名などの駕籠乗物製造修理・竹細工や象牙細工等を業としたとも。落語家瀧亭鯉楽の弟子で音曲咄が得意。代表作『花暦八笑人』「第四編上」に「瀧亭主人は吾師狂訓亭の兄」とあり為永春水の兄弟子か。『花暦八笑人』（文政三年～天保五年刊・五編は嘉永二年刊）は初編から四編までが鯉丈。『滑稽和合人《こっけいわごうじん》』（初編文政六年）、『栗毛後駿足《くりげのしりうま》』（初編文化十四年・改題『大山道中膝栗毛』）、『箱根草』（初編弘化元年）等多数ある。

（岸　睦子）

## 良　寛（りょうかん）

江戸時代後期の禅僧・歌人・詩人・書家【生没】宝暦八年～天保二年（一七五八～一八三一）【歴史・伝説】越後（新潟県）出雲崎の人。父は、天領出雲崎の名主・橘以南、母は、佐渡相川の山本家から養女として迎えられた秀子。その長男に生まれた（生誕は宝暦七年（一七五七）ともいう）。幼名は栄蔵、元服後は文考と称し、法名「良寛」は、印可の際の国仙和尚の偈にある「良也如愚道転寛（良や愚の如く道うたた寛し）」によるとされる。また、地元出雲崎の奇僧俊性（入定上人）の法名「良寛」にあやかったものか、ともいう。自ら「大愚」と号した。

越後孝婦・ゆり女を顕彰する土地柄は、そこに生い育った良寛の、故郷と父母への思慕の情をかたちづくるのに一役買う。十八歳にして家を出（剃髪）、二十二歳に得度、備中（岡山県）玉島円通寺におもむき、修行を積んだが、心のうちには、棄恩と孝順の葛藤もあった。離郷の際、父に「世を捨てし　捨てがひなしと　世の人に　いはるなゆめ」とさとされ、母を慕って「母が心の　むつまじき　そのむつまじき　みこころを　はふらすまじと　思ひつぞ」と長歌に詠んだ（「題知らず」）。現在、良寛生家跡に良寛堂が建つ。良寛堂北側に建てられた良寛像と石碑は、母の故郷佐渡島に向かって追慕の情ひそやかな老良寛と歌「たらちねのは、がかたみとあさゆふに佐渡のしまべをうちみつるかも」を刻む。

三十九歳ころ、越後に帰り、帰国後は、諸処に居住、四十八歳からの十二年間を国上山の五合庵に再住、六十歳からの十年間を乙子神社脇庵室に、最晩年の五年間を島崎木村家庵室に過ごした。

流俗を嫌った「狂僧良寛」のイメージは、すでに同時代人にかたどられている。云く、旅先の庵中には、良寛の無口と微笑と、木仏と荘子とがあるのみ。彼は「狂人」かと疑われた（『寝覚の友』）。また云く、越後での庵中には、机上に一硯筆、炉中に土鍋一つのみ、壁は詩で埋めつくされていた（『北越奇談』）。少時より学を好み、論語を愛し、和歌を好み、四十歳を過ぎて『万葉集』に親しんだ。江戸の文人亀田鵬斎ほか交友おおく、貞信尼は最晩年期の良寛に尽くした。

床下に頭を出した筍のためには、床板をはぎとり、屋根を突き破らせて悠然の体、また、盗人と疑われて無用の言をなさず、あるいは春の長日を子供と暮らす、など逸話は多い。さまざまに逸話多く、一見、奇なるを我が身に体していたかのような良寛であったが、その最晩年の詩句にいう、「首を回らす七十有余年、人間の是非は看破に飽く」（「草庵雪夜作」）と。「何ゆゑに家を出でしと折りふしは心に愧ぢよ墨染の袖」と歌った良寛は、たしかに、「内省的な含羞の人」であり、また、強靱な一徹の人であった。「清貞の質」ゆえに良寛が愛したという竹とは、また良寛その人のことであったろう。

【参考文献】谷川敏朗『良寛の生涯と逸話』（恒文社、昭和五十九年）、三輪健司『人間良寛―その生成と新生』（恒文社、昭和六十年）

（下西善三郎）

## 霊元天皇（れいげんてんのう）

江戸時代の天皇【生没】承応三年～享保十七年（一六五四～一七三二）【歴史・伝説】後水尾天皇の第十九皇子として誕生、母は新広義門院（贈左大臣園基音の娘国子）。諱は識仁、幼称は高貴宮。寛文三年（一六六三）践祚・即位礼、正徳三年（一七一三）落飾（法名素浄）、追号は孝霊・孝元両天皇の諡号から各一字をとって併せた。天皇は朝儀の大典である大嘗祭や立太子式等を復興したが、関白近衛基熙や江戸幕府と緊迫した関係が度々生じた。天皇は文芸の才能豊富で宮中の折々の儀式行事について『法皇八十御賀記』を記し、有職故実にも精通されていた事で有名だが、特に歌道の造詣が深かった。御一代の詠歌は六千首にも及び、歌集『桃蘂集』・『一歩抄』（享保八年刊の歌論書）、『元禄百首和歌』（元禄十五年）、『仙洞御会始和歌』（元禄十五年）等和歌に関する撰著は三十余種を数える。

【参考文献】和田英松『皇室御撰之研究』（昭和八年）（奥山芳広）

## 冷泉為相（れいぜいためすけ）

歌人【生没】弘長三年～嘉暦三年（一二六三～一三二八）【歴史・伝説】父は藤原為家、母は阿仏尼。冷泉家の祖。父為家は晩年後妻として迎えた阿仏尼と四男として生まれた為相を鍾愛し、播磨国細川荘や『古今和歌集』（嘉禄本）・『後撰和歌集』・『伊勢物語』などの相伝歌書を長男為氏から為相に相続させた。建治元年（一二七五）、十三歳のときに父為家が亡くなると、細川荘の相続について嫡家二条為氏と阿仏尼との間で争いとなり、阿仏尼は鎌倉幕府まで下向したが、弘安六年（一二八三）に逝去した。阿仏尼は為家の娘である後嵯峨院大納言内侍に仕え、和歌に通じており、『十六夜日記』には伝来の歌書を阿仏尼が為相のために選び、和歌を父祖の道とせよ、という歌を為相に贈ったのに対し、為相は三代に亘る父祖の功績を自分が受け継ぐという決意の和歌を返したという。その返歌が記録される為相の最初の作である。永仁二年（一二九四）・延慶三年（一三一〇）に勅撰集編纂計画があり、撰者となることを望むが果たされなかった。伏見院の『仙洞五十番歌合』に参加し、二条為世に抗するため京極為兼に接近して京極派の歌会に参加した。訴訟のためにしばしば鎌倉に下向して北条貞時や娘婿である将軍久明親王の歌会に参加し、鎌倉歌壇の指導者としての立場を確立し、細川荘の訴訟は正和二年（一三一三）に為相の勝訴が確定した。鎌倉の藤谷に住み、藤谷殿と号され、同地の浄光明寺に墓がある。後人の手による私家集『藤谷和歌集』などがあり、冷泉家の祖となる。

【参考文献】井上宗雄『中世和歌史の研究—南北朝期』（明治書院、昭和四十年）

（上宇都ゆりほ）

## 蓮　禅（れんぜん）

漢詩人・仏教徒【生没】未詳【歴史・伝説】正五位下藤原通輔男。俗名資基。出家して蓮禅。兄の公章が筑前守であったからか、筑前入道と号した。若くして父を失い、兄を父のように慕っていた。肺結核であったらしく、湯治にしばしば九州を訪れている。ある時は、二年間も九州の温泉地に滞在することもあったが、完治しなかったらしい。蓮禅の漢詩は、『本朝無題詩』に見ることができる。中でも、兄の公章が死去した時の詩「冬日向右京兆東山之旧宅視聴所催潸然而賦死矣（冬の日に故右京兆が東山の旧宅に向かふ、視聴催されて潸然たり、而ち死を賦す）は哀切極まりないものがある。『本朝無題詩』に作品が多いことから、編者と見る説もある。残された詩には、なぜか故郷（京都）を厭い、そこは「戦慄多」い所とさえ書いている。ある詩には「貧賤躬」を「厭」うとも書いているから、生活も苦しかったようだ。蓮禅編の往生伝『三外往生記』には五十六人の往生人が収録されており、保延五年（一一三九）以後をあまり遠くない頃に成立したと見られる。蓮禅は『三外往生記』序文で「難行之心」を「専」らにし、一切衆生と共に「九品浄土」に往きたいと書いている。つまり、極楽往生を遂げるためには、難行苦行も辞さないというのだが、その限りでは聖道門的立場に立っていたといえる。

【参考文献】平泉澄「厭世詩人蓮禅—三外往生記と本朝無題詩」（『わが歴史観』至文堂、大正十五年）、川口久雄『平安朝日本漢文学史の研究』上・下（明治書院、昭和三十四年、三十六年）、大曾根章介「本朝無題詩成立考（下）—編者について—」（国語と国文学、昭和三十五年六月）、藤原正義「蓮禅論—院政期文学の一面—」（北九州大学文学部紀要　第八号、昭和四十八年）

（志村有弘）

# あとがき

日本文学史の中には、これまで数多くの優れた文人たちが登場してきました。日本文学といいますと、『万葉集』、『古今集』、『竹取物語』、『源氏物語』、『枕草子』、『平家物語』、『新古今和歌集』、『謡曲』などが思い浮かび、近世では、『おくの細道』の作者松尾芭蕉、浮世草子作者の井原西鶴、浄瑠璃の近松門左衛門といった書名・文人が思い浮かんで参ります。まさに世界に誇り得る文人、文学作品が存在するのです。

作品の分析や鑑賞も大切なことですが、そうした文人たちがどのような生い立ちをし、どのような環境の中で作品を紡いでいたのか。そうしたことも大変興味のあるところです。

本書は、古代から近世末までの文人たちに関する歴史・伝説事典です。執筆に際し、文人たちの事跡を簡便に知ることができ、しかもできうる限り平易に表現するように務めました。本事典が一人でも多くの人に活用されることを願い、一人でも多くの人が偉大な文人たちに親近感を抱いて下さるならば幸いであります。

最後に玉稿を賜りました執筆者の諸先生、本事典を企画刊行された鼎書房代表加曾利達孝氏に衷心より御礼を申し上げます。

二〇〇八年秋

編者しるす

日本文化文学人物事典

発　行――二〇〇九年二月二五日
編　集――志村有弘・針原孝之
発行者――加曽利達孝
発行所――鼎　書　房　http://www.kanae-shobo.com
〒132-0031　東京都江戸川区松島二-一七-二
TEL・FAX　〇三-三六五四-一〇六四
印刷所――イイジマ・互恵
製本所――エイワ

ISBN978-4-907846-61-9　C0521

# 索　　引

## 【あ】



## 【い】

**【お】**

【さ】



【し】

【そ】



【た】

【ち】



【つ】

## 【て】



## 【と】



## 【な】

【に】



【ぬ】



【ね】

【へ】



【ほ】

【む】



【め】



【も】